四川大学 2011 协同创新基地
阿来研究中心组织架构

名誉主任：阿　来

主　　任：曹顺庆

首席专家：李　怡

执行主任：陈思广

副 主 任：雷汉卿　罗　勇　徐新建

秘 书 长：周　毅

特聘研究员：（按姓氏拼音顺序排列）

陈思和　陈晓明　程光炜　丁　帆

冯宪光　葛浩文　靳明全　李瑞腾

罗庆春　孟繁华　宁小龄　汤晓青

吴义勤　阎晶明　杨　义　张　柠

张清华　张学昕

阿来研究

ALAI RESEARCH

（第 4 辑）

主编　陈思广

主办　四川大学2011协同创新基地阿来研究中心
协办　四川师范大学文学院
　　　西北民族大学西北少数民族文学研究中心
　　　西华大学人文学院
　　　西南民族大学文学与新闻传播学院

四川大学出版社

特约编辑:李志红
责任编辑:欧风偓
责任校对:黄蕴婷
封面设计:墨创文化
责任印制:王　炜

图书在版编目(CIP)数据

阿来研究. 第4辑 / 陈思广主编. —成都：四川大
学出版社，2016.5
ISBN 978－7－5614－9509－4

Ⅰ.①阿…　Ⅱ.①陈…　Ⅲ.①中国文学－当代文学－
文学研究　Ⅳ.①I206.7

中国版本图书馆 CIP 数据核字（2016）第 104264 号

书　名	阿来研究(第4辑)
	A Lai Yanjiu (Di-4 Ji)

主　　编	陈思广
出　　版	四川大学出版社
地　　址	成都市一环路南一段24号 (610065)
发　　行	四川大学出版社
书　　号	ISBN 978－7－5614－9509－4
印　　刷	郫县犀浦印刷厂
成品尺寸	185 mm×260 mm
印　　张	14.625
字　　数	350 千字
版　　次	2016 年 5 月第 1 版
印　　次	2016 年 5 月第 1 次印刷
定　　价	48.00 元

◆读者邮购本书,请与本社发行科联系。
电话:(028)85408408/(028)85401670/
(028)85408023　邮政编码:610065
◆本社图书如有印装质量问题,请
寄回出版社调换。
◆网址:http://www.scupress.net

目　录

多维视野

港台视野

藏区文学研究

青年论坛

Contents

作家档案

警惕工具主义和消费主义对历史的扭曲

——在当代历史记录者大会上的演讲①

阿　来

　　大家上午好！前些天接到这个邀请，说要有个题目，我脑子里突然蹦出来这么一个题目，现场各位是做我们近代历史、抗战史、当代史、口述史的很多机构的同仁，首先向大家表达敬意。

　　不是工具、不是轶闻，其实是包含了我个人对于中国人的历史观，或者说中国人对于历史的大量的消费性的阅读、传播中所包含的一些不正确的历史观的某种反思。

历史解说，尤其容易沦为统治阶级进行教化的工具

　　当时想出这个标题的时候，我正在读一本日本人写的书，叫《三国志的时代》。大家知道前些年日本出了一套写中国历史的书，《三国志的时代》是其中一本。这本书很有意思，《三国志》是真实的历史书，它把《三国志》跟《三国演义》之间进行对照，在这种对照当中，它的目的绝非是为了说，我要弄清楚从历史文本向文学文本转化期间，到底虚构了什么东西？虚构了什么史实？虚构了什么人物？虚构了什么人物的事迹？它重要的是说，梳理一个我们要什么样的历史思辨方法和历史观念的问题，它的检讨很宽泛。

　　比如它举到一个例子。使得三国鼎立的局面得以形成的，大家知道是"赤壁之战"，这本书从《三国志》出发，做了大量的考究工作，甚至它发现在日本，还有更多关于三国的历史资料，比中国保存的还要多。通过这些史料的梳理，它认为在赤壁之战三国历史本身当中促成了刘备跟孙权联合抗曹，但这样一件事情，真正出谋划策的人是在《三国演义》当中，被写成一个老实巴交的、甚至特别无能的老好人的鲁肃。实际上他是一个大能臣，是他在刘备、孙权之间不断往返，不断做说服工作，促成了蜀和吴的合作抗曹，才有了赤壁之

_____

① 根据演讲记录整理，收入本书时，根据出版需要作了适当改动。

战的胜利。但是《三国演义》却把它变成了诸葛亮的事迹，还添加非常多的神话性的东西，比如草船借箭前，诸葛亮像一个道士一样登上祭坛，借东风。

但是作者问了一个问题，他说为什么这样的观念在中国人这里，尤其在普遍的老百姓这里，它几乎成了替代历史的一个历史知识？大部分人在说三国的时候，其实已经把《三国演义》当成正史在叙述，这样的一种转移怎么会发生？

三国这个时代，对于中国来讲非常重要。在新中国要建政以前，陈寅恪先生还在清华大学做教授，他曾经开办过整整一年的讲座，前些年有人把他的讲稿整理成一本书，叫《陈寅恪魏晋南北朝史演讲录》。他说过我的演讲一定要从三国开始，三国对于中国的历史非常重要，这个阶段是中国历史一个大的转折期，这些几乎是他的原话。

第一，他说从三国时代开始，在汉代或者从春秋战国以来所形成的士族、门阀，世代为官，财富集中在他们身上，这种情况开始转移。比如从魏国讲，司马家、袁绍这些人就是过去的豪族出身，世代为官。司马氏一家从东汉开始就当将军、当府尹，每代都这样。但是曹操是出身寒族。士族都是信奉儒家的，汉代罢黜百家，独尊儒术，其中一个最重要的原因，有一位美国历史学家史景迁说得好，不论新儒家、旧儒家怎么样阐述儒学，但是他们不能否认一个道理，就是在过去中国封建社会的制度化安排当中，独尊儒术一个最重要的原因就是，它从君君臣臣、父父子子这种三纲五常的安排承认了封建等级制度的合理性。今天，不管是新儒家还是旧儒家，如果对这一件事情、这样的一个核心事实没有反思，那么可能这个儒学变不成新儒学。陈寅恪先生非常敏锐地看到了这一点，他说这些豪族都是儒家，像曹操这些出身低微的人，包括刘备，虽然他说他是皇叔，但最开始他在河北卖草席，他的兄弟张飞在那杀狗。陈先生说这是中国有朝代以来，中下层的人——太下层的人也不行，替代这种封建门阀制度的开始。后来晋朝取代魏朝，其实也是士族制度的一个反扑，这个反扑到了魏晋南北朝末期，这个历史就已经结束了。所以到唐朝，李家上台的时候，甚至都不是纯正的汉人血统了，李世民他们有鲜卑人的血统，彻底打破了门阀制度、士族制度。

他讲三国第二个非常重要的节点是，中国开始民族大融合。由于曹操那个时代，经过黄巾起义、镇压黄巾军的战争和豪强们互相的战争以后，东汉的人口大概只剩下10%～20%，那个时候整个中国大概只剩下几百万人，曹操自己的诗里都写"生民百遗一"，一百个人才剩下一个人。这个时候首先就开始从边疆地带，用今天的话来讲，就是中国其他的民族地区向中原移民，今天我们叫少数民族的，那个时候不一定是少数。汉族的扩大是在这个时期完成的。后来我们总是解释成少数民族的入侵，或者说其他民族的入侵，其实那个时候中原政权很主动。没有人就没有生产，没有人就不可能发动战争，所以那时候需要很多人，比如魏国就大量从北方移民，经常发动战争，不是为了扩张疆土，是为了抢人口，一次就抢几万户人口，强制迁移到中原。四川许多居民是从西北的羌族，那时候的羌当然不是今天的羌，几万户几万户地集体移民。蜀代有名的战将马超、姜维这些人都不是汉族人，是那时候的羌人。

魏晋南北朝史很重要，陈寅恪先生这样的史学大家已经敏锐地感觉到了这样一些东西，所以他说，我不讲别的历史，我特别想讲魏晋南北朝的历史，而且他讲的那个时期是 1948 年到 1949 年，也是中国社会正要发生一种新的剧变的前夜。我想一个历史学家是用这样一种方式表达了他对历史剧变的高度敏感。

　　但是，历史上一直处于正统地位的是魏，真正推动历史前进的不是蜀国，也不是吴国，为什么后来会在中国出现一本书叫《三国演义》，把真正推动历史进程的魏，尤其是魏国的统师跟领袖曹操漫画化、奸臣化、反面化，把刘备这样一个没有什么大的作为的人作为正统？这就是中国人历史观念当中的工具论、工具性思想方法。我们的史学总是要为统治阶级统治的合法性提供支撑，提供服务。所有朝代的人，过去是一个家族作为一个朝代，所以我们一定要正宗。刘备虽然出身贫寒，但是他编了一个故事，说自己是汉朝刘家的人，即使过了很多代了，即使他在河北编席子卖，也没有大作为。就靠这样一个故事，因为后来的统治阶级也需要这个东西，一个家族需要统治的正当性，他家族的延续就使他成为一个正统。

　　我们的历史解说，尤其是中国的历史解说，容易沦为统治阶级进行教化的工具。《三国演义》就是一个极好的例子，我们让一个真正推动历史进步的人反面化、奸臣化。

　　围绕曹操还有更多很有意思的事情，而且后来的曹操不用儒家的方式治理国家，他是用了法家韩非子他们的思想来治理国家，而且治理得很有效。他后代被司马氏篡权是另外一回事，他不能负这样的责任。本来化他的历史真实面目是非常应该的。

　　大概就在"文化大革命"期间发生过这样一件事情。"文化大革命"后期批判儒家宣扬法家，但是"文化大革命"是否真正要批儒扬法呢？恐怕也不真是学术问题，正确对待历史的问题，可能也有政治平衡上的考量。这个时候就有一个人出来做文章，这个人就是郭沫若，郭沫若就要替曹操翻案。他那篇文章写得其实非常好，非常有学理。郭沫若也是大学问家，他在历史文化上的研究成就大家都很清楚。他就讲到，比如说曹操实行了什么样的土地制度、什么样的文化制度、什么样的新的官员选拔制度，比如汉代都是以世家世袭的权力，最多就是地方上举孝廉，谁特别廉洁，谁特别孝顺，可以推荐你做一些不重要的官，叫孝廉，大官还是别人来做。只有曹操这个时候才开始从各个方面征聘人才。这也隐含了从隋唐以后开始的科举制度，是从这个时候开始萌芽的。

　　这些他都考证得很好，但是"文化大革命"当中的史学是彻头彻尾的工具论，如果他只写这个文章，当时的政治气候不允许。所以他很荒唐地得出一个观点，说我们之所以要给曹操平反，是因为他继承了农民起义的精神跟达到了农民起义的成果。大家知道东汉末年的农民起义是以道教为主的"黄巾军起义"，曹操、袁绍、董卓这些人的兴起，都是借帮助朝廷围剿黄巾军、镇压黄巾军而得到了自己的武装，曹操最早就是在青州收编了被他打败的 30 万黄巾军，得到了他的第一笔军事资本和政治资本。但是郭沫若他居然能做这样的验证：虽然他镇压了黄巾军，最后黄巾军的目的不就是要推翻东汉王朝吗？最后不是曹操挟天子以令诸侯，最后他的儿子废掉了汉代最后一个皇帝，自己做了帝王，建立国家叫魏吗？本来前面的学问做得很好，但是后面这样的转折一发生，我们看到了，在三国这样的题材上，本来做的是一个很好的工作，正本清源的工作，但是当你是服务于一个特别功利的目的而来做这样一种工作的时候，本身非常有意义的工作也就失去它本身严肃的意义了。这也是我们把历史当作工具的一个悲剧。

警惕消费主义趋势对历史的扭曲

这时候我们就会看到——尤其是今天我们在中国特别容易看到的一个东西就是，我们经常讲民间。但是我们对民间也要警惕，当民间不只是顺从了某种强烈的意识形态观念，而是在不知不觉当中，顺从了某种消费主义的趋势时，也会发生对历史的扭曲。我们这种历史学如果没有沦为意识形态工具，它可能就会变成趣闻轶事，而老百姓对这些趣闻轶事背后真正的历史，背后真正所包含的人类发展所真正需要呈现、需要揭示的那些基本规律，就无从发现。

其实《三国演义》的出现也是中国人，尤其是中国大众喜欢野史、喜欢趣闻轶事的一个开端，或者说是消费主义和读者的错误趣味之间的一种互动。在文化领域当中，不是所有的互动都是好的。如果是我们向正知、正见发展，创作者和消费者、读者之间，是良性的互动。但是中国的文化消费跟欣赏，往往发生另外一种反向的运动，就是我们往往离真实越来越远，在和历史规律越来越远，和人性跟人道都越来越远的方向上滑行。今天我们就更知道了，消费主义盛行以后，从今天的历史言说，从网络上的段子、小说，或者是一些假装在考证历史的文章，到电视剧、电影，我们就可以看到，从《三国演义》就开始的不正常的、盲从的，对于正统的、封建的意识毫无警觉的那样一种文化消费在今天的社会当中正在大行其道，而且比起那个时代有过之而无不及。

消费主义带来的这种历史需求我们是没有足够的警觉的。所以我们经常说抗日神剧怎么出来的？你以为就是那几个演员演的？你以为就是那几个编导想出来的？他不就是不断揣摩你们这些观众，不断从收视率当中得到启示而越来越变本加厉的吗？所有戏说宫廷政治的东西，不也是文化产品的制造商跟他的消费群体之间的不断互动的一个结果？所以今天我们来做历史，确实会面临非常多的困扰。所以确实需要对在座大家所做的工作表示敬意。

今年我去白俄罗斯，我在那是外国人，我卖我的书，没有什么人，那天来了几十个人。但是我身边的人就很热闹，我不知道她会得诺贝尔奖——S. A. 阿列克谢耶维奇，她正在卖她的《锌皮娃娃兵》，那时候我还没读过她那本书，而且她那个封面又做得特别像安徒生童话里写的那个小锡兵。后来我想这个老太太大概是写儿童文学的，现在别的书都不好卖，儿童文学好卖，家长自己不读书，但是希望小孩读书，所以我们去书店都看到家长主要是给小孩买书，自己不打算买书。我说难怪，跟中国也一样，也是儿童书好卖。这些天我读了她这本书以后才知道，这是一个很严肃地写苏军侵略阿富汗的书，"锌皮娃娃兵"就是他们把战死的士兵运回苏联的时候，用的都是一种金属棺材，棺材的主要材质就是锌，而且他们当兵的年龄跟中国的也差不多，这些在战场上冲锋陷阵的大概都是十八九岁、二十来岁，所以它叫做"锌皮娃娃兵"，有反讽意味的一个题目。

回过头来又看到她对于参加"二战"的女兵们的记录。她第一本书是对于参加"二战"的女兵们的记录，以前说战争中没有女性，其实是有女性的。她采访了很多人写成这本书，而且都是口述实录的方式，没有任何评价，最多有一两句话对这个人做一个非常简单的介绍，都是她们自己的口述。所以她也建立了一种风格。她除了写阿富汗战争以外，还写了经历切尔诺贝利核电站事故的人。我也想，为什么在白俄罗斯那样一个小小的国家，在冰天雪地的季节，那天那个书展在城外，但那么多人围着她。当时我的想法也是对的，按照中国经验推断，一定是卖儿童书的，别的像这样一本严肃的书在中国，当这样的作家带着这样的书出现在我们某一个图书展览会的时候，这样的情形是可能出现的吗？这也是我们今天文化消费的一个问题。但是如果要说说清宫秘史，我们有可能去，要说说明朝那些事儿，天天写皇帝怎么跟宦官勾心斗角，怎么跟嫔妃勾心斗角，我们可能会去，但是真正展开历史记录，恐怕就是另外一回事了。

我在 80 年代读过两本美国人写的口述书，那是我第一次接触这类作品，作者是美国一个叫特克尔的作家，他是记者出身，得过普利策奖。中国出版过一本他的书，80 年代叫《美国梦寻》，《美国梦寻》中他采访了 100 个美国人，都是美国人口述，白道、黑道，什么道的人都有，但是他围绕的是美国梦，说你和美国梦有多远？有些人实现了，有些人部分实现了，有些人失败了。他就通过采访这样不同的人，不同职业，不同境遇，成功者、失败者构成了一个关于美国整个社会的生动画卷。后来他又采访了 100 个参加过"二战"的人，也是各个方面的人都有。他每次都凑 100 个的数，也是非常有意思，非常有冲击力，比我看过的所有"二战"的小说都有冲击力。

但是这个人被介绍到中国后，几乎在公众当中没有什么反应，倒是影响到过两个中国作家模仿他的方式。一个是冯骥才，他采访了 100 个经历过"文革"的人，那本书好像叫《一百个人的十年》。后来又有一个现在留洋去了的 80 年代比较新锐的女作家张辛欣，她也采访了 100 个中国人。但是这样两本书出来应该说当时是有意义的，而且作家也下了很多功夫。但是在中国社会当中，几乎没有引起任何波澜，甚至今天可能冯骥才自己介绍自己的时候，都不再提到这本书了。前些日子有人采访我说，你也写了非虚构，现在非虚构又得了诺奖，要红了。我说非虚构、口述史很长很长时间就有了，但是我们一定要听凭一个诺奖来指引我们吗？

中国人对待历史，要么是统治者把它当作一种教化工具，要么是我们老百姓完全把历史当成一种文化娱乐性的资料，当成趣闻野史。如果中国一直在这样一种历史观下，在这样一种历史观念的消费下前行，那么中国人大概不会有什么大的出息跟前景。我们不是说今天盛世了吗？历史上不是出现过很多盛世吗？《三国演义》至少有一句话说得对："天下大势，分久必合，合久必分。"用这么一句话来提纲挈领。今天我们所做的工作，记录当下历史，是值得欣慰的。中国有这么多团体、有这么多机构在这样一种社会氛围之下，还在各自默默地付出金钱、付出精力来做这样一件有益的工作，再一次向大家表达敬意，谢谢大家！

（作者单位：四川省作家协会）

新作热评

编者按：罗伟章是四川一位颇有影响的实力派作家，近年来佳作迭出，常给人以冲击感。次仁罗布是西藏一位颇有影响的藏族作家，其短篇小说《放生羊》获第五届鲁迅文学奖，长篇小说《祭语风中》（初刊于《芳草》2015 年第 3 期，中译出版社 2015 年 8 月出版）亦获好评。本辑刊作为四川乃至藏区文学研究的重要平台，有责任有义务推介四川乃至藏区文学界有影响的作家及其作品（当然也有责任有义务扶持四川乃至藏区文学界的新生代作家及其作品）。本辑收录的一组关于四川作家罗伟章与西藏作家次仁罗布的文章，就是我们在这一思路下的新尝试。这也是我们今后不断努力的重要方向，希望得到广大读者的关注与支持。

［罗伟章小辑］

寓言的废墟与废墟的寓言

——以罗伟章的小说为例

唐　伟　孟繁华

寓言在思想之中一如废墟在物体之中。

——本雅明

在 20 世纪不断革命的余响和回声中，无论是基于城市生活的某种不适反应，抑或是对乡村故土的深情遥望——其实是同一问题互为表里的一体两面，可以说几乎每一个中国现当代作家心里都有一座"废墟"：张爱玲的上海摩登，在电车叮当声中幻化出一种旷世苍凉；《四世同堂》里烽火硝烟下的北京故都，则被老舍演绎为一座无望没落的文化"孤城"；即便是茅盾《子夜》里的大上海，也开篇就是"太阳刚刚下了地平线"，因而就更不用说那些现代乡土作家笔下的"呼兰河"或"果园城"了——它们不是"也许现在完全荒凉了"（萧红《呼兰河传》），就是"夜色密覆下的废宅，四周围绕着广大的荒园"（师陀《巨人》）。或正是从这一意义上说，沈从文所呈现的那方唯美湘西，一改荒芜萧瑟的废墟样貌，才别具诗情画意的特殊意味。而当时间跨过"山乡巨变"的历史关头行进到 90 年代，当西北汉子贾平凹直接以"废都"为名吼一曲苍凉的"秦腔"时①，谁又解其情色艳影中的颓废和自怜呢？与作家们的废墟想象迥然有别，在艺术家那里，废墟则寓言为由垃圾废料拼贴粘合而成的凤凰②，飞向西方，飞出了国界，当然，这已是新世纪的后话。

艺术史学家保罗·祖克回顾说："我们这个时代有关废墟的流行观念是18、19世纪卢梭、霍勒斯·沃皮尔等人浪漫主义的产物。"③与西方有别，中国作家笔下的废墟美学观念，则是现实主义的症候之一。写作境遇中的废墟体验或废墟意识，确切地说，又是一种现代性的美学征兆。"一切坚固的都烟消云散了"并不意味着"坚固"彻底遁于无迹无形，"乡村文明的溃败"也不见得所有的院落屋舍均消失于无痕。当后来的文学研究者借"废墟"的视角、方法来烛照狄更斯笔下的伦敦时，其实在本雅明那里，废墟早就获得了审美的自足。

本文并无意爬梳现当代文学中废墟意识的由来或形变，更不想在西方批评理论的泥淖中裹足不前，而是想考察在摧枯拉朽般的全球化浪潮裹挟下，废墟意识在新世纪的中国当代文坛又有了怎样新的质素和内涵？是怎样或隐或现地支配着作家们的家国想象？以罗伟章的小说创作为例，我们不仅是为梳理这位从西南边地异军突起的巴蜀悍将的创作踪迹，沟通"现代"与"传统"的文化对话，甚或也可以凭借废墟言说来整合"乡土"与"都市"这种题材上长久以来的二元区隔。

一、向死而生：人心不古的悼亡嗟叹

就罗伟章小说的取材范围来说，罗伟章尤其偏爱城乡结合部类型的集镇和正在发生急剧变化中的当代乡村：《小镇喧嚣》中的回龙镇，《一种鸟的名字》的响水滩，《万物生长》中的官渡村，《我们》中的严家坡，《越界》中的太平坝、千河口等。也正是在这一意义上，罗伟章的小说常被人们归为"底层文学"的序列④。从一定程度上讲，"底层"言说固然触及了罗伟章小说的社会文化边界，一定程度上也指认了罗伟章小说塑造的人物群像，但仍没有将罗伟章的特殊意义完全凸显出来。我们发现，无论是喧嚣小镇还是无人的乡村，罗伟章的小说无不带有一种悼亡的挽歌基调，亦即他的小说大多都是一个令人沮丧或颓败的结局：意外的死亡（《世事如常》），畏罪的忏悔（《万物生长》），难堪的真相（《现实生活》）等。这种一以贯之的叙事情境明显带有某种症候性。更为重要的一个问题还在于，罗伟章笔下的小镇或乡村，是否存在某种精神同构性呢？换句话说，小说故事空间的位置变换，究竟是出于叙事情节的需要，还是源自作家同一精神理念支配的结果？梳理罗伟章近十年的创作，再观其近作新作，我们会发现罗伟章小说的

① 贾平凹接受记者采访时自称："我写了《废都》，又写了'废乡'《秦腔》，现在这部《高兴》写的是'废人'。"（http://news.ifeng.com/a/20151008/44795774_0.shtml）

② 2010年，艺术家徐冰创作完成了名为《凤凰》的装置艺术作品，这件作品的材料来自工业和生活垃圾。

③ 巫鸿：《废墟的故事：中国美术和视觉文化的"在场"与"缺席"》，上海人民出版社2012年版。

④ 相关论文有：石鸣：《底层关注与边缘目光——罗伟章小说解读》，《当代文坛》2006年第3期；王琳：《苦难·分担·文学——从罗伟章小说创作看当代底层文学》，《现代中国文化与文学》2013年第2期；晋海学：《当代底层叙事的文化思考——评罗伟章的长篇小说〈大河之舞〉》，《河南师范大学学报》2015年第6期；等等。

空间意象，越来越形同"墟"设，即越来越切近于废墟的营造。或换句话说，由此前的无意识到后来的自觉营构，废墟在罗伟章笔下逐渐获得了某种主体性位置。

小说《万物生长》（《人民文学》2008 年第 6 期）表面讲的是一则"罪与罚"的故事，甚至带有某种犯罪心理小说的痕迹，但实际上却是通过一桩乡村谋杀案来悼亡乡村传统伦理的崩塌。问题的起源导因于官渡村的油气资源的"开发"，更准确地说是因开发带来的利益分配不均。村长王尧先是跟村里有名的"天棒槌"向遇春结成利益同盟，用向遇春的话说，他们一个在朝，一个在野，是最佳搭档，但这对最佳搭档最终因为利益的分配不均，导致彼此心生芥蒂并起了怨恨。从王尧一开始的失手锤杀向遇春到后来的有意陷害，小说将王尧的"罪与罚"放在了官渡村开发的大背景下。小说交代，最近二十年，官渡村有些外出务工的农民挣了钱，到镇上、县城乃至更远的地界买了房子，将全家搬走了；而十年前的清溪河，干净得能匍匐下去就喝，现在有了采沙船，有了穿梭来往的快艇，水倒不能喝了。乡村因开发带来的环境蜕变只是一个衬景，小说的主旨意在透过开发带来的乱象从而透视乡村人际关系的异化。在一次村民动员的演说中，作为村长的王尧动了感情，他说：

> 以前我们官渡村人不是这样的呀，那时我们穷是穷了点儿，但穷得有志气，穷得大方！几十年前，勘探队员到我们这里来，我们不仅为他们撵狗，还端上玉米糊糊请他们吃，虽然他们都不吃，但我们的那份心意在！可现在呢，开采队的来了，我们为啥就要想方设法刁难他们、整治他们？他们是占了我们的田地和柴山，但给了补贴款，最主要的是把公路修通了，我们要去镇上做个买卖，再不只是依靠水路了；而且，村里不管是谁，搭开采队的车去镇上，人家啥时候收过一分钱？我们的小菜、禽蛋和肉类，还可以直接卖给他们，大家摸着心子说说，他们啥时候克扣过价码和斤两？大家又摸着心子算算，他们来这几年，我们的日子是不是比以前好过了？不是好过一点，是好过得多！这证明，他们是给我们带来了财富的，对我们是有好处的。可我不明白的是，我们现在有了钱，心为啥反而变小了呢？这究竟是为他娘的个啥呢！

较之于村落自然环境因开发而造成的退化，官渡村人心的废墟化，显然更为可怕。乡土中国的差序格局被经济开发的市场逻辑所整编，传统的伦理仁义道德价值观不再具有约束力，官渡村提供的只是一个案例典型。官渡村的凶杀案及王尧的个人救赎，也唯有放在开发造成的人心废墟化框架中来理解，才能见出其寓言中国的意味来。但可贵的是，罗伟章并没有把我们带入一个绝望之境，当小说行至结尾，王尧跪在向遇春的坟前忏悔时，电闪雷鸣，雷雨交加，大地上的树木花草和庄稼，贪婪地吮吸着雨水——这不仅是向死而生的救赎征象，更是寓意在人心的废墟上开出希望的花来。

如果说《万物生长》人心废墟寓言化的处理对象还是熟悉的陌生人关系，那么到《小镇喧嚣》（2010）这里，作家则将视角对准了关系更为亲密的亲戚。《小镇喧嚣》的故事发生地是在巴蜀地区一个名为回龙镇的集镇，通过"我"对小姨和舅舅身世的追溯，作家为我们讲述了一则金钱法则如何瓦解亲情从而最终导致亲戚关系乃至家庭解体的故事。小姨窝藏了外公留下的金条直至死去也秘而不宣，这不但导致她们兄弟姊妹间的相互猜忌和怨恨，而且也给后来表哥的发疯埋下了隐患之笔。而极其反讽的是，当那坛尘封的金子重见天日的时候，最后的得主既不是早已作古的小姨，也不是利欲熏心的表哥，而是归了政府。较之于《万物生长》寓言的废墟化精神指向，我们明显可以看出，在《小镇喧嚣》这里，作家借助意象来建构文学精神指向的废墟意识变得更为清晰和尖锐。"一艘乌篷船把我送了过去。河岸长满齐膝深的荒草。拾级而上，进入依山而建的老镇区，其破落的景象随处可见。房屋垮的垮，塌的塌，我上上下下地走了很远，难得见到一个人。在镇子顶端，新长出的树木把几间瓷砖脱落的房舍包围起来，鸟群在林梢翔集，欢唱。"这是小说旁逸斜出的一段闲笔，貌似与主要情节无多大逻辑关联，但也恰恰是这处闲笔，泄露了作家的细致用心。"与象征所体现的有机整体相对立，寓言表现了一个分崩离析的无机世界"①，作为寓言化废墟的回龙镇，小说寓言的所指在于，回龙镇是一个类似弱肉强食的毫无人情味的丛林空间，亲戚的温情被赤裸裸的利用与被利用的关系取代，此前那种互助互爱、有机和谐的农耕文明价值观已然分崩离析，也因此，小说中那个回到镇里的"我"，宁愿住在旅馆，也不愿去亲戚家借宿。当罗伟章把笔触伸向这类在当下中国极具代表性的小镇时，不由得让人想起金介甫在评价沈从文时说到的那样，"看不到沈从文作品的社会广度，你就体会不到他的作品道义上的深远意义"②，同样，如果不注意罗伟章小说所触及的社会广度，我们同样不能体认其小说的深远意义。在当代中国的形象正逐渐被符号化——被北上广的摩天大楼，被国际会议和盛大体育赛事，被各路演艺明星和电影票房，被各种口水化的话题符号化的今天，罗伟章们提供的普光镇、回龙镇等及这些小镇上的人的故事，就显得颇耐人寻味了。罗伟章小说所提供的集镇及镇上人的日常生活，既不是时政新闻报道的对象，甚至都不被他们自己关注，但毫无疑问，这种"小镇喧嚣"的生活状态，恰恰在当代中国又最具广泛代表性。从这个意义上说，小说确实是一种拒绝遗忘的艺术，它见证的是沉默的大多数的无言与无声——这沉默的多数也并不见得先天拥有道德优势，而仅是统计学意义的优势。或借用沈从文的话——在小说《旅店》中，作家借用叙事者的口吻这样说道："中国的大部分的人，是不单生活在被一般人忘记的情形下，同时也是生活在文学家的想象以外的。"③

从人心废墟的寓言化营构意义上说，罗伟章近些年来的写作，无疑保持了一种热度，这种热度不仅仅是指其丰沛而扎实的创作产量，更是指其以一个人文知识分子的眼光对当代中国社会问题的持续关注。在罗伟章的小说中，我们看到，作家事实上是为我们呈现了两种不同类型的废墟：一种是因被边缘遗忘而形成的废墟，指涉的是凋敝破败的无人乡村正逐渐沦为历史遗迹，这类小说尤其以最新近发表的《我们》《那个人》、《越界》等最具有代表性；另一种则恰恰相反，是因盲目无序开发而形成的废墟，集镇往往是这类废墟的表意空间，工业废物和生活垃圾充斥在废墟般的集镇的各个角落，这是一种反向的废墟，在这类故事空间中，道德秩序的崩塌和伦理危机、人际关系的荒漠

① 胡经之主编：《西方文艺理论名著教程》（下），北京大学出版社1989年版，第506页。
② 金介甫：《沈从文传》，符家钦译，湖南文艺出版社1992年版，第173页。
③ 沈从文：《沈从文全集》（第4卷），北岳文艺出版社2002年第2版，第174页。

化，是罗伟章瞩目的焦点，这一废墟类型寓言化表征了一种看不到前途未来、不具可持续性的生存图景。也正是在此意义上，我们说罗伟章的写作具有某种寓言意味：以废墟这一兼具外在形态和内在视景的双重装置来表征当代中国的价值虚无和道德困境，凸显的是整个社会的意义危机。不妨借用小说《世事如常》里的那句话："人们不再相信世间有公正的和不依靠剥削得来的财富了。"这既是中国当下现实社会的一个映照，或也说明我们已经彻头彻尾地进入了一个风险社会。

二、魂兮归来：乡关何处的历史终结

当罗伟章越来越执着地构建他的地方想象时——清溪河、回龙镇、官渡村等具有标识意味的地名，越来越密集频繁出现在他的小说中，这不仅意味着作家具有了某种文学地理学的自觉，更重要的是，这同时也标志着作家的历史意识日趋成熟。在气魄宏大的长篇小说《太阳底下》中，这种历史意识表现得尤为强烈。作家对重庆大轰炸的追溯和重现，询唤的不仅是细节丰沛的历史事实，更是一种历史正义。因此，我们也可以换句话说，罗伟章带有强烈时间感的地方想象，朝向的其实是一个历史纵深。当然，这既需要放到罗伟章创作的整个系谱中予以考察，同时也需放置在一个更为宏阔的当代文学视野背景中来勘探审视。细读罗伟章近年来的小说，特别是新发表的作品，我们发现，从《世事如常》的亡灵叙事到《越界》的动物视角，不难发现罗伟章的小说愈来愈显示出某种"越界"的冲动，这不是说作家想要在小说技术上玩弄花样来吸引眼球，而是以对故事的逐渐远离来靠近并趋向于某种文学意象的自觉，或者说以小说技术来巩固他更为自觉的文学想象。

《那个人》（2009）讲述的是一个反衣锦还乡的故事。在这个衣锦刻意不还乡的故事中，作家的意旨并非为颠覆一种传统的叙事模式，而是要确立现代人跟故乡的一种紧张感。不愿还乡，不是不想念故乡，而是废墟化的故乡已不再是小说主人公想要的那个故乡了。《那个人》的小说主人公把名字由蒋贵改为周世京，不仅意味着他身份地位的变化，更是他放逐故乡的一种姿态，这从他跟他母亲关系的紧张上也可得到证明："偶尔会谈到母亲，可都是三言两语。"小说交代因为父母的特殊身份，蒋贵从小在村里受奚落侮辱，离乡出走发达后，改名换姓的蒋贵再也没回来过。在小说中，我们看到，蒋贵的身份变化与故乡的变迁几乎是同步进行的：

> 以前只有那些实在长不出庄稼的地界才不得已让它荒掉，而今种了若干代的田土也荒了，是"熟荒"。学校久无人去，操场上长满齐人高的桐蒿，教室外的空地上，杂草茂密，蚂蚁成堆。那里背靠大山，前面是口堰塘，地气阴湿，现在没学生打扫，又无人气，喜欢阴湿的生物便肆无忌惮地在里面爬行和打洞，即便在阳光底下，站在远处看学校，身上也发冷，总感到有条蛇正往裤管里蹿。没过多久，校舍的木椽塌了腰，地基也沉了一块。再这么下去，它肯定会垮掉的。

国在山河破，城春草木深。乡村的荒芜，教育的荒废，这里的废墟在物质和精神上双重隐喻了家园的破败。紧要的问题恰在于，当故乡都家不再家时，又何处寻觅真正的家园呢？所以我们看到小说非常有意思的一个地方：作家写蒋贵发达之后常常搬家，不只是在一座城市里搬来搬去，还从此城到彼城，甚至从南到北，从东到西。比方说，他的生意在大连做得顺风顺水，却突然莫名其妙地，找不到任何理由地，要将大本营搬到南京去。每次搬家都会脱掉一层皮，但蒋贵甘愿领受。这种自虐般的搬家经历，实际上是在形塑一个无家可归的漂泊者主体形象。也因此，我们才不难理解，为什么在小说行将结束时，蒋贵突然向"我"提出了一个奇怪的要求：要给"我"展示展示他那会动的耳朵——小说在一开始就交代蒋贵当年正是靠耳朵会动，才获得了村里小孩们的认可和接纳。换言之，几十年之后，蒋贵在"我"面前提此要求并不是急于要得到"我"的认可，而显然是一个长年在外的漂泊者在向他的遥远的故乡致意。这类漂泊者形象，在罗伟章后来的小说中继续得以深化。在《一种鸟的名字》（2010）中，主人公李向志跟蒋贵无疑是同一类人。李向志同样也是居无定所："他的家在哪里呢？尽管我跟他是忘年交、老朋友，可你也别指望我能回答你。"但需要指出的是，正是凭靠这种跟故乡的紧张感，蒋贵和李向志们的乡愁才得以真实维系。换句话说，如若没有了跟故乡的这种紧张，蒋贵、李向志们才真正没有了家园。

在小说《我们》（2013）中，废墟的物质形态与精神意象获得了更为紧密的同构性。小说主人公杜春是一位缠绕在叙述者回忆中的人物。严家坡的杜春曾经也是风云人物，不仅村里的红白喜事缺不了他，即便是小孩取的名字，也大多都是他的想法创意。但不知从何时起，杜春的地位开始动摇：由此前红白喜事上不可或缺的"礼生"到可有可无的"支客司"，由人人想到的取名大王到无人再问津，杜春在村里越来越变得可有可无。"对联不要他写了，买的；祭文不要他写了，买的；碑文不要他写了，也是买的。"取杜春地位而代之的是财大气粗的梁从明。这究竟是一种进步还是一种退化？作家不置可否。当杜春无法再确证自己的重要性时候，他不得不选择另一种生活，跟孩子远赴新疆，但没过几年，他还是又回到了严家坡。小说的主干正是写"我"在回去见杜春的路上回忆儿时往事的过程。在小说的全知视角观照下，杜春归来，他看到的家园早已成为一座废墟：

> 他的房子并没垮死，有一间是彻底倒了，另一间只倒了半边墙，牵扯得门方歪斜，被挤压变形的门板，像块破败的补疤，豁出一个梯形的洞。……杜春进屋，找晒席，想把垮掉的半边墙挡住。晒席竖在墙角，摸一把，就像摸到站立多年的尸骨，哗哗地掉白灰。完全不能用了。其实不挡也无所谓，旁边那间房凌凌乱乱的板壁、椽子和堆积起来的瓦片，也能把该挡的挡住。不仅挡住风，还挡住光线。屋里比先前更加阴暗，顶上的亮瓦八年没扫过，早就瞎了。他干脆将晒席拍了一巴掌，晒席素然瓦解，白灰瀑布般倾泻，灰尘里弥漫着僵死的时光的气息、虫子的气息和竹木的气息。他把满身白灰拍去，进了卧室。
>
> 他听见卧室里有人问：你回来啦？他说：我回来了。

这一幕断垣残壁的景象让人唏嘘不已，但对熟悉中国当代文学乡村书写的读者而言，这一幕肯定也不会感到陌生。从虚构到非虚构，当代作家笔下的中国农村，差不多都呈现为这样一种荒芜的状态。唯一不同的是，他人笔下人走楼空的离去后景象在罗伟章这里，变成了从他乡归来的亲眼所见，这无疑更具直接的见证意味。我们发现，较之于罗伟章此前小说所呈现的村落的废墟化，《我们》则将废墟的焦点进一步缩小为屋舍，让读者直接目睹了家的废墟化，这也再度印证了此前的结论，即罗伟章的废墟意识愈来愈尖锐，愈来愈强烈。废墟坍塌的不仅是建筑，更是一种传统的生活观和价值观。但无论是小说中的"我"，还是作家本人，显然都不甘心接受这样一种历史命运，于是，在小说的结尾处，我们看到"我"上门叩访杜春。"谁呀""我，大成，袁大成"，这来自世界的声音和出土自严家坡的声音汇合到了废墟的门框中，一问一答，"我"和杜春就这样成了命运共同体的"我们"。

在最新发表的小说《越界》（2015）中，罗伟章的废墟寓言有了结构性的调整。在这篇小说中，作家尝试一种新的小说技法——如前所述，这种尝试并不是为炫技，而是废墟意识进一步深化的表征。小说以一头猪的视角来打量人间，以猪的命运来隐喻人的命运——主人公汤成民以自己的名字为猪命名。

> 汤成民从大院穿过。院里铺着龟纹石，多已残破，石缝间拱出野草，还长着拇指粗的宽叶构皮。汤成民的脚步声也跟石头一样破碎，发出空茫回音。回音也是破碎的。这么大的院子，怎么还是不见人影？看来是没人住这里了。一尊分上下两排反向雕着十六条青龙、被称为"八方错"的石磉，闲置在阶沿底下；它承接的柱头断了，房子塌了。多数房子虽然没塌，但梁柱倾斜，门窗损毁，风过处，吱嘎乱鸣，蛛网飘荡，有几家门前的碓窝里，齐葱葱长满看麦娘，连门斗里也生着几枝野豌豆，野豌豆的紫色花朵，艳丽地开着。阳光射进院子，使院子里明暗切分，暗处干净，明处脏；其实都脏，只是阳光打眼，看不出暗处的脏。脏的不是柴草和尘土，而是萧索。

在猪的眼光打量下，时间以雕刻般的力量凝固并形塑历史，院落的颓败显得更为触目惊心。"已逝的历史并非贮存在博物馆中，而恰恰是凝聚在无人光顾的废墟里"[①]，当历史时间不再有向前的内驱力时，作为历史主体的人，或许也将被时代所抛弃。在这篇小说中，不仅人的故乡会遭遇清洗，即使是猪，也找不到属于它的家园。所以在小说的结尾，我们看到，即便猪回到了它的出生地，但却再也找不回它原来的故乡了。这即如《我们》中的"我"所说的那样："即便站在生养我的土地上，也觉得自己是个局外人，是个漂泊者，光或许还在那里，却不能淌进我的血管了。"这一现代性的悖谬，寓言的正是人类的命运处境。

结语：废墟寓言与小说远景

将罗伟章小说笔下废墟化的小镇或乡村视为当代中国的寓言，这并不是一种以部分来指认整体的想当然的关联，也不是说他的每部小说都可当寓言来解读，当然更不是要

---

① 吴晓东：《废墟的美感》，《名作欣赏》2010年第10期。

将寓言庸俗化——诚然，我们确实很容易能在他的小说中找到一种更为直白的表述，"它在当代的中国，在当代的中国它就不是一种存在，而是一种象征"（这里的"它"，是指《世事如常》里回龙镇）。罗伟章小说的寓言维度，更多是从其呈现的精神指向和叙事面相来指认的。我们发现，在罗伟章所有的小说中，都存在这样一个有意思的现象，即小说的叙述者总是按捺不住另讲一个故事的冲动。比如在《我们》中，本是要讲杜春的故事，但讲着讲着，叙事者插进来"我"侄儿袁街的故事，并由袁街牵扯进她的女朋友叶晶和姨妈的故事，叙事的线团越扯越长；在《世事如常》中亦同样如此，小说叙事一再被延宕、阻隔、打断，时不时横出来一个"顺便提一句"，显得极有耐心，以至于连叙事者不得不抱歉地感叹："唉，不说这些了。我应该当着冉小花而不是当着你抒发我的情感，我一时失控，让你见笑了。"这种"一时失控"重新讲或再写一个故事的叙事冲动，表征的正是罗伟章小说总体的寓言倾向，"寓言的意思是从思想观念的角度重新讲或再写一个故事"①。

1922 年，T. S. 艾略特创作的长诗《荒原》，隐喻了"一战"后人类文明的总体性反思。在中国现代作家那里，废墟般的乡土是有待改造建设的所在，它预设了一种现代文明的洗礼，亦即经由启蒙或革命，废墟或将迎向一个可预期的光明未来。也就是说，现代作家们在建构废墟意象时，其实还是能提供一种历史远景。但在当代作家笔下，我们看到，废墟恰恰是现代文明洗礼的后果——无论是莫言的高密、贾平凹的清风镇，还是阎连科的耙耧村等，他们呈现的废墟寓言或寓言化的废墟，已然看不到一种未来的可能性，换言之，当代小说的废墟寓言已不再能展示一种可能性的未来远景。因此，在罗伟章这里，我们看到他的小说结尾总呈现为一种分裂破碎、不了了之、不知向何处去的状态。在这一意义上，我们将当代作家们的这种废墟寓言称之为现代性的反思也未为不可。这或许容易让人想起杰姆逊"第三世界的创作都是一种民族寓言"的论断，但问题的复杂性又岂是当年的"第三世界"所涵括得了的？

（作者单位：唐伟，北京大学中文系；

孟繁华，沈阳师范大学中国文化与文学研究所）

---

① 杰姆逊：《后现代主义与文化理论》，陕西师范大学出版社 1986 年版，第 118 页。

向起点出发

罗伟章

回顾说长不长说短不短的"写作生涯"，有时候是很迷茫的，自己写了些啥，不去看作品，就基本上只记得题目，许多连题目也记不住。偏偏我最不喜欢看自己发表和出版过的东西，非但如此，我甚至有一种怪癖：某期刊物上，只要有我的文字，那本刊物上的任何文字我都不会去读。我不知道这是不是对自己的不满。细细想来，真的不是。平心而论，写作的时日长了，也有疲乏和草率的时候，但这样的时候并不多，可以说很少，非常少，我为那些作品，交付过自己再也唤不回来的时间，我没有理由厌弃。

或许，这正是对时间的焦虑。我从事写作，是很晚的事情，到我写作的年纪，许多人已功成名就，还有不少人，写出了一生中最重要的作品，更有甚者，已经封笔十年以上（比如兰波）。可我才刚刚出发。我的出发有些悲壮。这悲壮的性质，并非外界传扬的为写作辞职一类，虽然那也是事实，但一点也不重要，从根本上说，那与辞职经商并没有什么区别；重要的是时间。从写作那天起，每一部作品都是我的一段时间。写作吞噬了我的时间。有人说，将时间换成了钱财、地位或者作品，值得，我没有这么乐观。我很清楚，文明史上的英雄，除了超常的智慧和博大，还有难以解说的机缘，别的都只是跑龙套。

个别的瞬间我会想：如果我不写作，时间是不是就会停下来呢？这听上去我像是个妄图长生不老更不死的人。我哪有这么狂妄。就我所知，有过类似念头并说出来的作家，只有托尔斯泰，他觉得自己太伟大了，上帝可能不会让他死。他最终还是死了，不过他有资格那样去想。托尔斯泰的最后贡献，是再次证明了世间有一种不可通融的法则：时间法则。因此我理解的小说，一定要有时间的参与并作为某个"人物"出现。我自己的作品，时间总是转瞬即逝，于是我强调永恒的价值；虽然我知道，世上本没有永恒，说的人多了，仿佛就有了永恒。这其实是一种无力感。《百年孤独》让我着迷的地方，完全不是那句"多年以后"，甚至也不是奇妙的想象（"风月宝鉴"的想象放在哪里都不逊色），而是时间的没有穷尽。那部书里，什么都可以缺失，就是时间用不完——我认为这才是马尔克斯最伟大的想象。同时我也相信，蒲松龄、鲁尔福等作家笔下，那些关于死者继续生活着的小说，正是对时间的反抗。

反抗是因为遭到侵犯。每种生命都遭到了时间的侵犯。站在宇宙洪荒的角度，初生儿的耳畔，也会响起一个声音：看，这个老家伙！或许还说得过分。鲁迅的《立论》，就写这个。普遍认为《狂人日记》是鲁迅全部作品的纲领，但依我看,《立论》才是。鲁迅时时感到"独战的悲哀",往透里说,这绝非仅就他自己而论。每个人都在独战,与时间独战,每个人都是失败者。"失败者"之所以能成为包括文学在内的艺术母题,就因为那是深度现实。鲁迅还说过"独胜的悲哀",这话的浅表意义是丧失对手的寂寞,核心是生命在时间面前的无奈。

而这,恰恰是文学用力的地方。

与其说文学是创造另一种现实,不如说文学是打捞遗失、遗弃和破碎的"现实"。我在一部中篇小说里,借主人公之口作过一句诗:"被阳光忽略的,没有被风暴和黑暗忽略。"包括文学在内的艺术,就是去风暴和黑暗里捡拾生命的碎片。有展望未来的文学吗?当然有,但那样的文学怎么读都是在回望;也只能如此,否则就不合格。好的文学要让人看到来路。未来不确定,古怪之处在于来路同样不确定。被确定了的道路,文学家不感兴趣,如果有兴趣,也是怀疑的兴趣。文学的光荣使命,正由这两者产生。文学家的义务,不是推理,不是一句"只能这样"或"不这样不行",就对万千事物加以谅解。而今美国的乡村多么漂亮,但斯坦贝克并不因此就谅解了拖拉机时代的血腥。时代并不成为他关注的焦点,时代下的人才是,人群中的个体才是。在作家眼里,"人人都有被了解的权利"(昆德拉语)。个体和对个体的尊重,是艺术家区别于政治家和历史学家的地方。某年月日日本发生地震,死了五千人,这是新闻,过段时间也会成为历史,但日本导演北野武却跳出来大声疾呼,说那是不对的,应该说成某年月日,因为地震,日本发生了五千起死人的事件。

个体是最鲜活的历史,也是最鲜活的时代。一个稍有感悟的旅行者都会承认,用两个星期跑八九个国家,远不如在某个地方住上三五天。这对应了个体呈现的意义。伟大作家的伟大本领,就是从个体入手,去把握时代的本质,给出一个时代的影像和普遍存在的精神困境。正是在这个意义上,卡夫卡的《变形记》,是我心目中至今还没被超越的中篇。这样的作家和这样的作品,既是现实的承担者,也是未来的预言者,因而注定比其身处的时代活得更长。

反抗时间,就是反抗虚无,对个体的忽视是最大的虚无。艺术不可取代的价值,由此确立。但继续追究下去,艺术最终也只是一场虚无。所不同的,是它表达了"有意义的虚无",它将"对个体的丰富理解,与明智的普泛相结合"(布鲁姆语),成就意韵丰沛的精神气象。罗贯中引《临江仙》作为自己著作的题头诗,"是非成败转头空",然后用数十万言,来证明"转头不空";书中所提供的诸多文化资源,至今活着,书中人物的底线和高度,至今依然成为某种标准。这就是文学的志向,也是文学的伦理。屠格涅夫宣称,文艺比科学更能成为全人类的财富,因为文艺是"思索着的灵魂"。他是从人本身的角度来讲的。科学"篡夺"了许多以前属于神的权力,文艺去发现更多的空间,把神的空手掌再次填满,让人类留存一丝敬畏,一丝想象,一丝逃离或投靠的可能。道教神斗姥,被称为万物之祖,她依照各自的命运创造了人,她是每个人的"先天",因此人去拜她,也就是拜自己。这样的解说非常有启示意义,我们因此可以说,把神的空手掌填满,就是把自己的空手掌填满,给自己一些内省,一些充实,一些变得更加纯粹和美好的可能。

"可能性",是作家和批评家们都喜欢提到的一个词,但许多时候,它其实是一个妄词；在它以妄词的面目出现时，考验着文学家们的情怀、勇气和良知。鸡蛋碰石头，肯定不会出现第二种可能，恰恰因为这样，文学家才把深切的目光投向鸡蛋。

当然我说的都是常识。我把这些常识不是说给别人听，而是提醒我自己：你应该怎样面对你的工作。纵然你有百万个同类，你也不必在同类中取暖。我不喜欢圈子，也不属于任何圈子。我坚信圈子之外的自己一定是更好的自己。交流是必要的，但一定要不带偏见，要有宽阔的内心，既要勇于批判和抗拒，也要勇于肯定和接纳。两者相较，我觉得前者有可能只是本能，人天然地有一种排他性，且很容易产生一种欲望，就是以自己放大的影子，去挡住别人的光芒，——后者却是一种真正的能力，因而做起来更困难，却也更重要。同时，文学还有更重要的东西，就是它的"非交流性"——这是谢有顺的提法，他认为："正因为文学有不可交流的封闭性的一面，文学才有秘密，才迷人，才有内在的一面，所以本雅明才说，小说诞生于'孤独的个人'，'孤独的个人'是伟大作品的基础……好作家应该警惕过度交流，甚至要有意关闭一些交流的通道，转而向内开掘，更多地发现个体的真理，在作品中锻造出那个强大的'孤独的个人'，惟有这种文学，才会因为有内在的价值而深具力量。"我觉得，这种揭示是一针见血的，值得当下的许多中国作家反思。

但问题还不止这些。日子久了，会走习惯和熟悉了的道路，这是轻松的道路，但也是必须警觉的道路。新经济史先驱道格拉斯·诺斯，创立了"路径依赖"理论，认为既定方向会在发展中自我强化，甚至锁定。这理论不仅适用于政治和经济领域，也适用于艺术领域。"锁定"是艺术最不能接受的前景，所以作为写作者，要敢于抽身，向起点出发，向天赋源头出发，向最初的心愿出发，向眼前还没有任何一条道路的地方出发。

（作者单位：四川省作家协会巴金文学院）

罗伟章访谈录①

余红艳　　罗伟章

　　余红艳（以下简称余）：请问，您对自己的哪部作品比较喜欢？

　　罗伟章（以下简称罗）：《饥饿百年》。我喜欢这部小说的粗粝。我现在很难找回那种粗粝，这是一种很严重的丧失。后来的《不必惊讶》也喜欢，虽然也写乡村，但写法跟《饥饿百年》完全不同。这是一个"齐物论"的小说，里面的农民和山川风物都很有思想。有个编辑当过知青，下过乡，他看过后说，以前的小说写农民就只写农民跟土地的外部联系，对土地的思考写得比较少，甚至没有，而他认识的农民对土地的思考既朴素又深刻，因此他觉得《不必惊讶》非常真实——内部真实。我写这个小说是一节一节写，时间拖得很长，中间又还在写其他小说。写出来后，自己比较满意，得到读者和专家的评价也很高。再后来的《大河之舞》《太阳底下》，还有今年底明年初会出版的《声音史》，我都喜欢，这些是长篇。中篇很多，我主要写中短篇，尤其是中篇。

　　余：走上写作之路，有无具体的刺激因素？

　　罗：我小时候，我二哥比较喜欢文字，他的初中语文老师古文好，能背诵《古文观止》里的全部篇章，我二哥写的作文，老师密密麻麻地改，二哥回来就把老师改的文章念给我听。我听得很崇拜，也很入迷，觉得语言实在是很美的东西，能创造现实以外的另一种现实。我对那另一种现实很渴望，因为我童年的现实不好，很灰暗。母亲在我六岁那年就去世了，我的童年是很孤寂的。从小没母亲的人非常孤寂，会问：为什么别人都有母亲，偏偏我没有？会不停地问，却找不到答案，只能被迫接受这铁一样的现实。但文学可以构造另一种现实。如果说是什么激发了我写作，可能正是因为幼年丧母。那时候我常常一个人发呆，一个人去山上，看着早上的太阳、傍晚的太阳，都觉得悲伤、苍凉，这种苍凉感贯穿了我。还有念初中时，班上三十多个同学，有十多二十个都订了文学刊物，互相交流。我没钱订，就看别人的。以前我成绩很好，老师很喜欢我，后来看上了文学刊物，如《苏联文学》《奔流》《十月》等，我再也无心上课，早自习啊什么的都拿来读小说，老师觉得我不可救药了。的确也是，到高中数学就只能考三十来分了。到高三我才突然醒悟，觉得自己必须上大学。不上大学，就只能过祖辈的生活，依靠艰苦的体力劳动才能维持基本的生存。所以高三我努力起来，只学数学。大学期间，我基本靠写作为生。《重

　　① 余红艳 2015 年 5 月 21 日根据录音整理。

庆日报》《重庆晚报》《山西青年》《山花》《青年作家》等报刊上都发表过作品，散文为主，小说比较少。毕业后我基本没写作。到 1991 年，我毕业教了一年多书，暑假里，我到广东去了。当时兴起南下。领导怕我到广东就不回来——实际我也做好了不回来的打算。行李倒是简单，一个挎包里放本书就走了。到了广东，虽然工作很好找，我普通话这么差都可以当播音员，但我还是回来了。太喧嚣了，跟我想要的那种氛围太不协调。虽然那时我还没写啥子，但内心里始终渴望写作。教了几年书，感觉碌碌无为，只要课上完，就耍、打球、打扑克、周末聚会聊天。现在回头看那时的聊天，很重复，很无聊。但当时只能聊这些，因为无处安放你的时间，心未定，只能用那种方式来打发自己。到了 2000 年底，我受不了了。我教了几年书，又去达州广电报干了六七年，11 年就过去了。我觉得真不能再这么晃荡下去了，我必须以写作的方式完成自己，所以辞职。有了辞职的念头，立即就交了辞职报告，第二天就走人。

余：在写作上，受到了哪些人的提拔和指导？

罗：想在写作上被人提拔是难的，那完全要靠自己。写作不存在也不需要提拔。指导却会无处不在，就看你是不是有心。人家一句无心的话，对你可能就很重要。所有说出过那种话且被我听进去了的人，都是我的指导者。我专事写作后还遇到过几个好编辑，首先发我长篇散文的是《天涯》的王雁翎，首先发我短篇小说的是《长城》的杨金平，首先发我中篇小说的是《青年文学》的赵大河和《当代》的周昌义，那两个小说差不多同时发出来。《人民文学》的宁小龄看到我发在《青年文学》又被《小说选刊》转载的小说后，有天晚上 10 点过给我来电话，对我那个小说作了评点，指出了不足，然后希望我也给他写一篇。于是我写了《我们的成长》，他拿去就发了头条。这些人，都对文学极其认真、虔诚。你一个无名小卒写的东西，人家都认真对待。但是一个真正的写作者，主要的还是看自己的宽度和深度；写作者只关注自己的内心，且用自己的方式去表达。只要你努力，也到了一定的水准，总有人会认真对待你的。

余：您强调写作的个体性，那么您的写作风格有无受到来自外界的影响？

罗：首先，风格这东西还不好说。我不能说我有了风格，我也从不刻意去追求风格；恰恰相反，我总在下一个时段去破坏自己在上一个时段的面貌。当然，骨子里的有些东西总是在的，如果无意中有了一点风格，跟个人的经历、才情和艺术观念有关，也跟读书有关。人一辈子，要在书海中至少找到一本书，找到一个自己的精神父亲。对我来说，托尔斯泰的《战争与和平》《安娜·卡列尼娜》《复活》等，我都读过若干遍，并且随时放在枕边。当我应付完一场无聊的酒局，我会觉得自己降了很多，回到家就读托尔斯泰，复原自己。托尔斯泰的写作无法学，卡尔维诺也说过，《安娜》和《战争与和平》的结构无法让人知晓。有段时间我专门研究过他的结构，觉得只能用教堂拱顶的恢宏壮丽来形容，任何一个榫头都天衣无缝。但是你学不了。托尔斯泰的写作极大地提高了全世界作家的写作难度，不止我一个人学不了。事实也证明，在俄罗斯的经典作家中，他在俄罗斯的影响比不上陀思妥耶夫斯基，也比不上契诃夫。我崇敬他，几乎不是要跟他学什么，而是崇敬他在小说中对完整性的执着。另一方面，一切书写怪异或者说"非常"的作家，写得再好，也不是最高级的，最高级的作家写的是日常，他的"日常叙述"像河水在流，深渊一般，表面平静，内里却是那种动、冷、黑暗。一部好小说，在深处一定是黑暗的，作家也是。托尔斯泰那么讲究信仰，讲究构建艺术的和谐，但在深处也是黑暗的。鲁迅就更是。

余：不太能理解这个黑暗。

罗：这里的黑暗不是阴暗的意思，是指往世界的里面钻，往下走，往幽暗乃至幽冥处走，往别人看不见的地方走。很难见到一个好小说是往上走，往太阳的方向走——这很难产生巨著。如果一个作家能够一直往下走，写出和太阳高度一样的深度，那就太伟大了，也太难了。这需要作家有"自作明灯"的能力。所以这里的黑暗不是一个政治术语，也不仅指我们通常所说的苦难和人性深处，还指从根本上对生命的一种无奈感、无力感；这时候，连英勇也是一种无力，也是"黑暗"，然后自作明灯照彻那种黑暗。陀思妥耶夫斯基等作家就是这样。西班牙的希梅内斯，写了本《小银和我》，写一头叫小银的驴子和我一天到晚的温馨生活，他表达的意象，恰如雅姆的诗歌意象：如果我死了，我要上天堂，上帝请允许我把小银也带上。他就像梭罗，能从野兽的蹄印里识别自己的祖先，他和大自然的关系，深到血脉。而这正是我说的"黑暗"，是我们需要侦察、探寻和思考的深渊。卡夫卡也是，他的《变形记》，一开始就把读者和他自己逼到墙角，不留任何退路。逼到墙角后再一步步探寻退路，没有退路就把墙壁凿开。这是对"黑暗"的书写。对黑暗的书写也是对黑暗的抵抗。卡夫卡的另类视觉哺育了很多作家，但他说：发现比虚构更难。对日常生活的洞见，比虚构更难。卡夫卡非常清醒。这或许是他更加可贵的地方。当下很多作家追求文字的模糊和多义，这当然是好的，而事实上，文字起源于抽象思维的发达，文字本身就具有模糊性，所以难的是准确，更难的是精确。奇怪的是，当文字准确后，可能性和多义性都会变得更大。实际就是这样。托尔斯泰的写作，一句句很平实，全篇却如汪洋大海，可以从很多方面去阐述它，却又总是无法完全把握它。连伍尔夫那种风格的作家也说，《战争与和平》是世界文学史上最伟大的小说。包括鲁迅，简直有一种"刻薄的精确性"，可你阐释不尽，《阿Q正传》且不说，就连《孔乙己》，你能说清楚吗？它的意义真像教科书上讲的那么简单吗？

余：我看得较多的是现代作家作品，如马尔克斯、博尔赫斯一类，感觉现实主义有些过时了。

罗：你如果能写到托尔斯泰、福楼拜、鲁迅的那种份上，就会知道现实主义没有过时。任何一种主义和流派都不会过时，主要看你经营到哪个程度。

余：那请问，您为自己的写作设置了什么样的理想或目标？

罗：没有具体的。只能说写到自己的份儿上。一个人是有限的，每个人都有自己的局限。你能摸到3米高，那就是你的局限。如果你能摸到5米，却只摸到2米，那是你没有完成自己。其实写作就是最大限度地完成自己。

余：您的份儿在哪里？

罗：说不准。因为还在写作的路上。不断地写，也就是在不断地爬山。爬着爬着，爬出了一种坟冢，那就该是你的"份儿"了。如果某一天我能写出一部具有托尔斯泰精神——是精神，不是水准——的小说，我就满足了。在我的想象中，这小说一定要节奏舒缓。前几天我在重庆开会时说，我们为什么要读书？就是对速度的抗拒。眼下的世界，速度挤压了空间感，我们用读书来抗拒它。当然我指的是读经典。比心脏频率更快的各类信息，对生命毫无价值，而且是稀释、磨损和消耗。慢，才能让生命生长。我从不认为小说是让人娱乐的。特别是当下，供人娱乐的东西那么多，小说用不着凑那个热闹，即使想凑也凑不上。如果小说带着供人消遣的心思上路，那就是死路。我觉得，没有哪一个时代，像我们今天这么需要深刻的小说，我觉得那才是小说在当今社会生存下去的理由。说白了，一个真正意义上的作家，都是往自己最高的份儿上写，写出来，读者爱看不看。事实上，只要你写得好，读者总是有的，多少而已。

余：您在坚持这样的文学理想中，做了哪些努力？

罗：提这个就有些不好意思了。我这人有些懒散，河北作家胡学文说我走路都懒洋洋的。我只是愿意静一些，愿意让自己在低处、更低处。写作者捕捉世相，不是从高处，而是从低处，从低处去关注时代的生态、人心的生态。首先是管好自己。要强大自身，就必须限制自身。

余：现在很多作家都走田野调查这条路。比如阿来。

罗：是的，阿来常常独自游荡草原。还有张炜，很长时间在外面，把自己搞得像个流浪汉。他们为我们做出了榜样。田野调查大多不是为一个具体目的，是养气，是提升作家的内在生命。我认为体验生活是一句很糟糕的话。那种"体验生活"后就事论事写作的作家，特别是小说家，很值得怀疑。另一方面，有些作家真的就是书斋里的作家，他们在书斋里才能养气，而且确实写出了非常漂亮的作品，这样的例子同样是杰出的，比如张爱玲。你不能要求所有作家都走一条路。

余：我在网上看到您到宣汉县体验生活。

罗：宣汉是我老家，我经常回去。我知道那里的历史，我因此感到亲切，并跟自己贯通。"体验生活"是别人的说法。哪怕我去那里"体验"一年半载，回来写小说，可能一句都用不上。

余：您侧重的还是现实主义写作？

罗：你们喜欢拿"主义"说话，我不喜欢。如果愿意，那么我说，《太阳底下》写抗战时期的重庆大轰炸，就不是现实主义手法。但对命运流程的关注是始终存在的，我觉得那样的小说才有意思。有意思的小说不一定好读，托尔斯泰的小说有时几十页都在议论，并不好读，但有意思。有意思的深处是有意义。在我看来，有意思有意义就是好读。所以好读不好读，是要因人而异的。

余：有些通俗小说包括网络小说也认为自己有意思和意义。

罗：在我心里，没有传统文学和网络文学的概念，也没有所谓青春文学、校园文学等等的概念。我不赞同用媒介为文学作分野，也不主张拿题材为文学划界。文学就是文学。对一切好小说和好作家，我都尊敬。

余：您认为自己的写作，有无明显的分期？

罗：2008 年以前，我都比较关注当下，是所谓"共同体验"或者"社会体验"的范畴。之后有了变化，即便选材跟以往类似，写法上也不一样。我以前的写作，非常沉重，包括《饥饿百年》，很沉重。我后来的写作，即使写重庆大轰炸，天天死人，表述都不会那么沉重了——虽然内在精神气质是一致的。

余：转折的原因来自哪里？

罗：人总是要进步的，举重若轻跟举重若重相比，就是一种进步。从读书上说，我曾经在日记里写：抛开托尔斯泰，两年以上不读他。雨果也不读。这两年，跟你一样，读卡尔维诺，读博尔赫斯，读略萨，读昆德拉。读到后来，读烦了，又去读托尔斯泰。也读斯坦贝克，他的《愤怒的葡萄》，写拖拉机把美国农民变成流民，写到绝望时，你觉得无法再绝望了，但是继续绝望。这就是他的厉害之处。余华的小说也是，下死手往破碎处写。作家写作时要"心狠"。温暖和感动，当然是一种境界，但使人感动之后，还要能过理性那一关，要经得起反刍，要能在读者心里留下一段空白；如果眼泪一流，万事大吉，甚至为自己的流泪感到羞愧，那感动就是廉价的。"让人充实"是很古老的评价标准，现在依然成为标准，只有读者心里有了空白，有了某种不适，才可能真正充实。现代人看上去很独立，其实只不过是更加能适应罢了。艺术要给出一点"不适应"。但我依然要说，情感是艺术的命脉，伟大的情感才能培育出伟大的艺术作品。

余：2008 年到现在，您的写作风格就无多大变化了？

罗：一个人总不能老是变，更不能随时变。其实，变是危险的，很多作家是一变就死的。我 2008 年以后的作品，尤其是 2010 年以后的作品，比以前写得更好，有些作品比以前好得多，但读者不如以前那么多。有个读者甚至对我说：2010 年以后怎么没见你写什么呢？其实我一直在写，既在刊物上发，也出了几个单行本，他只是不认。对此我并不在意，我知道自己在干什么。

余：那您会关注自己在文坛的地位吗？

罗：不要说我不关注，就是关注也毫无意义。在这个层面上，我只能关注到我自己，也只能要求我自己，要求自己认真。其余一切，都与我无关。

余：那您对自己目前的写作成就有无评估？

罗："成就"两个字太压人，我还说不上成就。其次我不跟人比，也不在意别人对我的命名。前些天一家刊物采访，也谈到类似话题，我说命名跟一个写作者的关系，只是外部的和临时的关系。尼采说，只有非时间的东西才可以命名。当你还在时间的路上，还在写作的路上，就没有人能够给你命名。

余：很多作家都不愿意接受标签。

罗：其实也不是。真正令作家沮丧和失望的，是当他有了一个标签，他不满足，他试图改变，可当他有了明显改变之后，某些评论依然往那标签上扯。那是一种偷懒的评论，是先提来一个筐子，再把作家作品往里面装的评论。这种评论对文本缺乏基本的感受能力，因此不只是偷懒。

余：对自己的写作特色有无清晰的定位？

罗：没有。我不知道有多少写作者会去想自己的写作特色。拿到一个题材，我必须先产生第一句。有了第一句，基调就定了。每个小说自带气场，它晓得语言往哪个方向走；如果没走对，没有找到自己需要的节奏，是写不下去的。好比走着走着劈面碰到一座山，如果翻不过去也绕不过去，就只得放下。当然有时放一段时间又能捡起来，苏童说他的《妻妾成群》写了一部分，写不下去了，放了很长时间再捡起来，又顺顺畅畅接下去了。这样的情形许多写作者都会遇到。

余：在写作时候，是否每一部小说都想达到一个目标？突破或超越？

罗：每篇作品都会有所追求，这一点追求就是目标。要说每部小说都去突破和超越，那大概是很难完成的任务。作家分两种，一种是一生都在完成一部作品，如麦家；另一种是一生都在写不同的作品。说不上哪种更好，写好了，都好。

余：您是哪一种呢？

罗：或许更倾向于前一种。但也难说。

余：如果写出来后，让人有似曾相识之感，怎么办？

罗：我刚才说，速度挤压了空间感，千万里之外发生的事，几秒钟就可以晓得。如果小说只是故事，那当然会似曾相识。所以今天的小说跟《水浒传》时代的小说，肯定不同，今天的小说在故事之外，或者说在故事的背后。故事是简单的，而且很多作家还会刻意去要那个简单，辽阔在故事的背后。有人说，而今的生活比作家笔下的小说还要精彩。这是对小说的误解，好像小说要去跟生活比"精彩"一样。又有人说，手机段子比小说还有想象力。这是对想象力的误解。真正的想象力不是碎片，而是由此及彼，环环相扣，构筑一个完整的世界。千万条手机段子，也无法与《安娜·卡列尼娜》给人的滋养相比。

余：您认为文学不会消亡，而是朝更深邃的方向走，那未来文学的形式呢？

罗：唐诗、宋词、元曲、明清小说，每个时代都有一个相对昌盛的文学形式，这跟时代的要求是有关系的。这证明文学形式肯定会起变化。当今短长篇相对行销，就是"速度"的要求。还有前面说到的网络文学，也是，或者说更是。但我们需要注意的是，无论文学形式怎样变，文学标准没变。文学标准没有对错，只有高下，但在艺术领域，高就是对，下就是错，这是没有办法的事，是每个写作者都必须承担的严酷法则。再一点，我们国家的网络，居世界 80 多位，比越南都差，比欧美就更差了，他们接收信息更快，但欧美到处都是读书的人，读大部头，《荷马史诗》啊，《神曲》啊，都读。这说明人们对生命内部有深入了解的渴望，这只有经典文学能做到。王阳明讲，心绪纷乱则静坐，不想读书则偏读书。这是因病用药，是对自我的疗治。当我们感觉速度太快，就该有意识地慢下来，也是因病用药。当大家都在写短长篇，写网络文学，而你写出了一部对时代有洞见、有把握的大部头，你是对写作的因病用药。李敬泽说，写小说不是坐动车，而是坐三轮，一路看，慢慢摇。说得好。欧美科技那么发达，读书的人和写作的人，却都能坐住。我们现在正处于一个非常微薄的过渡时期，我们就把它看作未来的景象，并为此恐慌，这是目光短浅。

余：您对自己现在的创作状态满意吗？

罗：既满意，又惶惑。我希望自己能不断往好处写。向上，既是你的当下，也是你的使命。有时候觉得累，怕进那间工作的屋子。但写起来就快乐了。最烦躁的是刚写完一部作品，该休息一下的时候，手边却没一本特别中意的书读。

余：现在的写作环境呢？

罗：还行。我不上班，时间相对自由。

余：有无大的创作计划？

罗：应该说是大方向，这个是有的。现在的时代应该是出好作品的时代，波澜壮阔的。关键是看你有没有洞察和把握的能力。我们现在很多是碎片式写作，只看到河流中的一朵浪花。如何洞穿一个时代，像《愤怒的葡萄》那样，也像挪威作家哈谟生的《土地的成果》那样，抓住时代的本质，并用作品对时代有所概括，就是一个问题。这是很多作家，包括我，都想去追求的。

余：看来您一直比较关注土地。

罗：土地和人有原生关系。

余：您关注时代，会否担心过时？

罗：安娜如果有手机，给伏伦斯基发个短信，或者伏伦斯基给她打个电话，她大概就不会自杀。安娜生活在没有手机的时代，但网络时代的人们还是要去读《安娜·卡列尼娜》那本书。

余：你关注时代，是否关注时代政治？

罗：政治是时代的一部分，但文学大于政治。我常常说，如果我没读过《追风筝的人》，只从时政新闻里去评判阿富汗，真是觉得那是个不可救药的国家，因为读过那本书，我的眼光完全变了，知道生活在那片干旱土地上的人们，跟我们所有人一样，有渴望，有追求，也有苦恼、挣扎和忧伤。一切忧伤都让人肃然起敬。《追风筝的人》写出的是另一个阿富汗，一个更加真实的阿富汗。这是文学的魅力，也是文学的高贵。因此文学既大于政治，也必须超越政治。文学关注的是人，关注人的现实命运，关注他们从哪里走来，又会朝哪个方向走去。政治只是人物的背景。一个现象是，国外一些作家，当他们到了异国他乡，好多都写出了伟大的作品，而我们国家的作家，去了异国他乡，创造力普遍下降，有的甚至变得非常无聊，这是因为他们被政治喂养，他们以为放开手脚过后，大胆揭露，就能写出好作品，其实这是另一种为政治服务。当揭露背后没有宽广的情怀，好作品就不可能呈现。揭露不能成为揭露的目的，批判也不能成为批判的目的，用揭露和批判的手段，激发出人们的责任心才是目的。

余：那么写作中，您会有民族意识吗？

罗：民族意识应该是血液里自带的。身份意识是祖辈就给你了。现在要说民族，很纯的民族基本上已经不存在了。我写作时很少考虑民族。我不认为更不会强调我是汉族作家，但我认同自己是汉语作家。作为写作者，对汉语是有责任的。汉语很美，许多古典诗文，读起来实在是美。我觉得，白话文还没有美到古文的程度。古代就是不起眼的文人写的《东京梦华录》，读来也美不胜收。所以写作者还是应该有义务，如何把白话文越写越好。但我反对作家单纯地去追求语言。我觉得把文章写得太精致了不好。我喜欢文字有内在的力量感。如果一个作品太精致，太光滑，在语言上过分考究，内里却很苍白，没有意义，那就不行。文学技巧是不能单独提出来讨论的。小说需要毛茸茸的感觉，有很多气息，也有很多气孔在里面。好作品不一定要求完美，但一定要有光彩，在某个地方突然焕发出光彩。不说别的，连《卡拉马佐夫兄弟》也很不完美，但它有光彩。

余：有无通过写作成为汉语或汉族作家代言人的想法？

罗：从来没有。我只为自己代言。

余：汉族作家大多数都没有民族代言人的想法，少数民族作家有些有。

罗：少数民族作家大多有信仰。像张承志《心灵史》还有非常强烈的民族意识。汉族作家大多没有信仰，但有"信"。一个东西你信了，就比如以前说书人说到武松打虎，他信，就说得眉飞色舞。所以信是很重要的。实际上作家对世界，对人类，包括对自己，都是持怀疑态度的，但落笔时，会相信一个东西。你相信的东西很可能叫不出名字，它是一束遥远的光，你向它靠近；它也许不能照耀到你，但你能隐约感觉到。某种意义上，对语言的信也是一种信仰。

余：您平时跟少数民族作家有交往吗？

罗：当然有。但没有民族界限，都是人与人之间的交往。

余：请您谈谈您对四川作家的认识。

罗：我对四川的小说作家认识多一些。他们都很厉害，阿来不必说了，其他人也很厉害。有回云南的范稳来，跟何大草、袁远聚。何大草说，他上 50 岁后，写出的每个字都要是自己想写的。他跟袁远都是不闹腾且有追求的作家。

余：很多人认为现在是没有经典的时代。

罗：这样来说比较恰当：现在是一个经典显得不重要的时代。

余：我们现在的评论界，批评当代文学的声音太多。

罗："一扫光"的评论是好做的，研读文本就难了。

余："一扫光"是一种大字报式的、标语式的、诘问式的批评。

罗：这样的东西现在还很吃香。

余：但实际上我最近在读四川文学的时候，还是感到遮蔽了一些好作品。

罗：作家在写作时，不会考虑遮蔽不遮蔽。

余：那您和作家交往，会谈对彼此作品的看法吗？

罗：不会。或者说偶尔才会。小说家不是诗人。小说家看起来谦虚，实际不是。小说家都老谋深算，聚会时一般说说各自对小说的理解，喜欢哪位作家哪部作品，不会谈论对方的作品。只有诗人才会说：你那首诗写得太臭了，你把老子这首看一下看！小说家不会。

余：小说家在一起都不谈吗？可惜。应该讲的嘛。

罗：心里是清楚的，比如某人的小说过于漂亮了，太绕了；某人的短篇好，中篇不好，长篇更不好，因为缺少支撑长篇的力量……

余：阿来《尘埃落定》就很漂亮啊？

罗：是漂亮。但它后面有个改朝换代，有复仇和生死，这些东西能推动小说朝前走。漂亮是好的，但不能止于漂亮。小说的高下，其实是一眼就能看出来的。

余：一般人看不出来。嗯，您的《饥饿百年》，就不太漂亮。

罗：确实是。那是很早的作品了。那时候没有现在这样精细，写完看一遍就给人家了。也有个激情问题，那时精力充沛啊。现在越来越追求缜密，但这也潜伏着另一种危险，就是内在冲动弱化了。这是我不喜欢一个作品太精致的原因。精致意味着他更认真了，更认真更自觉了，但危险也随之而来，就是力量感的丧失。山洪虽不美，却可以冲垮巨石席卷一切，小溪清澈而温和，却听不到山洪的吼声了，见不到那让大河膨胀的丰沛了。遇到这种情况，写作者会自己去调节，他会意识到自己的弱点和长处，意识到自己的危机。——好吧，今天就这样吧。

余：好的。非常谢谢罗老师。每次跟作家见面，我都觉得自己提高了一点点。今天跟罗老师见面，收获到了两个字："力量"。非常谢谢！向您学习，朝着自己的方向努力！

罗：共同努力。

（作者单位：余红艳，四川大学文学与新闻学院；
罗伟章，四川省作家协会巴金文学院）

最伟大的书是命运之书

——对话罗伟章

周　毅　罗伟章

　　周毅：罗老师好，谢谢您接受采访。

　　罗伟章：我们的交往和交谈都是愉快的。

　　周毅：读到您的作品常常感到惊喜，因为您不断跳出自己既已习惯并有所成就的题材领域，但在新的领域同样得心应手；并且《不必惊讶》《太阳底下》等作品在文体方面也做了很有益的探索。您还曾表示，希望"在同一块地里种出的不再是土豆，而是月亮、星星"。可以说，您绝不是那种读单篇让人惊艳，读全集让人讨厌的作家。您能分享一下这样不断突破边界的得失与苦乐吗？

　　罗伟章："突破"这个词是不好随便说的，边界有时候是命定的。所谓命定，是指它的极限，但谁也不会一下子就碰到那个极限，极限以里，边界是个相对概念，如果你是在生长，你的边界就会越来越远，然后是更远。这种拓展，给人明亮和舒张的感觉，是让人惬意和享受的感觉。巴尔扎克曾经说，我不够深，但我够宽，我绕自己走一圈也挺花时间。这是就他庞大的身躯而言的，听上去是句玩笑话，其实也是意味深长。我觉得，一个人要有深度，首先得有宽度，没有宽度的深，是深不到哪里去的。古人所谓"凿井者，起于三寸之坎，以就万仞之深"，是指目标的确定性，在确定那个目标之前，也就是找准"三寸之坎"之前，一定有个走马巡疆的过程，这就是宽度。当然，把头探出边界，是件冒险的事情，你误以为边界之外也是自己的领地，结果不是，你就可能挨闷棍，甚至中枪。希望突破是人的本能渴望，作为写作者，还会将那种本能化为自觉，但没有谁能担保你会成功。事实证明，许多人在突破的路上倒下了，你从那路上过，能见到累累白骨，但你还是要继续前行，因为你所从事的职业，自有一种内在要求，它不断地怂恿和督促你：再走一步，再走一步。

　　周毅：我记得有次您说最伟大的书是命运之书，我也感觉到了您不同小说中似乎有一个大致相同的内核，那就是极力描摹不同时代各色人等，尤其是小人物挣脱命运枷锁与人性困境的努力和无力。这一点在《空白之页》里似乎尤为明显。我不知道这种感觉是否是一种误读？

　　罗伟章：与命运相比，技术和风格都退居次席。记得香港诗人兼翻译家黄灿然有篇文章，提及米洛格写的《文明如何衰落》。米洛格认为，文明人只想着好与美，终于被"野蛮人"推翻；"野蛮人"感受到了文明的好处，接纳它，有时候还把文明向前发展，直到有一天轮到他们被推翻。作家的创造力同理。当下的英语写作，正被来自非洲、加勒比海、印度等前殖民地的"野蛮人"强力"入侵"，再加上埋伏在英美等地的外裔作家的内应，使英语写作改头换面；获得布克奖、诺贝尔奖的英语作家，也大多来自于那些地区。

我特别注意到"只想着好与美"这句话。它不仅指生活，还指文风。由此我想到莫言的写作。莫言获诺贝尔奖，有些人不服，认为自己或别的什么人，比他写得更精致、"更文学"。但想想莫言作品中那种山呼海啸的"野蛮"力量，就能照出自己的纤弱，就该知道文学其实具有多种形态，你的那种形态别人一学就会，而别人的那种形态，你可能永远也学不会，因为那需要的是一种原创力，是包罗万象和藏污纳垢的精神气象；藏污纳垢用在这里不是个贬义词，是说像土地那样，能将污垢变成花朵，变成果实，这是一种相当了不起的能力。有些人的作品确实跟他们的日子一样精致了，真像花朵或果实，看一眼，尝一口，都挺好，不过也就仅此而已了，那种勇于接纳和催生的伟力，是一点也没有的。再说到原创，写到昆虫的出生时，来一句："它来到这个世上，没有谁欢迎它，石头是它的摇篮。"这就是原创。所以原创不是一个笼统的概念，更不是一个神秘的概念，谈原创力的时候，不能肤浅地局限于技术论和方法论，而是要着眼于本土立场、经验世界、情感深度和细节表达。

你对我的作品的看法，是对我的赞扬，但愿你不是误读。

周毅：您曾说，每当您在写作中遇到难题，就会走向托尔斯泰，向大师寻求力量。您能举一两个具体的创作实例来分享一下重读托尔斯泰如何推动了您的创作吗？记得您在四川大学讲课时提到，从报社辞职以后，您曾就着馒头稀饭系统地读过许多重要作家的重要作品。我想问一下，除了托尔斯泰，您还比较推崇的外国作家有哪些？

罗伟章：托尔斯泰并没教会我什么，他太高了，他从未受到现实世界的深深伤害，却写出了巨大的悲悯之作。他是对人类存在意义上的悲悯。他小说的结构，教堂般恢宏庄严。这实在太高了。太高的人是不会教你的，正如"篮球皇帝"乔丹，优秀到伟大，退役后却不去当教练，那是因为他当不好教练，在他那里非常简单的事情，你却要通过努力才能做到，甚至百般努力也做不到，他就不能理解，也指不出让你改进的方法。托尔斯泰于我就是这样，因此我举不出具体的实例来说明他怎样推动了我。我只是从他那里接受宏观的教益，那就是：如何强健自己的灵魂，如何面对自己的工作，如何让一些普通的词汇跟自己的写作达成平衡。

我读书没有系统。如果我在川大那样说过，那肯定是吹牛。不过想想那段日子，真是美好，太美好了……我当时睡在小小的书房里，搭地铺，晚上十点左右关了电脑，就躺下看书，稍不留心，就看到凌晨一两点。当熄灯就寝，我感觉充实而且幸福。许多时候，关了灯又开灯，又接着读。读得乱七八糟的，没什么系统，要说有一点，是我喜欢上一个作家过后，会尽量多读他，除他本人的文字，还有关于他的文字，只要能找到，都不想放过。雨果、陀思妥耶夫斯基、梭罗，也包括毛姆的《月亮与六便士》，当时都给了我难以言说的震撼。

说到读书这事，我特别赞同布鲁姆的看法。他在《文本的研习》中说：与草草读完许许多多的书相比，深入地阅读一本书的经验会教给我们更多的东西。好好读一本书，也就可以以此为基点阅读任何一本书，而把书当作流通货币的人则根本不可能完完全全进入一本书。另外我觉得，一个人一定要隔段时间就读一部大部头，这几乎说不出理由，但我觉得是这样；我有好久没读过大部头了，这让我空，而我没读大部头的日子读的是鲁迅，按理不应该空，但就是空。大部头（当然是杰出的那种）是山峰，短文章（当然也是杰出的那种）是山峰上的土石和花草。我实在应该马上去找一本大部头来读了。

周毅：我是一个笨拙的阅读者，居然曾统计过您小说的用词。我发现"永远活着的伤疤""伤疤""伤""疤"等成了您使用词频最高的修辞惯例和主要意象。请问您为什么"执着于"揭开"伤疤"，而揭开"伤疤"的时候却又常常带有悲悯情怀？

罗伟章：关于悲悯，我曾跟武汉大学一位教授讨论过。他的意思是，你只要在悲悯，你就是站在居高临下的立场上。初一听我还惊了一下，细一想却也没啥道理。事实证明，具有悲悯情怀的人，都是在平凡中蕴含热情和博大的人，居高临下不可能悲悯。揭开伤疤不是我的本意，伤疤给予我的痛，才是我绕不开的东西。写作是从个人通向人人，作家的任务，就是凿开那条通道，然后去表达你的发现、痛楚和热爱。

周毅：您的具有挽歌情调的《舌尖上的花朵》《我们居住的地方》等作品叙事者或主人公往往是一个"乡村哲学家"。您现在对飞速城市化、现代化对乡村文明的强势淹没有什么新的看法？

罗伟章：新看法说不上。政治经济学教导我们，这是一个过程，中国要强盛，就必须如此，对此我不情愿地承认。承认是一回事，过程中的歌哭悲欢对我的冲击，是另一回事。我的写作，就针对这"另一回事"。而今的不少文学家都变成政治家和经济学家了，小看"挽歌"，认为那没有意义，他们不知道挽歌中既有关于人的意义，也有关于文学的意义。如果我们稍稍想一下，世界上的艺术（不仅是文学），有大半都是挽歌。许多人习惯性地为挽歌加个前缀："伤感的挽歌"。其实，挽歌不是让你伤感，而是让你走向宁静。走向宁静，才是挽歌的真正价值。有时候我想，人在拥有和期待的时候往往是浮躁和焦虑的，却在丧失之中收获了广阔的原野，这道理是没法讲的，因为它可能本身就没有道理。

周毅：您笔下的留守儿童，如《我们的路》中的银花、《故乡在远方》中的小丫、《幸福的火车》等孩子曾深深触动了我。您对这个群体现在还有关注吗？

罗伟章：关注是关注的，但在作品中出现得不多了。留守儿童的危机，比我们想象的还大。首先是个体的危机，我以前写过的那些，根本就算不上什么。我经常回到故乡去，听到一些有关留守儿童的惊心动魄的事件（不是故事），我之所以没写，是那种写作的渴望没被点燃，或者这方面的渴望已被消耗。对此我也警觉过——是不是麻木？写作往往需要一种对抗的力量，当这种力量已被默认，已经见惯不惊，那力量就自行消解。这很不好，我是说对一个写作者来说很不好，写作者正应该在见惯不惊的地方去倾听惊雷。其次是整体的危机，这方面还没有大面积显现，但一定是会显现的。

周毅：当年您勇毅决绝地离开了故乡，却又用文字不断搭建返乡之路，在精神上一次又一次返乡。普光镇不断出现在作品中，也逐渐营造了一个相当成熟的艺术世界。我们不能说大巴山甚或普光镇、罗家坝就是您笔下的福克纳曾倡导的"那块邮票大小的地方"，因为您的作品远不止写了这些地方。但是，我还是非常好奇地想知道，您作品中的普光镇和现实中的普光镇有何联系？

罗伟章： 正如你所说，精神上的联系。我不知道是不是所有作家都要从故乡吮吸精神乳汁，根据海德格尔的描述，应该是的，他认为"诗人的天职是返乡"——这里的"诗人"，指一切艺术家。当然海德格尔也具体论述了一位诗人——荷尔德林，他说荷尔德林自步入诗人生涯以后，全部诗作都是返乡，说接近故乡是"接近万乐之源"，说返乡是"返回与本源的亲近"。这句话说得太好了。我的许多小说，故事分明不应该发生在大巴山、普光镇、罗家坡或罗家坝，但我搬到那里去发生，那里有个场域，能让我左右逢源，那里花自开水自流，气息扑面而来，人物进进出出；那些人物和万物，我并不在小说中用，但他们包围并浸润着我的小说，我对他们情感和念想的熟悉，如同对方音的熟悉。这就是"本源的亲近"。

周毅： 我注意到一个有趣的现象，在既邀请了批评家又邀请了作家的文学座谈会上，往往批评家到得比较多，而作家缺得比较多，似乎二者很难说到一块儿，你怎样看待当下批评家和作家的隔膜？

罗伟章： "批评"这个词，在一些批评家那里成了批判，成了吹毛求疵的指责乃至否定。他们在意的是自己的圈子和渊源，而对具体作品的真切感受和诚实判断却几乎看不到。这样的批评文字满天飞，正意味着批评的缺失。真正的批评是一种发现。在这一点上，我非常认同乔治·斯坦纳的观点，他认为批评家要与书评写手区分开来，要百里挑一，把好作家和好作品推荐给公众。但我们的许多批评家做不到这样，他们把研究和判断简化为牢骚，把评论作品简化为挑刺——而不是甄别，更谈不上发现。一个普遍存在的事实是，批评家对作家和作品越是不了解，说话口气就越大，就越敢指点江山。作家跟批评家的会议，变成了庭审现场，批评家既当公诉人，也当法官，审判的对象是作家，而作家还不能抗辩，否则就说你不接受批评。但文学的事实远不是这样的。批评家可以当法官，只是这法官不是谁都能当，要舍得下笨功夫，要有公正，有慧眼，有对文学和读者高度的责任心；再是要有洞察力，有思想。批评家经常指责作家没有思想，但他们自己在这方面似乎也并没提供什么价值和意义。那些让人敬重的批评家，不仅能给出一种方向，作家甚至还能从他们那里得到灵感。

另一方面，如果没有深入的、令人信服的剖析，只一味表扬，一味说好话，那样的好话是廉价的，跟一味挑刺的"批评"，没有本质上的区别。

再一方面，作家的脆弱也显而易见。不知从什么时候起，文学界似乎形成一种心照不宣的"共识"，作家坐到批评家面前，就是为了听好话。这简直近于无耻。这种不健康的风气背景深厚，由来已久。爱听好话是人之常情，但那是感性的层面，感性层面要经得起理性层面的过滤。作家要学会脸红，要有耻感，要掂量自己配不配那样的好话。同时，如狄德罗所言，我们不仅要听赞美之声，还要考察一下赞美者的德行。

总之我觉得，批评家自以为享有裁决的霸权，而作家发现你事实上并不具备享有霸权的能力。作家内心的孱弱，文学界的不正之风……使批评家和作家不能达成真正的交流。这方面我更喜欢诗人，他们的闹闹嚷嚷至少包含着一种民主。不过据说现在的诗评也已败坏了。

周毅：能否分享一下你的《太阳底下》为何选择迷宫叙事的写作策略？

罗伟章：也没刻意。在这部小说里，不是历史进入现实，而是现实进入历史。历史本身就是迷宫，就是罗生门；不要说大半个世纪以前的事，就是昨天发生的事，一旦进入记忆，就惝恍迷离，记忆被叙述，就会更加偏离真相。但究竟什么是真相？许多时候，被叙述才构成真相。历史与现实形成一条循环的河流，当现实之水从历史流过，就染上了迷离的色彩，因而现实也跟着迷离。《太阳底下》就是这样。写这部小说，我是用心的，长达两三年的准备不必说，我是说如何写它，很用心。所谓用心，一是结构方面，二是看清并尊重自己的"看清"。小说出来后，首先是北师大的张柠、魏筱潇，次是上海的程德培、南京的鲁敏，也包括你，或写文章，或电话短信表达赞许。张柠为《南方都市报》负责一个版面，他请邱华栋撰文，对这部小说给予评说和推介。但小说的影响终究是有限的。程德培说，他认为那年出版的长篇，有两部好小说，一是《繁花》，一是《太阳底下》，但《繁花》火，《太阳底下》冷，他为此感到疑惑。其实没啥好疑惑的，作品跟人一样，各有自己的命。

周毅：胡学文曾提到你《大嫂谣》《我们的成长》《我们的路》等作品"沉重却不绝望"，有着能带给读者希望的"温情的底色"。请问您是有意为之吗？如果是，那么如何把握这个"度"？

罗伟章：先不说我的小说，先说我最近看的一部韩剧。韩剧在中国风行多年，我却是一集也没看过，我本身看电视剧就少，另外我对风行的东西有种本能的拒绝。韩剧那么多人迷，我开始以为不过是时尚而已，在我眼里，时尚历来都不具有建设性，可是现在我修正了我的看法——我是说对韩剧。有天偶然看到《可疑的三兄弟》，我竟然也迷上了，看了好些天。播放时正是吃晚饭的时候，我吃饭的速度比平时放慢了十倍以上，饭已冰凉，还没吃下去一小半。剧里那些平凡的人生，个个都过得那么难，但没有谁转身、放弃、撂挑子，他们心中都自有一份爱，对父母，对子女，对工作，对梦想，甚至对自己失败的过去，他们就为这份爱在生活里扑腾。学文说的"不绝望"，大概就指这个。他自己的作品也是如此。这与其说是有意为之，不如说是对生活的忠诚。

文学是什么，历来是被争论的，我在随笔集《把时光揭开》里面，也多次涉及这个话题。大家似乎特别喜欢引用昆德拉的话：文学是对可能性的发现。这当然对，但是，当文学把那些可能性发现之后，就算完成任务、再无作为了吗？我认为，以托尔斯泰、陀思妥耶夫斯基、契诃夫、果戈理、索尔仁尼琴等为代表的俄罗斯作家，之所以树大根深，就因为他们没有止步；他们从不满足于探讨人可能怎样，还要探讨人应该怎样。包括前苏联作家特里丰诺夫，也直言不讳地宣称："文学的任务从总体上来说是使人变得更美好。"里尔克把这种"使人变得更美好"的文学，看成是"我们最艰难、最重大的事，是最后的试验与考试，是最高的工作，别的工作都不过是为此而做的准备"。而我注意到，眼下的一些中国批评家，对文学与人"应该怎样"的探索，对道德的探索，习惯了撇嘴。他们似乎不知道，在文学上，道德问题其实是一个美学问题，作家在探索道德的时候，骨子里是一种美学判断。

周毅：罗老师，接下来的问题大都与《空白之页》有关。您《空白之页》的标题似乎有多重隐喻？其中，孙康平的妻子杨惠君，在去重庆借钱为丈夫治病归途中想顺道去看下囚禁丈夫长达两年之久的白墙监狱，可按照丈夫描述的地址找过去，那里什么也没有。这里的"白墙监狱"也是一片"空白"。"白墙监狱"为什么最后会不存在？为什么要这样设置呢？

罗伟章：《空白之页》这部小说，可以说是《太阳底下》的续篇；内容本身并不是，但在我的写作上是。写了《太阳底下》，我心里还硌着，很不舒坦，需要完成另一部小说让自己舒坦起来，于是从"太阳底下"溜走，钻入一片阴影之中。《空白之页》就是那片深长的阴影。标题是里面一群人的人生书写。空白让人梦想，却也可能是对梦想的灭绝，在后一种意义上，它将你生活过的痕迹，包括你正在生活着的事实，包括你的痛苦和承担，全部归零。这连废墟也不是了，比遗忘还彻底，甚至比死亡也彻底。白墙监狱不存在，因为它是最大的存在。"大音希声，大象无形。"有形的监狱可以出来，无形的监狱永远出不来。当人们并没觉悟，不知道自己处在无形的监狱之中，也就罢了，一旦觉悟，各种问题就出来了。

周毅：《空白之页》以死亡开头，读完整篇小说，比想象的更加压抑，除了惠君最后善待邱大，似乎很难看到小说中人性善良美好的一面。您用了大量的细节描写和心理描写来剖析人物，就像一个放大镜，让我们看到了人性最丑恶的一面。灾难和贫困导致了人性的异化，"一切都需从头再来。……战争灾难的深重，即使是胜利的一方，也难以消受，当兵荒马乱已经过去，胜利成为确凿的事实，才见出胜利的苍白和苦涩，当废墟站立起来，打倒了入侵的强敌，才知道什么是真正的废墟"。废墟这个词语在小说中出现了9次，我感觉是不仅城市和家园需要重建，战后的人性、人心也变得荒芜破碎，如废墟一般，继续重新开始修补或建设。

罗伟章：是这样的。

周毅：如果说《空白之页》中，孙康平奔赴重庆主要是为了成就自己的英雄梦，证明自己的勇气，那与他同去的郭相臣和张东生去重庆的真实目的是什么？

罗伟章：当时的青年，"奔赴"本身就能成为目的。我们甚至不能说，奔赴这里是进步青年，奔赴那里就是反动青年，不是这样简单的。当然他们内心会有一种认同，然后朝着认同的方向去，其实那种认同是模糊的，整体上很迷茫。一个人，从迷茫走向清晰的过程，有时候是自我塑造的过程，有时候却正是梦想破灭的过程。

周毅：《空白之页》中两个几乎一直没有正面出现的人物郭相臣和张东生，都是渡口城满腹壮志的边缘知识分子的代表，和孙康平一起到重庆求学，但一个死于大轰炸，一个加入共产党，导致家人受害，解放后回渡口城做了县长，最终也难逃被戴着袖章的小将们打死的命运。为什么要将他设置为被打死，而且是借别人之口一笔带过？在这样的大时代下，小人物就找不到任何出口吗？还是他们本来有生活原型？

罗伟章：没有具体的原型，但所有小人物都可作为原型。小人物的"小"字，既指身份的卑微，身位的低下，也指愿望的逼仄，空间的褊狭，而我，是要将他们的愿望和空间稍稍扩大一点。扩大的结果是被粉碎。这还不算最坏的，最坏的是你就那么蜷着，照样被粉碎。小人物不是找不到出口，如果碰上一个稍好的时代，小人物只要放弃梦想，也基本可以做到寿终正寝。但问题在于，人和物的区别，是人有梦想，放弃梦想，就是放弃做人的权利，你的所谓人生，便跟着成为一片空白。人们向往盛唐，并不是因为那个遥远的帝国无比强盛，而是生活其间的男人和女人，只会感觉到自己的无能，不会感觉到自己的无奈。真正的繁荣不只是经济的繁荣，还是情感和思想的繁荣，还是小人物们梦想的繁荣，他们在合理合法地追逐梦想的道路上，会付出很多的汗水，却不会付出那么多的辛酸屈辱乃至生命。

周毅：孙康平自从进入"白墙监狱"，就一直在寻找自由，但是什么是真正的自由？他走出监狱，狱警的话侧面告诉他：自由是不存在的，你出了小监狱，又进大监狱。当他回到家中，在那样的生活环境下他也最终明白了这一点。是不是对于他来说，死亡才是真正的自由？因此您以他的死作为小说的开头，并且写道："生活终于放过了我，却要继续为难你们。"记得您曾说："所谓作家也无非是为人的心灵找到一条通向自由的路径。"您对自由的理解是什么？

罗伟章：你这么问，我还真就答不出。如果有一点回答，已隐含在对你前面那个问题的回答当中。但可以肯定的是，我心目中的自由是有限定的，引用布罗茨基的话说，要有个性，还得有牺牲，这才是成熟个性的主要特征。布罗茨基讲的是翻译，我把它借用来讲个性，也讲自由。有限定的自由才是真自由。这限定就是责任，对他者的责任。"人只有承担责任才是自由的"，这是卡夫卡的话，胡适说的跟他如出一辙。胡适认为，有两点对人最重要，一是自由意志；二是担干系，负责任。所以，在这些大师的心目中，"自由"同样要加以限定。大家都有个常识，在空旷得没有边际的平野上开车，更容易翻车，这是没有限定的结果。从艺术创作论，随心所欲的"泛自由"更是不可想象，对此我喜欢拿平衡木作比，如果平衡木不是 10 厘米宽，而是 100 厘米，选手们就无法在上面创造奇迹。一个有志向的写作者，还会自设难度，自设限定。当然，我这里是说创作，不是说政治意义上的自由。政治意义上的自由是另一回事。

周毅：《空白之页》中描写郭家父母被砍头的那一段，从渡口城其他民众身上，我们似乎都或多或少看到了些鲁迅笔下"看客"的影子。但是为什么孙康平和他的父母都害怕彼此去看郭家父母被砍头？这里暗指的是郭相臣的暴露是跟孙家有关？郭相臣最后将孙家划为中产阶级，也是这个原因吗？

罗伟章：我忘了是不是暗示，也可能不是。人心是无底的深渊，有时你讲不出因果。

周毅：邱大活到最后，生了"怕光"的怪病，这种"怪病"有什么寓意吗？

罗伟章：怕光是怕"看见"。

周毅：《空白之页》中画家出高价买卖豆花的商贩捡来的老鹰和野兔的连体枯骨，并说"它表现了大自然和人类社会的全部哲学"。那么大自然和人类社会的全部哲学是否就是弱肉强食、乐极生悲？由此您引出了张家老大被枪决。在您看来，这个哲学在当代社会也同样适用吗？

罗伟章：人类社会的全部努力，就是想颠覆这种哲学。因为人始终想把自己跟物区分开，而抛弃丛林法则，这是最最重要的区分。人类社会在努力的路上。

周毅：《空白之页》中多次写到一些神乎其神的事情，比如说阴阳先生见到阎王，被砍掉的头颅讲话等等，感觉细节上写得十分真实可靠，虚拟这些情节的用意是什么呢？

罗伟章：你前面说的，打开一面墙，包括阴阳之墙，为某种东西找到出口；另一方面，我是比较有意识地向传统文化和民间文化资源伸手。有段时间，人们反思"五四"，五四运动的功绩已载入史册，但同时，它以激进的姿态排斥传统和民间，使我们的文化渐渐失去了自主性，成为西方文化"过去时"的翻版。我觉得这种反思是有价值的。到了今天，改革开放使我们在经济上缩短了与发达国家之间的距离，文化却进一步"附庸化"了。要扭转这一局面，出路可能很多，也可能很少，但不管怎样，回望传统与民间，应该是比较可靠的选择。

周毅：最后一个问题，您对"文学川军"和"大巴山作家群"等提法有何见解？

罗伟章：我没什么见解。籍贯和户口跟写作者的联系，如果没有内化于写作者的禀赋和性格当中，就没有任何联系。而要内化，不是外在规定能够做到的。艺术可能与别的行当不同，别的行当从小到大，艺术从大到小。如果你不是一个世界作家，你就不是一个中国作家；如果你不是一个中国作家，你就不是一个四川作家；如果你不是一个四川作家，你就不是一个巴山作家。这并不是谈影响，而是谈胸怀，谈视野。不管有形无形，对写作者来说，边界都不是个好东西。再说写作又不是打架，更不是打仗，在这个领域，是一个一个的个体。

周毅：谢谢罗老师！

（作者单位：周毅，四川大学文学与新闻学院；
罗伟章，四川省作家协会巴金文学院）

附：罗伟章创作年表（2000—2015）

2000 年　短篇小说《一九六七年的夏天》发表于《长城》第 1 期。

2001 年　随笔《棉棉的误区》发表于《文学自由谈》第 6 期。

2002 年　散文《黎明前的阅读》发表于《江南》第 2 期；长篇随笔《我们居住的地方》发表于《长城》第 3 期；散文《抢救对季节的感觉》发表于《天涯》第 5 期，《视野》等多家报刊转载，收入《天涯精品丛书》；随笔《我们的胃口是如何被败坏的》发表于《文学自由谈》第 6 期。微型小说《独腿人生》发表于《百花园》第 1 期，《读者》《新世纪文学选刊》《作家文摘》《青年文摘》《视野》等数十家报刊转载，收入《中学生课外读物》《中学生实验教材》等，获《小小说选刊》两年一度的优秀作品奖，《微型小说选刊》最受读者欢迎作品奖和由中国微型小说学会主办、《金山》杂志承办的年度评选一等奖。

2003 年　长篇随笔《生活在人间》发表于《长城》第 1 期；随笔《他诚恳了，就能教我们》发表于《文学自由谈》第 2 期；散文《夜晚的秘密》《有些事情没法忘记》发表于《江南》第 3 期；散文《鸟儿两章》发表于《四川日报》10 月 24 日。短篇小说《秋天》发表于《四川文学》第 4 期；短篇小说《飞来飞去的夜晚》发表于《青年作家》第 6 期；短篇小说《第一铺》发表于《小说界》第 6 期，《短篇小说选刊》2004 年第 1 期转载。中篇小说《姐姐的爱情》发表于《青年文学》第 6 期；中篇小说《生活的门》发表于《当代》中篇小说原创专号。

2004 年　长篇随笔《生与死的诗意》发表于《长城》第 1 期；随笔《城里的狗和乡下的狗》发表于《创作·文字客》第 2 期；随笔《他不该如此顾影自怜》发表于《文学自由谈》第 2 期；散文《农村永存》发表于《天涯》第 3 期；散文《外婆这样的女人》发表于《北京文学（精彩阅读）》第 10 期，获第三届老舍散文奖。短篇小说《代价》发表于《芙蓉》第 3 期；短篇小说《我在身败名裂的边缘》发表于《四川文学》第 4 期。中篇小说《我的同学陈少左》发表于《青年文学》第 1 期，《小说选刊》第 3 期转载；中篇小说《哪里是天堂》发表于《红岩》第 5 期；中篇小说《故乡在远方》发表于《长城》第 5 期，《中篇小说选刊》2005 年第 1 期转载；中篇小说《河畔的女人》发表于《青年文学》第 7 期；中篇小说《我们的成长》发表于《人民文学》第 7 期，《中篇小说月报》第 8 期、《小说选刊》第 9 期、《小说精选》第 9 期、《中篇小说选刊》第 5 期等转载，收入《小说选刊》编选、漓江出版社出版的《2004 中国中篇小说》，人民文学出版社编辑出版的《21 世纪年选·2004 中篇小说》，获 2004—2005 年度《中篇小说选刊奖》，进入 2004 下半年全国小说排行榜。创作谈《许朝晖的生活算不算悲剧》发表于《中篇小说选刊》第 5 期。

2005 年　散文《乡下的树与城里的树》发表于《江南》第 5 期。短篇小说《莹莹和丁丁的世界》发表于《四川文学》第 3 期，《中华文学选刊》第 8 期转载；短篇小说《教子》发表于《红豆》第 5 期。中篇小说《半岛上的白蝴蝶》发表于《江南》第 1 期；中篇小说《我们的路》发表于《长城》第 3 期，《作品与争鸣》第 11 期、《小说选刊》2006 年第 1 期转载，入选《中国当代（1979—2009）乡土小说大系》《全球华语小说大系》等多种选本，获 2003—2006 年度《小说选刊》奖以及由中央电视台和《小说选刊》主办的全国读者最喜爱小说奖，译成韩文发表于《亚洲》杂志并出版单行本；中篇小说《夏天过后是秋天》发表于《清明》第 3 期，改标题为《代价》收入湖南文艺出版社《中国新写实小说》丛书；中篇小说《谁在喧哗》发表于《芙蓉》第 4 期；中篇小说《佳玉》发表于《红岩》第 6 期；中篇小说《大嫂谣》发表于《人民文学》第 11 期，《中篇小说月报》第 12 期、《小说选萃》2006 第 1 期转载，入选《北大年选·2005 小说卷》等多种选本，获四川文学奖；中篇小说《春意正浓》发表于《芒种》第 12 期。长篇小说《饥饿百年》发表于《小说界》长篇小说专号。创作谈《为别人的幸福去想象》发表于《中篇小说选刊》第 1 期；创作谈《小人物身上的骨》发表于《中篇小说月报》第 12 期。

2006 年　短篇小说《最后半小时》发表于《红豆》第 1 期；短篇小说《天堂鸟》于发表于《红岩》第 4 期。中篇小说《狗的一九三二》发表于《十月》第 1 期，《中篇小说月报》第 2 期转载；中篇小说《心脏石》发表于《长城》第 1 期；中篇小说《水往高处流》发表于《清明》第 1 期，《中篇小说选刊》第 2 期转载；中篇小说《姓冉的白云》发表于《青年文学》第 2 期；中篇小说《变脸》发表于《人民文学》第 3 期，《小说月报》、《小说精选》第 5 期、《中篇小说选刊》增刊、《小说月刊》选刊版转载；中篇小说《我们能够拯救谁》发表于《江南》第 2 期，《小说选刊》第 4 期、《小说月报》第 6 期转载；中篇小说《世界上的三种人》发表于《中国作家》第 4 期，《小说选刊》第 5 期、《小说月报》中篇小说专号转载；中篇小说《路上》发表于《红岩》第 4 期；中篇小说《水》发表于《上海文学》第 5 期，《中篇小说月报》第 7 期转载；中篇小说《舌尖上的花朵》发表于《青年作家》第 6 期；中篇小说《潜伏期》发表于《十月》第 6 期，获第八届十月文学奖；中篇小说《白天黑夜》发表于《中国作家》第 9 期；中篇小说《明天去巴黎》发表于《现代小说》立秋卷，《中篇小说选刊》第 6 期、《上海小说》2007 年第 1 期转载；中篇小说《左右都是彼岸》发表于《芒种》第 9 期；中篇小说《奸细》发表于《人民文学》第 9 期，《小说选刊》、《中篇小说月报》、《中华文学选刊》第 10 期、《小说月报》第 12 期、《名作欣赏》2008 年第 4 期转载，获第四届人民文学奖、第十二届小说月报百花奖、第二届中篇小说月报奖，收入《小说月报三十年》《中国文学年鉴》等多种选本。长篇小说《寻找桑妮》发表于《小说月报》原创版长篇小说专号。创作谈《我愿意这样理解小说》发表于《小说选萃》第 1 期；创作谈《让生命开花》发表于《中篇小说月报》第 2 期；创作谈《水为什么往高处流》发表于《中篇小说选刊》第 2 期；创作谈《漂泊与笃定》发表于《青年作家》第 6 期；创作谈《这是谁的不幸》发表于《中篇小说月报》第 7 期；创作谈《我为什么歌唱女性》发表于《红岩》第 4 期；创作谈《巴黎在地球的哪一方》发表于《中篇小说选刊》第 6 期；文论《让乡村自己说话》发表于《文艺报》8 月 26 日；创作谈《我们的灵魂有多宽》发表于《现代小说》立秋卷；创作谈《做一个好人是你的义务》发表于《中篇小说月报》第 10 期。

2007 年　3 月，长篇小说《不必惊讶》由四川文艺出版社出版；4 月，中篇小说集《奸细》由四川文艺出版社出版；5 月，中篇小说集《我们的成长》由作家出版社出版；7 月，长篇小说《磨尖掐尖》由人民文学出版社出版，《当代》长篇小说选刊转载；长篇小说《在远处燃烧》发表于《江南》第 1 期。

随笔《论抽烟》《数化的时代》发表于《四川文学》第 5 期；散文《上海西郊的浪漫生活》发表于《青年文学》第 7 期。短篇小说《是不是你偷的》发表于《作品》第 5 期；短篇小说《冰火高原》发表于《飞天》第 9 期。中篇小说《漂白》发表于《清明》第 1 期，《小说月报》中篇小说专号、《中篇小说月报》第 5 期转载；中篇小说《最后一课》发表于《当代》第 2 期，《中篇小说月报》第 4 期、《小说月报》第 5 期、《作品与争鸣》第 6 期转载；中篇小说《红瓦房》发表于《北京文学（精彩阅读）》第 3 期，《中篇小说选刊》第 3 期转载。文论《文学空想主义》发表于《黄河文学》第 2 期；创作谈《从最后一课开始》发表于《中篇小说月报》第 5 期；创作谈《〈红瓦房〉背后》发表于《中篇小说选刊》第 3 期；文论《真实、真诚与迷恋》发表于《文艺理论与批评》第 4 期；《答读者问》发表于《北京文学·精彩阅读》第 5 期；创作谈《关于〈磨尖掐尖〉》发表于《当代》长篇小说选刊。

2008 年　长篇小说《饥饿百年》由重庆出版社出版，收入"建国以来优秀长篇小说"系列。长篇小说《不必惊讶》入选新闻出版总署"三个一百"优秀图书。

散文《哈尔滨的冰》发表于《新晚报》4 月 4 日；散文《人心是不是水做的》《被口头传诵的作家》发表于《青年文学》第 2 期；散文《成都，让世界触摸你的骨》发表于《文汇读书周报》5 月 22 日；随笔《像树那样的女人》发表于《红豆》第 5 期；随笔《大地必将生生不息》发表于《小说选刊》第 7 期；散文《北川的未来》发表于《人民文学》第 7 期；随笔《向西向北》发表于《中篇小说月报》第 7 期；散文《子夜与贝多芬》发表于《红岩》第 4 期；散文《生命里的轻与重》发表于《上海作家》第 4 期；散文《智慧的源头》发表于《人民文学》第 12 期。短篇小说《蒙面人》发表于《文苑》第 11 期，《青年文摘》等转载；短篇小说《赶街》发表于《十月》第 4 期，《小说月报》第 9 期转载，收入人民文学出版社编选的《21 世纪年选·2008 短篇小说》；短篇小说《哑女》发表于《上海文学》第 8 期，收入《中国短篇小说精典·2008》。中篇小说《回家》发表于《长城》第 1 期，《中篇小说选刊》增刊转载；中篇小说《万物生长》发表于《人民文学》第 6 期，《小说选刊》第 7 期转载，收入由《小说选刊》编选、漓江出版社出版的《2008 年度中国中篇小说》等多种选本；中篇小说《骨肉》发表于《中国作家》第 6 期；中篇小说《一生逃离》发表于《江南》第 5 期，《小说月报》"贺岁版"转载；中篇小说《清白》发表于《清明》第 6 期。文论《我的新世纪写作观》发表于

《文艺争鸣》第 2 期；创作谈《我们饥饿的，不仅是胃——〈饥饿百年〉创作手记》发表于《文学报》4 月 3 日；创作谈《我心目中的小说》发表于《当代文坛》第 4 期。

获蒲松龄文学奖、四川文学奖、巴金文学院"茅台杯文学奖"。

2009 年　随笔《读〈安娜·卡列尼娜〉》发表于《中国青年报》6 月 16 日；随笔《谁在敲门——裘山山印象》发表于《时代文学》第 5 期；散文《怀念几位老师》发表于《四川日报》9 月 4 日；散文《响声》发表于《文学报》10 月 29 日。短篇小说《白花》发表于《十月》第 3 期，《青年文摘》第 8 期选载；中篇小说《吉利的愿望》发表于《中国作家》第 1 期，《小说月报》第 3 期、《小说精选》夏季号转载；中篇小说《那个人》发表于《人民文学》第 1 期；中篇小说《马上生活》发表于《百花洲》第 2 期；中篇小说《考场》发表于《小说月报》原创版第 3 期，《中篇小说选刊》第 4 期、《中华文学选刊》第 8 期、《作品与争鸣》第 9 期转载，多家报纸连载，获 2008—2009 年度中篇小说选刊奖、第十四届小说月报百花奖；中篇小说《水色时光》发表于《江南》第 4 期，《中篇小说选刊》第 5 期、《小说月报》第 10 期转载；中篇小说《整容师》发表于《花城》第 4 期。创作谈《无话找话》发表于《中篇小说月报》第 2 期；创作谈《考场在人心》发表于《中篇小说选刊》第 4 期；创作谈《另一条道路》发表于《中篇小说选刊》第 5 期。

2010 年　4 月，长篇小说《大河之舞》由四川文艺出版社出版，《中国作家》第 10 期发表，入选"2010 年度十大汉语长篇小说"。

随笔《父亲砍柴，我写作》《把时光揭开》发表于《青年文学》第 1 期；随笔《别人的果子》发表于《文学报》3 月 11 日，《散文选刊》第 5 期转载；随笔《我写〈大河之舞〉》发表于《中华读书报》4 月 23 日；随笔《连血带骨的人生故事》发表于《文学自由谈》第 4 期；随笔《一个倔强行走的姿势》发表于《文学界（专辑版）》第 7 期；散文《从漠河到广州，跋涉 3300 公里的秋天》发表于《中国国家地理》第 11 期；散文《秋天的声音》发表于《文学报》12 月 9 日。短篇小说《马三和我》发表于《上海文学》第 2 期；短篇小说《青草》发表于《红豆》第 6 期，收入《21 世纪中国文学大系·短篇卷》并译为韩文；短篇小说《幸福的新娘》发表于《天涯》第 5 期；短篇小说《火灾》发表于《晚报文萃》第 6 期；短篇小说《跟我同名同姓的人》发表于《芒种》第 10 期，《中华文学选刊》第 12 期转载；短篇小说《敲钟人》发表于《文学报》8 月 12 日。中篇小说《小镇喧嚣》发表于《中国作家》第 1 期，《小说选刊》、《中篇小说选刊》、《中篇小说月报》第 2 期、《小说月报》中篇小说专号转载；中篇小说《我是猫》发表于《青年文学》第 1 期；中篇小说《窄门》发表于《人民文学》第 9 期；中篇小说《一种鸟的名字》发表于《芙蓉》第 6 期，《中篇小说选刊》2011 年第 1 期转载，收入《2010 年度中篇小说年选》并译为英文。创作谈《恐惧的意义》发表于《中篇小说选刊》第 2 期。

2011 年　长篇小说《太阳底下》发表于《大家》第 5 期。6 月，长篇小说《大河之舞》藏文版由四川文艺出版社出版。

散文《拥抱》发表于《文学报》7 月 14 日；随笔《我知道的阿来》发表于《时代文学》第 11 期。短篇小说《回龙镇》发表于《安徽文学》第 1 期，《小说月报》第 3 期

转载；短篇小说《夜奔》发表于《花城》第 3 期；短篇小说《细浪》发表于《山花》第
3 期，《小说月报》第 5 期转载，收入中国作协编选的的《2011 年中国短篇小说精选》、上
海文艺出版社编选的《中国城市题材优秀小说选》；短篇小说《插曲》发表于《大家》
第 3 期。中篇小说《头发》发表于《清明》第 2 期，《中华文学选刊》第 5 期转载；中
篇小说《山歌》发表于《中国作家》第 9 期。创作谈《潜伏的伤痛》发表于《中篇小说
选刊》第 1 期；创作论《回家的路》发表于《艺术广角》第 5 期。向荣对罗伟章的访谈
《巴文化的悲怆诗史——长篇小说〈大河之舞〉访谈录》发表于《朔方》第 8 期。

2012 年　6 月，长篇小说《太阳底下》单行本由作家出版社出版。

长篇散文《白云和青草里的痛》发表于《芳草》第 1 期，《散文选刊》第 4 期转载；
散文《怜惜》发表于《文学报》3 月 8 日；散文《云阳的子孙们会说……》发表于《光
明日报》9 月 26 日；散文《莫言获奖第二天》发表于《文学报》10 月 18 日；长篇散文
《静默的辽阔与温柔》发表于《北京文学（精彩阅读）》第 11 期。短篇小说《世纪》发
表于《芒种》第 1 期；短篇小说《故国》发表于《红豆》第 2 期；短篇小说《荒街》发
表于《山花》第 10 期，《小说月报》第 12 期转载。中篇小说《回忆一个恶人》发表于
《十月》第 1 期，《小说月报》中篇小说专号转载；中篇小说《城门》发表于《红岩》第
2 期，《中篇小说月报》第 6 期、《小说月报》中篇小说专号转载；中篇小说《现实生
活》发表于《江南》第 3 期，《作品·精选》7 月号、《小说月报》第 8 期转载，入选人
民文学出版社编辑出版的《21 世纪年选·2012 年中篇小说》。创作谈《越来越难办的小
说》发表于《江南》第 3 期；创作谈《选择与无可选择》发表于《中篇小说月报》第
6 期。

2013 年　1 月，中短篇小说集《白云青草间的痛》由昆仑出版社出版；8 月，散文
随笔集《把时光揭开》由四川文艺出版社出版。

散文《马在路上》发表于《天津日报》1 月 14 日；散文《静默与明亮》发表于
《四川日报》7 月 18 日；散文《高原白马》《从你开始，从你结束》发表于《延安文学》
第 5 期；散文《登山》发表于《文学报》10 月 30 日。中篇小说《我们》发表于《时代
文学》第 7 期，《小说月报》中篇小说专号转载；中篇小说《银子》发表于《人民文学》
第 7 期，《长江文艺·好小说》第 11 期转载。长篇小说《空白之页》发表于《十月（长
篇小说）》第 6 期。创作论《文学与生活》发表于《文艺报》1 月 25 日；创作谈《作品
的命与运》发表于《时代文学》第 7 期；书评《读葛芳〈隐约江南〉》发表于《文学报》
12 月 5 日。姜广平与罗伟章对话《"我是一个懵懂的写作者"》（又名《"我本身就构成
现实"》）发表于《西湖》第 8 期。

长篇散文《白云和青草里的痛》获第四届华文最佳散文奖，同获此奖的还有南帆
《饥饿惯性》、王安忆《教育的意义》、李佩甫《我怀念》等作品。

2014 年　随笔《发现你自己》发表于《西部》第 1 期，《散文·海外版》第 3 期转
载。短篇小说《她安详地削着红苹果》发表于《贡嘎山（汉文版）》第 3 期，讲述了一
个"很冷的故事"，获《贡嘎山》杂志年度优秀奖。中篇小说《门票》发表于《山花》
第 7 期；中篇小说《月光边境》发表于《小说月报》原创版第 12 期，《小说选刊》2015
年第 1 期转载，收入人民文学出版社编辑出版的《21 世纪年选·2014 中篇小说》。佳作

评点《苇岸〈大地上的事情〉》发表于《散文选刊》第 1 期。

　　2015 年　随笔《读〈安妮日记〉》发表于《中华读书报》6 月 12 日；散文《亲切的火车》发表于《火车》第 12 期。中篇小说《声音史》发表于《十月》第 1 期，收入人民文学出版社编辑出版的《21 世纪年选·2015 中篇小说》等，获第十二届十月文学奖；中篇小说《河风》发表于《芒种》第 3 期，《小说选刊》第 5 期转载；中篇小说《越界》发表于《长江文艺》第 7 期；中篇小说《街谈巷议》发表于《西部》第 7 期。长篇小说《世事如常》发表于《红岩》第 2 期。中篇小说《城门》获第四届红岩文学奖。

（周毅　辑）

[次仁罗布小辑]

淡是一种味道

—— 次仁罗布小说的启示

白　浩

　　次仁罗布的小说当然是藏区文学在新世纪里的重要成果，但是，细品其味，思考其写作逻辑的来龙去脉，我们不能仅将其当作藏族与藏区文学的成就，而应放置到整个中国当代文学成就的高度来认识和评价，他所带来的冲击尤其对于新世纪文学的虚浮与欲望化潮流形成反差和启示。

一

　　次仁罗布小说首先冲击人的是其主题，在主题背后则是写作目的——一个作家为什么要去写作的动力启动机制。其实，就其性质归类来说，次仁小说并不新奇独特，无非是赎与恕、宽容与仁爱。这在人类文学史、思想史长河中是一个多么古老的类型。有许多评论将其描述为"灵魂叙事"，以至于如果不是亲读其作品亲品其味的话，单看评论会以为这是一个多么枯燥乏味、多么老套的作家。可是只有在读过作品后，我们才会再次发出感慨，此曲只应天上有，人间能得几回闻！我们会感慨真、善、美是多么美好的东西，是多么震撼人心、净化和升华灵魂的东西，人，活着，有了这些东西的支撑，是多么美好的事情！这就是人心、灵魂，这就是艺术永远不被淘汰、永不过时的根子所在。无需引经据典，无需权威加持，朴素的力量是永恒的。而之所以我们阅读次仁作品能够有此惊诧震撼，恰恰因为当代文学已经远离这份感动、这份朴素许久了。如果说在《许三观卖血记》及《白鹿原》中我们还能拥有这份感动，那么，其后的新写实、新新人类、下半身等等，已经令文坛充满了肉欲泛滥、红尘滚滚的腌臜之气，一个字概括——脏！曾经作为贬斥对象的小市民道德已经成为正宗，海淫海盗之作已经成为销售排行榜上客，而本应持论清净的评论也不过是假启蒙、自由、人性之名而行逐臭之实。浊气冲天的文坛固然是市场经济、商业消费现实的反映，是灵魂沦落、正道不彰的人心的反映，可是，心灵鸡汤式的杂碎小品文流行不也反映着人们终究要考虑灵魂安妥的问题？正是因为这样，因为这样的反差，次仁罗布的小说带来了沁人心脾的清新与慰藉，以一股清新之风令人神清气爽，一扫二十年文坛的灵魂沦落之势。

次仁罗布写作的真善美并非来自汉文化圈主流的启蒙论、阶级论、"成功学"资源，而是源于久违了的信仰，尤其是具有藏文化特色的信仰——灵魂的救赎、升华，对苦难的容忍态度。这是久在尘网中，复得返自然的快感！

次仁为人所乐道的《杀手》《放生羊》《罗孜的船夫》等作品，将这一主题特征表现得清晰畅达。《杀手》中的"杀手"所背负的是替父报仇的沉重负担，一个"苦哈哈"的小人物却负宏伟之志，这个为使命而坚韧执着的人本就是一个道德圣战士了。世俗眼中的偏执狂却是一个道德上的战士，他的复仇本就有着罪与罚、使命与信诺等的充足逻辑支撑。鲁迅视"眉间尺"为民族之魂，而当代的余华《鲜血梅花》对于这种负担之沉重与世俗屡弱真相之间的"哈姆雷特"式矛盾，借阮海阔做了解构主义式的呈现。此后，张承志以"清洁的精神"之旗将这类刺客视作为刺世之匕、救世之药。这是儒家、墨家之道。然而，小说境界更高的是恕与赎的逻辑。从基督教文化来说这是由旧约走向新约，由罪与罚走向罪与赎、罪与恕，而从佛教文化来说，救赎与宽恕则是一致的。最终，复仇的快感以一个旁观者"我"的幻想而得以交代，而现实则是在无事状态中灵魂的升华。如果说《杀手》在刀光剑影中颠簸，从情节到叙述节奏都以紧迫窒息的施压而行进，那么《放生羊》则进入一片祥和平缓。一个老人侍奉放生羊的琐屑细节，如同磕长头一样，看似平凡却极其坚贞，俗世符号背后是灵魂的圣洁升华。这实际是比《杀手》更为高明的境界。从叙述上来说，《杀手》味浓，《放生羊》味淡，这要求更为纯粹的灵魂与信仰。《杀手》是一念之差，是戏剧性偶然性，而《放生羊》是日常性，是念念不忘。《杀手》《放生羊》有鲜明的藏地宗教文化信仰特征，而《阿米日嘎》《罗孜的船夫》则就在凡人俗事的素描之中传播人心、人性之善。《阿米日嘎》以对乡村中种牛死亡案的层层梳理而云遮雾罩，可意外结局却宣告着人性诡谲之下善良的本性。美国种牛的死亡牵扯出村民和牛主人间的私利算计，以性恶论而开端，而案件真相是牛误食而死，否决了性恶论的种种怀疑，更意外的是先前还是嫌疑人的村民们以购买牛肉而救助了死牛的损失，小说以性恶论始，以性善论而终。村民们的淳朴善良犹如沈从文湘西系列中的人物一样生动别致又永恒温馨。《罗孜的船夫》同样是一幅速写式的小像，更接近于沈从文辰河上的人物系列，其中人物如同吊脚楼女人、水手们一样别致又永恒，别致是各有各的爱恨情仇、生老病死，永恒则在于小波澜下日常生活的平缓煦暖。正是因为这种永恒性，沈从文骄傲地宣称"我是一个乡下人"，这是多么骄傲的宣言，对一个乡村理想国的营构又包含着对于都市生活蝇营狗苟的多少鄙弃！而今，次仁罗布同样具有了于文坛遗世而独立的绝响味道。

在写作规模上，具有综合意味的是《曲郭山上的雪》和《祭语风中》；人物上，《杀手》、《阿米日嘎》主人公是青年，而《放生羊》《罗孜的船夫》则是老人；在情节上，前两者致力于营造戏剧性，而后两者则是日常化；在叙述节奏上，前两者紧张，后两者舒缓唠叨。两大系列各具风味。《曲郭山上的雪》同样采用了误会与消释构成的戏剧性反差，误会的悬念与悬念的巧妙解除使得灵魂的性恶论旅行最终回到性善论的家园。村民们不播种不劳动源于美国人的"谣言"——电影《2012》的末日预言，这个谣言易破，可曲郭山顶积雪消融却是事实，这背后的灾难逻辑却是真实的，"用不着证实它的真伪，看现在的世界多灾多难，你就可以体会这世道怎么样了。人心跟自然是有感应的，人与自然和谐了，就不会有这么多的灾难"，"现在我们倡导的不就是利益嘛，人人争利，这世道还会好吗?"（《曲郭山上的雪》）谣言闹剧与现实针砭的严峻不谋而合。《杀手》《阿米日嘎》《曲郭山上的雪》都是以巨大悬疑的巧妙消释而变为无事的喜剧，在这轻快之中见人心，见常态，见平和冲淡，见慈悲。在技术上，这里鲜明可见短篇小说大师莫泊桑、契诃夫的情节与结构痕迹①，而主题与美学风格上化浓为淡，淡泊之中寄至味，却又可见中国传统诗教的温柔敦厚、韵外之致。

《曲郭山上的雪》已开始将青年人的浮躁与老人的睿智平和相结合，而长篇小说《祭语风中》则将这一趋势鲜明化。如果说之前的短篇系列还算是人物素描的话，那么《祭语风中》则堪称一部义理之作。晋美旺扎的一生如同浮士德一样，在信仰之河中历经沧桑颠簸，终至灵魂升华。这是中国人灵魂的半生游历。希惟仁波齐作为上师的崇高，其三个弟子中罗扎诺桑的世俗同化，多吉坚参的可爱与夭亡，再加上世俗中人的瑟宕二少爷、努白苏管家等各色人等，共同构成了灵魂修炼之旅中的众生色相。圣人米拉日巴的苦修之旅在小说中的似断实连、形断意连，既与小说情节发展相关联影射，更是对于苦海中人苦修虔敬的参照与鼓励。小说以一位老人的絮叨叙述既铺开平淡的语调，也将本来丰富复杂的情节的火气淡化，小说价值重心与其说在于西藏五十年变迁史的第一部书写，倒不如说是一部"心灵史""灵魂史"。老人在逝前的絮叨呓语将全部小说叙述化为藏传佛教修行中特有的"观想"之作，文首在天葬台上开始的观想到文终的选择天葬台构成闭合循环结构，中间夹以自生至死的一生历程，既是色即空的义理，也是灵魂不灭、六道轮回的义理，还包括藏传佛教的往世、今生、来世的循环转世义理。最终，苦修与证得正果圆满成为全小说的神髓、灵魂。在这里，我们也分明看到藏族传统文学中如《勋努达美》《颇罗鼐传》《米拉日巴传》以及诸道歌的精神承传与美学风格。

浓而淡，淡而浓，只有放置于中国传统审美资源系统和当代文学背景中，《祭语风中》的价值意义才会充分显现②。这既有儒家、道家风味的淡泊，亦有藏密的淡泊。它是充斥红尘欲望的当代文学之中难得的冰雪淡泊之作，我们从中可以读到久违的废名、沈从文、汪曾祺、阿城的味道。对《祭语风中》的解读只有放弃"五十年变迁史"的实用主义，才能体会其意义。作者的写作动力机制并不来自眼前功利，而是来自义理修行，"五十年社会史"的写作倒并不见得多么新奇独特，不过是叙事的材料、形骸罢了，而其神在于它是为来世而写，为灵魂而写，为意义生成而写。对比于当代文学的眼下情景，从主题到美学风格，《祭语风中》与之犹如清茶与咖啡的区别。淡是一种味道，一种境界，极高明而道中庸，它迷人、醉人、永恒。

---

① 次仁罗布回忆说："我遇到了《西藏文学》的编辑及评论家唐仕君先生，是他让我懂得了对小说主题的挖掘和对文字节奏的把握及叙述结构的关注（他让我背诵莫泊桑和契诃夫、鲁迅等人的短篇小说）。"胡沛萍、次仁罗布：《文学，令人驰骋——著名藏族作家次仁罗布访谈录》，《西藏文学》2011 年第 6 期。

② 对此刘醒龙先生也已说过："次仁罗布的写作需要放在汉语文学的整体视野中进行体味，才能有效地发现其价值。"见《祭语风中》（中译出版社，2015 年）封底。

二

"写什么"明白了之后，再看"怎么写"。

阅读《祭语风中》，首先遇到的障碍是其语言与情节的平淡。老人晋美旺扎的情感式、呓语式表述自然显得啰嗦拖沓，而僧人们一路的逃离出游情节也并不惊悚吸人，情节远非如其短篇一样"精"，所以，只有在克服浮躁心态之后才能体会个中三昧。晋美旺扎的叙述既是在叙事，更是在启悟，客观与主观间他的本意本就在于后者，所以不免要得意而忘言，得鱼而忘筌，这正是中国传统美学中的高明境界。再回顾其他作品，我们会看到次仁作品一以贯之的技术上的东西——他喜欢采用第一人称叙事，这说明他是一个主观体悟性更强的作家。其叙事时刻也喜采用死亡前刻的"中阴"时刻。"中阴"乃是生死之间、灵魂转世前的混沌与清算总时刻。以汉文化来说，这类似于从奈何桥过渡到阎王殿前审判的时刻，也类似于基督教文化中的末日审判，这都是面对灵魂总清理的时刻，也是价值判断意味最浓的时刻。区别在于末日审判与阎罗审判多彼岸虚构性、被动性，而"中阴"则是藏传佛教中真实和主动的冥想，具有充足的现世性，是自我修炼的关键科目，这令其叙述的主观意味更浓。而在叙事学上来说，这样的"中阴"时刻本就是"富于包孕的瞬间"。短篇情节的精巧固然表现力惊人，但毕竟戏剧性过多，当然次仁罗布高明之处在于以戏剧性设置扣子之后，又巧解扣子，化解掉偶然性的虚构痕迹，表现出对于生活常态真实逻辑的尊重，《阿米日嘎》《放生羊》都是如此。而"中阴"叙事将戏剧性完全化入"观想"之中，经此过滤，外在叙事形态的虚幻性转化为灵魂叙事内部的每一次跳动，转化为一种新的以理节情、温柔敦厚。次仁的情节设置与叙述中有大量的"留白"，短篇中的"留白"造成情节的节制与张力，而长篇《祭语风中》中的"留白"则造成对灵魂苦修与虔敬的挑战张力，无论是短篇中的外在张力，还是长篇中的内在张力，都使得作品含蓄蕴藉，丰厚度大增。这构成次仁罗布在技术上"浓"与"淡"逻辑的统一。

浓淡技术上的进化，令我们很容易进行藏地小说不同阶段的比较。马原的"叙述圈套"、扎西达娃的魔幻现实主义共同构成了80年代先锋文学的启动机制，但现在看来，那时的作品都太"浓"太"硬"，虚构、斧凿气太浓，而主题也流于概念化的生硬。马原的意义在于放逐内容后"怎么写"的形式主义实验，而扎西达娃的突破则在于他是将怎么写与写什么统一起来的第一人[①]，但这种意义是隐藏的，在当时，生涩的技术与陌生的藏地文化符号，使得扎西达娃的影响力大打折扣，其意义直到20年后的新世纪里才被重新发掘和阐释。阿来倒是在藏地文化与主流文学意识及技术间实现了圆融的闭合，这是藏地小说在主流文坛获得的最大一次突破。而之后时隔近30年了，能够影响

[①]　著名评论家张清华分析指出："之所以重提扎西达娃，不是因为别的，就是因为他是这个年代里最能够把技术和思想、形式和内容完整地统一在一起的作家。他不但提供和实践了这个年代最'先锋'的艺术形式，而且还最贴合地表达了和这形式生长在一起的民族文化的观念和思想。这是非常了不起的。在大多数新潮作家仅仅把小说的艺术变革看作由'写什么'到'怎么写'的转变、看作是技术的实验的时候，他却使得两者变成了一个问题。"张清华：《从这个人开始——追论1985年的扎西达娃》，《南方文坛》2004年第2期。

主流文坛的藏地小说也转移到杨志军《藏獒》系列、何马《藏地密码》等通俗小说模式，而严肃文学中则到次仁罗布这里接续上了这一灵魂叙事的脉络，也为大中华区文化融合与创造新生推出新的成果。次仁罗布小说无论在技术上，还是在美学境界上，都不单纯是传统意义上的藏族文学，而是对汉藏乃至世界文学的多方面继承吸收和融合新生。

三

　　谈藏地文学始终绕不开魔幻现实主义和先锋文学，这本就是藏地小说最突出的特色，只是一直以来二者间深层次的精神关联并未被充分阐释。20世纪80年代的先锋文学主要是形式上的革命性冲击，而扎西达娃、阿来、次仁罗布则一步步将魔幻现实主义的冲击转移到内容上来，形成内容与形式的妥帖融合，这本身也是对于先锋文学精神的坚持和修炼，尤其考虑到主流文坛的先锋浪潮自20世纪90年代的落潮与转向后，这种意义就尤其珍贵和意蕴深长，也激发我们再次探究藏地文化的先锋文学土壤与进化机制。

　　藏地雪域高原、世界高地的地理生态、民俗风情本就构成一种魔幻化、新奇陌生的景观世界，加之藏地文化也是源远流长、历史悠久的少有文化，其中神秘文化资源丰厚，这本身就弥补了现代人枯竭的想象资源体系。当然更神奇的是内在文化精神上的"魔幻化"。藏传佛教信仰灵魂不灭，这种教义以特有的转世形式实现其世俗化的物质存在。因此，人的前世、今生、来世就可以方便地共存与对话，理性逻辑中的时间与空间障碍在藏地文化中便轻松地化解。在理性逻辑中的魔幻化、反逻辑放到藏地文化背景中却毫不陌生，这使得魔幻现实主义与藏地文学天然地吻合。比起汉文化圈接受魔幻现实主义的生硬，藏地文化这种具有原始性的文化特征与拉美的原始文化背景更具亲和性。与之可作类比的如《聊斋志异》，在那里，狐妖花仙、魂魄精灵式的原始思维存在世界与现代的魔幻现实主义便有着异曲同工之妙。高度理性化的现代文化排斥神仙怪力，而原始文化却更具有魔幻亲和性，也更切合文学的虚构思维。

　　佛教教义的引入提升了藏地文化的义理系统与宏大世界观的建构，而同时，藏地的本土传统文化苯教的存留，又保存了更多的原始思维方式和形象思维系统。佛苯两大系统的博弈与融合，构成藏传佛教特有的密宗文化性。五部大论的高明教义，历史上政教合一、全民信教的佛国性，辩经传统下的持续思考与进步，使得藏地文化既执着于灵魂的思考又能与时俱进地调适和升级。在现代西方世界中的藏传佛教热不仅仅缘于猎奇，而更因为它起到了对于现代工业文明、消费逻辑的对比和治疗作用，近年大热的《西藏生死书》换个角度看，就如同一部现代人的"心灵鸡汤"高级版。从发生机制上看，原始怪异的仪轨与高明的教义共同满足了现代人的彼岸化、陌生化需求，实现了灵魂净化的功能，因此，魔幻固然是魔幻，可它却有着深厚的现实与历史文化脉络连贯着。

　　在近代文明的冲击中，英法俄等的觊觎染指，使藏地对西方文化有着方便的接受渠道，中原内地的、西方列强的、印度的纷至沓来的信息却又是混乱不堪。传统与现代间的信息紊乱与认同迷惑，也和拉丁美洲的状况极其相似，这构成魔幻现实主义书写的另一大冲动。此外，藏传佛教内部也并非表面呈现出来的那样统一，佛苯的冲突和融合，历经从历史到现实的漫长演化，其内部也仍然埋有精神分裂和自我质疑的元素，这既造成怪诞的历史记忆，也造成身份认同的迷乱，这种自我怀疑的混乱表述也自然体现为深深的魔幻化色彩。魔幻现实主义意味着在描述现实的同时又深深地质疑现实，在叙述历史的同时又在否认历史记忆的真实可靠性，在建构一种身份认同的同时又在否定和怀疑这种身份的确定性，这一切，造成所有的叙述都具有吞吞吐吐、恍恍惚惚的不确定性和怀疑性、混乱性。魔幻是因为混乱，是因为怀疑，是因为深刻的不确定和紊乱，在这里，拉美的魔幻现实主义产生逻辑与藏地有多重的重合。

藏地文化的魔幻现实主义土壤丰厚，其文学先锋性探索热度也持续不减，次仁罗布的创作再次将这一命题推到当代文坛面前。但次仁罗布的创作却显然又并非先锋文学的简单重复，在这里我们还看到了发展与进化。次仁罗布有篇与先锋文学主将之一洪峰《奔丧》同名的小说，都是叙述父亲去世回家奔丧的故事。洪峰以其独有的零度情感表现对于世界的厌弃与拒绝态度，而次仁作品在这貌似同样的灰色人生与漠然背后，所表达的却是在佛教色即空世界观基础上的原谅世界。这甚至可以视作以性恶论为基础的先锋文学土壤中培育出的主流道德化的仁爱之花，意味着先锋文学形式的叛逆与内容的解构中终于出现对于建构责任的承担。与此可形成相似类比的是另一位藏地写作者——阿来。阿来从《尘埃落定》到《空山》，再到最新的《三只虫草》《蘑菇圈》，其视野日益由寓言化向现实的世态描摹靠拢，但其后却有着一种对世风日下、人心浇漓的下降叙事趋势，在藏地景观民情与藏地精神传统之间，阿来日益青睐前者，将藏地叙事材料化，而文化精神上则日益显示出与流行文化的靠拢。正因为这种对比，次仁罗布遗世而独的意味也就更鲜明。

丰富的学习资源，使得次仁罗布的文学立足点本就很高，尤其在广泛学习和吸收汉语文学资源后，其现代化学习已经完成，以往藏族文学资源单一和传播受限的瓶颈得以突破，于是，汉藏文化融合、集大成而创造新生的基础扎实，那么，由短篇而长篇，形成当代文坛新的突破也就看似突兀却又有理可循。此外，藏地文化带来的距离感也使其并不与主流都市文学同步，而是可以冷眼旁观与思考。这样的灵魂叙事、这样的冲淡美学风格，在当前拜金纵欲、红尘滚滚并且丢失本土立场和创造力的都市文学中是写不出来的，倒是新疆的刘亮程、西藏的次仁罗布，以其圈外的距离感与超然性令主流文坛自惭形秽。

（作者单位：四川师范大学文学院）

超越形式主义

——论次仁罗布小说创作的艺术追求

胡沛萍

次仁罗布不是一个高产作家，但却是一位对自己的创作有着严苛要求的小说家。尽管他的小说并不是每一篇都算得上是精美佳作，但他的作品的确是其精益求精的精神产品。可以说，从开始写作至今，次仁罗布始终都是把创作视为一项极为严肃的事业来苦心经营的。这种苦心经营，最明显地体现在他对小说结构安排的着意讲究和叙述视角的精心选择上。他的小说在艺术形式层面，给人的印象是精雕细刻、精益求精。这使得他的小说在同龄作家中显得独树一帜。次仁罗布的创作能够显露出这种与众不同的创作倾向和气象，根本上来说，与他始终能抱有开阔的艺术视野和对小说创作的艺术定位有直接的关系。这种视野和定位，概括来说，是把作品形式方面的追求和思想内涵方面的追求视为有机统一体，且在具体的操作中处理得非常成功。具体来说，题材内容上，他只关注自己熟悉的生活和民族文化现象；叙述艺术上则博采众长，竭力寻找适合自己艺术个性的种种手法和技巧。对他来说，具有现代主义色彩的表现手法和技巧似乎更切合他的审美趣味。他总是谦虚而自信地从国内外艺术大师们那里"索取"适合构建自己小说文本的种种艺术经验。而西藏文坛 20 世纪 80 年代中后期以来的创作经验，给予了他扬长避短的直接启发。

自新时期以来，中国当代小说创作在形式方面的变化是革命性的。具体而言，是对西方现代主义诸种表现手法和叙述技巧的多方借鉴与大胆运用。崛起于 20 世纪 80 年代中后期的先锋小说，就是小说创作在形式方面所进行的一次激情四溢的探索、表演。在这次文学形式方面的表演中，西藏文坛上的一些年轻作家展现出了耀眼夺目的艺术才华，他们的文学实践为西藏文坛开启了一个全新的时代。这为后来的西藏作家开辟了一个辽阔的审美空间。尽管不是所有的后来者都乐意沿着前辈们踏出的道路展开自己的艺术探索，但一些作家由此所受的启发，却为他们的创作提供了可资借鉴的艺术资源。次仁罗布应该算是"被启发者"中具有代表性的一位。但对次仁罗布来说，最为可贵的是，他对先辈们的创作经验和失误进行了合理的扬弃，摸索出了一条适合自己艺术个性的创作道路。具体来说，他竭力追求的是一种超越形式主义的艺术景致与境界。换而言之，他的小说创作非常重视对现代主义叙述手法的借鉴运用，但却从来不痴迷于此而陷入其中不能自拔，而是把现代主义叙述手法与作品主题意蕴的充分表达进行了有机结合。次仁罗布的这种艺术追求，可以从对比中看得更为清晰。

20世纪80年代中后期，以扎西达娃、马原、色波为代表的西藏新小说深受西方新小说派和拉美魔幻现实主义的影响，在叙述上呈现出追奇求新的探索精神，但也表现出了极大的随意性特征，也就是故事情节的发展变化充满了偶然性与跳跃性。由此造成的效果是，作品中故事线索不连贯，抑或没有线索可循。整个文本往往由一些破碎的故事拼凑粘贴而成。更有甚者，作品的叙述玩弄一些捉迷藏式的游戏，让人理不出可以辨认的认知逻辑。很显然，这既是当时"形式至上主义"风气影响的结果，也是作家们标新立异、追奇求新的艺术创新动机所致。许多年轻作家一接触"新颖"的文学观念和创作方法，就对旧的创作理念、方法和模式怀有了一种反叛情绪，表现出激进的文学实验冲动。在当时的文学环境中，这种喜新厌旧的创作冲动自有其历史作用，对此论者们已经给予了比较中肯的评价。但它的缺点也很是突出，那就是，用这种叙述上随意性很大的方式创作出来的作品，可读性太差，拒读者于千里之外。即使是专业研究者，在读那些意绪飘忽、没头没脑的作品时，也会感到备受折磨。扎西达娃、马原、色波以及其他中国先锋作家的这类作品，在开启一种新的艺术风气方面，作用明显，功不可没，但无法成为让人持久关注的好作品。就西藏文坛而言，上述三个人中，除扎西达娃的《西藏，系在皮绳扣上的魂》《西藏，隐秘岁月》等几个中短篇，由于文本具有较强的可读性，且艺术文化内涵丰富多姿而称得上是上乘之作，并因此总是被论者作为研究对象加以阐释外，马原和色波的许多作品时过境迁之后几乎无人问津，完全成了明日黄花。这样说，丝毫没有贬低这些作家艺术才华的意思，而是想强调，虽然作家对小说艺术的选择是具有时代性和历史性的，但如何把握时代性与历史性，将会影响和决定其作品的生命力。激进有激进的好处，但也会带有致命的缺陷。在这方面，次仁罗布"顺应"了自身所处的历史文化语境，选择了一条比较适合自己艺术个性的创作道路。

次仁罗布开始创作时，西方现代主义流派的洪流在中国文坛已经落潮，那些曾经被视为"异端"的文学现象，早已成了文学常识而被创作者和读者接受。对于创作者来说，那些曾经看上去稀奇古怪的现代主义诸种手法、技巧，已经成了一种文学资源。在此语境中，对次仁罗布来说，叙述形式上的选择和变换仅仅只是多种创作手段中的一种而已。它们只是作者建构一个尽可能完美，且能够表达创作者个人生命感悟、人生思考的艺术文本的工具而已。次仁罗布对西方现代主义的借鉴、运用由此显得顺理成章。他对西方现代主义的借鉴学习，主要体现在对现代叙事模式的挪用上。在小说叙事模式上，次仁罗布既学习他人的优长之处，也结合自己的艺术志趣，尝试着开辟了一条属于自己的艺术道路。其最显著的倾向是对叙述视角的重视。在叙述视角的选择上，次仁罗布喜欢使用多重视角，且热衷于在叙述过程中交替变换。在这一方面，他比扎西达娃、马原、色波们似乎更为活跃。但次仁罗布的特点在于，虽然在文本进程的不同阶段叙述视角会不停变换，但故事情节却线索明晰，结构安排层次分明，丝毫没有以马原、扎西达娃等为代表的一班先锋作家因崇尚形式主义和"叙述崇拜"而造成的那些"缺憾"，比如，各故事情节之间的联系断裂，故事情节缺乏必要的挑选和裁剪，叙述过分随意，文本结构松散凌乱等。次仁罗布的小说对故事情节的安排和推演，包含着作者精心设计和裁剪的艺术匠心，结构安排则几乎就是作者苦心经营的样本。

　　像次仁罗布这种对艺术形式的苦心孤诣，在中国文坛上并不鲜见，就现在的文坛状况来看，他小说中所采用的一些表现手法、叙述技巧，都算不上新鲜。次仁罗布的成功之处在于，他始终把叙述技巧上的形式追求与文本主题内涵的表达紧密结合，从而表现出一种"超越形式主义"的审美追求。换句话说，他的叙述技巧是为主题表达服务的。尽管有时这种目标达成得并不特别理想，但次仁罗布对二者关系的明确认识，还是体现出了一个成熟作家的个性化的审美取向——在追求作品的形式意味的同时，也非常注重形式与内容的"完美结合"。关于这方面的艺术取向，可以在对几篇既得到论者们好评，也被作者看重的小说的分析中得到确证。

　　《阿米日嘎》讲述的是公安人员解决乡村民事案件的故事。小说以对一件民间纠纷的调查为线索，依照与案件有关联的人物的"见闻"和推断展开故事，组织建构文本。故事本身很简单，如果平铺直叙地讲完，那小说可能就会显得平淡如水。作者的做法是，在叙述上采取了一些行之有效的手段，从而使得小说增生了超越故事本身的思想内涵。在短短的篇幅中，作品先后转换了几次叙述视角。即随着调查过程的展开，讲故事的人物不停变换。这样一来，一件民间纠纷，就有了不同的故事版本。这种通过不同人物的看法，来讲述同一个故事的叙述方式，在西方现代主义小说中是司空见惯的创作手段，在中国先锋小说中也不鲜见。因此，单就叙述方式而言，次仁罗布的手法并不新颖。但次仁罗布在这篇小说中却很好地让形式与内容进行了比较恰切的结合，给人的感觉是，形式的采用是完全按照内容的需要来安排的。小说的故事核心是民间纠纷，既然是纠纷，当事人双方自然会对事情经过各执一词，必然会依照有利于自己的一面进行说明。断案者为了尽可能全面地了解事情的真相，当然也会寻找证人，于是就有了第三者对故事的补充。如此一来，讲述故事的视角不停转换，也就成了顺理成章的事情，因为它有坚实的现实依据。相反，如果视角不转换，则有违现实逻辑，小说的可信度就会减弱，甚至消弭。由此观之，小说叙述视角的转换，并不是次仁罗布在玩弄叙述游戏和炫耀讲故事的技巧，根本上是出于作品内容本身的需要。这种基于内容表达的需要而选择叙述手段，且使用得非常巧妙的艺术才情是值得肯定的。它至少说明，作者创作时在如何完成文本构建方面是下了一定功夫的。毫无疑问，这是一种值得称颂的创作态度。

　　《传说》在叙述视角的转换上比《阿米日嘎》显得更为自然，因此引人入胜的艺术效果也更为显著。小说题名为"传说"，而整篇小说的叙述就是围绕这个字眼展开的。在叙述过程，所有故事情节把"传说"二字的内涵演绎得极为具体而逼真。"传说"发生在一个热闹嘈杂的酒馆，而散播"传说"的人们则是喜好喝酒的好奇者。这样的环境安排和人物设置，自然为"传说"的发生、散播提供了绝好的氛围与条件。接下来的事情就是如何让闲聊者把各自熟悉的"传说"讲出来。在小说中，作者安排不同的人物出场，从各自的认识出发，讲述与金刚杵有关的传说与故事。就这样，在说话人的不停变化中，故事传说、历史研究、现实经历有机地交融在一起，让"传说"向四处传播，不停地延续下去。这篇小说的高妙之处是，充分利用"传说"本身的特点——虚构性、夸张性和民间大众性，让故事在大众中间散播，让每一个身在其中的人——讲故事的和听故事的人，都参与进来。这样的内容安排决定了叙述的视角必须不断地转换，才能保证"传说"延续下去，才能确保小说行文的顺利进展。这依然说明，次仁罗布选择叙述视角的变换，更多地考虑的是把小说内容尽可能完美地表达出来。用量体裁衣来形容次仁罗布处理叙述形式与内容之间的关系可谓恰如其分。这种关系在《界》《绿度母》《放生羊》《神授》《杀手》等作品中也体现得非常明显。

次仁罗布小说创作叙述视角的精细选择与不断变化在表面上是一种艺术手段和审美思维，是作者为了表达小说内容而做的艺术考量，但在根本上却是作者认识观念的反映，是作者企图与外部世界建立某种交往关系的反映。从次仁罗布小说所呈现的艺术外观来看，他倾向于以一种辩证的、多元的眼光来审视纷繁复杂的外部世界。在他的思维观念中，世界是变化多端的，它呈现给人们的面目是变化不定的、模糊的。由于外部世界的纷繁复杂，更由于人自身受各种条件和环境的局限，人们对外部世界的观察、认识难免会片面、狭隘。同时，受个人生活经历和利益关系的制约，处在不同环境中的人，出于不同的目的，往往会对同一个事物或事件做出不同的判断和认识。这就是所谓的"横看成岭侧成峰"。这正是次仁罗布通过艺术表达形式表现出来认识观念。这种认识观念在《言述之惑》得到了哲学化的表达。从表层结构看，《言述之惑》反映的是写作者在实际写作中因事件本身的复杂而不知如何表达的困惑，实际上揭示的是认识的局限性和有限性。面对纷繁复杂、扑朔迷离的现实乱象，应该如何去叙述，或者说，怎样讲述才能逼近事情的真相，这是每一个作家都必须面对的问题。但处在现实乱象中的言说者并不是全能全知的超人，他的言说至多也是对事件的某个侧面的描述。从不同的角度出发，从不同的立场出发，看到的和说出的往往是不一样的，甚至是截然相反的。在此意义上来说，任何言说都是一面之词。如此一来，也就没有哪种言说可以自信地认为完全揭示了事情的真相，没有一种言说可以自以为是地认为完全掌握了真理。任何言说都只不过是在某一方面对真相所做的有限度的揭示或阐释，而无法穷尽全部。这是次仁罗布小说的叙述艺术所包含的思维意识和认识理念，是作品通过叙述艺术表现出来的哲理性观念。毫无疑问，这是一种开放的认识视野和理念，蕴含着深刻的思想内涵。当然，这种认识理念和思维意识有相对主义的嫌疑，因为它会给人"真相无法揭示，模糊是非界限"的印象。比如，在《阿米日嘎》的结尾，案子并没有按照法律程序合理地解决，断案者以自己的公安身份，依仗百姓对这一身份的敬畏、认可，在证据并不充分、事实并不确凿的情况下，自行宣布判案结果。这种情形在真实性上也许是可信的，因为现实当中以这样的方式判案的情况是存在的。但上升到理论层面，则给人一种戏谑感、滑稽感。这应该说是次仁罗布过分讲究叙述视角的变换而造成的一些艺术缺憾。除此之外，由于在叙述上的刻意经营，他的小说还给人一种过分雕琢的感觉，多少透露出一些生硬的匠气。

尽管次仁罗布的小说创作在叙述方面存有一些缺憾，但他在此领域内所做的努力，所积累的经验和所显示出的艺术智慧，还是值得肯定的。这在很大程度上帮助他的小说避免了简单、粗陋的一面，从而显示出了典雅精致的总体面目。坦率地讲，与那些在叙述上不太注重方法技巧的创作者相比，次仁罗布更像一个做工精细的艺术生产者。如果说其他一些作家的小说创作仅仅只是在讲述一个故事而已，那么，次仁罗布的创作则是在经营一个精巧的艺术世界。他的文学世界里不仅有故事，还精心设计了故事运行的轨迹。一个简单平凡的故事在他设计的发展轨迹中，往往会平添几分韵味，显示出意味深长的审美意蕴，促人思索。

对叙述技巧的高度重视，不但对次仁罗布中短篇小说创作的审美效果起到了很好的提升作用，也对其创制长篇小说，发挥了极为重要的作用，帮助他相当轻松地解决了许多难度很大的问题。仔细研读 2015 年 8 月出版的长篇小说《祭语风中》，能够发现他对以往创作叙述经验的充分利用。《祭语风中》这部小说无论是题材内容的选择，还是主题的表达，在实际操作中都存在着巨大的难度。如何安排行文结构，如何完成主题的表达，如何叙述历史发展的进程和展示人物的历史命运，对写作者来说都是一个巨大的挑战。这种难度与挑战至少体现在两个方面。一是在当代文化语境中，如何对待民族传统宗教文化意识和心理；二是如何超越政治伦理，并表达符合历史发展趋势的历史观。

从题材类型来看，《祭语风中》中是一部历史小说，描写反映的是西藏当代社会近五十年的发展历程。但小说的主题指向并不在于全面展示社会历史发展进程，而是通过描写处在这一历史进程中的普通民众的日常生活和情感纠葛，来表现民族宗教文化心理，从而表达作者对人的生命存在的一种形而上的思考。当作者借助"民族传统文化心理"这一中介，来完成对人的生命存在境遇的形而上思考时，就意味着他必须面对民族传统文化意识与当代文化语境之间的对立统一关系。作为一位受过现代理性意识熏陶的当代作家，如果因情感伦理因素的影响而不加辨析地认可传统文化意识，显然会有损作品的时代精神；如果简单地排斥、否定传统文化观念，则又不符合历史事实，显得过于简单、草率。如何比较理想地处理好这一矛盾，需要创作者表现出一定的艺术智慧来。次仁罗布的做法是选择双线结构，以此来完成这一艺术目的，具体的方案依然是叙述过程中叙述视角的细微调整。整部小说让两个人物通过对话来完成叙述，其中核心人物晋美旺扎承担了绝大部分的叙述任务，历史研究专家希惟贡嘎尼玛承担补充角色。晋美旺扎的回忆性叙述，使得小说顺利完成了对民族传统文化意识的有限度的超越，从而使文本显现出了超越民族文化、超越地域范畴的普遍性意义。而历史研究专家希惟贡嘎尼玛的补充叙述，则从另外一个角度阐明了历史发展的逻辑必然，且由此而呈明了作者的历史观，从而解决了历史叙事中可能引发的争议。

晋美旺扎以现实描述和精神追忆的方式，讲述了相互联系但各自有别的两个故事。一个是他个人的生活经历，另一个是关于先哲米拉日巴的传奇故事。把两个故事联系起来的因素是它们有着外在特征与精神内涵上的相同之处。二者外在特征上的相同之处是"受难"，两个故事的主人公都经受了种种现实苦难。精神内涵上的相同之处是，"通过承受苦难达到自我救赎和精神超越"。如果小说双线叙述的目的仅仅拘囿在表现二者的相同之处，从而强调民族文化在精神意识上的简单传承赓续，那么其主题追求就会显得过于狭窄，作品宏阔深厚的审美内蕴就会受到损减，最终无法达到作者对人的现实存在的形而上思索。作品的机智之处在于，在强调民族文化心理的传承与赓续的同时，利用人物叙述视角的变换，在一定程度上凸显民族文化意识的历史更替，从而使作品显现出现代性品质。具体的做法是，在回忆先哲米拉日巴"作恶——受难——得道"的人生经历时，亮明了此种逻辑中所包含的"因果报应"的文化意识；但在讲述晋美旺扎的人生经历时，却只强调历史变迁所造成的人性扭曲和一些无法控制的因素给人带来的种种苦难，摒弃了"因果报应"的唯心论色彩。毫无疑问，这是作者有意做出的一种改变。这

稿约

  《阿来研究》为四川大学 2011 协同创新基地阿来研究中心主办的系列学术辑刊，暂定每年两辑，每辑 35 万字左右，诚邀海内外学者共同参与和支持这项工作，不吝赐稿。

  本辑刊主要分四大板块：阿来创作研究、藏区文学研究、藏区民间文学研究和比较影响研究。其中，"阿来创作研究"包括作家档案、新作热评、创作研究、域外阿来研究、港台阿来研究、研究述评等栏目；"藏区文学研究"主要指藏区现当代少数民族文学创作研究；"比较影响研究"则既包括阿来与其他作家之间的比较影响研究，也包括藏区少数民族文学与其他民族文学之间的比较影响研究，以及藏区少数民族民间文学与其他民族民间文学之间的比较影响研究。此外，本辑刊还设"名家视阈"、"青年论坛"、"争鸣园地"、"新著推荐"等栏目，力图全方位展示当代著名作家阿来及当代藏区文学、藏区民间文学研究的最新成果，使其成为学界了解阿来研究、当代藏区文学研究以及藏区民间文学研究的一个重要窗口。

  本辑刊崇尚原创，追求前沿，力求深刻，篇幅不论长短，但须合乎学术规范。来稿请附 300 字左右的内容摘要，3～5 个关键词，引文、注释务请核对无误。注释采用脚注。

  来稿请将题目译成英文后用电子邮件发送至：alaiyanjiu@163.com。三个月后未收到采用通知，稿件可自行处理。文责自负，请勿一稿多投。我方有权删改所用稿件，不同意者请在来稿中说明。来稿请写明作者姓名、单位及详细通讯地址、联系方式。一经刊用，即奉寄稿酬与样书。

  我们对合作充满期待！

《阿来研究》主编 陈思广

声明

种改变至少能够表明作者在思想意识上对民族传统文化的有意超越。尽管作品依然传达的是"人生即苦"的藏传佛教观念，但却不简单地认可"苦难与作恶之间存在着必然的因果关系"，这就赋予了苦难更为深广的存在内涵，而作品的审美境界也由此得到了一定程度的提升。这一效果的达到，正是通过叙述视角上的变换来完成的。

对政治伦理的处理和作品历史观的表现，也是《祭语风中》通过叙述手段来完成的。前面已经说过，这部作品是历史题材类的小说，而且还是带有一些革命历史色彩的小说。由于涉及到西藏革命和民族解放这样的敏感重大的历史问题，需要作家在创作时必须通过适当的方式表明政治立场和历史观。即使不作明确表态，至少也需要在故事情节的推进过程中暗示出来。由于受作品主导性主题意向的表达限制，《祭语风中》不可能像传统革命历史小说那样，旗帜鲜明地表达与主流意识形态一致的政治立场和历史观。为了不影响小说主导性主题的有效表达，作家还需要在叙述上下一点功夫。《祭语风中》采取的策略是，让在对话关系中处于次要位置的对话者——希惟贡嘎尼玛，以历史文化学者的职业角色来发言。在具体的叙述中，这位历史文化学者每每在故事情节发展的关节点处表达自己的看法与观点，以此来补充晋美旺扎叙述留下的空白，从而解决一些非常重要的问题。这种看上去有些边缘化的补充叙述，既不会破坏小说整体的叙述流程，也不会影响小说主导性主题的表达，但却具有不容小觑的艺术功用，那就是以四两拨千斤的巧妙方式表明作品的政治立场和历史观。为了说明问题，不妨摘录几个片段：

> 西藏的旧体制几百年来没有进行过重大改革，它与时代的快速发展相比，是如此落后与腐朽，只能注定要消亡。①

> 我们先辈写的那些史书，充满了宗教的社会色彩，缺少对社会、经济、民生的记录。只有近代学者更敦群培的《白史》是个特例。②

> 您要确信一点，那是从封建农奴制社会走向更高级的一个社会，这过程中难免一些利益集团会受到冲击，这是历史的必然。③

上述补充式叙述，以论辩式的肯定判断与晋美旺扎的个人化叙述形成对话，不但有推进作品故事进展的艺术功用，并使这部历史题材作品具有了历史感和一定的社会内涵；更为重要的作用在于直接阐明了作品所包含的历史观和符合国家意识形态要求的政治伦理，从而解决了作品在重大历史事件上的方向性问题。

次仁罗布的小说在艺术上的着意讲究，并没有影响其作品对现实的关注和对社会、人生的思考，也没有影响他对作品思想内涵的追求与表达。在前面的论述中，已经对此有过简略表述。下面就次仁罗布小说世界所蕴含的较为显著且颇为独特的一些主题性内涵做些概括归纳。

论及次仁罗布小说的题旨，许多论者都倾向于从地域文化的角度出发，着眼于对其

---

① 次仁罗布：《祭语风中》，中译出版社 2015 年版，第 29 页。
② 次仁罗布：《祭语风中》，中译出版社 2015 年版，第 60 页。
③ 次仁罗布：《祭语风中》，中译出版社 2015 年版，第 236 页。

小说做宗教书写层面上的解读阐释。得出的结论不外乎悲悯情怀、良善信念、宽容心态等。毋庸置疑，就次仁罗布小说世界所选择的题材和体现出来的一些主题意蕴来看，这样的判定是很有道理的。作为一个深受藏族传统宗教文化影响，且在作品中不断征用与宗教文化现象有关的题材内容的作家，次仁罗布作品流露出宗教气息也是非常合理正常的。因此，论者们就这方面的相关话题进行不同层面的开掘，对认识次仁罗布的创作是具有一定的启发意义的。但过分纠结于宗教文化和民族道德伦理，势必会缩减、遮蔽次仁罗布小说其他方面的审美内涵。在我看来，尽管次仁罗布的小说在题材选择上至今还没有越出地域文化范畴，但其作品在主题意向上已经超越了地域性的宗教文化限制。他的小说其实拥有一些更为普遍的题旨。以此来看，次仁罗布的小说所包含的意蕴远非"悲悯情怀、宽容慈悲"能够概括涵盖。

次仁罗布小说在内涵意蕴上，除了论者们已经提到的上述主题意蕴外，至少还有一个方面还需要特别注意，那就是对于人的精神困境和情感纠葛的揭示与描述。阅读次仁罗布的小说可以发现，他真正关注的是人的精神状况与情感诉求。这种精神状况与精神诉求虽然与地域性的文化传统有关，与特定的社会生活环境有关，但却具有自身的超越性。因为它们源自于人性之中的某些共同性因素。

从一开始创作起，次仁罗布的小说就表现出了这种主题意向。他最早的小说《罗孜的船夫》，从题材看，是表现社会经济发展所造成的人们思想观念的不断改变，但其深层内涵却反映的是人的精神冲突。面对变化着的社会现实，是坚守传统观念，还是顺应时代发展？历史进程把有着不同成长经历和现实追求的人推进了坚持或是放弃的两难境地。老船夫与女儿之间的争论，以及他们各自的最终选择，就是对这种两难境地的形象表达。之后的《尘网》《焚》《界》《神授》《言述之惑》等作品都或隐或现地表达了这种精神困境。事实上，前面我们提及的叙述视角上的变化所蕴含的认识观念上的不确定性和模糊性倾向，在本质上也是一种精神困惑的表现。叙述视角从形式方面看，是一种艺术技巧和手段；但任何形式方面的东西，或多或少会暗含着创作者精神意识和思想观念方面的某些倾向性。通过不停的视角转换来完成故事的讲述，根本上揭示的是创作者对现实生活的认识存在着不确定和模糊性。这种认识上的不确定性和模糊性，显然隐藏着创作者精神方面的诸多困惑。正是这种困惑，导致他在面对纷繁复杂的现实时不得不采取包含着多种可能性的叙述方式。还是以《言述之惑》为例，英雄加布的故事如何叙述？从不同的角度出发，会出现不同的版本。主流意识形态出于历史书写的需要，以正面塑造人物的方式来宣扬他的英勇事迹；与加布一起长时间生活在一个部落的伙伴，则从个人关系的角度对加布进行了一番带有调侃意味的描绘；年轻一代的牧民们则把加布的经历视为一种带有娱乐性质的传奇故事；加布的子女们则坚信父亲当年的英勇事迹是他人格精神的真实体现。面对这些无法统一的说辞，言说的困惑必然会产生。尽管人们可以从各自的需要出发完成对加布的"言说"，甚至可以把这种"言说"看作是唯一揭示了真相的书写，但小说通过"言说之惑"所表现出的内涵，却蕴含着形而上的哲学意味，那就是：人的认识不可避免地存在着模糊性和不确定性。这种不确定性和模糊性正是人的精神困惑的外在体现。

除揭示人的精神困惑外，次仁罗布小说还善于表现人复杂隐秘的情感纠葛。这在他的不少中短篇小说中表现得相当突出。《尘网》《焚》《界》《绿度母》《秋夜》等作品中都蕴含这类主题意向。次仁罗布的小说在表现人的复杂隐秘的感情纠葛时，同样具有一定的超越意识。具体来说是，他所表现的情感纠葛，往往不受具体环境的明显影响和制约，或者说这种情感纠葛并不是某种特殊境遇的产物，而是人的一种带有本能性质的冲动所造成的。这种情感纠葛虽然都是在特定的环境中产生的，但往往与外在环境没有根本上的因果关系，而更多地与人性当中的一些无法剔除的因素密切相关。当这种无法剔除的因素发生作用时，无论在何种环境下，都会产生各种各样的情感纠葛。比如《秋夜》（又名《笛手次塔》）中成年人之间的男女之爱，《杀手》中寻仇者见到仇人之后的失望与哀伤，《神授》中亚尔杰离开草原之后的无奈与伤感，《前方有人等她》中夏辜老太太对死去的丈夫的无尽思念等，都是人性中与生俱来的一些本能化的因素所导致的情感纠葛，与具体的环境没有直接的关系。次仁罗布在创作中表现出的这种表达倾向，使得他的小说拥有了显著的超越性特征，并由此而表现了作者追求高远艺术境界的创作目的。

（作者单位：西藏民族大学文学院）

次仁罗布小说的民族民间立场

粟　军

　　当代藏族小说作家次仁罗布近年来创作颇丰，他的创作风格突破了上个世纪 80 年代西藏当代魔幻现实主义文学的风潮，走出了一条相对独立风格的路子，为当代藏族文学又画出了浓墨重彩的一笔。而其创作上最为突出之处就是小说中的民族民间立场。

　　民族特点或特色在当代藏族小说中都能一定程度上体现，民族民间立场或视野一向也是当代藏族文学作家普遍关注并自觉运用的。耿予方的《藏族当代文学》中曾说："藏族当代文学具有鲜明的民族特点，是同历史悠久的藏族传统文学一脉相承的，既有古代藏族作家文学的创作经验，又有丰富多彩的藏族民间文学的创作经验，同时又在藏族创作文学的基础上有所创新，大大前进了一步。"① 民族民间本是一个多维度、对层次的概念，它有着底层独立的历史和传统，有着自由自在的审美风格，也有着民间宗教、哲学、文学艺术的传统背景。② 次仁罗布作为一个使用汉语创作的藏族小说作家，也有意识地承继了藏族传统文学、宗教的精髓，同时借鉴民间文学的创作经验进行创作。民族民间的诸多事象往往是最真实、最生动的，次仁罗布的小说创作就是一种自觉的藏民族民间立场，呈现出对传统民族文化有意识的吸收和运用，并在其小说中做到了自觉表达和展现。次仁罗布的小说创作特别注重小说的藏民族独有的民间特色和风格形式，其突出特色是运用藏族传统及民间的多种形式和内容，表达了藏民族现代社会特有的民族精神文化内涵。

一、题材上的民族民间性

　　次仁罗布的所有小说都是西藏题材，这些小说的内容既有西藏历史、文化、人们的生活风俗，也有西藏现代生活。作者试图通过一个个小人物的故事，展示真实、朴实而有自足精神的藏民族社会，书写藏民族传承千年的心灵史，让人读懂这个民族，以及这个民族的精神文化特质。次仁罗布在一次访谈中说：

　　　　我在大学学的是藏文专业，接触过很多经典的藏语作品。其中我

---

① 耿予方：《藏族当代文学》，中国藏学出版社 1994 年版，第 4 页。
② 王光东：《民间：作为中国现当代文学研究的视野和方法》，东方出版中心 2013 年版，第 1~2 页。

最推崇的是朵卡夏中·次仁旺杰的《颇罗鼐传》，这部作品除了文字的美，还具有史诗性的气魄，把五世达赖至七世达赖喇嘛时期的世俗西藏风貌，雕琢得细致而生动。其他还有《米拉日巴传》《仓央嘉措道歌》《旬努达米》《青颈鸟的故事》，以及八大藏戏等，这些传统的文学作品对于我来讲是我坚实的厚土，没有这个厚土的滋养，我是写不出跟别人不一样的作品的。现在我的作品在国内国外都得到了认可，这些都归功于藏族文化，人们从我的作品里读懂了这个民族和这个民族的文化。①

次仁罗布的所有小说不论历史题材还是现代题材都是围绕藏民族生活、藏民族文化来入题的。从次仁罗布的一些小说标题上看，"放生羊"直接来自藏族的宗教赎罪的思想；"德剁"在《藏汉大辞典》中解释是："浪荡僧。旧时寺庙中极少数年轻僧人，其主要任务是为僧众行茶。他们懒散好斗，装束和行动不全遵守戒律。某些大寺庙中有此类僧人的专门组织。"②"绿度母"在藏传佛教中则是观世音菩萨的化身。"九眼石"又称天珠，是古代藏族的货币，今天则是稀世珍宝。"神授"则专指《格萨尔》史诗说唱艺人突然一天会讲唱格萨尔这一现象。这些都直接与藏族传统生活有密切关系。而"罗孜的船夫""曲郭山上的雪""八廓街"等则是有藏族特点的地名。而让人陌生的"阿米日嘎"则是藏语"美国"的意思。《八廓街》中作为小故事的副标题"念珠"也极具藏族特色。《界》在内容上具有强烈的宗教情怀，而其标题不但具有宗教世界轮回的民族特性，也有着某种主题上的意义。《传说》则是小酒馆中的一群人谈论藏族类似护身符的"金刚橛""金刚杵"的故事。

新近出版的长篇小说《祭语风中》则从最神秘的藏族天葬入手，主要写了一位僧人晋美旺扎的一生，通过这条主线展示西藏从和平解放前后至今五十多年来的历史变迁。同时，也用藏族历史人物藏密大师米拉日巴的故事作为副线，呈现藏族人内心的精神世界和自我救赎的艰难过程。次仁罗布说："人们常说文学就是一个民族的心灵史，我希望《祭语风中》也能成为表现藏民族心灵史的作品之一。"③可以看出对于藏民族民间文化次仁罗布是有意识地自觉传承的，但同时作为小说展现又是不自觉地呈现着。

二、民族民间形式和内容的多彩呈现

在民族民间形式和内容的运用上，次仁罗布在他的小说里运用了很多传统内容，如套用藏族藏密大师米拉日巴的故事，讲述格萨尔神授艺人，描绘民间佛事场面，讲背尸人故事，讲藏族民间故事，讲藏族最神秘的天葬习俗。当然也有藏族民俗生活、婚丧嫁娶等等。此外，还有民间谚语、民歌的自觉运用等等。

---

① 见本辑《关于次仁罗布长篇新作〈祭语风中〉的对话》，第 122～123 页。

② 次仁罗布：《放生羊》，中译出版社 2015 年版，第 53 页。

③ 见本辑《关于次仁罗布长篇新作〈祭语风中〉的对话》，第 121 页。

（一）《米拉日巴传》等藏族传统书面文学

米拉日巴是 11 世纪藏传佛教噶举派的创始人，其师傅为玛尔巴，也被称为藏密大师。米拉日巴因其幼年丧父，家产被伯父和姑母霸占，随母过着贫困的生活，后其母送其学习苯教咒术，学成后，他用咒术咒杀伯父姑母家的很多人，并毁坏了全村的庄稼。因其忏悔杀人和毁坏庄稼的罪孽，拜玛尔巴大师学习，历经了多种磨难，终于学成。米拉日巴的故事在藏族人民心中，可谓是尽人皆知。次仁罗布在《放生羊》中也写到主人公为了给他的过世妻子桑姆赎罪，很大年纪还在工地上干活。为了桑姆有个好的去处，他不仅捐五百元钱，还劳动一个月，为桑姆减轻一些恶业。这也很容易让人想到米拉日巴："藏族人都知道，米拉日巴为了救赎自己的杀生罪孽，拜玛尔巴为师，用艰辛的劳动洗涤恶业，即使背部生疮化脓，手足割破，咬着牙坚持，他最后得到了。"[1] 次仁罗布在《祭语风中》用米拉日巴的故事作为小说的另一线索，贯穿在整个小说中。小说主人公晋美旺扎一生都以《米拉日巴传》为自己的精神支柱，就是在"文革"时期，佛像等大部分宗教用品都要处理，晋美旺扎找不到地方可藏，只有送到了废品收购站，而他却把《米拉日巴传》用铁盒装好，藏在坑里。《祭语风中》整部小说的副线就是《米拉日巴传》，最早是借希惟仁波齐之口讲述了《青史》中米拉日巴让满载贪嗔痴的人感到羞愧，后面就有专章来讲述米拉日巴的故事。在小说上部第七章《磨难》，下部第二章《复仇》、第七章《救赎》、第十章《宽恕》中把米拉日巴的故事完整地叙述出来。传统的《米拉日巴传》特别看重其宗教性，次仁罗布在小说中则主要讲述了米拉日巴坎坷的经历，用这种经历来鼓励在悲惨现实中生活的人们。

除了《米拉日巴传》外，还有《萨迦格言》、《青史》、《红史》、五世达赖喇嘛的《布谷鸟的歌声》、更登群培的《白史》、仓央嘉措诗歌等也出现在小说中。在《祭语风中》中，希惟仁波齐常常用萨迦格言教育弟子："明早死去也要学知识，今生不能成大学问者，知识积聚来世可兑现，犹如财富寄存又取回。"[2] 而作家诗的代表，则由跟随十三世达赖喇嘛出逃到印度的夏嘎林巴的《忆拉萨》，借瑟宕二少爷之口朗诵出来，说给准备出逃的希惟仁波齐听。

（二）英雄史诗《格萨尔王传》

《格萨尔王传》是藏民族的一部英雄史诗，作为口传说唱文学，它的说唱者，历来让人觉得神秘不可思议。说唱《格萨尔》的这类艺人被称为神授艺人。次仁罗布就在他的小说中写了这样一位《格萨尔》的神授艺人亚尔杰。神授艺人一直是藏族《格萨尔》研究中让人头痛又着迷的问题，次仁罗布抓住这个问题切入，写了一个没有读过书的十三岁的放羊娃，放羊时，突然间梦到格萨尔的大将丹玛给他肚子里装了《格萨尔》经卷，失踪几天回家后就可以给大家说唱格萨尔的故事。但作者的目的不在于此。亚尔杰被研究人员接到了拉萨，在研究所里工作，负责录制史诗《格萨尔》，在录制了一段时

---

① 次仁罗布：《放生羊》，中译出版社 2015 年版，第 71 页。

② 次仁罗布：《祭语风中》，中译出版社 2015 年版，第 62 页。

间后，亚尔杰忽然讲不下去了，他不得不重返草原，寻找神灵的恩赐，然而草原已不是他以往的那个草原，年轻人不再喜欢听格萨尔，亚尔杰也被更多现代生活的东西所烦扰，而没法有一个宁静的心灵。《神授》的故事更显示出藏族传统文化如何更好地继承的问题。

（三）宗教生活

宗教在藏民族中是不可回避的话题。在次仁罗布的小说中，有很多对宗教生活的展示、对藏传佛教的展示，有些是寺庙里的宗教活动，也有民间的宗教活动等。如《祭语风中》以一个还俗僧人晋美旺扎为中心，小说中写了很多宗教仪式，如希惟仁波齐作为施主，请全康村的僧人参加的祈祷法会。当晋美旺扎逃难之后，又一次回到拉萨寺庙时，看到六个老僧人还在辩经的场景。宗教活动不单是展示，也在小说中推动情节。晋美旺扎也是因为在"文革"时偷偷赎了一个度母像在家里为努白苏老太太祈祷，儿子扎西尼玛把念经时的念珠拿到学校玩，受到民兵的抄家，而被赶到农场生活。妻子因为被别人推倒，失去了他们还在肚子里孩子，从此对晋美旺扎耿耿于怀，甚至分居后还怀了别人的孩子。在次仁罗布其他一些中短篇小说中宗教生活也是随处可见，如《放生羊》中主人公得到妻子桑姆的托梦，因此，偶然从回族商人手中赎回了一头放生羊，他带着放生羊去转经，去拜佛、听法，买鱼由羊驮着来放生；《祭语风中》的晋美旺扎背着死去的人去天葬，等等。这些都是藏传佛教在俗世的展示。

（四）藏族谚语俗语

谚语既是民间文学，也是藏族作家特别喜爱的一种表达形式。"在藏族社会中，一个人掌握谚语的多少和能否准确地运用，往往成为人们衡量他是否有口才、智慧和学识的标准。"[①] 在次仁罗布的小说中，谚语比比皆是，而且也使用得恰到好处，大多是有学问，有修养的人说出来的。如在《祭语风中》里，当希惟仁波齐带着弟子出逃，路遇瑟宕二少爷时，瑟宕二少爷问希惟仁波齐为什么要逃跑，希惟仁波齐说是向护法神祈求的神谕，瑟宕二少爷就说了一句谚语："'人走投无路去问神，神竭智尽力说谎话。'这是我们藏族的谚语，不是没有道理。"[②] 这类藏族谚语在《祭语风中》里随处可见。米拉日巴的母亲请客时说了："生出小孩要起名，摆出酒宴有话讲。"回忆晋美旺扎去当僧人时，母亲鼓励他说："儿子如果精进佛法，甘丹赤巴（继承甘丹寺中宗喀巴法座者）任你去当。"[③] 晋美旺扎在为邻居群培老人送葬时想到谚语："邻家牛儿死去，也要致哀三天。""前世做了什么看他今世的境遇，来世会怎么样看他今生所做。"在次仁罗布的其他小说中也有，如《阿米日嘎》中有村民说："不亲眼去查查看，烟和蒸气易混淆。"《界》中活佛给弟子讲道时说："只懂得皮毛的人整日叽叽喳喳，真正有学问的从不炫耀。"《杀手》中一个老婆劝老公时说："别挤进吵架的人群，要挤就挤到买油队伍

① 佟锦华：《藏族民间文学》，西藏人民出版社 1991 年版，第 175 页。
② 次仁罗布：《祭语风中》，中译出版社 2015 年版，第 75 页。
③ 次仁罗布：《祭语风中》，中译出版社 2015 年版，第 399 页。

里去。"

（五）民歌、传说及民间故事

藏民族是一个能歌善舞的民族，藏族民歌在老百姓的生活中随处可见，因此，在次仁罗布的小说中，民歌也是其民族民间特色的一个突出表现。在长篇小说《祭语风中》里，随处可以听到老百姓的民歌响起。出逃路上赶驴人在唱歌，虽然嗓子有些破锣；走进村庄，听到了伴着扎年琴的歌声；结伴出逃的路上也有人弹着扎年琴唱着嘎尔鲁（达赖喇嘛宫廷舞队演唱的歌曲）；希惟仁波齐为村民开耕试犁举行仪式时，村民的歌声热烈、欢快；晋美旺扎到工地上劳动时也有劳动歌响起。在小说《秋夜》中，主人公次塔因为妻子跑了，在林场工作了很多年，虽然写的是现代生活，但小说里也有很多首藏族情歌。《雨季》中在表现婚俗时，也有人在唱念协："菩提心的父母，养育如仙姑娘。勤劳善良美丽，方圆百里唱颂。姑娘名叫潘多，巧手能织彩虹；持家是个好手，五谷年年有余……"[1] 随着时间的推移，上个世纪五六十年代还出现了藏族新民歌，这也出现在《祭语风中》里。在西藏自治区成立的第二年，工地上干活的人们就边走边唱着新民歌："不要埋头干活，应该放声歌唱；不吭不哈劳作，仿佛是在炼狱。歌声是我的朋友，号子是我的帮手；自己干活痛快，别人看着羡慕……"[2]

传说和民间故事本是分不开的。次仁罗布在他的小说里运用了很多传说和民间故事。一部写金刚杵的短篇故事就命名为《传说》，其中借茶馆里蓄发的老师之口还讲到萨迦班智达的历史传说，而"我"也想到了绰号为"人寿十岁"的小人物刀枪不入的传说。《放生羊》中主人公带着羊转经时，就想到了在松赞干布修建大昭寺时，是山羊背土填湖，立下了头等功劳的传说。藏族有名的阿古顿巴故事和尸语故事等民间故事在很多小说中都有呈现。小说《界》中为让怀了少爷孩子的女仆回到乡下的路上开心，一个爱讲笑话的人一路都在讲阿古顿巴和尸语故事。长篇小说《祭语风中》写，在"文革"时期，晋美旺扎的邻居卓嘎大姐去世了，他背着尸体越来越沉的时候，就边走边说活，跟卓嘎大姐聊起尸语故事，自己一路上也不觉得累。

（六）藏族风俗

次仁罗布的小说中还涉及一些藏族民间风俗。这些风俗事象不仅有婚礼、葬礼、请客、开耕等大的活动，也有日常生活中喝茶，打招呼等小事项。如在《传说》和《祭语风中》等小说中，人物都是在酒馆、甜茶馆里聊天活动，这既是传统风俗，也是今天西藏社会的现代风俗。尤其是《祭语风中》作为长篇小说，它里面也讲到了寺庙的房子是藏族建筑民俗中的阿嘎地面，讲到一幢房子的柱子数目显示房屋的规格，如米拉日巴家曾经居住的就是四梁八柱的房子；讲到历史上包括现在的牧区都使用牛粪火；讲到见到尊贵的人，地位低下者会吐着舌头，把自己双手在身上擦干净，双手来接活佛的赏赐。当家人送晋美旺扎当僧人时，吃人参果饭和酸奶。晋美旺扎也是在藏族传统沐浴节这天

①　次仁罗布：《放生羊》，中译出版社 2015 年版，第 309 页。
②　次仁罗布：《祭语风中》，中译出版社 2015 年版，第 357 页。

和美朵央宗挑明了关系，最后成婚。《祭语风中》《曲郭山上的雪》和《界》都有开耕试犁的仪式，希惟仁波齐和他的弟子们要为村子中开耕试犁做禳灾避邪的祷告。做完法事，村中也会唱歌跳舞，以这种热烈的方式期待好收成。《曲郭山上的雪》重点虽是有人轻信了美国大片《2012》，认为世界末日即将来临，地也不种了，牲畜都放生了，但也说到现代社会还是非常重视开耕试犁，村长要挨家通知藏历三月十六日集中到农田，举行集体开耕试犁仪式。《祭语风中》也呈现了很多过年的场景。藏历二十九日要把房间打扫干净，要重新画卍字符号，吃面块，燃麦秸火把，放鞭炮，大喊驱鬼。初一，要着盛装，从井水里打第一道水，在井边堆起杜鹃枝叶，上面撒上糌粑点燃火，再往上面盖草浇上水，随着烟雾升腾，来做祈祷。邻里之间互相敬酒，直到藏历十六就可以上班了。《祭语风中》对于葬礼也有不同介绍。佛家圆寂后火化，活佛能得到舍利；不幸被"四岗六水"的兵踢下山而死的多吉坚参，火化之后，还用未烧化的遗骨做了些"嚓嚓"。而普通百姓则用天葬的方式来安葬。夭折的婴儿，则用陶罐装好，放在岩洞的高处，用石头把岩洞堵死。《祭语风中》晋美旺扎和美朵央宗的婚礼因为时代的原因办得比较简单，但也有亲朋来送礼，同时为确定婚期还先去算个卦。小说《雨季》中还有婚俗的展示，迎亲队伍来了要煨桑、唱婚礼歌、跨门槛，新娘穿着也很复杂，身上还背着彩箭，彩箭上有哈达、小镜、绿松石等。

此外，《祭语风中》也借瑟宕老爷在劳动时，唱了一段藏戏《卓瓦桑姆》片段。《神授》中也提到了拉宗部落盐湖驮盐习俗，甚至指出某地是某个传说的遗址。这些民族民间的内容，的确让人能认识藏民族传统生活的丰富多彩，也能看到当代藏族现代社会对民族传统的承继。次仁罗布无疑在他的小说中更集中地展示了这一面。

三、民族民间精神的传承

次仁罗布有意识地对传统藏民族民间文化进行着传承，他个人也坦然地承认。因而众多藏民族民间的文化，次仁罗布都融入在他的小说中，他的小说有着显而易见的民族民间立场，次仁罗布也在自觉地做着传统民族民间文化传承者的角色。他为藏族新时期文学开辟了一条新路，也成为藏族民族精神的传承者和展现者。就如《祭语风中》，其中的一个线索是写米拉日巴的。小说中米拉日巴的故事占了很大一部分篇幅，但次仁罗布也不是完全地照搬传统典籍。在写米拉日巴、玛尔巴、日琼巴这三位大师的典籍中，三位大师是按师承关系排列，分量也是大体相当。而次仁罗布在小说中仅仅以米拉日巴为中心，涉及一些玛尔巴，完全没有日琼巴。而且古代典籍中有很多较难理解的道歌，小说中就完全没有使用。[1] 次仁罗布更看重米拉日巴的精神，是他的精神鼓舞人们活下去。小说每次讲到米拉日巴时，都是主人公倍感生活艰辛，亲朋纷纷辞世之时。因此次仁罗布自己在访谈中也说：

> 这得从藏族宗教和传统文化说起。米拉日巴是一位杰出的宗教人士，他在

① 查同杰布等著，张天锁等译：《藏密大师》，西藏人民出版社，1997年版。

藏族人的心目中有崇高的地位。他又是一位伟大的文学家，他的道歌在藏族文学史上也占有一席之地。我在《祭语风中》里重新叙写米拉日巴，是将他作为一个精神导师来叙写的。他的苦难来照应小说主人公和周围那些人的遭际，从而使他们能够坦然处之，用一颗平常的心接受这些一时的坎坷，让心智接受和战胜这些坎坷。用主线和辅线贯穿并行的手法来讲述故事，是为了观照、反思，从而使读者了解藏族人缘何能慈悲，能忍耐，能谦卑。[①]

次仁罗布在其小说中也使用了很多民歌谚语。他自己曾说过这样做的目的"是为了让读者知道藏民族有极其丰富的谚语和民歌，通过这些谚语、民歌了知当时这些民众的思想、希望；从另外一点来讲，选择这些谚语和民歌是为了衬托当时的气氛，起到渲染的作用。"[②] 因而可以说，对于民族民间文化，他是一位自觉的传承者。但另一方面，次仁罗布也有不自觉的呈现，如日常的民俗生活。在藏地传承千年的宗教文化，最是不易改变的，就是遭遇"文革"时代，还是有人把佛像藏起来。有关生活的忌讳，就是到内地学习过，接受了新思想的仓决的妈妈卓嘎大姐，也要用炭把刚刚出生的仓决的孩子鼻梁骨抹黑。就是一些现代题材小说中，次仁罗布也不自觉地展示了现代生活与传统生活的矛盾。如《阿米日嘎》体现了现代科学分析和传统人际关系的矛盾；《曲郭山上的雪》体现了近年来生态环境的恶化，与美国大片《2012》不谋而合，小山村兴起了一波藏民族特有的末日情绪；《神授》中说唱艺人找不到自己的神灵，同时老百姓有了更多的娱乐形式，《格萨尔王传》不再是民间说唱文学，便成为真正的民族文化遗产。

次仁罗布的小说创作虽然有一些刻意而为的叙述技巧，但他的作品呈现的民族民间生活，在不紧不慢的叙事风格中呈现，娓娓道来。细读次仁罗布作品，可以让更多的人了解到一个真正的藏族世界。阿来也这样评价《祭语风中》："真实诚恳地展开社会变迁的真实图景是这部小说的价值所在。"[③] 而这种真诚而自由自在的民族民间立场，正是次仁罗布小说的魅力所在，它能体现真正的民族民间精神。

（作者单位：西藏民族大学文学院）

---

① 见本辑《关于次仁罗布长篇新作〈祭语风中〉的对话》，第 123 页。
② 见本辑《关于次仁罗布长篇新作〈祭语风中〉的对话》，第 124 页。
③ 次仁罗布：《祭语风中》，中译出版社 2015 年版，封底。

揭示现代文明冲击下藏族生活的常与变

——评次仁罗布小说集《放生羊》

欧阳澜　　汪树东

　　中国当代文学中，以汉语创作的藏族作家里，意西泽仁、扎西达娃、阿来、次仁罗布等是较为著名、影响较为深远的。扎西达娃以《西藏，系在皮绳扣上的魂》《西藏，隐秘的岁月》等魔幻现实主义小说刻绘出藏族传奇诡秘的多彩命途，阿来则以《尘埃落定》《空山》《格萨尔王》等巨作展示了藏族独特的生存智慧和悲凉的现代化命运。如今，次仁罗布再次以中短篇小说集《放生羊》、长篇小说《祭语风中》深入揭示了现代文明冲击下藏民族生活的常与变，引领读者深入藏民族的心灵深处，去体会他们的悲欢喜乐，去揣摩他们的信仰苦旅，去感触他们的历史命运。

　　次仁罗布是具有非常自觉而明确的民族意识的少数民族作家，他曾说："记述民族心灵，提高民族素质，培养民族精神，是文学的天职，少数民族作家应具有不可回避的紧迫感和危机感。"① 的确，他的小说就是对藏族心灵的婉曲记述，是对藏族民族精神的艰苦挖掘。翻开中短篇小说集《放生羊》，扑面而来的是藏族人民浓郁的生活气息，是形形色色独特的藏族人物。例如那摇着转经筒、带着放生羊围绕着布达拉宫转经的年扎大爷（《放生羊》），那被格萨尔王大将授予讲唱藏族英雄史诗《格萨尔王》技能的牧民亚尔杰（《神授》），那个追踪杀父仇人长达十三年最终找到杀父仇人又放弃了复仇的杀手（《杀手》），那个为了把母亲从执迷中唤醒从容喝下她给的毒药的僧人多巴亚佩（《界》）等栩栩如生的人物，只有藏族文化才能够孕育得出来，只有在雪域高原上才显得如此和谐又卓尔不群。

　　要说次仁罗布中短篇小说集《放生羊》的特色何在？笔者认为，其首要特色就在于，对藏族生活的"常道"的细腻书写。何谓藏族生活的"常道"？如所周知，藏族生活的地域是世界屋脊的雪域高原，那里大部分地区自然条件较为恶劣，高寒缺氧，植被稀疏，生存资源相对匮乏，生命受到大自然的严厉挑战。在这样的自然环境中成长的民族往往对人生容易形成较为悲观的看法。更兼倡导出世的佛教对藏族千余年的深刻影响，藏族人民更容易形成人生无常、悲苦无端的看法。遍览小说集《放生羊》中 17 个中短篇小说，读者可以发现，次仁罗布写得最多最动情的就是藏族人民这种人生无常、悲苦无端的"常道"。

---

① 次仁罗布：《来自茅盾文学奖的启示》，《民族文学》2009 年第 4 期。

人间苦难是次仁罗布小说的主调。《尘网》《焚》《绿度母》《界》等小说，就连篇名，都蕴含着佛教对人间多苦难的看法。《尘网》中，二十多岁的跛子郑堆本来和寡妇达嘎的豁嘴女儿强巴拉姆相爱，却被达嘎生生拆散，最后不得不娶了四十多岁的达嘎为妻。婚后郑堆饱受达嘎的百般缠磨，达嘎死后，女流浪者泽啦来到他家，结果又被人拆散。最后五十多岁时和一个酒馆里的妓女结婚，等她怀孕不久，郑堆就猝死了。郑堆的一生就是被尘网羁绊的一生，就是生老病死、怨憎会、爱别离、求不得的苦难轮番上演的一生。跛子郑堆在古建队的老画匠死后，曾这样想道："人生无论怎样得志或卑贱，终归要走的只有这一条路。他的眼泪坠落了下来。他在为老画匠孑然一身悲哀的同时，也在为自己的孤身悲哀。他的头脑里疏忽间飘过与他有过感情纠葛的三个女人，到如今他自己还是一副悲愁颓废的模样。喇嘛的诵经声和酥油供灯的气味交融在一起，使人产生人生无常的想法。"① 的确，人生无常，既是佛教最基本的教义之一，也是次仁罗布中短篇小说最鲜明的情感主线。

与《尘网》中郑堆的悲苦人生一样，《绿度母》中的阿旺拉姆、《雨季》中的旺拉的人生也苦不堪言。阿旺拉姆出生于没落贫穷的家庭，出生时不幸有驼背的残疾，随后父亲、母亲相继弃世，唯一的哥哥也如同路人，生活极其艰难，沦落到街头摆地摊谋生，快四十时遭遇一场无疾而终的爱情，最终只能在尼姑庵里默默老死。而《雨季》中旺拉的命运也好不到哪里。他在农村务农，家庭贫穷，娶妻生子，大儿子岗祖有点痴呆，二儿子格来很机灵，长到十二岁却被汽车碾死，妻子也死于山洪，家里的耕牛和房子都被毁，最后就连有点痴呆的大儿子岗祖也因为和人争抢一棵虫草被人杀死，年迈体衰的老父亲还没来得及送到医院就半途死去，最后还面临着山洪的彻底毁灭。当次仁罗布叙述这样一个个人生故事时，他似乎有意把藏族人放在苦难的铁砧下猛烈锤打，要看看被苦难剥夺得最为彻底的藏族人最终到底会剩下何物。

受佛教的深刻影响，次仁罗布看人生的眼光是众生平等的眼光。在他眼中，无论男女老幼，无论上层社会还是底层人民，无论是有权者还是无权者，无论有钱人还是贫穷者，无论美丑智愚，都是众生中的一员，从内在价值上看是平等的，从人生所受的苦难看也是平等的。例如在中篇小说《界》中，龙扎豁卡的老主人岑啦、格日旺久少爷和农奴查斯，丑陋的堪卓益西和美貌的查斯，聪慧的多巴亚佩和执迷的查斯，都是一样被人生无常之苦纠缠着，不得解脱。这和那种总是从外在的社会性眼光来审视人生的凡俗看法迥然相异。在平常人看来，那些有权、有钱、美貌、聪明的人，总能更好地享受人生，远离苦难。但对于次仁罗布而言，众生平等，众生皆苦，无一例外。因此，次仁罗布小说写藏族人的苦难，较少涉及苦难的社会性根源，例如他就很少书写贫富分化、阶级对立、经济压迫、暴力压迫造成的社会性苦难，他更喜欢书写那种众生都面对的无常之苦。

对于一个汉族读者来说，阅读次仁罗布的中短篇小说，也许还会有一种强烈的感受，那就是次仁罗布往往不像汉族作家那样热衷于书写复杂的人际关系，或者专注于书写家庭伦理感情，从中寻找人生的寄托和满足。他对汉族作家那种过于沉湎于凡俗的琐碎书写不感兴趣，他更感兴趣的是芸芸众生在无常的人生苦旅中到底该如何获得佛性的

---

① 次仁罗布：《放生羊》，中译出版社 2015 年版，第 37 页。

觉醒。因此，他中短篇小说中的许多主人公往往都是孤身一人，例如《放生羊》中的年扎大爷，《焚》中的维色，《界》中的多巴亚佩、查斯，《绿度母》中阿旺拉姆，《罗孜的船夫》中的老船夫，《前方有人等她》中的夏辜老太太，《杀手》中的康巴杀手，《雨季》中的旺拉等等。这些孤独之人，好像都已经尽可能地脱离了复杂的社会关系和欲说还休的家庭关系，挺立大地，直面苍穹，叩问人性和佛性的纠葛，寻觅灵魂的安顿之地。

　　当然，极力展示藏族人民的生存之苦，还仅是次仁罗布中短篇小说的一个面相。次仁罗布没有停留于对人生无常、悲苦无端的无限渲染之上，他更要寻求对苦难的超脱之道。次仁罗布在《文学的魅力》一文中曾说：

　　　　经过多年的阅读和创作，我认为真正的文学作品应该要……赞扬人性的伟大，揭示苦难面前的无畏精神，唤醒人类内心深处的善良。因为这些可贵的品质，在人类历史发展的过程中贯穿始终，成为人与人和睦相处，人与自然和谐相处，世界和平的一个重要基石。作为一名作家，有责任和义务给读者构建一个价值系统，即坚韧与勇敢、包容与和谐、耐劳与牺牲、怜悯与荣誉等。用这些人类原本拥有的闪光品性，去感化读者、唤醒读者，使人们看到生存的意义、生存的价值。这些构筑了文学作品的精神内核，也是文学作品的魅力所在。文学不能只是讲个故事，而是要体现比故事本身更重要的精神世界，通过拷问灵魂深处的幽暗与明亮，不断重塑健康而健全的精神。[①]

　　的确，次仁罗布中短篇小说的立足点不是对人生无常、悲苦无端的泣诉，而是对人性的伟大的赞美。

　　忍耐、慈悲和爱，是次仁罗布中短篇小说要发掘的藏族精神之一。在次仁罗布笔下，那些被苦难锤打的藏族人都具有非比寻常的忍耐力，他们不会被命运轻易摧折，不会轻易地向生活投降，不屈不挠、坚忍不拔地向着佛性的高峰攀登。而佛性明显的显现征象之一就是对众生的慈悲和爱。《界》中的多巴亚佩的慈悲精神惊天动地。他年幼时看到天葬场景，精神受到极大的震动。后来他被送到妮日寺出家为僧，本有慧根，再加上勤奋精进，终至勘破生死。但他并不愿意独享涅槃之乐，还想要去唤醒母亲查斯的佛性。但母亲查斯却不愿意到寺庙去生活。当奉劝多巴亚佩还俗无果时，她居然给多巴亚佩下毒。小说写道：

　　　　我知道你会给我投毒的。因为我们离开龙扎豁卡的那天晚上，观世音菩萨显身于我的梦中。菩萨对我说，你要谢绝吃酸奶，这样才能躲过一劫。刚才你让我吃酸奶时，我就接受了死亡，我相信我的死会让你悔恨的，会让你看清自己的罪孽和愚昧，这样你才有可能放弃仇视的心态，才会为自己的行为感到羞愧。我一点都不怨你，佛祖曾舍身饲虎，为了让你醒悟，难道我还要保全这肉体？

　　　　忽然，查斯捶着胸口，揪着头发，呜呜地哭个不止。多佩起身，拎着酸奶木桶，走了一段路。他把酸奶倒掉，再用沙土盖住，这才慢慢地走回来，挨坐

---

① 次仁罗布：《文学的魅力》，《文艺报》2010年10月25日。

在查斯身旁。

　　妈妈，三界无安，犹如火宅。你沉迷情愁爱恨，只能轮回于六道里，我去后，你要自己照顾自己。我爱你，我用我的死，表达了对你的这份爱。

　　多佩啦，我的儿子，你不能死。罪该万死的是我。

　　多佩用手梳理查斯蓬乱的头发，把头埋进母亲的怀里。他听到了她的心忏悔地抖动，从那里正在升腾最自然最纯洁的情感，她们像泥污不染的莲花，在她的思想里绽放、驻留。①

　　多巴亚佩用自己的死亡来唤醒母亲查斯的忏悔心，在多巴亚佩的感化下，查斯最终从爱恨情仇的执迷中醒悟过来，并用余生在姹日寺旁的岩石板上刻六字真言以赎罪，即使眼瞎身瘫也不改初衷。这是多么坚定的慈悲和爱。人性的脆弱终于被佛性的高贵彻底折服。这种生命景观，只有在雪域高原的佛教滋育下，才能够如雪莲般绽放。

　　也许平常的藏族人没有像多巴亚佩那样坚定的信心和牺牲精神，但他们也不缺乏慈悲和爱。像《杀手》中康巴杀手，千里迢迢地追踪杀父仇人，历时十三年终于在偏远的萨嘎县找到杀父仇人玛扎，但仇人早已被生活折磨得沧桑不堪，而且心怀忏悔之心。正是出于对人的慈悲，康巴杀手最终放弃了复仇。而《尘网》中的跛子郑堆一生困顿，临终暴毙，魂灵也是有爱的。"跛子的魂灵如空气般，紧紧贴在女人的肚皮上，感受那小孩蠕蠕地动。跛子想：在这世上最好的莫过于爱。……跛子一点都不惧怕，因为他想到尘世间自己曾经爱过人，而且爱的是那样彻骨。有了爱什么都不惧怕了。"② 而《绿度母》中的阿旺拉姆，最终也领悟到：

　　四年的时间过得太匆忙了，这四年里让我领悟到了很多的道理：要是没有他，我的佛缘不会从心里萌生；要是没有妈妈爸爸的遭遇，我就看不到人世的苦难；要是没有哥哥的背弃，我就体会不到人世的无常。我在临死的时候，觉得他们都是我值得爱的人，是他们让我的这一生变得丰富和值得回味。……我是平静地走的，没有带走一点的怨恨、一点的伤感。③

　　在没有佛教信仰的人看来，像康巴杀手、郑堆、阿旺拉姆这样备受命运摧残的底层人民，几乎只能被怨恨充满，心灵蓄满生活强暴的毒液，但是到了次仁罗布笔下，他们竟然能够超越怨恨，灵魂竟然被佛教信仰救度到另一个超脱的世界中！这才是西藏真正的神秘之处。

　　对死亡的超脱是次仁罗布小说要竭力张扬的另一种宝贵的藏族精神素质。次仁罗布的小说很喜欢写人的死亡，许多小说主人公最终都遭遇死亡。死亡往往激起没有宗教信仰的人极大的恐惧，但对于有宗教信仰的人而言，死亡反而是一次超脱的机会。像《尘网》中的郑堆、《绿度母》中的阿旺拉姆就是在死亡之际彻底领悟了生命的终极意义。而《界》中的多巴亚佩、查斯最终都获得死亡的超脱。《前方有人等她》中的夏辜老太

① 次仁罗布：《放生羊》，中译出版社 2015 年版，第 132 页。
② 次仁罗布：《放生羊》，中译出版社 2015 年版，第 39 页。
③ 次仁罗布：《放生羊》，中译出版社 2015 年版，第 150 页。

太最终主动拔掉氧气管，放弃治疗，要死后和丈夫顿丹相见。《放生羊》中的年扎大爷被查出患胃癌，他坦然接受，没有恐惧，主动放弃治疗，只想着如何救赎自己的罪孽和安顿放生羊。对于这些藏族人而言，死亡已经被征服，生的贪欲让位于死的超脱，从而铸就了真正卓然不凡的生命境界。

当然，对佛教信仰的坚定护持，是次仁罗布小说中藏族精神的核心素质。忍耐、慈悲和爱，对死亡的超脱，都来自坚定的佛教信仰。正是佛教信仰让次仁罗布笔下的那些尘芥般的卑微生命获得内在的高贵和光明。像多巴亚佩、查斯、阿旺拉姆、夏辜老太太、旺拉等人物都具有坚定的佛教信仰，无神论、怀疑论在这片艺术园地里没有立锥之地。佛教信仰赋予他们应对尘世生活的稳固信心。例如《罗孜的船夫》中的老船夫到拉萨去寻找女儿无果，流落拉萨街头，彷徨无助之际，就到大昭寺去拜佛：

> 慈祥的佛在殿堂里凝视他，倾听他的喃喃祷颂，倾听他内心的哭泣和对未来的期望。佛的无言对于他是极大的抚慰。船夫慢慢平静了下来，他掏出几年来用辛劳赚来的钱，在每个神像前放钱，跪膝求神道："至尊的三宝啊，保佑我女儿，让我们父女重聚。"①

看到此处，笔者这样的无神论者不由得心酸。无神论者每每遇到人生的困境时无处诉说，只能无语凝噎，心灵在沉默中慢慢走向枯死；而像老船夫这样的藏族人终究有佛可拜，可安顿飘忽的人心，实在令人羡慕。

《雨季》中，旺拉在饱受苦难的折磨后，也是在佛教信仰中获得安慰：

> 从山顶滚落下来的水，像一堵厚厚的墙壁，它溅起很大很大的一朵浪花，浪花很美，很壮观，是那种蛋白色的透明的，还伴有温柔的不可解读的语言。一阵凉风夹着水的分子，纷纷洒洒地落到他的脸上，凉丝丝的，与天连成一片。旺拉惊奇地看到那里头有金黄色的油菜花和麦穗、灌木编织的花环，它们飞速地交换着位置，织出各种美丽的图案。突然，油菜花、麦穗、灌木，所有一切纷纷坠落了下去，唯见莲花座上的菩萨凝视着他。旺拉真切地看到菩萨眼里涌满的泪水，那泪水滴答滴答掉落到他的心头，他把所有的苦难都给忘记了。②

菩萨的泪水救度了孤苦无告的尘世之人的灵魂，终极之美就是这样发生的。至于《放生羊》中的年扎大爷，带着放生羊，死前到林廓路去磕等身长头，"在嚓啦嚓啦的匍匐声中，我们一路前行，穿越了黎明。朝阳出来，金光哗啦啦地撒落下来，前面的道路霎时一片金灿灿。你白色的身子移动在这片金光中，显得愈加纯净和光洁，似一朵盛开的白莲，一尘不染"③。放生羊的美，其实就是年扎大爷的灵魂之美，这是被佛教信仰救度出来的灵魂的终极绽放，让所有俗人不得不惭愧至极。

次仁罗布曾说：

> 我发现藏族文学跟日本文学有个共通的地方，那是一种忧愁，是一种与生

---

① 次仁罗布：《放生羊》，中译出版社 2015 年版，第 157 页。
② 次仁罗布：《放生羊》，中译出版社 2015 年版，第 314 页。
③ 次仁罗布：《放生羊》，中译出版社 2015 年版，第 77 页。

俱来的，弥漫在血液和骨子里的浓浓的愁：世界不完美，人生就是缺憾，世界是荒诞的，爱情会死去，一切皆无常。这些思想从此开始影响着我，让我时刻想到这些缺憾。但它没有给我带来痛苦和绝望，反倒是看清了以后，像很多藏族人一样，我会去珍惜活着时刻的每一个微不足道的幸福，会为自己的一些细小的失误进行忏悔，永远以一个谦卑者对待生命中遇到的每一个人。①

的确，次仁罗布小说就是对"人生无常、悲苦无端"藏族人生之"常道"的书写，就是对那种佛教信仰激发来的珍惜生命、慈悲和爱的颂歌。这种文学书写，相较于被实用理性主宰的汉族文学而言，具有别一种文明的示范意义。

不过，现代化大潮无远弗届，席卷一切，即使身处世界屋脊的藏族人民也不可能自外于此，他们也不得不对现代化大潮作出相应的回应。这就形成了藏族生活的"变"的一面。次仁罗布小说揭示藏族生活的"常"的另一面就是对"变"的敏感书写。

短篇小说《罗孜的船夫》就非常生动地写到藏族人民面对新旧两种生活观念的冲突和困惑。小说主人公罗孜的老船夫本来和女儿相依为命，但女儿长大后，爱上了一个粗壮、豪爽的康巴商人，跟随他去拉萨生活。一年后，罗孜老船夫很想女儿，就孤身一人到拉萨去看望女儿，但在拉萨找不到女儿，反而饱受了城市人的冷眼。后来，女儿回家，告诉老船夫，她已经和康巴商人分手，孩子也流产死了，她想接老船夫到拉萨去生活，老船夫却不同意。于是有了父女两人这样一段耐人寻味的对话——

> "爸爸，你一个人很孤独的。"
> "有什么孤独。我生下来的时候是孤零零的，死的时候也要孤零零地去。"
> "难道你不想这辈子有一点幸福和安逸的生活吗？"
> "这些都是短暂的东西，我不留恋，只有超脱才是人生的真谛。"
> "不，爸爸，我们应该要通过努力来争取，而不是一味地等等。幸福、快乐在世间，只能靠自己。"
> 船夫放下自己的念珠，生硬地说："自己？人到底有多大能力，人能永远青春常驻吗？永远不死吗？永远不轮回吗？自己，自己，人是脆弱的东西，只有靠神明的保佑，才能从轮回中解脱。"
> "我只为今世。我被贫穷折磨得理智清醒，我对幻想不寄希望，我相信实实在在的现实。"
> 船夫的脸上现出愠色来："你们就知道舒坦，不知道死亡的恐惧。"
> 她没有注意到船夫表情的变化，继续说："死有什么惧怕的，只要此生活得实实在在，就够了。"
> 船夫的两只眼睛射出愤怒的光，她知趣地停住了。②

一边是相信凡俗生活的现世快乐，一边是信仰死后的超脱；一边是相信人性的现实力量，一边是信仰神的救拔力量；一边是害怕孤独、抱团取暖，一边是接受孤独、渴望超

---

① 次仁罗布：《扎根大地书写人性》，《时代文学》2014 年 9 月上半月刊。
② 次仁罗布：《放生羊》，中译出版社 2015 年版，第 160 页。

脱：这就是藏族人面对的传统和现代观念的冲突和困惑。谁是谁非，难以遽下定论。不过，在次仁罗布小说中，那些有坚定的佛教信仰、对俗世享乐持拒斥态度的较为传统的藏族人更是人性伟大素质的代表，他们更坚韧，更慈悲，更富有爱心，在尘世中更能够处变不惊，对待死亡也更坦然。这无疑也是次仁罗布坚守传统的文化立场。

现代化往往就是世俗化，就是功利化、实利化；而传统的藏族文化最轻视、最忽略的也就是实利、功利、世俗，具有典型的灵魂性、出世性、超脱性。因此次仁罗布的小说往往喜欢书写现代化的世俗化对藏族传统文化的冲击，并在情感态度上站在藏族传统文化的一边，表现出鲜明的文化守成态度。例如他的短篇小说《阿米日嘎》讲述的就是一个藏族传统乡村受到现代化浪潮冲击，失去平衡以及再次恢复平衡的故事。小说主人公是然堆村的村民贡布，他借钱买了一头美国（阿米日嘎）产的种牛，想发家致富，结果引来同村人的嫉妒和愤懑，受到他们的孤立和打击。一次他的种牛不慎吃了毒草身亡，贡布却想当然地认为是同村人嘎玛多吉下了毒。不过，最终在警察的侦查下，事情真相得到澄清。最后，村民捐弃前嫌，同情贡布的遭遇，纷纷购买种牛的肉，让他家尽可能减少损失。应该说，贡布购买种牛，想着发家致富，就是现代化观念传播的结果；但恰恰是这种现代化的观念和行为给然堆村带去了冲击，导致了贡布陷入孤立中。贡布曾说："本想买了种牛以后我们家在村子里会受到尊敬，不料却成了村民们讨厌的对象。人们故意与我们家疏远，说些风凉话，这些我都能理解，我这个尖冒得太突出了，使他们都无法接受。"[1]　其实，嘎玛多吉也曾经有过贡布一样的遭遇，他高考落榜后到山南去打工，赚了钱，结果也受到村民们的排挤。无论是贡布还是嘎玛多吉，都不知道，恰恰是他们现代化的观念和行为打破了古老藏族村庄的生态平衡，挑战了既有的伦理秩序和文化秩序，才会受到村民的排挤。当他们再次同化于村民时，古老村庄的宁静祥和氛围才能再次降临。短篇小说《秋夜》也批判了现代化的金钱崇拜观念和行为对藏族传统文化的冲击。小说主人公次塔因为太穷，妻子也跟别人跑了，后来他经营酒馆、做生意，发家致富，甚至成为当地的致富带头人，结果也成为年轻人的榜样，大家都着了魔般地想要去赚钱。不过，当金钱成为生活的核心动力时，像尼玛那样的女人就要面临着孤独不幸的命运了，藏族传统文化也要面临危险的挑战。

现代化往往伴随着城市化。在次仁罗布小说中，反城市化书写也是他对藏族生活"变"的一面的书写。短篇小说《焚》中，女主人公维色受不了丈夫的家庭暴力，感情破裂，另找机关处长加措寻求感情满足。维色离婚后，加措却不能离婚。于是，维色就过着单身生活，周旋于各色男人之间。在欲望都市里，维色成为又一个迷失自我的现代人。"道路两旁商店、发廊、酒吧、餐厅、舞厅紧密相连，灯火通明，一派繁荣景象。嘈杂的音乐声，或人群的喧嚣，或汽车的轰鸣，都无法驱逐她内心深处的孤独。维色孑然一身，形影相吊。维色咧着嘴笑。夜幕下的这张脸苍白、倦困，眼里没有一点熠熠生气之光。她站在路口不知道要往哪里去。她怕孤独，怕黑夜的静谧……"[2]　像维色这样的处境，可能是一部分藏族人不可避免的命运。当越来越多的人奔向城市化而去时，次

① 次仁罗布：《放生羊》，中译出版社 2015 年版，第 8 页。
② 次仁罗布：《放生羊》，中译出版社 2015 年版，第 88 页。

仁罗布却关注着城市中现代藏族人的人性迷失。

中篇小说《神授》是次仁罗布批判现代化，坚守藏族传统文化的标志性作品。小说主人公亚尔杰，十三岁当放牧娃时，无知无识，是一个文盲，谁知睡梦中被格萨尔王大将丹玛选中，开膛破肚，另换一副心肠，成为不学而能、天才神授的《格萨尔王》说唱艺人。因此他在色尖草原远近闻名，备受尊重，也给草原牧民带去了无上的精神享受。但当他被研究所接到拉萨后，他远离了草原，远离了传统文化的源头活水，不断地对着录音机说唱格萨尔王传奇，最终被现代化的城市生活抽空了生命的激情，丧失了生活的灵性。小说曾写到亚尔杰眼中的城市：

> 城市跟草原是这般的不同，这里人都拥堵在一起，呼出的气浪让人难闻，林立的高楼压迫着心头，笔直的马路，把大地切割成一块块，让我胸闷气胀。特别是狂乱奔跑的汽车、摩托车，使我烦躁不安。各种商店、饭馆比肩而立，让人走不出它的幽宫。①

> 黄不唧唧的暧昧之光，滴落在路面上，街边的酒馆里散发酒气，一群妖娆的女性甩臀耸奶，晃眼的车灯和揪心的喇叭声，商店音箱砸出的扎耳音乐，把整个城市托举在一种虚幻的闹腾中。吉姆措、色尖草原、拉宗部落、孤独的狼，此刻让我感到了彻骨的悲伤，只有它们才能让我感到心灵宁静，感到真实。穿行在这种繁华喧闹中，我的心灵却是孤寂的。我坐在人行道旁的绿化带上，目光所及只能达到马路的尽头，高耸的墙傲慢地挡在前方，拒绝让我穿透它，看到后面的一切。我觉得自己像是钻进了牛角里，想呼出一口气也觉艰难。我头顶的天只有一小块，延伸的路几千步就走到了头。②

面对这种城市生活，亚尔杰最终选择了逃离，只身返回色尖草原，逃遁于草原深处，留给世人的只是悲剧性的孤独身影。

应该说，次仁罗布的中短篇小说集《放生羊》对现代化浪潮冲击下的藏族生活的"常"与"变"的细腻书写、深刻描绘具有很高的现实意义和启示意义。他通过藏族生活的"常道"向世俗化浪潮中的人们彰显了雪域大地上那些依然坚守佛教信仰的高贵身姿，给我们带来了高蹈出尘的人生启示。他对现代化大潮冲击下藏族生活的"变"的敏感书写，让我们能够深切地感应到藏族人的现实生活脉动，从而反思现代文明的最终出路问题。次仁罗布曾说："我所写的每个故事是我热爱的这个民族，每一个字里都在流淌着民族的血液，我是他们的树碑之人。"③ 当然，他书写的故事已经不仅仅是藏族人的故事，更是人类普遍命运的故事，是普遍人性的故事。通过这些故事，我们可以更为清晰地把握人性的卑微和高贵、灵魂的低沉和超脱、文明的迷失和出路。

（作者单位：欧阳澜，湖北第二师范学院教育科学学院；汪树东，武汉大学文学院）

---

① 次仁罗布：《放生羊》，中译出版社 2015 年版，第 241 页。
② 次仁罗布：《放生羊》，中译出版社 2015 年版，第 246 页。
③ 次仁罗布：《扎根大地书写人性》，《时代文学》2014 年 9 月上半月刊。

灵修与朝圣

——次仁罗布的"心灵史"书写

俞耕耘

　　次仁罗布，无疑是新时期以来藏族文学土壤里开出的一朵雪莲，成为藏族书写的惊艳收获。自上世纪 90 年代至今，他创作了一系列挖掘藏族精神求索、藏区生活现实、人性迷途困惑、价值伦理博弈以及宗教历史冥思的"精致小品"。《放生羊》《杀手》《神授》《阿米日嘎》等中短篇小说，广受赞誉，频频获奖，被各种文学选本收录。他沉浸式的体验书写，并不追求体量上的鸿篇巨制，也不在意数量上的高产丰收，而是以一种护持心、敬畏心完成着文学创作的朝圣之旅。可以说，次仁罗布以难得的定力忍性，长期执着于中短篇小说的创作实践，一方面是对浮夸虚饰文风、俗滥应景长篇的阻拒，另一方面更是一种蓄势的雄心，处处蕴含着厚积的喷薄。

　　在他身上，我们看出许多中短篇圣手的影子：如梅里美的传奇色彩，巴别尔的散文笔法，新感觉派的地域书写等。事实上，次仁罗布更看重中短篇在叙事、结构和语言上的极致可能，如何包孕最为深广的思想内蕴和民族心灵。纵观作家的创作历程，不同时期的文本大体呈现出两大轴线：一是在纵向上，从转型变革期的社会现实书写转向藏族历史宗教的文化寻根；二是在横向上，描摹了灵魂修炼与精神栖居双重折返的心灵史演变。因而，它们也汇聚了诸多迥异的题材、风格、手法与意境，极大拓展了现实主义创作的深广性与审美风貌。

一

　　作家小说创作初期，正值社会转型变革激荡之时，各种价值观念碰撞冲击，城市化进程纵深发展，都极大影响着藏区民众的现实生活。少数民族地区无疑面临着更多的断裂与挣扎：它不仅体现在物质经济上的积贫积弱、族裔社群上的边缘化处境、宗教价值与世俗价值的格格不入以及城乡二元模式的隔阂阻碍。次仁罗布的早期作品，正呈现出一种惶惑困厄、迷惘绝望的心灵图式，它表征着人心与时代、灵魂与肉体、情感与欲望的脱节失调。

　　《情归何处》《焚》《泥淖》《秋夜》等小说，皆是从质实的生活场景、绵密的日常细节中挖掘人心的迷途困惑、两性的情感命运。表面看，次仁罗布此时风格清冽明丽，带着无解的哀愁凄恻，写出的是无以为继、难以寄托的情感小说。实际上，这些小说却深具"问题小说"的内质，情感只是渲染铺陈的线索，作家意在拷问心灵在不同处境中的变异。

《情归何处》中的扎西是一位记者（知识分子形象），在一次车祸中幸存，却被宣告丧失了性功能。原本与妻子卓嘎的婚姻危机，终于以离婚告终。扎西有着清秀的面庞，虽受到众多姑娘的青睐，却不能大胆求爱，忍受着性苦闷与压抑的折磨。在小说尾声，他向周洁直言了身体缺陷，最终意外得到了电报回复。作家的残酷叙事造成了情与欲、身体功能与灵魂之恋的断裂，重新审视了心灵能否跳脱肉欲的古老命题。然而，小说的景深却充溢着对精神迷失、物质至上、传统价值决堤的颓废焦虑。更应注意的是，作家迫切地以强烈的"介入声音"，表述他的女性主义立场，"男人在感情上是个残缺不全的人，只有依靠了女人，他们方才显出一点勃勃生机"。女性参与了男性的心灵追寻，成为男性自我重建的另一极。《情归何处》更深具一种五四遗风，它带着郁达夫式的感物吟志与天涯沦落，知识分子与底层女性的相互怜惜，不能自已的苦闷自白，书信体的唯美情伤。只不过，从男性改造旧女性到女性救赎男性却是一大反转。

《秋夜》中次塔遭到妻子的背叛逃离，认为金钱才能使自己重获尊重与女人。在林场挣得钱后，他开酒馆，与尼玛结婚。他的外出致富令村子里年轻人着魔。小说以他久出不归，尼玛怀孕等待作结。作家给读者一个回环的黑色幽默：次塔因穷困遭到背弃，次塔因有钱遗弃尼玛。次塔吹笛这一"牧歌隐喻"消逝，金钱异化心灵、穷困保守淳朴的二元对立却或许流于简单，失于单薄。相较于《秋夜》以"实验小说"手法考察心灵异化，《焚》与《泥淖》或许是心灵沉沦畸变的另一表征。这两篇小说风格压抑，充满郁结疼痛，在次仁罗布的人性美德书写中甚至显得突兀与诧异，然而，却成为作家锐利批判的两个重音。

《焚》初看是一个女性（维色）在家庭无爱的折磨下叛逃，在诱惑中出轨，最终遭情人（加措）遗弃，转而耽于一种身体纵欲的自我麻醉中，实则它更揭示了一种"情欲辩证法"。原本女性情－欲高度合一的心灵整全性，在家庭的冷暴力中分裂，在加措始乱终弃的虚伪软弱中，情彻底幻灭。情转向了反面，转换为无情之欲。维色最终将男人视为满足性欲的"行尸走肉"，不断地"猎色"，清醒后将是愈加的空虚和孤独。而此篇的独特更在于少有的女性主体化倾向，使男性成为一种客体化的景观——被女性凝视的男性身体。"皮肤白皙柔滑，羞怯怯的眼睛。特别是那颀长的手指，令人想入非非。""她心里认为这小子不赖。……笑完她的脑子里幻映出她跟安东赤身裸体地做爱的画面。"这种没有遮掩的女性性幻想，是次仁罗布少有的一抹色彩。

《泥淖》则更像是《焚》的续篇，描绘了脱离家庭、远离乡村之后，藏族女性心灵更深层的沉浮、飘摇与零落。小说以三个陪酒小姐的生活场景展开，审视了乡村女性试图融入城市的希冀、被人轻贱的耻辱和维系生计的"代价"。它写出了一种命运交替，循环往复的心灵困境。新来的卓玛只不过是重演了尼拉最初陪酒的"前文"。尼拉在男人的信誓旦旦、情感玩弄中心灰意冷。作家塑造了一种崭新的藏族女性形象：不满于乡村生活的庸碌，觉醒后自我选择；有着沉重的身份焦虑，却无力改变命运。一面是巡查夜间的"揩油"，调戏的丑恶；一面是酒客文绉绉的迂腐、空洞与轻蔑，底层女性的心灵永远无法找到认同、寄托和归宿。

这一时期，作者直击现实问题，剖析灵魂迷惑、孤独、苦闷与沉沦的症候。他以唯美感伤的抒情传统、饱满蕴藉的深刻同情、爱憎分明的批判锋芒表述了社会转型中物质主义甚嚣尘上，欲望化肉身无以安放所造成的心灵迷途。

二

次仁罗布的创作主题经历了从社会表层向历史纵深，从现实场景向神话传说，从生活表象向文化心理的推进与拓展。这使得作家创作题材更加多元，小说结构更加圆熟，叙事手法更加繁复。

《神授》中放牧少年亚尔杰被丹玛选中作为世间说唱格萨尔王事迹的艺人。小说无疑蕴含着一种神谕与选民的母题。亚尔杰不知疲倦地传播着神的智勇、善恶之道，草原、牧民、万物生灵与他的说唱融为一体。然而，作家却有更高的立意，他表述着一种艺术的形而上学。神授使亚尔杰具有"巫"的身份特质：沟通天地人神，以说唱教化万物和合。当他背离草原，成为工作人员，对着录音机时，灵感顿时消散，说唱瞬间失语。表面上看，次仁罗布仿佛暗合了柏拉图的神秘主义，认为诗人完全受神的驱使，是神的附体代言。实质上，作家所言之"神"隐喻了一种自然的原初、丰盈和完满，任何割裂、背弃与遮蔽都会导致艺术创作的暗哑与枯竭，要随时警惕现代性语境下机械主义、工具主义对艺术心灵的侵蚀。

与《神授》相比，《传说》则带着更多的市井气息和京派色彩，在酒馆这一叙事空间内，汇聚着各色人等的街谈巷议、传说见闻。小说围绕宝器金刚橛、金刚杵护身刀枪不入的传闻，通过强久老头的灵异追述、长发老师人寿十岁的故事插叙，使"我"（农村小伙子）从将信将疑到信而为真，戴着金刚杵却被刀刺死。作品大有实验色彩：叙事者的交替转换，故事的镶嵌叠加，死亡荒诞的黑色幽默（金刚杵遇到脏东西"卫生巾"，从而失效）。作家写出了心灵的"执"与"迷"，正如义和团背后的"身体神话"一样，他反思了文化中深潜的愚昧魅影。

《杀手》和《阿米日嘎》则试图讨论伦理价值的冲突对于民族心灵的形塑作用。这两篇小说有着许多相通之处：悬念的铺陈，叙事者的多声部，既有形式的新变，又有情理结构的提炼。《杀手》中"我"搭载了一个杀手。在返途中，"我"不禁好奇，探访杀手是否寻仇成功。在听了茶馆姑娘、羊倌的陈述后，"我"最终找到杀手的仇人玛扎。原来杀手看到仇人身子弯曲，无比苍老，宽恕他离去。"我"却在梦中杀了玛扎，替他复仇。这篇小说无疑带着强烈的先锋色彩，让人不免联想起王小波的《寻找无双》。"我"并不相信他是杀手，他也最终没有成为杀手，"我"在寻找中幻想成为杀手，"我"的名字叫做次仁罗布。作者进入文本的欲望是如此激进，当大多评论者关注杀手宽恕罪人的美德伦理时，却忽视了更深层次集体无意识的"复仇"。

《阿米日嘎》则以一个美国种牛之死的破案故事，蕴含了乡土价值和城市价值的碰撞、心灵阴影与光亮的共在以及藏族传统的人生哲学。贡布贷款购买美国种牛，引得村民艳羡围观，同时平添烦恼。村民争相要求将种牛借来配种，贡布推脱引来妒忌怨恨。嘎玛多吉在城里挣了大钱，油嘴滑舌，又因私自配种与贡布结怨。种牛意外死亡，贡布将嫌疑指向嘎玛多吉。作家用《罗生门》的笔法，以案件笔录形式堆砌不同叙事声音（贡布、嘎玛多吉与洛桑）确有新意。最终查明种牛是误食毒草而死，嘎玛多吉首倡村民购买死牛肉，帮扶贡布将损失降至最低。小说中，贡布母亲代表了藏族谦让、低调、宽仁的传统感召，嘎玛多吉与村民的心灵微澜、起伏与突转也显得质实可靠。作家的深意在于展现两种伦理价值各自的合理性，始终坚信民族传统价值的包容性。

《传说》《神授》《杀手》《阿米日嘎》等系列作品标志着次仁罗布书写转向崭新维度：追寻藏族文化之根、历史之源，挖掘民族最为深层的集体无意识。这一时期，作家已不满足停留在对具体生活表象的描摹抒怀，而是试图彰显民族"心灵整体"的范式与原型。

三

作家反思民族心灵，呈现了从困惑到追寻，从精神炼狱到朝圣皈依的伟大历程。《放生羊》《界》等代表作成为次仁罗布书写"心灵史"的最强音部：强烈的宗教意识、超视的悲悯情怀融汇成静穆的灵魂圣歌。更重要的是，作家完美地将藏族地域根基与西方魔幻现实主义、意识流内心独白契合，形成了现代叙事的本土化、民族化和宗教化。这种"相遇"，更强化了宗教题材审美体验上的神秘主义、先验主义和超验维度。

《放生羊》短小的篇幅却统合了复杂的幽灵叙事、梦境移涌与轮回书写，彰显出小说的时空体美学格局。小说以亡妻桑姆在地狱所受折磨开篇，主人公年扎受此托梦开始了超度与救赎亡妻罪孽的心灵之旅。一次偶遇，他看到一只待宰绵羊，从中悟出桑姆与羊的神合。这种超验的神会，使他决定赎买，把它作为放生羊。他周而复始地虔诚祷告、转经与礼佛，却被告知已患癌症。他不忍离开放生羊，只得以更深沉的皈依拓展着生命的容量。

值得深思的是，年扎患癌绝非偶然，作家这一处理并不简单地只为增添小说的悲剧净化效果。事实上，他更提供了舍弃肉身救赎灵魂的模式，这是一种将他人罪孽转移于己的"度"。《放生羊》情节看似简单纯粹，却在精神境界上达到了高贵的纯一。在美学意蕴上，创造性地实现了崇高与优美两种范畴的异质统一。小说中人情之美、生灵之爱与自然之净，共同营造了一种超时空的梵境与精神往复的自由。

小说《界》无论在精神内蕴、情感张力和结构驾驭上都更具超越性，它将心灵史的书写推向了高潮。次仁罗布以长篇的格局写中篇，使《界》成为凝缩的家族兴衰史。从世俗贵族、宗教势力到底层农奴妇女，历经家族几代荣辱，作家的叙事显得从容不迫。他将福克纳式家族没落的诅咒置于其中，在中篇里依旧建构出宏大的多声部复调。从而，小说以一种共时性的在场取代了历时性的交替，管家桑杰、女奴查斯、多佩三个叙事者形成了一种合力。合力造成了作品阐释学意义上的视域融合，使得故事充满了制衡张裂的博弈。这极大增加了文本价值观念的矛盾交织与复杂并存。

小说也呈现出一种曼荼罗式"世界之轮"的图示结构。查斯母亲被德忠老爷奸污怀孕，被发配嫁给厨师。格日旺久少爷与查斯有染，查斯被惩罚性地赐给驼背罗丹。老太太岑啦与德忠夫人的阴郁冷酷形成对偶，查斯与母亲的悲惨命运形成重复，格日旺久与德忠老爷的淫邪懦弱形成照应。从而，小说营造了永恒轮回的审美感知，成为三种要素（欲望、嫉妒和无意识）的辐射合一：德忠老爷与格日旺久因色欲种下罪恶"业因"，点燃德忠夫人嫉妒查斯母亲的阴毒之火；老太太对绵延家族荣华的欲望，导致对查斯占有儿子的嫉妒；查斯占有儿子多佩的欲望，引起对岑啦分离母子的仇恨。

最终，查斯为了报复老太太，诅咒家族，为了与儿子不再分离，毒死了多佩。多佩明知酸奶有毒，却以宗教的无意识，用死亡救赎了母亲的怨恨、家族的罪恶。查斯白发苍苍，身残眼瞎，却始终在寺里刻着六字真言，洗涤罪孽。

在作者笔下，查斯受多佩感化，最终心灵皈依，成为圣徒。原本一个惨遭蹂躏、备受折磨的女性，一位反抗决绝、情感炽烈的母亲最终淹没在一片自我救赎的祥光中。这究竟是世俗意义上对黑暗生活批判锋芒的消退，还是宗教意义上对现世苦难的拯救？作家或许并不愿做出回答，而是包孕着宗教-世俗双重的心灵图式。

四

次仁罗布的小说没有停留在"风情化"异域想象的层面，而是时刻警惕藏区生活被"景观化""消费化"的危险性。他试图挖掘民族的灵魂嬗变、历史结构与文化原型，探求在宗教（超验）-世俗（经验）的双重语境下，心灵经受惶惑绝望、欲望挣扎、突围叛逃、皈依救赎的宏阔历程。作家的创作，正是一种"心灵史"的书写：他将物质化约为精神，将此在复归于彼在，在有限的现世里求永恒，于苦行的肉身里获救赎。从而，他的小说也具有一般作家罕有的风貌：一种神谕的静穆与天启的崇高，一种灵修的身体美学（从欲望化肉身到身体心灵化历练）与回归的朝圣之旅（从异在性物质世界的"烦"到同一性精神世界的"静"）。

其次，文本内敛克制的叙事风格、超然隐忍的精神气质，在一定程度上，也以美学价值对冲了批判意义。它造成次仁罗布书写双重镜像的异质张力：一面是基于世俗性，对底层民众苦难不幸的同情，对残酷晦暗的批判；另一面基于宗教性，彰显宽恕罪恶的美德，自我精神的救赎才能坚守净土。作家或许从来就是一位心灵的描摹者、引渡者。他虽然直面晦暗，反思民族积弊，却往往将批判锋芒最终转向人生的象征性解脱与圣境的营造上。

然而，正因这种陀思妥耶夫斯基式的复杂纠结，次仁罗布的文本才有如此惊异的密度、爆发、突转与静谧。他以先验、经验与超验三位一体的感知学，天地人神共在的空间场域，往生、今生与来世同构的时间布置，每每叩问着人类的存在价值与终极意义。

（作者为自由撰稿人）

生命之"畏"与救赎

——次仁罗布《祭语风中》的主题意蕴解析

马　力

生命之"畏"是从神话时代起就有的人类共同的情结。那些永生的神，那无忧无虑的天堂生活，一直寄托着人类梦寐以求的理想。嫦娥奔月、秦始皇寻找长生不老药的故事就是华夏儿女对这一理想的幻想性表达。德国哲学家海德格尔也曾提出死亡是人生之畏的命题，并把它作为研究人类一切活动的起点。虽说从神话时代至今人类经历了 860 多代的演变进化，人生观与世界观不断刷新，但生命之畏的情结始终不散。不同种族、不同时代、不同文化的人们都在用自我与他人的生命故事不断对之做出新的诠释。次仁罗布的《祭语风中》就以近半个多世纪以来中国雪域高原藏民的生活为能指表征，用小说的语言提供一个新的象征体，以供读者去感悟、认知这个古老情结新的所指内涵。

一、生命之畏："人生本来就无常"

《祭语风中》对生命之畏的探索有三个视点：战争、政治运动与婚姻家庭。小说表现的战争主要有两次，一是西藏叛乱，二是中印边界反击战。发生在1959 年的西藏叛乱是被推翻的三大领主与人民解放军的一次武装对抗，它给西藏社会带来阵痛。"任何一个社会制度的变更，都需要经历深深的阵痛，甚至无数生命的牺牲。"小说中表现的牺牲主要指被裹挟其中的无辜者的牺牲，比如多吉坚参之死。多吉坚参是个不足十岁的儿童。他随母亲从西藏的康区来拉萨朝圣，刚到拉萨母亲就不幸病逝，他成了无家可归的乞儿。几经周折，他被仁慈的高僧希惟仁波齐收为弟子，色拉寺就成了他的栖身之所。当叛乱的枪声在色拉寺周围响起时，他随着师傅到山南朝佛，逃难途中不幸与劫道的"四水六岗"的"护教军"相遇，多吉坚参在保护他们的行李时，不幸被护教军推下山死去。多吉坚参突如其来的死亡使希惟仁波齐万分悲痛，更让晋美旺扎和罗扎诺桑震惊不已，他们不敢相信眼前的一切居然是真的。晋美旺扎说："多吉坚参的死，触及到了我的灵魂，让我慌张、恐惧，想着自己哪天也会突然死去……我怕死。"罗扎诺桑说："我也怕死，我们都怕死，希惟仁波齐不怕。……等你修炼到能驾驭死亡时，你就不怕死了。"可是芸芸众生之中有几人能达到高僧活佛修炼的境界呢？"怕死"，尤其怕"突然死去"，便是普通人的生命之畏。

中印边界反击战发生在上个世纪 60 年代，它不仅涉及中国的核心利益，而且与每个翻身藏民的命运休戚相关。中方光是支前的民工就达三万多人，其中大都是藏民。藏民为什么会踊跃支前呢？因为"如今这里的老百姓都拥有了自己的房屋，耕种属于自己的农田，加上这几年风调雨顺，粮食年年有余"，"绝大多数人刚刚过上衣食无忧，居有其所的日子，生怕因为他们的侵略将使这段生活不复存在"。

支前要冒着枪林弹雨，难道民工们就不怕死吗？回答是否定的。晋美旺扎白天运送弹药和伤员，晚上休息时则手拨念珠"虔诚地祈祷我们这次支援前线能够顺顺利利"。车夫索朗在战斗最吃紧的日子让晋美旺扎给他算卦："看我们能否活着回去。"晋美旺扎说："我可不会算卦，但我会祈祷。"一名年轻的支前民工说："我的脖子上还戴着防枪弹的护身符呢！"另一个中年人用根木棍倒腾着燃烧的木柴说："最好用金刚杵，那才能真正避刀枪。"在半山腰，民工们能看到路边的岩石上被人雕凿出的"唵嘛呢叭咪吽"和"唵班杂古如白玫苏底吽"等咒语。无论民工们随身携带的念珠、护身符还是金刚杵，也无论是祈祷、算卦还是岩石上雕凿的咒语，都表明他们想借助宗教的力量克敌制胜，保护自己的生命。它从反面证明畏死之心，人皆有之。然而对于战争来说，死亡毕竟是不可避免的。在胜利的那一天，许多民工无法如愿生还，其中就包括索朗，"他的胸口被子弹给击中"，临死时"索朗齐耳的头发乱蓬蓬的，沾染烟灰的脸上难掩死亡的恐惧"。

战争是导致多吉坚参与索朗之死的原因。战争使死亡来得更加突然，加剧了人们的生命之畏，然而"战争的代价就是生命，是亲人分离"。这是小说对生命之畏成因所作的一种近乎政治学与军事学的阐释。而本篇还有一种生命学和宗教学的解读，即如晋美旺扎所言："人生本来就无常。"这后一种带有佛教意味的解读使《祭语风中》对于生命之畏的诠释有别于其他意识形态小说。

二、生命之畏：祸福善变

将祸福善变与政治运动联系起来思考，是《祭语风中》阐释生命之畏的第二个视点。然而祸福善变何以与死亡相提并论，也被视为一种生命之畏呢？答案就在小说描述的努白苏老太太、瑟宕二少爷以及晋美旺扎的人生故事中。

努白苏老爷是少有的生意场和情场同时得意的人。在生意场上，他是精明的买卖人，来往于西藏与印度之间，生意兴隆，富甲一方。在情场上，他和太太情投意合，是一对如意伴侣。然而好景不长，在努白苏府鼎盛时期，努白苏老爷突然在印度病逝，努白苏老太太顷刻之间失去财富和爱情的双重支柱，命运大厦迅速坍塌，后半生几乎是在忧虑与畏惧中度过的。西藏叛乱发生后，努白苏老太太怕战乱殃及自身，为了保护家产，她曾让努白苏管家将一盒金银珠宝和首饰寄放在色拉寺，请希惟仁波齐多念些禳灾避祸的经。她还说，要是被打死了的话，请仁波齐以这些珠宝作为资粮，帮她塑一尊金铜度母神像。西藏叛乱她虽逃过一劫，但她存放在色拉寺的金银财宝和首饰，却在希惟仁波齐一行去山南朝佛的路上，被"四水六岗"的"护教军"所掳。

西藏叛乱平定后，民主改革兴起。因为农奴解放和家产被分的事，"努白苏管家发现老太太的黑发变成了银丝，眼圈下面有黑青色正洇开……老太太的眼神里既有惊骇，又有怨怒"。当努白苏府与仆人签订的契约和借据被付之一炬时，"她脸上的皱纹蠕动，那里有一种深刻的苦楚和不甘在爬行"。划分阶级成分时她又大病一场。她被划为"资本家、农奴主，她是因为这些事想不开，气出病来的"。她曾对晋美旺扎说："要是希惟仁波齐在的话，我会剪掉这头白发，从此入寺为尼。"努白苏老太太决绝的话语表明她与西藏的历史进步格格不入，与农奴翻身水火不容。"文化大革命"时她的苦难达到顶点。她不仅被戴上高帽游街示众，还无端遭受邻里的人格羞辱和栽赃，使她做人的尊严受到损害，这种日子她再也无法忍受，终于自杀身亡。努白苏老太太经历的人生不仅是从幸福的高端猛跌入灾祸的低谷，也不只是物质生活层面的沧桑巨变，更重要的是精神上的痛苦使她感到生不如死，谁能说这种祸福善变不是生命之畏呢？

瑟宕二少爷土登年扎的人生选择与努白苏老太太截然不同，但由于蒙受不白之冤，也经历了祸福善变的过程。"瑟宕家族是西藏古老的一个家族，相传是吐蕃松赞干布某大臣的嫡系后裔。这个家族在历史的演绎中，始终保全了自身的延续和发展，在近代西藏历史上也出现过几个较有影响的人物。"然而在 20 世纪 50 年代摧毁农奴制的历史巨变中，这个声名显赫的家族却无可挽回地走向没落。瑟宕老爷因参加西藏叛乱成为阶下囚，下半辈子在劳改中度过；他的儿子瑟宕二少爷由于受到西方现代文明的洗礼，在这场变革中自觉充当西藏农奴制的掘墓人：他率先实行"减息减税"，将自己的财产分给穷人，还主动不要政府的赎金。他顺应历史潮流，不计个人得失，所以西藏和平解放后他就成为《西藏日报》的一名记者。可是在"三教四清"运动中，他却蒙受一场不白之冤，从此灾祸降临。瑟宕豁卡管家桑布和罗扎诺桑告发他在西藏叛乱时，曾"给四水六岗的兵赠送过马匹和粮草，还在庄园里留宿叛逃的色拉寺高僧和藏军军官，并资助物质帮其出逃"。这些事情似乎都存在，但这并非是瑟宕二少爷支持西藏叛乱的证据。比如所谓留宿色拉寺高僧就指包括罗扎诺桑在内的希惟仁波齐一行，他们不是叛逃，而是避祸。一路上翻山越岭、风餐露宿，十分辛苦。瑟宕二少爷与他们在途中不期而遇，念旧交留宿款待他们，这种困境中的人道救助如今竟被当成罪状来揭发，世态炎凉使瑟宕二少爷感慨万千。他对晋美旺扎慨叹道："'唉，人呀——'瑟宕二少爷叹了口气，扬头时脸上已经有两行泪痕。"但他对此并不辩解，还阻止晋美旺扎到街道居委会去说明事情的真相，怕牵连晋美旺扎。他一味地从自身找原因说："这是一个多么好的时代，可惜我做错了许多事，因而不能为之献出我的力量……我个人受一点冤屈又有什么关系！佛教不是提倡众生平等吗？现在，西藏高原上生活的人们，正生活在平等和自由之中。"说这话时，他依然那么"满怀激情"。他是如此欢迎这个伟大时代的到来！然而在这个时代来临之际，他却蒙受不白之冤，这是何等荒谬！瑟宕二少爷在"三教四清"运动中被《西藏日报》社清退，此后"一直呆在家里，有时会被叫去交代问题"，或是在家"写情况说明材料"，还要到铁匠炉合作社干粗活。"文革"中瑟宕二少爷被游街示众，遭受精神折磨。晋美旺扎"站在街边，头脑里挥不去瑟宕二少爷呆滞的目光和表情僵硬里透出的错愕"，他长叹道："唉，现在瑟宕府的人正在经历这样颠倒的人生。"当一种人生灾祸是由于蒙冤受屈而至，个人的理想因此付之东流，才华与抱负无法施展，任时光流逝，年华老去，人的精神也由激情四射到凝重呆滞，这种祸福善变难道比死亡好多少吗？

晋美旺扎是贫苦画师桑杰的小儿子，8岁时被送到色拉寺希惟仁波齐门下为僧。他虽然也经历了西藏叛乱后父死他乡、兄弟分离的惨祸，但还俗后他的福祸之变主要系于婚姻家庭上，这是小说阐释人生之畏的第三个视点。在一次理发时，麻子曾答应要把女儿尼玛拉姆嫁给他。这燃起晋美旺扎爱情的希望，可是不久尼玛拉姆的不端就将他的爱情梦想击得粉碎。此后曾失去丈夫、只身带着孩子的美朵央宗又与他有缘相聚，结为夫妇。这段婚姻给了他短暂的爱情幸福，但在她和晋美旺扎的孩子意外流产后，二人情感产生裂痕，经过一段时间的情感纠葛，美朵央宗终于离开晋美旺扎，移情别恋，并最终难产而死。几度婚姻与爱情的折磨，使晋美旺扎的心灵百孔千疮。

如若追溯努白苏老太太、瑟宕二少爷祸福之变的成因，很明显跟时代巨变有关："从封建农奴制社会走向更高一级的一个社会，这过程中难免一些利益集团会受到冲击，这是历史的必然。"那么晋美旺扎的婚恋悲剧则应了佛教的"色空"和人生无常观念："人生真如藏族谚语里所说的，是三乐三悲！极其短暂。……明了人的一生就是在苦海和乐土之间穿行。"这里的"人生"不仅包括晋美旺扎、努白苏老太太和瑟宕二少爷的人生，也包括芸芸众生在内！正如佛祖挽救乔弥达的孩子的故事所喻示的："世间的生命都终归要死去，也了知世间的一切都是无常的。"晋美旺扎从自己的人生中也了悟到："这一切都是命中注定的，我们必须要承受这种磨难。通过经历这些苦难，让心感知佛所说的世界的无常和瞬息万变。"

三、畏而后救赎

既然人世间有种种生命之畏，救赎就成为一种心灵的需要和安慰。《祭语风中》既表现生命之畏，又表现救赎；不仅体现佛教的慈悲情怀，也使主题构架显得更加完整。小说中描绘的救赎方式大致有两种：一是他救，二是自救。所谓他救，主要指临终祭语。比如晋美旺扎的邻居群培临终前对晋美旺扎的唯一请求是："我要走了，求你多帮我念些经，让我来生有个好归宿。"又如多吉坚参死后，"晚上，希惟仁波齐和我们围着多吉坚参而坐，为他诵读了一夜的经文"，天亮后"我们三人……念诵《度亡经》，用心智引导他的灵魂走入中阴界"。"我们把火化的柴堆观想成了金刚萨埵的曼扎，迎请诸佛在此现身，亡者的尸体视为一切恶业和罪障。尸体焚烧过程中，这些恶业和罪障被诸圣尊当作餐宴消化掉，转化成他们的智慧性。观想亡者的一切不洁就在智慧的烈火中被净化，以光洁的形态去转世投胎的道路上"。这两个例子表明，诵经是藏民临终仪式必不可少的组成部分和救赎诉求。它既是对亡灵的引领、净化，又是对其转世投胎来世的美好祝愿。他救，是生者对于死者的终极关怀。

二是自救。自救的方法又分多种，僧人的修行即其一。比如希惟仁波齐在多吉坚参死后，毅然终止山南之行，只身留在查拉亘寺后面的岩洞——莲花生大师曾经闭关过的坐床上闭关修行三年。希惟仁波齐圆寂后，他修行的法力从火化前后的各种征兆可见一斑：他"依然保持着打坐的姿势，双手持禅定印，一脸的慈祥"，"从一只鼻孔里淌出精子液，另一只鼻孔里流出了月经血"，"这是大成就者的征兆啊！"火化那天，天蓝得透明，地上一层晶莹的白雪，这是一种吉祥的预兆。火化时，"太阳边出现了日晕"，西边"两个山峰间也出现了彩虹"，这些天象征兆使晋美旺扎等人坚信"希惟仁波齐已经圆满地踏上了去往生的道路"。圆满地投胎往生正是自救的最好结果。

圣者修行的法力不但能自救，还能使参加葬礼的人灵魂得到净化。比如晋美旺扎当时的内心感受是："我内心的贪念和愚痴暂时全部被涤荡，心明净得像剔透的溪水。破晓时，我努力让自己与希惟仁波齐心识交融，接受他传给我的电波。那电波是如此的艳丽和明亮，闪闪烁烁的光斑，纷纷坠洒下来，穿透我的肉体和骨骼，聚驻在心头，让我与空茫融为一体。我明了肉体只是一座房舍，灵魂才是生生不灭的，她像空气一样轻盈、飘忽。"这段描写带有极浓的神秘、超验气息，圣者希惟仁波齐的遗体仿佛是一个精神化身，他与弟子灵魂的沟通能超越生死大限，使弟子的心可以感受到圣者精神的灌注所给予他心的净化和灵的启迪。晋美旺扎"面对焚烧炉盘腿坐下，用心祈求希惟仁波齐：您用圆寂告诉我们这些凡人，世间没有永恒的物质，一切会在时间的轮回中消亡。让我们活着的时刻去珍惜这肉体，心灵满怀慈悲地去爱众生。明天您的肉身将在这焚炉里化成灰烬，灵魂却要去投胎，为有情众生来做引导，指出我们的贪念、嗔念、痴念，教会我们塑造心灵，降服内心的蠢蠢欲动"。晋美旺扎的祈求表明，世世代代芸芸众生的灵魂都需要圣者大光辉的照耀，救赎正是圣者的价值所在。

以人世为修炼场，通过苦行来拯救自我的灵魂是其二。比如米拉日巴的故事。米拉日巴并非小说中的出场人物，而是晋美旺扎断断续续讲述的《米拉日巴传》中的主角。但他却是雪域高原无人不知无人不晓的精神导师。他的神圣并非在于他生而无罪，而在于他肯忍受人世间一切肉体与精神之苦去赎罪，拯救自我的灵魂。他的故事深刻体现了佛教不杀生、不报复的理念，即便面对的是不可饶恕的仇人，有一百个理由该进行报复。但"当复仇的希望变成现实时"，米拉日巴还是"莫名地感到了恐惧，心在颤栗……被贾阿杂人撕裂心肺的哭喊声所攫住"。复仇可以使自己快意，但让恶者死亡，却是佛教所不主张的。

无论是对群培、多吉坚参的他救，还是希惟仁波齐、米拉日巴的自救，都使晋美旺扎的生活信念最终凝聚在如何做人这一点上：他"在想，人这一生终归免不了一死，活着的时候要尽量做个好人，做个对别人有益的人"。他晚年选择了当天葬师的工作，就是想透过给死者诵经等宗教仪式使更多的灵魂得救，同时在救人中达到自救。当救赎的钟声响彻小说时空的每一个角落的时候，救赎的主题便脱颖而出。

《祭语风中》对于生命之畏的新诠释具有两大特点，一是现代性，二是宗教性。其现代性主要体现在小说的三大视角上。引发社会巨变的战争与政治运动频仍、强调爱情在婚姻家庭关系上的关键作用，是西藏进入现代社会的重大文化标识点。小说从这些点出发去考察生命之畏，既符合现实逻辑，也使人生困境的揭示带上现代化特征。小说在表现祸福善变时更关注个体生命的生存状态与生命质量，尤其关注人的精神状态，这更是以"人"为核心的现代文化本质的体现。其宗教性特点主要体现在救赎的形式上。无论是小说将死亡、祸福善变纳入生命之畏的范畴，还是自救、他救的救赎方式的显现，都表明佛教意识已经渗透到藏民的每一个细胞，佛教箴言决定了藏民的生活方式和基本价值取向。特别是佛教中的不杀生、不向仇人报复的理念，将人道主义推向极致。

　　《祭语风中》的价值不仅揭示了一个民族对生命奥秘的认识，而且可以透过一斑管窥久远深沉的历史情结在整个现代人类灵魂中的蕴藏，有助于我们认识现代人的灵魂结构。作家在将这一主题付诸艺术表现时，在现实主义的创作方法之中融入超现实的叙事元素，使故事似真似幻。似真，在于它的宏观叙事框架符合西藏近半个多世纪的历史进程，带有很强的现实感和史诗性；似幻，在于它以晋美旺扎与转世的希惟仁波齐——希惟贡嘎尼玛对话的方式展开横向叙事，以倒叙和插叙的手法回忆他们前世今生的点点滴滴，既有真实的人生轨迹的回述，又有宗教活动玄奇景观的勾勒。但透过幻与奇，读者还是能真实捕捉到藏民用一颗宗教的心去体验、接受现代化的心路历程，使小说成为人类现代思想史上的诗化奇观。

（作者单位：沈阳师范大学文学院）

史诗性、灵魂叙事与跨族别写作^①

——次仁罗布小说《祭语风中》及其写作伦理

龙其林

次仁罗布是近些年来颇受评论界关注的藏族作家，其作品先后获得一系列重要文学奖项：短篇小说《杀手》获西藏第五届珠穆朗玛文学奖金奖，短篇小说《放生羊》获第五届鲁迅文学奖，中篇小说《界》获第五届西藏新世纪文学奖，短篇小说《神授》获 2011 年《民族文学》年度奖。他在近期出版的长篇小说《祭语风中》，通过主人公晋美旺扎从僧人至还俗过程中的经历及观察，展现出 20 世纪 50 年代以来的西藏社会变迁与精神世界的转变。这部小说通过众多小人物的命运诠释了史诗性作品的另一种写作可能性，它超越简单现实主义的层面，而聚焦于存在的意义、人与神的对话以及自然的维度，在跨族别写作中揭示着文学中普遍存在的人性世界。

一、小人物与大历史

在中国当代文学的创作历程中，史诗性一度是评价一部作品优秀与否的重要标准之一。于是在当代长篇小说的长河中，那些在主题上表现出某种历史本质倾向，在结构上具有较大篇幅与时空跨度，在历史问题上表现出介入姿态以及在人物形象塑造方面具有英雄、传奇性质的作品，常常能够获得评论家和读者的欢迎，并获得具有史诗性的褒扬。如果说在红色经典小说中，这种史诗性更主要体现为历史本质论与英雄人物的革命成长史的话，如《保卫延安》《红日》《红旗谱》《三家巷》等，那么到了新时期之后史诗性的称谓便常常馈赠给了那些篇幅厚重、时空跨度较大且人物具有传奇色彩的长篇小说，如《白鹿原》《尘埃落定》《第二十幕》等，都显示了作家的这种创作追求。但新时期以来的这些被称为具有史诗性的作品，往往选择权贵的后代、大家族的继承人等社会上层人物作为叙述的核心人物，从某种意义上而言，是基于政治权力、社会地位、宗法家族制度、商业资本等内在逻辑的社会上层阶级的"史诗"，而难以称之为民族的或者是民众的史诗。

次仁罗布的《祭语风中》则体现出了当代小说史诗性内涵的另一种可能

---

①　本文系广州市教育系统创新学术团队项目（项目编号：13C05）和广东省高等教育教学改革项目（项目编号：2013113313）的阶段性成果。

性，它不以贵族后代、家族传人或商业资本的继承者等具有各类优势的人物为表现对象，而选择了以晋美旺扎为代表的西藏社会下层民众作为对象，通过他们在西藏当代的社会变革与政治动荡中的经历与思想转变，传达出藏族民众的生死观、人生观。作家很清醒地对自己的作品进行了定位：

> 《祭语风中》不是主旋律的作品，我想她跟文学的初衷可能贴得更近些，是讲小人物在重大的历史进程中个体命运的起伏和喜怒哀乐，是讲传统文化怎样抚慰人心、给予精神宁静的一部作品。我努力写的是人，通过重新叙写米拉日巴，让更多的读者读懂藏族人的心灵，那种隐忍、那种宽阔、那种救赎的精神。米拉日巴是藏族人心目中的一位精神导师，通过他的遭遇反省自身的境遇，从而让心远离仇恨、远离苦难，让心归于平静。所以《祭语风中》跟宏大的革命叙事是不一样的，她的精神更接近于一脉相承的藏族文学，那就是人世的不完美，一切皆无常，人在这样的世界里就是历练心智。[①]

小说主人公晋美旺扎出生于一个画师家庭，从小被父母亲送到了活佛希惟仁波齐处出家学习佛法，家人希望这是晋美旺扎的最好的归宿。然而不久之后西藏发生叛乱，达赖喇嘛及其追随者离开拉萨前往印度，晋美旺扎追随希惟仁波齐也开始了一段颠沛流离的生活。后来希惟仁波齐闭关三年，晋美旺扎返回拉萨，因劳动改造、"三反三算"等运动到来被迫还俗，从而开始了由僧人到俗人的身份转变。作品借助晋美旺扎的经历，对新中国建立后的历次政治运动对于藏民生活方式、思想观念的影响进行了细致的表现，呈现出以晋美旺扎为代表的小人物们在西藏历史、社会和文化骤变中的遭遇及心灵感悟。

与许多作家喜欢通过出身上层社会、富于传奇性的主人公来反映历史变迁不同，次仁罗布选择的核心人物及其周围的人们多是来自社会底层的小人物。作家力图通过一群小人物在历史嬗变过程中的经历和感受，折射出西藏社会所经历的历史骤变。次仁罗布的这部小说既有着对于西藏社会当代转型重要历史事件的关注，如 1959 年 3 月的西藏叛乱、劳动改造、"三反三算"、划分阶级成分、"文化大革命"等历史事件在作品中都得到了反映；又有着通过生活细节展现普通民众的生活方式与思想观念转变的描写；还有着对历史发展与社会变革过程中制度改变与民众普遍精神价值诉求之间关系的思考。小说对于民众生活与精神信仰的细腻刻画不仅没有削弱作品的历史内涵，反而使小说的历史叙事获得了一种坚实的精神基础，避免了以往大历史叙事常常耽于空洞叙事的缺陷。在小说中的希惟贡嘎尼玛看来，社会制度和历史常态的转变并不如历史本质主义一般乐观与机械，而是充满着不同社会阶级的分化与重新定位："任何一个社会制度的变革，都需要经历深深的阵痛，甚至无数生命的牺牲。"[②] 晋美旺扎对于社会巨变的观点，与作家有着很大的相似性："那时我很矛盾，一面为那么多的人能够得到人身自由，生活有保障而感到由衷的喜悦，又为瑟宕府和努白苏等家族的衰落感到惋惜。"[③] 作家理

---

① 徐琴、次仁罗布：《关于次仁罗布长篇新作〈祭语风中〉的对话》，见本辑第 122 页。
② 次仁罗布：《祭语风中》，中译出版社 2015 年版，第 236 页。
③ 次仁罗布：《祭语风中》，中译出版社 2015 年版，第 236 页。

性上认识到西藏传统农奴制度的残酷与愚昧以及社会制度改革的必要性，他用对比式的笔调描写了人民解放军击败"护教军"的必然性，但在情感深处又对社会制度改革过程中一些美好品德的消失而倍感痛心。可以说，《祭语风中》通过希惟仁波、晋美旺扎等僧侣的圆寂、还俗，以及努白苏、瑟宕等农奴主家族的衰落，为藏民族传统和一些贵族精英们谱写了一曲挽歌。瑟宕家二少爷在社会制度改革前意气风发、乐善好施，历经社会改造与排斥后谨小慎微、唯唯诺诺。努白苏府管家对于主人一家的忠心耿耿，虽然表明了作家对于藏民族传统的难以忘怀，但是他也意识到这些与时代环境不合拍的传统贵族已经不适合于大变革的时代，只能在周遭的排斥中做无用的抵抗或是改变自己的信仰。罗扎诺桑由僧人还俗后主动追求政治生活、改造自我，虽然也曾一度凭借政治意识的觉醒获得了暂时的满足，但最终因为政治时势的转变而被潮流抛弃，成为精神世界的无所皈依者。

次仁罗布以小人物的视角和经历透视西藏社会的历史变迁，以社会底层的视角看待历史，在生活化而非传奇化的细节中还原出另一种西藏历史的一个侧面。作家艺术触觉异常敏锐，他通过晋美旺扎、罗扎诺桑、美朵央宗、卓嘎等小人物的眼光看待西藏的社会和宗教改革，从生活细节中捕捉到了藏民们精神深处的转变过程，凸显了身处历史大转折时代中的人们在亘古未有之变革中的心灵悸动，深入到藏民族的宗教、文化、心理的内核中，将藏民族独特的精神生活、历史文化鲜明地传达出来。

二、灵魂叙事与小说的精神追求

刘再复在《答〈文学世纪〉颜纯钩、舒非问》中曾经谈到中国文学的缺陷，认为中国文学具有国家、社会、历史维度，而缺少叩问人自身存在意义的本体维度、叩问超验世界的本真维度以及叩问自然的维度。正是因为缺乏这样三种维度，所以中国文学多擅长于国家、社会、历史层面的政治叙事、现实叙事、历史本质叙事，而缺乏对于人的终极存在、对于人与神关系的思索以及人与自然关系的对话。[①] 中国从不缺少聪明的作家，对于如何迎合主流意识形态的需要、如何制造市民们喜闻乐见的情节冲突、如何在纷繁的生活现象中见出历史的本质，他们有着丰富的写作经验，但却在思考小说创作的终极意义、领悟神性的存在、表现自然与人的关系方面存在着致命的缺陷，因而也难以在作品中反映出一种普遍存在的情感冲突、一种从存在意义上审视人物关系与思想的意识。所以在历史题材的小说中，许多作家很容易流入歌颂与批判的二元对立思维中，将小说创作演化为政治教科书的套路或是抵抗政治灌输的反抗者姿态，而难以真正深入到历史发生现场，更遑论从普通民众的角度书写着他们对于历史进程的立体生命感受和复杂情感心理。

次仁罗布的《祭语风中》极好地处理了历史叙事与个人灵魂叙事的关系，作品选择了藏民族与宗教信仰的关系作为切入点，写出了他们在历史进程中对于存在的感知、对于神灵态度的转变及其背后的情感、思想立场。书写藏民族对待社会制度变革过程中的

---

① 刘再复：《答〈文学世纪〉颜纯钩、舒非问》，《文学世纪》2000 年第 8 期。

表现，既能够跳出汉族作家历史本质主义的书写倾向，又能够发挥藏族作家书写本民族宗教文化信仰的优势，在存在的、灵魂的维度上书写一种普遍性的人类经验。这部作品将社会变革带来的动荡与进步、民众的情感与分化、文化传统和个体的生命体验有机地结合起来。作家在反映大时代波澜壮阔的历史画面时，除了在希惟贡嘎尼玛与晋美旺扎的对话中介绍有关西藏某些历史时期的政治、军事等状态外，更重要的笔墨都放在了一个个具体的人物身上，通过他们不同的处境与情感，将西藏社会各阶层在制度变革前后的鲜活生命体验栩栩如生地勾勒了出来。正是源自个体的不同生命经验汇聚成了西藏社会骤然转变时民众思想、情感的写照。历史本质主义书写的缺点很多，其中最为人诟病的正是这种写作方法忽略了具体的个人，而将精力放置于所谓历史、社会规律的归纳与发现上，也正是因为缺乏了具体可感的历史体验，历史本质主义的书写常常沦为历史抽象主义与虚构、想象的乐园。

在《祭语风中》中，我们看到西藏当代社会变革的历史场景都是由一些感人至深的细节组成的。在拉萨叛乱发生前夕，忠厚老实的父亲决定看望晋美旺扎后替换被叛乱藏军裹挟的大儿子，于是"我"陪伴父亲，送了很长一段路程："想到要跟父亲分手，想到要过多久才能与父亲见上一面，悲伤悄然漫过我的心头。我把手再次伸进父亲的掌心里。他转头看我一眼，把手牢牢地握住。"① 一心向往新生活方式的瑟宕二少爷，亲眼看到内地社会主义制度的优越性之后，坚信西藏的农奴制度必然要被取代，即便自己遭受不公、被清退出《西藏日报》后，也依然执着地追求自己的理想："禁锢社会发展的旧制度已被彻底摧毁，被奴役的劳苦大众获得了翻身，贵族也在自食其力地生活，还有我们的儿孙们享受着平等的教育，这一切以前是不可想象的。现在理想化成了现实，我个人遭受一点冤屈，又有什么关系！佛教不是在提倡众生平等吗？"② 西藏和平解放前实行上层僧侣和贵族专政的封建农奴制，希惟仁波齐作为一名高僧，政治上虽然处于统治者集团，但他关心民生疾苦，善待众生，他在去世之前给弟子晋美旺扎写信阐述自己的思想："无论世道怎样变化，你都要具足慈悲当代情怀和宽容的心，这是我们学习佛教的终极目的。今后你会遇到很多在寺庙里不曾遇到的问题和难事，把时间当做你修炼的道场，让心观察和体悟世间的善变与无常，这样你无论遭遇怎样的苦难，都不会沮丧和灰心。"③ 尼玛桑珠啦出生于一个没落的贵族家庭，父亲去世得早，母亲、姐夫后来也相继去世，姐姐出家为尼，历经坎坷。而努白苏老爷和少爷来到他家看房子得知情况后，不但买了房子，还挽留尼玛桑珠啦给努白苏府做事，甚至还当众宣布他为家庭的成员。于是在西藏进行社会制度改革后，虽然政府将努白苏老太太的阶级成分划为资本家、农奴主，尼玛桑珠啦依然努力经营商店维持努白苏府的生活，不离不弃，至死未曾放弃过自己的忠诚。……正是有了这些细节的支撑，我们对于西藏当代历史与社会制度的变迁就不会仅仅停留于冰冷、枯燥的数字上，而是借助于这些富有感染力的细节支撑，充分领悟到历史转折关头下民众的理智思想与精神信仰的矛盾。

① 次仁罗布：《祭语风中》，中译出版社 2015 年版，第 40 页。
② 次仁罗布：《祭语风中》，中译出版社 2015 年版，第 343 页。
③ 次仁罗布：《祭语风中》，中译出版社 2015 年版，第 295 页。

次仁罗布很显然意识到了小说创作所追求的现实主义不是单纯的唯物主义的外在现实的描摹，还应该在文学作品中展现个体生命感受的敏锐性、民众生活的宽广性以及灵魂世界的超越性，唯其如此，文学作品才有可能超越形而下的具象表现而深入到人类精神的永恒共通之处。作家曾如此解释自己的创作动机——他希望能够通过小说创作为藏民族勾勒出一部民族心灵史，而非政治史、社会史的内容：

> 我创作这部小说是为了完成一个心愿，之前没有一位藏族作家全方位地反映过这段历史，反映巨大历史变迁中最普通藏族人经历的那些个体命运起伏，来表现整个民族思想观念是如何发生转变的，是将一个世俗的西藏画卷呈现给读者。这样的叙写也是为了给读者一个交代，给自己一个交代。人们常说文学就是一个民族的心灵史，我希望《祭语风中》也能成为表现藏民族心灵史的一部作品之一。①

次仁罗布的创作谈清晰地表明了，他不是将历史与现实仅仅看作一种创作方法，而是将其视为一种根本性的精神处境，因此还原历史不能够仅仅从史料出发、从文献记载出发，而应该是包括不同社会群体、档案、政治、军事、经济、民间文化、社会舆论、人物心灵世界等众多因素在内的一种灵魂维度的还原与考察。换言之，真正植根历史与现实的优秀作品，"它决不像过去那样仅仅是模仿现实的形象，而是为了写出现实更多的可能性；它也决不是简单地复制世界的外在面貌，而是有力地参与到对一个精神世界的建筑之中，并发现它的内在秘密"②。正是因为发现了西藏社会变迁与历史叙事中的丰富性，次仁罗布从心灵史的角度对新中国成立后的西藏历史进行了反观。他从历史与现实、传统与变革的关系中敏锐地发现了一条通向真实西藏历史叙述的可能途径，并借助灵魂叙事的方式将群体与个人、现实与精神进行融合，从而寻找到了一个真正具有人类性、吻合普遍性情感和思想的叙事。

三、跨族别写作与小说的超越性

无需讳言，在许多少数民族作家的笔下，地域文化既是作家精神文化资源的来源，是作家确立自我创作个性的重要内容，又是作家容易自我标榜、炫耀写作奇观的一个陷阱。对于来自少数民族语言、文化背景的汉语写作者而言，少数民族地区的风景、习俗、民族是一把双刃剑，它们可能为作家赋予独特魅力，也可能使得作家形成自我封闭、耽于展现的误区。在消费主义日益繁荣的当下，一些作家在创作中滑入猎奇的境地，认为展现少数民族奇特的生活习惯、充满神秘色彩的宗教信仰，表达具有民族风味的离奇故事，即是对于地域文化精神资源的吸收，却忽略了文学真正值得用力和聚焦的永远是人的内心情感及其现实遭遇。如果作家没有对于自身少数民族文化身份的准确定位，就极有可能陷于卖弄传奇、习俗风情的猎奇心理之中。一些少数民族作家或者主动

---

① 徐琴、次仁罗布：《次仁罗布谈新作〈祭语风中〉》，《西藏商报》2015 年 9 月 12 日 B14 版。
② 谢有顺：《现实主义是作家的根本处境——〈2001 年中国最佳中短篇小说选〉序》，《当代作家评论》2002 年第 2 期。

书写奇观化的藏民族生活，以期获得来自市场的认可与关注，或者在无意识或商业合谋中被奇观化，希望借此获得读者关注。但是这类族别写作也存在着不少的问题："一个妖魔化书写，一个浪漫化书写，两个都是极端的外部风情化描写。今天许多作品出于开发旅游和其他商业意图，与市场合谋，也在进行风情化写作，这片高原很容易按外在的需要'构造'。"①

次仁罗布虽然也是以汉语写作的藏族作家，在本科学的也是藏文专业，但他并没有为满足读者的期待视野而停留在对于西藏这块神秘大地的外表描写，而是深入到了藏族文化的精神世界。他以延续藏族文化的使命感，借助文学作品反观与重塑着西藏的历史，探寻在奇风异情、神秘法术背后的藏民族的精神思维与情感寄托。在次仁罗布看来，"藏族传统文学里始终贯穿着一种忧郁，那就是一种无常，世间的一切都在瞬息万变中，为此探寻人生的意义。这种气质与日本的文学很相近，都有一种悲天悯人的内核，是有一种悲壮的美。我在作品里努力延续这种传统文学气质的同时，以现代的人的眼光来审视这世界，更多的表现的是人的坚韧、慈悲和宽容的心"②。正是因为主动肩负起了为藏民族文化重绘文学地图的责任感，次仁罗布才能够在穿行于异质文化之际不为政治史、军事史、战争史所迷惑，而始终聚焦于藏族文化的本体，书写着藏民族最本质的思维方式、最普遍的情感指向、最能引起共鸣的精神信仰。

《祭语风中》的可贵之处，在于它规避了藏族作家书写西藏历史文化时常常采取的表现地方独特文化的心理，而在这个过程中着力于勘察带有普遍性的人类心理与情感，以此反思西藏当代社会变革的历史过程。这种普遍性的人类心理和情感，体现在人性的复杂内涵、身处转折时代民众的犹疑与观望、特定历史时期人们思想被扭曲、社会负面文化因素浮起等内容。由于作家在作品中表现出了历史转折时期人类共同的情感与心理，深入到旧有社会结构分崩离析之际民众的心理深层，小说在叙述过程中选择了以主人公晋美旺扎的自述作为主要结构，以其来审视个人经历大变革时的惶惑、抗争、屈服与觉醒。次仁罗布的作品既有温情脉脉的场面书写，也有对于残酷现实与卑微人性的观察，他以手术刀般的目光察看着身处其中的人物、事情、心理，并使之与特定的历史时期联系起来，于是个人心史就与历史文化、宗教信仰、民族传统形成了谐振。

次仁罗布并不讳言生活中的欠缺与不完美，认为人们恰恰是在这个过程中才会逐渐地领悟到真正具有永恒性的、超越性的精神追求。"藏传佛教里有这样一种说法：佛要是没有魔的缠绕永远成不了佛，是魔成就了佛。我们作为凡人时刻会被物欲和贪念所把持，要是想成为一个纯粹的人，一个不随波逐流的人，就得有一颗坚强的心。"③ 在《祭语风中》，几乎没有一个完美的人物存在，人人身上都存在着一种残缺性：米拉日巴的姑母、伯父为贪图其财产而绝情寡义，矢口否认曾接受过属于米拉日巴的财产；仓决为了虚幻的革命理想，抛母弃子，与丈夫李贵为了事业而放弃了家庭生活；美朵央宗因受丈夫连累以致失去腹中之子后，对于家庭生活心灰意冷，后来婚外怀孕却难产而死；

① 万建辉：《阿来：警惕风情化描写》，《长江日报》2015 年 4 月 13 日第 15 版。
② 徐琴、次仁罗布：《关于次仁罗布长篇新作〈祭语风中〉的对话》，见本辑第 123 页。
③ 徐琴、次仁罗布：《关于次仁罗布长篇新作〈祭语风中〉的对话》，见本辑第 124 页。

罗扎诺桑为了在还俗后融入新社会，有意地与此前的生活保持安全的距离，不仅对师傅希惟仁波齐圆寂一事漠不关心，而且还污蔑瑟宕二少爷私通叛乱藏军，威胁晋美旺扎远离给予恩惠的努白苏家、瑟宕家；即便在希惟仁波齐这位得道高僧身上，读者也不难发现其对于汉人进藏的恐惧，对于现实世界的抵触情绪；等等。当作家将自己的精神触角深入到人物的内心世界，我们看到了人类生存的某种本质，即凡尘中生活的人们几乎都不完美，也不幸福。在这些人物身上，留存着太多的胆怯、恐惧、贪婪、欲望、幻想、欺骗等问题，他们形成了关于现实生活真相的锐利图像。

　　西藏在农奴制度改革前、改革时所经历的种种军事上的战斗、政治上的斗争、文化上的冲突是令人心悸的社会悲剧，但社会悲剧并不等于心灵悲剧。社会悲剧是一种历史的客观描述，一种社会现象，而心灵悲剧则是人类对于历史、现实中诸多苦难的观察与体验，并最终形成一种极具深度的情感记忆。小说创作自然可以表现社会悲剧，但小说又不宜仅仅停留在社会悲剧的外在层面，而应该将社会悲剧设法内化为一种个人的心灵体验、一所精神的炼狱、一种历史的记忆术。只有如此，社会悲剧才能真正转化为沉淀在个人记忆深处的心灵悲剧，警醒人们牢记着那些不能忘却的历史。《祭语风中》恰到好处地理解和表现了藏民族所经历的历史悲剧、社会悲剧，次仁罗布在面对社会悲剧、历史悲剧之际，不是仅仅将社会悲剧、历史悲剧作为一个数据表格加以表达，也不仅仅将社会悲剧、历史悲剧作为客观的物象加以描绘，而是深入地对社会悲剧、历史悲剧发生之时与之后人们所产生的恐惧、绝望、抗争的精神细节进行表现，因而能够使读者产生长久的精神战栗与文化的沧桑感。

　　《祭语风中》中描写了许多的死亡场景，这些死亡叙事虽然较为悲凉、哀怨，但并不让人失去对生活的信念。次仁罗布在小说的死亡中不仅表现了死亡的冷酷、凄凉与不甘，但他更看重的是在此过程中主人公找寻到了抵抗尘世生活苦难的可能途径，即依托宗教信仰的力量净化人们的内心世界，进而在自我救赎中获得精神的新生。当晋美旺扎得知希惟仁波齐圆寂之后，虽然也经历过极度的痛苦与精神的迷惘，但他渐渐领悟到了师父给予自己的点化："您用圆寂告诉我们这些凡人，世间没有永恒的物质，一切会在世间的轮回中消亡。让我们活着的时刻去珍惜这肉体，心灵满怀慈悲地去爱众生。明天您的肉身将在这焚炉里化成灰烬，灵魂却要去投胎，为有情众生来做引导，指出我们的贪念、嗔念、痴念，教会我们塑造心灵，降服内心的蠢蠢欲动。"[①] 在群培老人去世后，晋美旺扎一边为其诵经祈祷，一边目睹秃鹫啄食了尸体，他的心里得到的启迪却是："人这一生终归免不了一死，活着的时候尽量做个好人，做个对别人有益的人。这样哪一天突然死去了，灵魂承载的罪孽不会太重，也不必太担心死后会轮回到恶道中去。谚语里不是说，前世做了什么看他今生的境遇，来世会怎么样看他今生的所做。因果和报应谁都逃脱不了的。"[②] 正如作家所言："我的绝大部分作品里，主人公都是些生活不太完美的人，但他在追求的过程中，最终选择的是精神的宁静，我想这种宁静使人拥有了人类最本初的神性的东西。"次仁罗布以死亡叙事的大悲恸，超越了世俗生活和人性深

---

① 次仁罗布：《祭语风中》，中译出版社 2015 年版，第 288 页。
② 次仁罗布：《祭语风中》，中译出版社 2015 年版，第 336 页。

处的卑微、仇恨、耻辱与懦弱，而直视死亡所唤醒的内心的宽恕、超脱、责任、悲悯与救赎意识。小说中的这些死亡叙事直接叩问人们对于生死、意义的追求，引导着读者在作品中进行着一番精神的涅槃。《祭语风中》的这些死亡叙事与其说是对于藏民族习俗的猎奇展现，倒不如说是作者对于小说内在精神质地的一次擢升，具有超越性的文学意义。

　　次仁罗布是一位有着自己精神根基和独特文学表现力的作家，他的许多作品都以藏民族人们的生活及其精神世界为表现对象，显示出鲜明的创作个性。"他的小说叙事建立在叩问人的存在的精神高标上，以优美的人性之美书写了自己对于世界的感悟；同时其作品中洋溢着的脉脉温情与精神力量，也唤醒了我们对于心灵生活的珍视，显示出别具一格的艺术魅力。"①《祭语风中》向我们昭示着，作家应该通过日常生活的细节展现民众隐秘的文化心理和精神生活，从人与神灵对话的维度中发现人类精神生活的可能存在方式，并在严峻的现实生活审视中发掘出人性的温暖与信仰的力量。

（作者单位：广州大学人文学院）

---

① 龙其林：《苦难的承担与救赎的温暖——读次仁罗布的短篇新作》，《小说评论》2009年第4期。

一世沧桑谱心经①

——评次仁罗布的《祭语风中》

杨艳伶

　　当今文坛，越来越多的少数民族作家用汉语进行创作，他们不断穿行于母族文化和汉文化之间，在不同语境与不同思维模式的不断转换中探寻着文学的价值和真谛，"在边缘展示着'边界写作'的文化异质性的文学追求"②。一批藏族作家以母语之外的汉语作为载体，叙写雪域文化的精深博大，呈示全球化时代里藏地的变迁和藏民的守望，他们是阿来、扎西达娃、次仁罗布、江洋才让、尼玛潘多、梅卓、央珍、格央、白玛娜珍、白玛玉珍、多吉卓嘎（羽芊）等。

　　在从事藏地汉语小说创作的作家群体中，次仁罗布算是较为独特的一位作家。与央珍、尼玛潘多、阿来、梅卓、江洋才让等或是生于西藏、求学工作在汉地，或是出生在靠近汉地的安多藏区的作家不同，他是西藏拉萨人，在西藏大学读的是藏文系藏文专业，获得的是藏文文学学士学位。担任西藏作协副主席、《西藏文学》执行主编之前，曾在昌都地区做过藏语文老师，也曾在西藏自治区邮电学校教书五年，后又在《西藏日报》社从事藏文翻译、文学副刊编辑等工作，这些人生阅历都为其文学创作积累了宝贵的素材，更为重要的是，一直生活在卫藏地区的次仁罗布的思维方式较大程度地保留了藏人的本真或原初状态。自 1992 年在《西藏文学》发表处女作《罗孜的船夫》以来，陆续发表了中篇小说《情归何处》《界》《神授》《叹息灵魂》，短篇小说《朝圣者》《炭笔素描》《传说在延续》《秋夜》《焚》《尘网》《泥淖》《前方有人等她》《雨季》《失去甘露的幼苗》《鲁姆措》《杀手》《奔丧》《放生羊》《阿米日嘎》《传说》《德剡》《曲郭山上的雪》《言述之惑》《绿度母》《八廓街》等，小说集《界》于 2011 年由西藏人民出版社出版。总体来看，次仁罗布并不高产。究其原因，或许跟藏人骨子里的慢节奏有关，或许跟所受到的市场化浸透和冲击较小有关，最重要的原因应该是其对本民族文化与生俱来的敬畏、感恩与尊崇。他力求为每个故事寻找全新的叙事视角，有的故事甚至会在脑海里发酵酝酿一两年时间，但他仍会认真、执着地坚持这样的创作状态，因为"我所写的每个

　　① 本文系 2014 年度国家社科基金青年项目"20 世纪 90 年代以来的藏地汉语长篇小说研究"（14CZW068）阶段性成果。
　　② 丹珍草：《藏族当代作家汉语创作论》，民族出版社 2008 年版，第 115 页。

故事是我热爱的这个民族，每一个字里都在流淌着民族的血液，我是他们的树碑之人"①。

　　构思三年多、历时五年之久创作的《祭语风中》是次仁罗布的第一部长篇小说，也是将西藏近半个世纪的历史嬗变涵括其中的作品，更是为数不多的将僧侣、喇嘛作为主人公的藏地长篇小说之一。僧俗界限分明的藏区，僧人是特殊群体，在凡俗民众心目中，他们是有知识、懂佛法且负责照料和看护人们心灵的人，是必须给予最大尊敬及最高礼遇的人。正因为如此，对普通民众而言，僧侣群体的日常生活和精神世界就是无法洞观的神秘存在。《祭语风中》里的晋美旺扎是在色拉寺高僧希惟仁波齐身边修习佛法的喇嘛，而色拉寺则是藏传佛教格鲁派六大寺院之一，并与哲蚌寺、甘丹寺合称拉萨三大寺。举足轻重的寺院、德行高洁的活佛、个性鲜明的师兄弟、命途多舛的俗世亲友等，共同勾勒着晋美旺扎跌宕起伏的人生轨迹。作家同时还将苦修大师米拉日巴的传奇身世穿插其中，主辅两条叙事线索并行不悖，第一人称的"我"和第二人称的"您"交替运用，串连起了繁复宏阔的时代演进和社会生活图景。

隐　忍

　　"那是 1959 年 3 月 10 日的清晨。就是从那天起，拉萨的形势急转直下，一切都往坏的方面发展。"② 小说第二章开头便将矛盾冲突和盘托出，无法分析或把控局势的人们陷入了集体混乱与焦灼，作为色拉寺僧众主心骨的希惟仁波齐同样无法做出自己的判断，煨桑、诵经、卜卦等都不能缓解时断时续的枪炮声造成的恐惧心理。得到神谕的希惟仁波齐意欲离开拉萨逃亡至印度，"跟随仁波齐"的决定是晋美旺扎和师兄罗扎诺桑及师弟多吉坚参慌乱中的本能反应，更是时代浪潮裹挟下身不由己的生命个体必定要面对的挑战，因为"人的生存就是在尘世受到挑战，而不仅仅是存在于世"③。自此之后，希惟仁波齐和三个弟子踏上了苦难坎坷的人生旅程，而这样的设定也契合了次仁罗布小说的一贯主题，"在他的小说中每个人物都有自己的悲情故事，冲突成为人人无法消解的宿命，苦难已不再是某一个个体的遭遇，而是普遍的生存境遇"④。

　　逃亡路上，风餐露宿、狼狈疲累自不必说，给所有人带来最大心理触动的事件是多吉坚参的惨死。一向调皮机灵的小师弟被"四水六岗护教军"踹下山坡而死，他的死使希惟仁波齐不得不重新审视自己携弟子仓皇逃亡的意义，也让晋美旺扎第一次真切地与死亡正面"相遇"，同时也改变了一行人日后的命运走向。多吉坚参被火化后，希惟仁波齐决意留在堆村查拉亘寺的岩洞里闭关修行三年，晋美旺扎和师兄罗扎诺桑踏上回程之路。与希惟仁波齐分别后，不再有上师庇护的晋美旺扎用"隐忍"态度面对未来生活中的所有磨难与挫折。无论是逃亡归来时怀里只装着一封证明信、木碗、《米拉日巴传》和多吉坚参嚓嚓的窘迫与无助，还是经历中印边界自卫反击战、"文革"、还俗、个人家

　①　次仁罗布：《扎根大地书写人性》，《时代文学（上半月）》2014 年第 9 期。
　②　次仁罗布：《祭语风中》，中译出版社 2015 年版，第 13 页。
　③　〔美〕赫舍尔：《人是谁》，隗仁莲译，贵州人民出版社 1994 年版，第 107 页。
　④　普布昌居：《让爱照亮生命》，《时代文学（上半月）》2014 年第 9 期。

庭变故等一系列事件，他都秉持着承受今生所有业力、积聚善恶因素的信念悉数接受。但晋美旺扎的隐忍不是安于现状或逆来顺受，更不是怨天尤人或自暴自弃，而是在人生道场里历练心智、修炼心性的永不言弃。圣者米拉日巴是他的精神导师，其苦修开悟的传奇经历让深谙佛教义理的喇嘛能够坦然忍受今世的苦难，顺应形势，广行善业，以求荡涤罪恶、净化灵魂。次仁罗布通过主人公晋美旺扎开掘出了藏人吃苦耐劳、任劳任怨精神的文化本源，即佛教"人生即苦"的教谕性结论。佛说人生有生苦、老苦、病苦、死苦、爱别离苦、怨憎会苦、求不得苦、五阴炽盛苦等八苦，有生命的个体在世间都会经历各种苦难。全民信教的藏民族自然深谙其中道理，因而会选择"忍受今生今世苦难，顺从自然与社会带来的苦难，广施舍、行善业、诚心向佛，以求来世解脱"①。

悲　悯

若只是一味隐忍退让，次仁罗布笔下的晋美旺扎形象就不会如此立体和丰富，也不会引人入胜并让人不时掩卷深思，其更打动人心的地方在于一以贯之的慈善、悲悯情怀。

希惟仁波齐圆寂前给晋美旺扎留下了一封信，信里有这样的劝诫："晋美旺扎，无论世道怎样变化，你都要具足慈悲的情怀和宽容的心，这是我们学习佛教的终极目的。"② 晋美旺扎终生践行活佛的教化和劝谕，与在俗世里"长袖善舞"却又结局凄惨的师兄罗扎诺桑形成了鲜明的对比。希惟仁波齐在堆村圆寂，晋美旺扎与当地僧人和村民一起将他火化，并带回了仁波齐平常阅读的经书、两粒舍利子和遗信，罗扎诺桑对希惟仁波齐圆寂之事极度冷漠甚至装聋作哑。曾在逃亡途中给予他们师徒款待与接济的瑟宕二少爷落难时，善于跟风的师兄罗扎诺桑大有落井下石之势，晋美旺扎却一直都心怀感恩地与生不逢时的瑟宕二少爷保持着联系和交往。罗扎诺桑提醒他："别跟着努白苏管家，这些剥削阶级不会有好果子吃的。"③ 但不管别人怎么想如何做，晋美旺扎心中始终有一杆秤：努白苏府里的人包括努白苏管家都是善良之人，他们理应受到尊敬和善待。佛像被卖至百货公司收购站的特殊岁月里，晋美旺扎为自杀身亡的努白苏老太太诵经、安排天葬事宜，还做了更为大胆的事情。"我想起以前努白苏老太太祈求希惟仁波齐，如果她死去的话帮她塑一尊度母神像，让度母护佑她亡魂的事来，决定瞒着努白苏管家为她去赎一尊度母神像来。"④ 赎度母神像之事让他失去了与美朵央宗的孩子，也使他和妻子之间的情感降至冰点，直至美朵央宗难产死亡，二人都是形同陌路。尽管深知女儿是美朵央宗和旺堆的孩子，晋美旺扎却又出人意料地担负起了抚养责任，这样的抉择与负疚感有关，更多的是对生命的怜惜与尊重。

次仁罗布深知，文学应该"呈现出这个民族的灵魂和塑造这个灵魂的文化沃土"⑤，

①　南文渊：《藏族生态伦理》，民族出版社 2007 年版，第 177 页。
②　次仁罗布：《祭语风中》，中译出版社 2015 年版，第 295 页。
③　次仁罗布：《祭语风中》，中译出版社 2015 年版，第 306 页
④　次仁罗布：《祭语风中》，中译出版社 2015 年版，第 407 页。
⑤　次仁罗布：《扎根大地书写人性》，《时代文学（上半月）》2014 年第 9 期。

而藏传佛教则是藏民族的文化之根，其影响力存在于藏地生活的方方面面，进而决定着藏人文化心理状态的持守与变革。因此，阐释佛理就成为其作品的重要母题。《放生羊》里的年扎老人和他的放生羊执着地行走在转经修行之路上，身边的人都不会质疑或诘问，在他们看来，这原本就是再正常不过的慰藉内心、消除罪孽的方式。经历风云变幻，《祭语风中》里晋美旺扎的人生经历比年扎老人更为复杂坎坷，但他对佛教义理的依循与参悟始终不变，他用良善怜悯之心对待上师、同门、邻里、朋友和子女，对被社会变革大潮抛至正常命运轨道之外的瑟宕二少爷、努白苏老太太等人也是温暖相待，即便为此付出过沉痛代价，依旧心志坚定、始终如一。

救　赎

　　"在我们这个时代，离开了羞耻、焦虑和厌倦，便不可能对人类的处境进行思考。在我们这个时代，离开了忧伤和无止境的心灵痛苦，便不可能体会到喜悦；离开了窘态的痛苦，便看不到个人的成功。"① 同样，离开了反思、追问和自省，就有可能在现实中失却方向、迷失自我，更无法建立起和谐有序的人际关系及社会秩序。

　　次仁罗布在小说中不会回避生存困境、心理焦虑、人生无常等沉重命题，但直面的同时他会以更为积极正面的方式呈现和化解这些困境，他不会"仅仅停留在揭露的层面，积极寻找对抗严峻现实的良方，用积极的、正面的精神启发人、引导人就成为一种必然"②。《祭语风中》里从活佛到普通百姓都经受着命运的严峻考验，贵为色拉寺大活佛的希惟仁波齐无法在局势突变时得到指引或点拨，只能匆忙踏上逃亡征途，更无力改变弟子多吉坚参被迫害致死的悲惨局面。其他人包括晋美旺扎、罗扎诺桑、尼玛拉姆、美朵央宗、瑟宕二少爷、努白苏老太太、努白苏管家、卓嘎大姐等，皆在严酷现实中辛苦找寻着人生的方向和生活的意义，生存的艰辛与不易对他们来讲是最为真实与普遍的存在。次仁罗布同样为人们开出了缓释的方剂——反思、自省，省察内心，规整言行，从而救赎自己也救赎他人。希惟仁波齐闭关修行意在忏悔并为众生祈福，谨遵师命的晋美旺扎则将世间作为修炼的道场，心存善意，善待他人。当瑟宕二少爷、努白苏管家等人被人们疏远甚至唾弃之时，晋美旺扎会走近并安慰经受煎熬与苦难的他们；当信仰遭到轻视的时候，晋美旺扎会用特殊的方式表示抗议和虔诚，"以往人们顶礼膜拜的佛像被扔得缺胳膊少腿，那些经文也洒落了一地，被人来来回回地踩着。我不敢表现出我的伤悲，像在场的所有人一样，只能动手把怙主殿里的诸佛给清理干净，心里却在默念《忏悔经》"③；当遇到善良的卓嘎大姐去世却没有天葬师的困境时，晋美旺扎承担起了为其进行天葬的重任。晋美旺扎为自己选择的最终归宿是帕崩岗天葬台，要"在天葬台上为亡魂指引中阴的道路，给活人慰藉失去亲人的苦痛，那将利益了更多的人，同时也救赎了我在尘世犯下的罪孽"④。

　　① 〔美〕赫舍尔：《人是谁》，隗仁莲译，贵州人民出版社1994年版，第15页。
　　② 普布昌居：《让爱照亮生命》，《时代文学（上半月）》2014年第9期。
　　③ 次仁罗布：《祭语风中》，中译出版社2015年版，第361页。
　　④ 次仁罗布：《祭语风中》，中译出版社2015年版，第442页。

晋美旺扎的一生并非完美无瑕。因深陷对尼玛拉姆的苦恋，他错过了与希惟仁波齐见最后一面的机会，又因对妻子美朵央宗心生怨怒，他与爱妻未能和解便已阴阳两隔。正因为不完美，这个人物形象才更加真实可感；正是有缺憾，他的反思和内省才更具说服力。在被藏人视为此生终点和来世起点的天葬台上，手持扎玛如和摇铃的晋美旺扎完成了人生的又一次重要转折。最终，在希惟仁波齐转世——希惟贡嘎尼玛的引导声中，晋美旺扎平静安详地迎接死神的到来，心识欢快愉悦地走向了今生的终点。

"对于本民族的历史文化、风俗习惯、人生观、价值观更有着深刻了解的少数民族作家，显然更具有民族书写的优势，但如何把各民族优秀文化转化成全人类产生共鸣的作品，是一件不易的事情。"① 《祭语风中》是次仁罗布首次用体量较大的长篇小说表达自己对本民族文化的认知和感悟，"剃度出家——还俗入世——再度出家"，小说主人公晋美旺扎的一生不算轰轰烈烈但也坎坷艰辛。而当作为个体的他的人生汇入时代洪流时，藏族生存与人类生存之间的共通点得以显现。作家首先让人感知到的是对人的命运的关注和对人生况味的思考，即历史前行进程中，没有人能够自外于时代之外，但至少应在灾变来临之时保持内心的寂静与澄澈，并给予他人善意和尊重。晋美旺扎不曾有不切实际的妄念及幻想，终其一生都在追求悲悯之心、洁净之心和光明之心，用善良、悲悯和救赎谱写着蕴意深远的心经。

（作者单位：陕西省社会科学院文化产业与现代传播研究所）

---

① 次仁罗布：《来自茅盾文学奖的启示》，《民族文学》2009 年第 4 期。

尘封的历史与心灵的探秘

——评次仁罗布长篇小说《祭语风中》

赵　耀

次仁罗布的长篇小说《祭语风中》，以史诗般的恢宏气势全方位地展现了西藏近五十年的历史变迁。通过"讲述"与"回忆"的交响叙事，有力地拓展了现实主义的表现范围；以外部苦难与内在心灵的辩证书写，实现了对藏民族灵魂的深度开掘；通过对现代转型阵痛与裂变的有机呈现，完成了对尘封历史的真实还原。作为一位藏族作家，次仁罗布以感同身受的方式，打开被时间封存的历史记忆，以悲天悯人的情怀探求藏族人鲜为人知的生命张力与心灵世界，以知识分子的责任感与使命感思考人的终极救赎与解放。

一、"讲述"与"回忆"的交响

《祭语风中》中有两条平行却又相互交织的复杂叙事线索。一条是"回忆"，另一条是"讲述"。其具体指向是，"回忆"是主人公晋美旺扎对自己一生的回顾；"讲述"是晋美旺扎对藏密大师米拉日巴一生的呈现。二者虽然有着各自相对独立的范畴，却又并非泾渭分明，而是有机地交织与重合，这种重合又并非完全时间意义上的重合，而是在主人公心灵世界的炼狱与跋涉中有效地实现了二者之间的贯通与弥合。也正是源于此，我们有必要把"回忆"与"讲述"作为直达作品深层内蕴的绝密通道，以此来对作者编排的文化密码进行必要的解码，实现对作品的规律性认知和系统性把握。

将"回忆"与"讲述"进行简单的比较式阅读，我们不难发现，"回忆"采用的是第一人称，通过"我"的眼睛观察外部世界，一切事件需要与"我"相连接才能获得展开的有效性与合法性，也即是说，在"回忆"中，作者使用的是一种限制性视角，读者只能在主人公的支配之下窥见情节的发展而无法展开全方位的掌控。而在"讲述"中，作者则采用第三人称，以一种全知全能的方式推动情节的展开。这种限制与放开并置的叙事方式自然形成一种内在的张力，不断刺激着读者的敏感神经，迫使读者以屏住呼吸的阅读方式感受作品的美感。另一方面，在情感基调方面，"回忆"与"讲述"也存在着反差。"回忆"中总是伴随着主人公对自我的否定，以一种虔诚的忏悔姿态回首往事；"讲述"中总是弥漫着主人公对他者的肯定，以一种近乎迷狂的方式对其顶礼膜拜。在"讲述"中，米拉日巴大师虔诚地笃信宗教救赎，把自我罪恶的涤荡寄托于炼狱般的灵魂旅行，而在"回忆"中，多数人已经不再相信宗教，从对宗教的笃信转向怀疑。

"讲述"有预期的听者，"回忆"是自我心灵的对话与拷问。"讲述"意味着单向度的信息传达，主动方向被动方的投射；"回忆"意味着当前对过去的追逐，前者是同一空间的不同时间叠加，后者是不同时间的同一空间构成。"讲述"的内容是米拉日巴大师的一生，"回忆"的内容是主人公晋美旺扎的一生。在"讲述"中，人物生存的外部环境未出现巨变，而在"回忆"中，外在环境则发生天翻地覆的变化，前者是人物自我推动事情的改变（米拉日巴大师自我寻求惩罚），后者是事情推动人的改变（晋美旺扎被时代浪潮所裹挟），前者彰显着主体性抗争，后者暗示着自我生命强力的弱化。

还需要进一步指出的是，"讲述"对"回忆"构成影响，"回忆"引发"讲述"的调整。"讲述"内嵌于"回忆"之中，"回忆"中伴随着"讲述"，"讲述"从某种意义上也是"回忆"的一部分。但是，"讲述"并不完全被"回忆"支配，相反，总是对"回忆"造成影响，"回忆"中的情感总是被"讲述"支配（晋美旺扎对米拉日巴大师的崇敬）。这样，整部作品的内在结构就变得异常复杂与多元，并不是唯一的固化结构，也不是单一的矢量线条，整体上呈现一种结构的张力，而所有这一切效果的实现又是通过经典现实主义来实现的。次仁罗布并没有刻意使用现代派技巧（唯一可以冲出现实主义范畴的只有对西藏的神性书写），因此，从这个意义上来说，次仁罗布完成了对现实主义创作方法的突破与发展。

上述分析基本上都是对作品内部结构的分析，未涉及读者层面的问题。我们将读者引入考察范围可以进一步挖掘出作品更多的潜在内蕴。"讲述"的听者包括希惟贡嘎尼玛、读者，"回忆"的听者则是三个：晋美旺扎自己、希惟贡嘎尼玛、读者。也即是"回忆"把自我拉入聆听者的范围，并在这一范围内实现作者自我与读者的无缝对接，读者与作者之间的藩篱随之被取消，读者与作者在文本中可以任意游走，二者之间的身份可以相互转换。需要指出的是，这种游走和转换不是不受任何限制与束缚的语言狂欢，更不是意指符号之间的游戏，统摄二者之间的是苦难、心灵、宗教等饱含人文精神的、充满温度的词汇，最终使作品上升成为饱含哲学意蕴的文化书写。

在"回忆"中，外在明线是晋美旺扎对希惟贡嘎尼玛的讲述，潜在话语包括晋美旺扎与希惟贡嘎尼玛的对话、晋美旺扎与读者的交流、作者与读者的心灵沟通。在"讲述"中，外在明线是晋美旺扎对身边人讲述米拉日巴大师的事迹，潜在话语包括晋美旺扎的自我拷问、米拉日巴大师的事迹对周围人的影响、米拉日巴大师的事迹对希惟贡嘎尼玛的影响、米拉日巴大师的事迹对读者的影响、晋美旺扎在米拉日巴大师事迹感召下心灵的波动及对希惟贡嘎尼玛的影响、所有这一切对读者产生的心灵激荡等等。多重线索的有机构成，叠加而错落有致，共同营造出一种奇异的悲剧性氛围。这种氛围不是刻意营造的，也不是作者主观输入的，而是线索结构的精妙配置与合理罗列，加上故事内容的雄浑，共同造就了这一文本奇观。

二、外部苦难与内在心灵的辩证

《祭语风中》的另一特色是作者有意放逐对外部苦难的细致描摹，重点将笔触伸向人物的心灵世界，在苦难与心灵的辩证中展开哲学化的反思与美学价值的建构。纵观主人公晋美旺扎的一生，他亲历了西藏反动分子武装叛乱、西藏民主改革、中印自卫反击战、"文革"等重大历史事件，这些事件本身即是极具价值的写作素材，作者本可以将这些事件大书特书，借此展现个体弱小生命在历史大潮中难以自持的悲剧性命运，以及这些事件所承载着的复杂文化因子。然而，次仁罗布却另辟蹊径，他既没有展开宏大的历史叙事，在波澜壮阔的历史画卷中完成作品的构建，也没有像知青作家那样以亲历的现场感来对事件进行还原。他有意将主人公放置于与重大历史事件漩涡中心错位的位置之上。反动叛乱伊始，主人公即随希惟仁波齐出逃，直至叛乱被平息，关于叛乱的消息完全是从他人的叙述中得知。对中印自卫反击战的叙述也是如此，晋美旺扎虽然参与志愿服务队，却从未亲历战场实景，每到一处，总是战事刚刚结束。这一策略一直延伸至对"文革"浩劫的叙述，晋美旺扎始终处于一种"在而不属于"的状态，他处在事件之中，却游离于事件本身。这样，主人公的地位就异常微妙，他自由地游走于事件内外，既是亲历者，又是旁观者，既被事件影响触及，又保持着一定的距离。一方面，晋美旺扎以个体的感性触及事件本身，以感同身受的方式向读者呈现西藏一系列重大历史事件对个体生命造成的创伤；另一方面，由于主人公处于相对边缘的位置，他可以采取一种相对理性的姿态对事件进行初级层面的反思，对事件的本源性问题进行厘清。也正是源于此，作品明为在单一线性时间维度内展开，实为在双重开放性话语系统中生成。"人类思想的悲剧性历史，根本就是理性与生命之间的斗争的历史：理性固执地要把生命理性化，并且强迫生命屈从于那不可避免的最后死亡，而生命却执意要把理性生命化，而且强迫理性为生命的欲望提供支持。"① 晋美旺扎既是记录者，又是评论员。记录者的身份要求其让事件的本真状态原生态地还原，不能添加任何感情色彩和个人特质；评论员的身份又使其采取个人化的某种价值取向来对事件本身加以评论，在看似客观的文字中注入个人的情感倾向。这样，《祭语风中》就在现实主义的内部开掘出新的生长点，在感性与理性、自我与他者、外在与心灵、历史与现实的多重维度中自由地展开叙述，在虚构与现实的紧张关系中完成文学对心灵的触摸。

然而，作者的高明之处并非局限于此，《祭语风中》的独到价值更集中于其在众多事件中剥离出苦难这一相似的内核，重点揭示苦难对人物心灵所产生的冲击与触动，以及探寻在此作用下心灵迸发出的生命强力。次仁罗布似乎明白，外部的苦难是难以进行有效评判的，不同的苦难程度也是在对比中无法衡量的。单一强调苦难只能是情感的非理性宣泄，收获的也只能是廉价的同情与怜悯，却无法引发读者真正意义上的灵魂震撼。对灾难的报道无法取代对心灵密码的探寻，纯粹的纪实必然让位于合理的虚构，对苦难的描述并不是文学的真谛，书写人在面对苦难时所彰显的生命强力，探讨对苦难的

---

① 乌纳穆诺：《生命与悲剧意识》，段继承译，花城出版社 2007 年版，第 143～144 页。

神性超越才是文学的根本使命。因此，在《祭语风中》中，次仁罗布巧妙地展开苦难与心灵的辩证，探求何种苦难可以最终压倒心灵的顽抗，何种心灵才能支撑苦难的摧残。进而将作品的书写从一般的形象刻画，上升到终极哲学问题的反思与追问；从单一的对苦难的控诉，转向对心灵的探秘；从对怜悯的博得，转向直达灵魂深处的反思。

深入主人公晋美旺扎的心灵深处，我们不难发现其两个方面的精神特质：自我否定与他者肯定，逐因于内而非逐因于外。对自我的否定几乎贯穿晋美旺扎的一生，随着苦难的接踵而至，他本能地觉得一切似乎不应该如此，但是到底为何如此和应该如何，他在心底又没有明确的答案。宗教的虔诚和苦难的难以名状共同催生出他在自我的否定中获得心安理得的解释和精神危机的缓解，他以异常虔诚的心态进行艰苦卓绝的自我剖析，内心固有的善良使他对周围一切都采取怜悯与愧疚的心态，与父兄的分离、师弟的夭亡、与希惟仁波齐的诀别、爱人的反目都使他陷入异常的痛苦与纠结。如果说余华的《活着》揭示的是人在苦难的一步步紧逼之下走向释然与麻木（福贵最后与牛对话，甚至与牛同一），那么，次仁罗布的《祭语风中》则反其道而行之。苦难的加剧并没有减弱其对心灵的刺痛程度，相反引发心灵的更加震颤，稍一触碰即鲜血直流，创伤的痛心疾首和难以改变现状的无能为力进一步加剧晋美旺扎的自我否定。他虽然没有将自己视为万恶的根源，却也对自己的无能为力不满，苦难根源的缺少解释，最终导向的自然是对他者的肯定。父亲、希惟仁波齐、师弟、米拉日巴大师都使他异常羞愧，他真诚地感激这些人给他的物质支援与精神慰藉，而这样对他者肯定又必然带来自我的弱化与矮化，也即是对自我的否定。因此，晋美旺扎陷入循环的怪圈：自我否定催生他者肯定，他者肯定引发自我否定，并且始终处于动态过程之中。然而，无论是自我否定还是他者肯定，晋美旺扎始终处于强烈的自我身份认同缺失和精神危机之中，始终在惶惑中担惊受怕，踟蹰不前。这种精神状态直至晋美旺扎生命的终结，这某种程度上隐喻着藏传佛教苦行的教义，也即是主人公以生命诠释着他虔诚信仰的宗教，用心灵浇灌着崇高的理想。

平心而论，晋美旺扎所遭受的苦难并非源于他个人的过失，他仅仅是弱小生命在时代浪潮冲击下的牺牲品，但他却极少抱怨，总是进行艰苦卓绝的心灵炼狱、近乎严酷的自我拷问，从心灵内部寻求终极救赎，在自我修炼中完成灵魂的安顿。如果从人类解放的立场出发，势必会将晋美旺扎的行为视为自欺欺人的自我麻痹，丧失反抗能力的自我催眠。但是，应该指出的是，晋美旺扎不是教科书式的战士，也不是由农奴成长为反抗者的社会主义新人和建设者，他的人生履历是普通藏民在外力裹挟下从僧人到还俗的悲壮历程，他的心路历程某种程度上代表了西藏民主精神演变的心灵史。将晋美旺扎的复杂思想单方面视为迷信与愚昧，不仅是对其精神价值的贴标签式简化，更遮蔽了作品本身的文化内蕴和文学史价值。次仁罗布的这种书写本身即浸透着浓郁的宗教情怀。《祭语风中》始终伴随着激烈的外与内的搏杀。外在世界的动荡远远超出人的想象和理性所能掌控的极限，仅仅寻助于内心的强大是无法抵挡的，外在的巨变有力地撕碎了内心的幻梦。因此，大部分人被迫选择了被外部浪潮所裹挟，少数圣人以内心的极端强大抗拒着外力的摧残，只有以晋美旺扎为代表的少数人，徘徊于二者之间，也因此更具备人性的复杂性与可探索性。外部的超乎想象激发晋美旺扎对内心的虔诚产生信任危机，这是不可避免的，而另一方面，这种信任危机并没有将其导入到第一类人，而是引发极大的精神危机和自我悔恨、自我谴责与自我迷失。作者对这一现象的有力捕捉一定程度上说明作者渴望揭示人生存危机的悖论：思考带来的不是精神危机的缓解和心灵的慰藉，相反，更多地带来的是生命困境的自我开掘与主观呈现。即使是以希惟仁波齐为代表的第三种人，也面临着被多数人认同的危机，其物质层面的丧失，以及应该以何种价值取向对其评判，所有这一切，都是作者以一腔赤子之心完成的灵魂书写与生命追问。

三、现代转型的阵痛与裂变

绝大多数人对西藏当代史的了解基本上局限于这一粗线条的勾勒：西藏通过民主改革，百万农奴翻身做主人，过上了富裕幸福的生活。从宏观上来说，这种整体化的概括不存在任何问题，也基本上符合历史的真实原貌。但是，这种模式化的历史认知，是建立在抽离了无数鲜活生命的人生际遇与精神图景之后留下的乏味空壳，不仅丧失了历史本真的鲜活与生动，而且严重遮蔽了时代巨变之下个体生命的性灵挣扎与灵魂撕裂，历史的沉重感被人为地消解，苦难之中生命的强力与厚度被淡化与弱化，奔腾的历史洪流在简化与抽象中趋于平静，应然与实然之间存在着难以逾越的鸿沟。"一个作家之所以要写作，其内在动因之一就是源于他对存在世界的某种不满足或者不满意。他要通过自己的文本，建立起与存在世界对话和思考的方式。而一个作家所选择的文体、形式和叙述策略，往往就是作家与他所接触和感受的现实之间关系的隐喻、象征或某种确证。"① 次仁罗布所不满足或者不满意的正是这种对历史的抽离与简化。因此，在《祭语风中》中，次仁罗布以一个藏族作家的虔诚姿态，"提供封闭的青藏高原被迫向着现代社会洞开的几十年里民间生活的真实场景，真实诚恳地展开社会变迁的真实图景，把救赎之道寄望在对于宗教的保守与黑暗有所反思的宗教之上"②。其对逝去生命鲜活样态的还原，对深层文化因子的挖掘，对民族苦难的反思与追问，一定程度上构成了次仁罗布的写作初衷。其实，在次仁罗布的中短篇创作中，这种倾向与愿景就已经有所流露。《神授》中对说唱艺人在现代转型过程中承受的本质不适应性和由此引发的精神危机的揭示，《曲郭山上的雪》记录藏民在"2012"世界末日谣言中的惶恐与行为失常，《梵》中对西藏现代女性身份确认危机和精神创伤的呈现，《放生羊》中展现的代际差异在宗教情怀上的反差，《言惑之惑》对符合现实政治需要而刻意歪曲历史真实的质疑……这些作品无一不或隐或显地流露出次仁罗布的这种写作倾向。作为一部史诗级巨著的长篇小说《祭语风中》则不再满足于具体的某个人物或事件在社会转型过程中的喜怒哀乐，而是以全方位展现西藏近五十年历史风貌的壮志雄心对其进行真实的还原。

在《祭语风中》中，最见次仁罗布写作功力的是其对藏民在社会变革面前本质不适应性的揭示与呈现。这些人普遍与过去的时代有着千丝万缕的联系。他们对社会的变革与进步并不采取敌视的态度，但出于心理的惯性和对新社会适应能力的欠缺，他们本能

---

① 张学昕：《穿越叙事的窄门》，复旦大学出版社 2013 年版，第 22 页。
② 阿来：《祭语风中》，中译出版社 2015 年版，封底。

地产生一种被动的抵抗，并由此引发难以超越的精神危机。社会的进步并没有像预期的那样使藏民的心灵获得预想中的安顿与熨帖。主人公晋美旺扎的理想是师从希惟仁波齐，参悟佛法，成为希惟仁波齐那样普度众生、受世人尊重的僧人。这一朴素的愿望本身不存在任何的负面因子，也不会对他者造成任何威胁，但在时代浪潮面前却被撞击得粉碎。晋美旺扎被迫还俗，未见到希惟仁波齐最后一面；师兄的蜕变、对旧我的放弃和对时代浪潮的追逐使他产生本能的抵触与厌恶；旧贵族所遭受的清洗和不公正待遇更使他愕然，完全超出了他的想象与可接受范围；翻身农奴对旧贵族的敌视与蹂躏也使他不能理解和认同，并使他成为整个社会所排挤的对象，对旧贵族的温情最终引发了他的夫妻反目与家破人亡……在这里，次仁罗布所着力探寻的是为何社会的进步没有带来藏民的精神慰藉，相反地却打开了潘多拉的盒子，触动了一系列苦难的迸发，个体的理性是在一种怎样的化学反应之后裂变为集体的非理性，人性的善恶到底应该凭借怎样的评判标准来衡量。尤为难能可贵的是，次仁罗布并没有止步于还原与挖掘。还原与挖掘只是文学作品的一般价值属性，而其终极目的是对还原真实与挖掘内容的反思与追问。从某种意义上来说，一部长篇小说本身即是一部哲学，小说家的使命应该是透过形象的塑造和情节的设置引导读者进行形而上的哲学思考、对本源性问题的终极追问与解答，以此实现灵魂的安顿与心灵的净化。次仁罗布作为一位藏族作家，以感同身受的方式，打开被时间封存的历史记忆，以悲天悯人的情怀探求藏族人鲜为人知的生命张力与心灵世界，以知识分子的责任感与使命感思考人的终极救赎与解放。

　　世界文明的进步自然不能将藏民族单方面地排除在外。而问题在于处于相对边缘的西藏在现代性浪潮的冲击与洗刷之下承载了过多的历史阵痛与精神创伤。现代性本身的流动性与扩张性不仅使创伤难以愈合，而且引发深刻的裂变与危机。现代性本身存在着诸多问题："从一开始，禁欲与贪欲就互相缠绕在一起。一个是资产阶级精于算计的精神；而另一个是现代经济和技术表达出来的永不安宁的浮士德动机……"① 这些矛盾投掷到封闭的西藏，自然引发双重甚至多重的矛盾。木乃伊在封闭的环境中尚且保存，一旦暴露于现代空气之中，则瞬间灰飞烟灭。毋庸置疑，西方对现代性问题的批判与反思，是建立在充分现代化的基础之上的，其中有一个重要的预设前提是现代性入侵后无法回归过去，问题的焦点不在于对逝去时光的追忆，而在于对当下性问题的反思与补救。而被历史尘封了多年的西藏在突然面对现代性，首当其冲的是前进与后退的二律背反。改革必然带来与过去割裂的阵痛，而妄图顽强抵抗现代性的侵袭则更是痴人说梦。以晋美旺扎为代表的藏民正是处于变革与转型轨道上的牺牲者。在变革之前，一切可以把握，对未来的发展有着固定的预期，而变革之后，一切变得陌生，完全超出想象和理解所能承受的极限。事实的坚硬不断告诫他们现在优于过去，而怀旧的情结与情感的惯性又迫使他们感觉今不如昔。希望与失望交织并存，喜悦与悲哀双重并置，使他们始终处于异常紧张的心理状态。当惶惑成为常态，苦难成为事实，心灵就自然而然地走向破碎。心灵的破碎引发怀疑情绪的蔓延、自我弱化的升级，这一切最终将他们的精神导向虚无主义的深渊。当不久于人世的晋美旺扎独自一人徘徊在天葬台时，我们不难体悟他

---

　　① 丹尼尔·贝尔：《资本主义的文化矛盾》，严蓓雯译，江苏人民出版社 2007 年版，第 10 页。

此时此刻的心境："晋美旺扎在提醒自己：不久之后，你也该躺到那个石台上面去，然后与这个世界告别。这一生你的善业恶业，会在那里被终结。这么一想，他的心为之微微颤栗，周身感到一阵寒意。"① 他为何会有寒意？除了肉体上的感觉，是否更多的是怅惘与感伤，是对生命的留恋与生命保存的无奈？然而，次仁罗布虽然以这样的心态审视西藏的历史，但却并非流于消极与悲观，而是在宗教的救赎之下趋于平静与安详。在作品的结尾，晋美旺扎的平静离世隐喻着苦难得以解脱，灵魂终获救赎，这同样也寄托着次仁罗布的殷切希望。

（作者单位：吉林大学文学院）

---

① 次仁罗布：《祭语风中》，中译出版社 2015 年版，第 3 页。

西藏风云中的光明祭语

——解读次仁罗布的长篇小说《祭语风中》

刘　莉

在 2015 年夏西藏自治区成立 50 周年之际，藏族作家次仁罗布经多年中短篇小说创作的沉淀，构思三年历时五年出版了他的第一部长篇小说《祭语风中》。作为第一部藏族作家描写近五十年来西藏历史变迁的长篇巨著，次仁罗布在接受采访时说："我想通过这部作品让国内外读者知道西藏近五十年来的社会变迁，感受他们的喜怒哀乐，同时我希望以自己的作品展示藏族人的心灵，感受他们的谦卑隐忍善良和宽厚。"① 读罢这 35 万字的小说，体会作家将人物心灵放在藏传佛教的强光中进行省察剖析的诚挚恭敬，光明充满则黑暗消解，有见晨光逐级散布，终照高原丛林的抚慰和欢喜。我的解读先从小说标题"祭"字开始。

据《佛教文化辞典》，"祭"字原本是将牲畜奉献于祭坛上的所谓供牲的象形字，有服从、奉侍之意，同义于"奉"字，是一种迎请神灵献上神供，又以歌舞等示慰神意，连接神人的祭祀、祭典、祭礼等信仰仪式，广义亦涵纳了凡俗生活中各家族的年节行事、同族同宗的祭祀、村乡的祭礼等礼事。"中国民间新年有祭祖、祭神佛活动"②，祭祀本身也是一项世界性语言，在宗教盛行的地区都有其特定的仪式，如在祭场举行祭坛献供、祈愿仪式等，其特定的方式也须通过特定言说方式来向世人传情达意。由此可认为"祭语"常是一种生命之祭、一种虔诚之语，"祭语"产生有其宗教土壤和特定背景。在《祭语风中》这部反映藏族人民半个多世纪生活的小说里，作者也许想说出某种已飘落的生命祭语，又也许有一种关乎生命的语言在风中飘散回旋值得记起、诵念示祭，像目击众神死亡的草地上的一片野花，聆听此声唯愿"远在远方的风远比远方更远"③ ……我试图挖掘这份生命祭语，在西藏历史故事的背后、在众多藏族人物之间，它所蕴藏着的悠远叙述和深厚思想，也是西藏人民的生存智慧和文化内涵的一种文学传达。

---

① 次仁罗布：《用笔还原真实的西藏》，《中华儿女》2015 年第 18 期。
② 任道斌主编：《佛教文化辞典》，浙江古籍出版社 1991 年版，第 267 页。
③ 海子：《九月》，西川主编：《海子诗全集》，作家出版社 2009 年版，第 205 页。

祭语之一："生命犹如水泡，脆不堪言！"

　　如果将《祭语风中》看成是一篇藏式加长版的《活着》故事，就可以理解这第一层祭语所包含的主人公亲历一个个至亲生命鲜活着又死去时的苦痛和怆伤了。当然这里的故事经历者须将汉族农民福贵变为藏族僧人晋美旺扎。生命的祭语在小说的开篇献词、在神秘的天葬台——那黑黢黢的石台上、桑烟缭绕中已徐徐展开了，主人公晋美旺扎一生的回忆在此背景下也就有了足以打动人心的缘由："天葬师为死者完成最后的仪轨，用血和骨肉完成今生最后一次施予，以此减轻此生积聚的罪孽。送葬者经历这一仪式的洗礼，会对人生、生命有一次全新的思考，从而使心变得纯洁而安详！"① 这部长篇小说在开启上、下两卷前，这样交代了此"生命祭语"所产生的场所（天葬台）和人物（藏民）命运的流转方式，小说的主人公，也从一个单纯的送葬者－天葬师－死者（圆寂者）的轨迹流转中修行度过了一生。从作家从容悠缓、娓娓沉静地叙述中、从主人公晋美旺扎几十年各种不同的身份与视阈所贯穿起的一个个有关西藏社会历史风云变幻的或惊心动魄，或平凡无奇的生命故事，因与"死亡、救赎和轮回"产生关联而有了摄人心魄、荡气回肠的震撼力，这点意义上其并不亚于小说《活着》。

　　也许这是一个可作比较研究的课题。我更在意是那些在西藏这封闭神秘的高原、浓郁的宗教背景下生长的藏民身上，与我们内陆毫无宗教信仰之人几乎一致的情感烦恼与命运波折，还有直击人心深处那些优美崇高的人性显现，在藏地的金光经殿、煨桑炉、酥油茶、黏卡还有耳熟能详的拉萨八廓街和大昭寺等地名中，显现了更深厚更诱人的文化底蕴和能量。当这些生命的祭语在书中聚集又飘散再聚集，让人唏嘘而喟叹。

　　"他们两人的目光投向下方的天葬台，谁都不再说话。'生命犹如水泡，脆不堪言！'男人用这句话打破沉默。"②

　　小说在上部第一章《聚散》中，以主人公晋美旺扎在死亡已向其昭示并不顾儿女反对在老死前亲自前往天葬台的一段"巧遇"（实则因缘聚合托梦相见）开始了他一生的回忆。晋美旺扎和自己的上师、已圆寂四十多年的希惟仁波齐的转世，现从事藏族宗教文化研究工作的希惟贡嘎尼玛相遇，并被引导进入此生的最后时刻。希惟贡嘎尼玛作为五十多年前少年僧人晋美旺扎在色拉寺之上师的转世，说出了上述感慨并和主人公的一生经历形成映照：生命如梦幻泡影，依因缘而生。作家次仁罗布从晋美旺扎由僧入俗最后走向寂灭（涅槃）之境的个人经历，串起并描绘了西藏历史上发生的武装叛乱（1959年）、民主改革、中印自卫反击战、"文化大革命"、自治区成立十周年庆典（1975 年）等重大历史事件；晋美旺扎身边众多藏族人物命运的动荡起伏、苦难曲折，印证着小说开篇希惟仁波齐的箴言"生命犹如水泡"，并带我们深入地了解了藏族人的人生观、生死观、宗教观，展开着对这"脆不堪言"且无法度尽苦厄的尘世高原的深层理解。在一段段重大历史事件中，一个个人物的死亡故事就如水泡的次次破裂，脆不可触，苦无声

---

　　① 次仁罗布：《扎根大地书写人性》，《时代文学》2014 年第 9 期。
　　② 次仁罗布：《祭语风中》，中译出版社 2015 年版，第 6 页。

言，依因缘示现，真实又似梦幻，给晋美旺扎和我们以震撼和启示，也抒写下《祭语风中》令读者印象深刻的首条祭语。

　　"小说在内容上看似写晋美旺扎悲惨的一生，实际是在写一个时代中的人们的悲惨命运。"① 上世纪 50 年代，西藏神权统治土崩瓦解，社会发生了翻天覆地的巨大变化，每个生活其中的个体被历史洪流所裹挟，在一滴水不知道洪流方向的无奈中，命运发生改变。小说主人公晋美旺扎八岁被父亲送到拉萨色拉寺跟随上师希惟仁波齐学佛，二十多岁时正逢 1959 年西藏反动分子发动叛乱，上师依神旨意带他和师兄罗扎诺桑、师弟多吉坚参离开拉萨，开始了背井离乡的惶惑出逃，途中历经颠沛磨难，不忘超度并背负亡者村民同行，但不幸师弟被藏军抢夺财宝时踢下山崖惨痛而死，希惟仁波齐为不再让弟子受到伤害而决定在莲花生大师曾闭关修行过的岩洞里避世修行三年。晋美旺扎和师兄两人只能依师嘱返回混乱中的拉萨。经收容所、被解放军占领的山南、修纳金电厂等遭遇，回到拉萨正逢"三反三算"运动和民主改革，寺院解散青壮年僧人，让其自食其力。"寺庙里已经没有了大殿的诵经祈祷，也没有康村举办的法会和园林里的辩经……要想更深入地学习佛经，已经不可能了……这期间没有几个给我们布施的施主，我的粮袋已经瘪得快贴到地面上了。"② 晋美旺扎尽管希望回到僧房和寺院，但显然已无他容身之处。无奈的他在拉萨的俗世社会里尝试做了许多与佛法有关的工作，仍操守戒律等待上师归来能继续学习佛经。但是拉萨叛乱、贵族努白苏一家也遭变故，他参加了中印边境自卫反击战，经历情窦初开的美好和为情所困的迷惑，却得知自己最敬爱的上师刚圆寂的消息。战后他赶去堆村处理完希惟仁波切的后事，怀揣其舍利和遗信，回到拉萨城里无可奈何地还俗了。他与一位做小生意的寡妇美朵央宗和她五岁的儿子扎西尼玛组成了新的家庭，在"文革"浩劫中，却因私藏了一尊度母像为努白苏家人祈祷而被批判，全家下放到了郊区农场，怀孕的妻子腹中之子也在被人推搡中流产而逝。夫妻二人间的感情和相互的信任降至低谷，家庭的长期分居让美朵央宗和一位工作组的干部有了私情并又怀上他人的孩子，而仿佛因果报应一般，妻子在生产时因流血过多而死。父亲失踪，师弟摔死，上师离世，妻子难产而去……不仅如此，小说还让晋美旺扎处在他周围至亲的瑟宕夫人、卓嘎大姐、罗扎诺桑师兄、努白苏老太太、努白苏老管家等先后罹难离世的情境里，一个个生命活着和死去的故事在诉说着这世间的生命悲歌，也终令晋美旺扎守心护念般传送出了深谙佛法内蕴的生命祭语。

　　命如水泡，脆不堪言，且命随业转，但信心不逆，修行自成解脱，小说结尾向我们呈现了晋美旺扎在天葬台上救赎和皈依后所获得的心灵澄明安详和清静之境，仿佛是他终极一生的圆满开示。

---

① 栗军：《一部厚重的藏族小说——读次仁罗布的长篇小说〈祭语风中〉》，《西藏文学》2015 年第 6 期。
② 次仁罗布：《祭语风中》，中译出版社 2015 年版，第 197 页。

祭语之二："祈求诸佛赐我无限的慈悲情怀……
珍惜活着的所有时光，让心对所有人充满爱和怜悯。"

我们曾从影视和小说的宏大革命叙事作品里看过西藏这块神秘土地上发生的巨大的时代转折和风云变化，了解一点从意识形态角度所呈现的推翻农奴制后新旧社会的对比，而在那些历史巨变中的个体的人的最鲜活贴身的感受与记忆却是缺失和无言的。或者说，如果一部小说仅在描写"乱世""苦难"和"死亡"的故事，这还停留在告诉人们无常的世界和无法把握的社会人生，还不足以摆脱吸引眼球的嫌疑。好小说让人凝神而思，还能去思考一个故事。这部小说还有一种据于客观真实"不取于相"的"慈悲感"和"心灵流"，有透过生存表象的个体生命质感和人物贴己的发声，尽管表现痛苦、艰难和死亡，但读者还是会在巨变世界中找到暂时安放同情的"贴心处"，找到这"苍茫大地谁主沉浮"中的"谁"，这个"谁"是曾在我们诸多宏大历史叙事中残缺了的"沉默的大多数"。金光闪现，《祭语风中》让我甘愿随着他们的生命起伏而一同陷入沉思。小说令读者印象深刻的生命祭语不光来自这动荡的苍茫大地，一个个生命如梦幻泡影般脆弱地离去，更来自贯穿全书的主人公晋美旺扎由僧还俗并又再问佛境的特殊命运和鲜活记忆。这一个在时代起重机挟持中"沉浮"着的独特的"我"，让我想到了雪域高原中一个个孤独求索、饱经沧桑的"修行者"身影。作家曾说过这一形象来源于自己早年在西藏的行走经历。"这一老僧形象随之牵来的还有那些我曾熟识的八廓街措那巷子里生活的还俗僧人，在我童年、少年时他们一直在我眼睛里晃来荡去，其中有些人成家，有些孑然一身走向了生命的终点。僧人在整个藏区是一个特殊群体，他们受人尊敬，有知识，懂佛法，但他们的日常生活对于世俗的人来讲是一个不可知的领域。他们的形象在我脑海里垒叠、丰满，最终有了晋美旺扎这一主人公。"[1]

小说主人公对生活的不惑与清醒源于他的幼年的师承和好学的品质：晋美旺扎八岁被父母送至拉萨色拉寺出家修习佛法，服侍上师希惟土登都吉坚参仁波切十二年多，上师待他如亲生儿子一般，注定了他对上师的尊敬和对佛法的坚定追索，此性格特质贯穿并影响了他一生。"希惟仁波切经常告诫我不要虚度光阴，要我学习米拉日巴的救赎精神和坚定的修炼意志。"[2] 这个"毛毛躁躁的小山羊"特别喜欢上师的训导，每次"心里很受用"[3]。当小师弟多吉坚参被"我"开玩笑时经常踢屁股而询问上师"我想快点长大，长大了我也可以踢他，我的想法是不是违背了教义"时，上师要求他们发誓接受戒律，永远都不去触碰武器，"也不盲从于任何人"[4]，因为这种行为违背了佛祖的教义。但就是这个调皮可爱的小师弟在出逃途中因勇敢护卫财物而被西藏叛军踢下了山崖惨死。现实的残酷教育让他一直恪守上师教诲、体悟佛法的忍辱慈悲。小说中有许多细节可见他在西藏叛乱时所展现的对上师终其一生的恭敬追随，哪怕是上师圆寂后，仍在

---

① 栗军：《一部厚重的藏族小说——读次仁罗布的长篇小说〈祭语风中〉》，《西藏文学》2015 年第 6 期。

② 次仁罗布：《祭语风中》，中译出版社 2015 年版，第 10 页。

③ 次仁罗布：《祭语风中》，中译出版社 2015 年版，第 20 页。

④ 次仁罗布：《祭语风中》，中译出版社 2015 年版，第 31 页。

默默复习教诲，修习佛法，善良友好地帮助身边所有人。珍惜感源自清醒不惑，慈悲心来自善良之爱和怜悯同情……

小说中此类情节不胜列举，特别是在风云变幻的乱世中，他仍是一个做本分事、持平常心、行慈悲愿、努力趋向佛道的修行者。特别值得一提的是卓嘎大姐去世时他亲自背尸去行天葬的一段，这是他修炼途中爱、怜悯和慈悲聚积起的一个最感人的时刻。而需特别说明，这是"文革"时期，是"我在河边看到有许多人把金铜佛像往河里扔"①的礼崩乐坏的荒谬时代，是人人自危，"想着连佛都敢这样糟蹋，人的心里已经没有了敬畏与羞耻"② 的时期，也许"落井下石"已然成为人与人之间最正常的行为，而他那时已被迫还俗结婚，有了妻子和养子，他的所言所行仍一如追随上师之初的真诚闪光，自我修行之善举仍烛彻黑暗的时代和扭曲悖谬的人心。他在病床边陪伴子女无法到场的卓嘎大姐走完生命的最后一程，并诵经、助念、度亡；在没有一个人去天葬台的情况下，几天后他又独自一人背负着大姐越来越沉重的尸体，一路上对尸体讲起了《尸语故事》，缓解精神紧张和痛苦，而在天葬石台上帮大姐诵经祈祷并施天葬礼仪，祈求通过给秃鹫施舍她的血肉，让更多的小生灵免遭伤害，以此救度更多生命以减轻她今生的罪孽。"想着我在亲手把一个曾经关心、爱护自己的人进行天葬，心里不免恐惧和不安……我祈求诸佛赐给我无限的慈悲情怀，让我像那些佛教史上著名的大成就者，通过到天葬台边修行彻悟四谛，让心了知万物最终都要消散的道理，从而对世界的事物不要执着。"③ 上师和佛教告诉他用般若的智慧消除分别心、执着心，以及由这种执着心产生的贪、嗔、痴三毒，无疑成为他抵御时代危机的个人成长法宝。他认识到死就是生命轮回的开始，生就是死亡的起始，通过与亡者和天地的对话找到了战胜痛苦的精神营养和弘法利生的力量源泉。

有关晋美旺扎的爱、怜悯和慈悲的细节很多且非常打动人心，因为全书贯穿了佛法的教义和一位视佛法如生命的"修行者"的孤独生命之旅，尽管有几年他以还俗之身在俗世生活，却可以看到他的修行在任何时候都没有停止和懈怠。"心中有爱曰慈，不计人非为悲"，这若水的上善，我想更多留给读者从晋美旺扎的心路历程中去体悟吧。当自己被这样一种信仰的力量击中，被这个人物身上散发出的巨大心力心量所吸引，我想这部小说也在众多描写西藏风云巨变故事的小说中有了独特的价值和意义。

在近六十年来西藏风起云涌的各个历史时期，在从十多岁的少年至六十多岁的长者，晋美旺扎从未像行尸走肉般地活着，他不惑而不迷，他"谦卑隐忍善良和宽厚"④，清醒、珍惜、爱、怜悯和慈悲——仿佛作家要向我们交代一个真正生命应有的智慧和因果，又像是一个藏地僧人行走多年修行至死语重心长的开示。这个历经了六十多年历史风云打磨的生命珍珠，收获着丰饶的命运财富，可能也足以代表西藏民族文化的传统精萃，在这一份厚重的"生命祭语"里给我们以启发，也愿有更多的人去总结体会和践行。

---

①　次仁罗布：《祭语风中》，中译出版社 2015 年版，第 365 页。
②　次仁罗布：《祭语风中》，中译出版社 2015 年版，第 361 页。
③　次仁罗布：《祭语风中》，中译出版社 2015 年版，第 390 页。
④　次仁罗布：《用笔还原真实的西藏》，《中华儿女》2015 年第 18 期。

祭语之三："圣者米拉日巴：您决心在救赎罪孽的同时，精进修炼，度更多的人从世间的无明中醒悟，使他们具足慈悲和宽容，消解人心的仇恨与怒怨。"①

《祭语风中》的故事明显有两个线索，其一是回忆出家人晋美旺扎在西藏社会历史巨变中的悲欢一生；其二是还原并讲述藏密大师米拉日巴一生复仇求法的传奇故事，以此把藏族传统文化中的隐忍、牺牲、宽容、救赎等精神呈现出来。这是我们在解读"生命祭语"时不能忽略的主人公心路历程背后的精神之光和力量之源。

"我在《祭语风中》里重新叙写米拉日巴，是将他作为一个精神导师来叙写的。他的苦难来照应小说主人公和周围那些人的遭际，从而使他们能够坦然处之……用主线和辅线贯穿并行的手法来讲述故事，是为了观照、反思，从而使读者了解藏族人缘何能慈悲，能忍耐，能谦卑。"② 作家别出心裁地将藏族人民心目中的精神导师米拉日巴的故事通过内在线索化和小说现实巧妙接洽，较完整地叙述了这位精神领袖修炼和奉献的一生。当小说里晋美旺扎和上师、同伴们还在享受平静的寺院生活时，"我在房子里盘腿读《米拉日巴传》，多吉坚参在一旁要我给他讲米拉日巴的故事。一阵清脆的铃铛声在院子里响起"③，描写了主人公将米拉日巴的作为精神导师的缘由并预示了平静的修行生活即将被打乱。从上部第七章《磨难》开始，讲述辅线米拉日巴家庭所遭受的苦难，而主线故事则是上师希惟仁波齐的另一个天真顽皮的小随从、也是晋美旺扎的师弟被"四水六岗护教军"踢下山不幸死亡后，上师彻夜未眠为其诵经超度，而"我"思念悲伤至深。小师弟和米拉日巴有着同样的法名"多吉坚参"，"我"也一夜祈祷圣者能将其从思念和死亡的痛苦解脱而对米拉日巴以"您"来恭敬叙述其家族史。在下部第二章《复仇》中，主线中的"我"参加中印边境自卫战，在为前线部队运送物资的一个夜晚被要求为难眠的战友们讲故事，于是有了米拉日巴成年后为报仇雪耻，习苯教咒术降雹，为妈妈和家人成功复仇的讲述。到下部第七章《救赎》，主线时间已是"文革"最艰难时期，"我"看到过去的同门师兄已不信因果，在政治斗争中如鱼得水，积极批斗曾经的恩人瑟宕少爷，"我站在路边望着罗扎诺桑的背影，心情沉重了起来，不由自主地想到了圣者米拉日巴……我们经过这次的洗礼，心灵能得到升华吗"④? 以米拉日巴所经历的诸多磨难故事激励并寻求解脱。这里主要叙述了米拉日巴为求正法改信佛教，以身、语、意供奉大师玛尔巴并希望净除孽障获得全部密法的修炼，但大师却用种种折磨考验他。读至此，我们更可以理解小说是想以这位藏族人心目中的精神圣者的苦难与曲折遭遇对比主人公自身的境遇，从而能让心远离仇恨、痛苦，归于安宁平静。在这一章的最后作者写道："如今我们在经历一段命中注定的历练，我们能否在这道场中把心

① 次仁罗布：《祭语风中》，中译出版社 2015 年版，第 438 页。
② 徐琴、次仁罗布：《关于次仁罗布长篇新作〈祭语风中〉的对话》，见本辑第 123 页。
③ 次仁罗布：《祭语风中》，中译出版社 2015 年版，第 24 页。
④ 次仁罗布：《祭语风中》，中译出版社 2015 年版，第 368 页。

智修炼得更加健全?"① 对 "文革" 的批判和对以平常生活为道场来更好修炼提升自我精神的希求打动人心。在小说结尾第十章《宽恕》中，"我"被陌生人领入医院见师兄罗扎诺桑最后一面。在师兄内心后悔地告诉晋美旺扎 "我努力忏悔，努力去救赎，但是心里还依然害怕"② 的那个下午，他离开了尘世，"我"坐在他停尸的地方想起曾经在寺院里经常给他们讲的米拉日巴的故事，希望亡灵听到故事能踏上往生之道。这里叙述了米拉日巴在玛尔巴大师教导下经历九次大难终被授法解脱戒，最后领悟了所学之各种教法、禅修得佛之正果的经历。

小说的主人公晋美旺扎喜欢读《米拉日巴传》，随身都携带这本传记，因而在小说中穿插米拉日巴完整故事也非常自然。当然 "对于小说中的主人公和他周围认识希惟仁波齐的人来讲，希惟仁波齐的意义等同于米拉日巴大师。他是现世的活着的一位精神导师，他的存在不仅指引着他们的思想行动，也是他们的一个参照物"③。从这个角度看，小说帮助主人公选择并描绘了一位精神上师（历史上的藏密大师）和一位实践上师（同时代的高僧大德），可以体会到作者写人物的虔诚和努力，也因此能让更多的读者了解藏族人性格特质中的隐忍、宽厚、忏悔、奉献、救赎等宝贵资源，以及这种精神资源的历史积淀和文化传承，这也是对博大精深的藏族传统文化的一次有效展示。而此中救赎精神的内涵特点和在主辅线上两位不同主人公身上的展示体现也许还可以进一步挖掘和深化。

对此凡俗娑婆世界，生命的修行和精神的追求有比食色更重要的价值。小说还通过对藏民日常生活中 "三餐吃糌粑"、"不吃鲜杀活鸡"、饮食简单而常布施供佛、转经转寺、禳灾避难法事等佛教传统的细腻描绘，让我们读到更多与爱、怜悯、慈悲、救赎和与精进修炼相关联的善美真……透过西藏时代风云所揭示的个体生命的精神本质与宗教情怀，《祭语风中》的叙事努力，为现代人如何清醒生活、自我修行提供了借鉴和思考。第五届茅盾文学奖获奖者、四川省作协主席阿来评论这部小说 "真挚诚恳"，"把救赎之道寄望在对于宗教的保守与黑暗有所反思的宗教之上……用宗教生活的保守与义理的谙熟破除了诸多神秘，并道出他笔下的人物如何要以对善的皈依为自己的救赎之门"④，我确有同感。而其中普通藏民如何在对善的皈依和精神救赎间建立起日常生活的关联，也许会是作家下一步挖掘和深入剖析的重点。

总之，当我们穿透西藏的社会历史风云来总结回味这些看似平凡的生命祭语，它们所包含的主人公精神成长的诸多文化养分，藏族人民精神修炼之路的虔诚、深度和成果就一并展现。将心灵放在宗教的强光中进行省察，生命若真依自性，回归本源放光明，就如金光得见诸佛其明普照一样。唯愿小说的这些光明之语勘破生命的无明和黑暗，充满并照亮人类生活的每个角落。

（作者单位：江南大学人文学院）

---

① 次仁罗布：《祭语风中》，中译出版社 2015 年版，第 386 页。
② 次仁罗布：《祭语风中》，中译出版社 2015 年版，第 435 页。
③ 徐琴、次仁罗布：《关于次仁罗布长篇新作〈祭语风中〉的对话》，见本辑第 123 页。
④ 次仁罗布：《祭语风中》，中译出版社 2015 年版，封底。

将灵魂安放于风中

——评次仁罗布小说《祭语风中》

叶淑媛

　　初读次仁罗布的小说《祭语风中》时，也是把它作为一部史诗性的小说来看待的。但是，当读完这部小说回味之时，就发现并非如此。小说确实描述了西藏的当代史，小说的时间跨度长达六十余年，对西藏民众在这段历史过程中的生活境遇有真实而生动的描写。但是，历史描写不代表这部小说的主要价值。当然，这并不影响小说的重要成就。它的价值更多地体现在以西藏六十余年的当代社会变迁作为小说的社会背景，写一段广阔的时空里身在其中的人的命运，以藏族文化精神观照人，更多地凝聚了生命之思。它启迪众生如何在历史飓风的裹挟下安放自己的灵魂。所以，它是灵魂的对话和呓语，是一部灵魂之书。它在灵魂书写和生命之思，以及藏族文化精神的表达这两个层面所具有的高度，真正显示了文学本身对人的关怀、对人的生存和命运的思考，从而有了优秀的文学作品感人肺腑的审美感染力，以及丰富人的心灵、提升生命认知的深刻性和超越性。而小说对于西藏当代六十多年来历史的呈现，则引人思考和重新审视史诗化小说。

一、人与历史：身在风中的隐喻

　　《祭语风中》作为一部灵魂之书，对于人与历史的关系，给了我们一个"身在风中"的隐喻。

　　当小说的叙述者晋美旺扎在自己生命的最后阶段，以回忆来讲述一生时，历史已经成为往事，正所谓往事如风，历史如风。在他的回忆中，西藏的每一阶段每一次动乱或变革如一场场飓风掠过，掀起人们心中的波澜，裹挟着这片土地上的人们去选择人生的道路及其与之相应的命运。西藏社会的众生，贵族、僧人、平民被一场又一场的历史飓风吹来吹去，改变着生命的轨迹。然而，在晋美旺扎看来，人在历史中不论经历怎样的艰辛、怎样的沧桑，最重要的是对内心的皈依，对生命灵魂的安放。所以，人的存在与历史之间形成了一个"身在风中"的隐喻。小说中的人们的命运，一方面身在风中而身不由己，另一方面小说在对个人生命轨迹的描述里，把灵魂的安放作为人生存的意义，把它作为不能被风完全裹挟的存在之根来进行"身在风中"的思索。由僧人还俗了的罗扎诺桑，紧跟着政治形势进行人生的选择，也许这并没有错，但他没有了心灵的慈悲和感恩，辜负了自己的导师希惟仁波齐的托付，还在"文革"中揭发和批斗有恩于自己的瑟宕二少爷。这必然意味着放逐了自己的灵魂，最终在藏人最为看重的生死轮回的生命之思中，留下悔恨和遗憾而辞世。努白苏管家曾受到贵族努白苏家族的恩遇，从叛乱之后贵族受到牵连和打击直至"文革"的几十年时间里，他自甘承受污名，放弃自己的幸福，不离不弃地照顾孤身一人的努白苏老太太。努白苏管家备受苦难的折磨，在深深的苦海里不曾泯灭感恩和慈悲之心，"文革"结束后又不顾年老投入利益众生的事情，这些让他的灵魂得以安放，生命因此而有了光彩和价值。贵族瑟宕二少爷始终坚持自己的政治信仰，在西藏贵族上层反动分子叛乱开始时，他就旗帜鲜明地站在共产党和解放军的立场，从来没有考虑过自己所属的贵族阶层特权利益的损失。他真心喜欢新社会，拥护人民的翻身。但瑟宕家族也在历史的风中生活坎坷，备受磨难。瑟宕二少爷"文革"中遭受迫害被批斗，并被剥夺了在《西藏日报》工作的权利。"文革"结束后，瑟宕二少爷恢复工作，他仍然站在一位知识分子的理性立场拥护党的领导，并为西藏的发展而操心。所以，瑟宕二少爷在历史的飓风中以坚定的政治信仰安放了灵魂，是一位发自内心希望众生平等的人，他有一颗善良而高尚的心。小说围绕晋美旺扎的生活还写到了众多的形形色色的人物，其中希惟仁波齐是一位智者和仁者，他以慈爱和利益众生的教导，将藏族宗教文化里的苦难与救赎、自省和修持作为人生的向导，照亮了晋美旺扎的心灵，师生的灵魂都安放于历史和尘世的风中，成为小说中耀眼的光亮。

这样一来，我们就理解了作者为什么对所描述的西藏六十多年来的历史没有表现出明显的个人看法和立场。因为它是一部以人的关怀为立足点的小说。它写到了叛乱士兵滥杀无辜、抢劫钱财的凶残贪婪，揭示了叛乱贵族的坏和对他们的憎恶，也写到了好的贵族的仁慈和情义，及其在历史的过程中承担的悲惨命运，并因此而满怀同情。它写到了翻身解放的贫苦民众的新生活和喜悦，也写到了其中一些人的无赖和贪婪。小说始终以人如何安放自己的灵魂这样的视角来写作，以藏族文化的慈悲对所有人都心怀悲悯。因此，小说不以历史和人性的反思为重点，而以生命的意义和价值为核心。这样，小说也就脱开了当下以当代史和"文革"为背景的同类小说常见的写作模式——对历史和人性的反思，而更加具有超越性的质素。

基于此，可以说在《祭语风中》这部小说中，人和历史之间的纠缠是"身在风中"的隐喻，凝聚生命之思，有深入灵魂去观照和澄澈生命价值的意义。这是一部关于灵魂安放和生命之思的小说，它令人感动，悟觉人生的价值，这种形而上的超越性让读者的心灵受到洗涤，精神得以提升。

二、藏文化与生命之思

那么，小说形而上的超越性让我们从中觉悟出了哪些生命之思？也就是说，人的生命过程都不一样，而人们怎样安放灵魂呢？

《祭语风中》是次仁罗布这位藏人在本族文化精神的滋养下的文字凝思。小说的主人公晋美旺扎起先是一位僧人，后被迫还俗，然后又出家为僧。僧人身份的特殊性和他在僧俗之间辗转的命运，让晋美旺扎能够广泛地接触各阶层的人，而且本人也具备一定的知识和宗教文化修养。他的精神世界可以抵达藏族文化的核心，能够阐释藏族的宗教信仰，因此在他的生命之思里看到了芸芸众生的凡俗，也有形而上的超越。

晋美旺扎的人生态度深受希惟仁波齐的影响。小说里有一个情节，希惟仁波齐圆寂之后，晋美旺扎看到他留下来的信：

> 他在信里这样告诫我：晋美旺扎，无论世道怎样变化，你都要具足慈悲的情怀和宽容的心，这是我们学习佛教的终极目的。今后你会遇到很多在寺庙里不曾遇到的问题和难事，不要逃避，这些是你今生必须要面对的。在你经历人世的幸福和痛苦时，把世间当作你修炼的道场，让心观察和体悟世间的善变无常，这样你无论遭受怎样的苦难，都不会沮丧和灰心。心唯有具足了慈悲，仿佛披上了坚实的铠甲，任何挫折都不能损害到你……①

这段话应该是《祭语风中》这部小说的文眼，指出了关于慈悲和苦难的生命之思。而从小说人物故事和命运的叙述中，我们也得到了相应的悟觉。

《祭语风中》给人的悟觉首先是关于人生的苦难和救赎的。苦难是许多小说都会描写到的，我们从中常常看到人承受或者抗争苦难的坚韧与勇气。《祭语风中》却不简单以承受和抗争来论述苦难。更多的时候，苦难是人的救赎的必由之路，人在磨难中以自省和修持去实现精神的升华和证得生命的圆满，这是来自藏文化和藏族宗教信仰的人生态度。希惟仁波齐告诫晋美旺扎要将尘世作为修炼的道场，将利益众生作为人的救赎，他本人也以自己的言行起到了作为晋美旺扎人间的实实在在的导师的作用。而小说中贯穿的圣者米拉日巴的历史事迹，提供给晋美旺扎以宗教信仰的精神力量。晋美旺扎把米拉日巴作为灵魂的信仰和依靠，用他面对苦难的态度和最终的救赎作为榜样进行生命之思。圣者米巴拉的事迹作为小说的另一条线索，一方面提升了生命之思的深度和高度，另一方面增加了小说的文化内涵并引领人们深入理解藏族文化精神的核心。至于晋美旺扎的一生，他目睹了周围人们的种种苦难，自己也经受了父兄离散、爱情失落、抄家投监、孩子胎死、家庭破碎、妻子背叛、下放劳役等苦难的折磨，但晋美旺扎经常以米拉日巴为榜样来自省和修持，他的命运和生活态度诠释了在苦难中修持和救赎的意义。

《祭语风中》更让人感怀生命的慈悲与人生的意义。小说一开始写在叛乱时希惟仁波齐告诫弟子们不能碰武器，他说一旦拿起了武器，"潜意识里烙上了夺人生命的念头，夺取别人生存权利是最大的罪孽"②。希惟仁波齐还说："我们是普度众生的僧人，不能让战争的轮子裹挟着走。"③就这样，因为对生命的敬畏和慈悲，希惟仁波齐决定带着弟子们出逃。出逃路上，由于多吉坚参被叛军逃兵杀死，以及一个偶然的机缘，希惟仁波齐闭关隐居。晋美旺扎和师兄罗扎诺桑重新回到拉萨，过上世俗生活。罗扎诺桑积极投入社会政治生活中，心灵中的慈悲和感恩之花凋零，甚至去诬陷和批斗曾有恩于己的瑟宕二少爷。晋美旺扎则参悟了希惟仁波齐的教诲——心怀慈悲，利乐有情众生，以此

① 次仁罗布：《祭语风中》，中译出版社 2015 年版，第 295 页。
② 次仁罗布：《祭语风中》，中译出版社 2015 年版，第 30 页。
③ 次仁罗布：《祭语风中》，中译出版社 2015 年版，第 45 页。

为人的生命的真正意义。在俗世的生活里，他一方面与周围善良热情的平民邻居打在一起，为他们翻身解放后的日子喜悦，也深深地同情着倒霉了的贵族凄惨的命运。而随着一波又一波的政治变革，晋美旺扎看到，无常的命运和死亡经常降临在人们身上，不论他是平民还是贵族。这让他深深地悲悯人世的艰辛，对所有的人心怀同情，也谅解所有人的过失。他随身带着圣者米拉日巴的传记，给自己给人们讲述米拉日巴的故事，从中汲取精神力量，为自己也为别人求得灵魂的安放和救赎。由于藏人极为看重死亡，超度亡魂是非常重要的事情，晋美旺扎便常常自觉地去为死者的灵魂做牵引和超度，让他们的灵魂承载善恶的果报，风一样清扬而去。晚年的晋美旺扎又出家做了僧人，并成为一名天葬师，在天葬台上为亡魂指引中阴的道路，给活人慰藉失去亲人的苦痛，来利益更多的人也救赎自己。小说没有把"天葬"渲染为多么奇异的风俗来吸引人的眼球，而是以一种平常自然、严肃尊崇的语言，描写晋美旺扎在天葬这个为死者完成的最后的仪式中，心灵经受的洗礼和灵魂的安放。

可以说，苦难与救赎、生命的慈悲这两个方面是藏族文化中人生态度和生命之思的核心。所以，小说《祭语风中》具有观照一个民族的文化精神的意义，在领悟和收益这种文化对人的启示的同时，我们也感受到其文化精神的核心也指向人类存在永恒的价值和意义：人在历史的飓风中往往身不由己，但不论经历多少沧桑苦难，都要以慈悲之心去利益众生，在苦难中救赎、安放自己的灵魂。由此，《祭语风中》这部灵魂之书也具有了超越性意义和人类性的情怀。

三、史诗化小说的再审视

次仁罗布在访谈中说："我创作这部小说是为了完成一个心愿，之前没有一位藏族作家全方位地反映过这段历史，反映巨大历史变迁中最普通藏族人经历的那些个体命运起伏，来表现整个民族思想观念是如何发生转变的，将一个世俗的西藏画卷呈现给读者。这样的叙写也是为了给读者一个交代，给自己一个交代。人们常说文学就是一个民族的心灵史，我希望《祭语风中》也能成为表现藏民族心灵史的作品之一。"[1]

但按照史诗化小说的要求来看，把《祭语风中》作为史诗化的小说是需要讨论的，主要原因聚焦在《祭语风中》是否达到了史诗化小说的评价标准。其实长篇小说的价值不一定由其是否具有史诗的性质来决定。但如果把它作为史诗化的小说，那么，具有宏阔的视野、描绘历史和现实社会生活的广阔画面，并揭示了历史发展的规律就是评价史诗化小说的思想性和艺术性的一个准则。

关于史诗和小说之间的关系，著名的有黑格尔、巴赫金、卢卡契、保罗·麦钱特等人的观点。由于巴赫金和卢卡契直接论述了现代小说的史诗化且触及重要点，所以直接以他们的观点为参照。巴赫金说："恢宏的史诗形式（大型史诗）（其中包括长篇小说在内），应该描绘出世界和生活的整体画面，应该反映整个世界和整个生活。在长篇小说中，整个世界和整个生活是在时代的整体性切面上展开的。长篇小说中所描写的事件，

---

① 　徐琴、次仁罗布：《关于次仁罗布长篇新作〈祭语风中〉的对话》，见本辑第 121 页。

应能在某种程度上以自身来代表某一时代的整个生活。能够取代现实中的整个生活，这是长篇小说的艺术本质决定的。"① 卢卡契最初认为现代以来历史发展"将世界的面貌永久地撕扯出一道道裂纹"，"在此情况下，它们把世界结构的碎片化本质带进了形式的世界"②，在这支离破碎的时代里，史诗是不可能出现的，其相应的文学的形式就是小说。这些观点似乎都在说，由于现代社会的整体性、有机性不复存在，所以人们难以以历史整体性来观照社会，也就没有了史诗。小说的史诗化就像是一个伪命题。卢卡契也确实说自荷马史诗之后，千百年来没有能与荷马史诗比肩的史诗。不过，卢卡契也同样提到作为作者的主体可以以"心灵的史诗"的形式对破碎的客体世界进行修复、建构和超越，来反映广阔的社会时空现实，表现历史的真实规律。而卢卡契后期深受马克思主义的影响，发展和修正了他前期《小说理论》中的观点，指出可以"将民族国家意识、阶级意识赋予现代小说形式，从而将现代小说的'宏大叙事'性，推到'现代史诗'的极致高度"③。

　　从长篇小说本身来看，外国文学史上被确定为具有史诗风格的现代小说以巴尔扎克、司汤达和托尔斯泰等 19 世纪现实主义小说家创作的长篇小说为代表。中国当代文学中被确定为史诗化小说的首先是"十七年文学"中的《保卫延安》《红日》《三家巷》《创业史》《红旗谱》《红岩》等。这些小说虽然不像国外的史诗化小说达到了人文关怀与历史理性的统一，但它们提供的统摄历史本质、揭示历史发展的必然这样的内在要求却成为现代史诗小说的重要特征，并长期成为衡量中国当代长篇小说的思想性和艺术性的一个重要参照。此后的陈忠实的《白鹿原》、王旭烽的《茶人三部曲》都得到了史诗的赞誉。它们超越了"十七年文学"中历史描写图解意识形态和政治生活的弊端，小说中的历史既是个人的心灵史，也深入到民族集体无意识，并且揭示了民族、国家的历史命运和必然的走向，"民族秘史"的美誉也是实至名归。

　　从《祭语风中》来看，次仁罗布是意识到了史诗小说的宏大叙事和诗性地揭示历史发展的规律的特点的。他在访谈中谈到小说选择"晋美旺扎个体命运的沉浮来构织那个大的时代，以及人们错综复杂的情感，尽可能地给读者还原那个时代和那个时代的人们所思所想"④。其实他也意识到以晋美旺扎一个人的叙事和个体命运的沉浮难以对社会生活和历史变迁做宏阔的观照，也难以达到对历史发展规律的揭示。所以，小说还安排了希惟贡嘎尼玛作为晋美旺扎讲述历史的听众，并适时地将希惟贡嘎尼玛的声音引入小说中，意在补充总结西藏社会当代历史的史料，并以概括性的议论口吻来指出历史发展的必然趋势。不过在与小说情节的融合上生硬了一些，没有成为与小说血肉浑然一体的肌理。此外，《祭语风中》虽然描写西藏当代社会变迁过程中不同时期的日常生活非常鲜活，舒缓生动的笔调很吸引人，给人带来阅读的美感，但在表现生活的深广度上还不够，因此不能提供史诗那种撼人心灵的恢宏之美。

---

　　① 巴赫金：《小说理论》，钱中文主编：《巴赫金全集》（第三卷），白春仁、晓河译，河北教育出版社 1998 年版，第 258～259 页。

　　② 卢卡奇：《小说理论》，张亮、吴勇立译，《卢卡奇早期文选》总序，南京大学出版社 2004 年版，第 14 页。

　　③ 房伟：《论当下小说创作中的史诗性倾向》，《艺术广角》2012 年第 4 期。

　　④ 徐琴、次仁罗布：《关于次仁罗布长篇新作〈祭语风中〉的对话》，见本辑第 122 页。

　　《祭语风中》在个人的史诗、心灵的史诗上是有高度的创作，在"民族的秘史"方面，从藏族宗教文化精神的这个层面上也可以看作藏民族的秘史，但是我觉得在新中国成立至今的社会发展的进程中，藏族民族精神也会有所发展，小说几乎没有展现和思考过现代化进程对于民族文化和民族精神的影响，我觉得是有所缺失的。

　　这实际上意味着，如果把《祭语风中》作为史诗性小说来看，它没有揭示历史发展的规律，没有正视和回答当代藏族社会问题，也就无法满足当下读者的阅读诉求。虽然当代历史小说以民间视角讲述历史，或者说以普通人的命运来进行历史的叙述已经成为书写历史常用的方式，大家也提倡多元化和多角度地去看待历史，但如果不能上升到历史哲学的视野进行建基于无数的个人史同时也超越个人史之上的对历史的整体性把握，那就意味着历史理性的缺失。因为历史不仅仅是过去，它也与当下紧紧地纠缠在一起。基于此，可以说《祭语风中》在对历史整体性和社会复杂性的总体把握上没有达到高度的概括性而揭示出历史的必然，也就在一定程度上没有达到"以史为鉴"的深刻性。不过，当下有许多以民间视角讲述历史，或者说以普通人的命运来进行历史叙述的小说，经常也贴上史诗的标签。与它们相比，《祭语风中》严肃的书写姿态，努力营造历史长河中一个民族绵延的生命图景的努力是非常值得肯定的，其成就也远远地超出了许多"个人史""心灵史"小说的水平（张承志的《心灵史》另当别论），是近些年在史诗格调上有所超出的优秀佳作。这里仍然感觉不足，是对史诗化小说走出疲弱的一种期望。

　　最后，值得一提的还有，《祭语风中》以舒缓的笔调对藏地不同历史时期日常生活的鲜活描写，及其从中流淌出的生命景观，具有较高的艺术价值和文化价值，是值得重视和研究的。

（作者单位：兰州文理学院文学院）

关于次仁罗布长篇新作《祭语风中》的对话

徐　琴　次仁罗布

　　徐琴：次仁罗布老师您好！从上世纪80年代以来，您就开始从事文学创作，二十多年来您创作了许多优秀的中短篇小说，并且取得了广泛的声誉。2015年第3期《芳草》刊载了您的长篇小说《祭语风中》。我知道，早在五年前您就开始酝酿这部作品①。请问，源于何种冲动，您构思和写作这部长篇作品？

　　次仁罗布（以下简称"次仁"）：首先感谢徐琴老师对这部长篇小说的认可！

　　这部小说我构思了三年多，其中包括收集资料，阅读、记录重要文献，采访一些老人等。其间，小说也开了好几次头，都因不太满意，后来全部被删掉了。直到我读略萨的《酒吧长谈》，忽然一下子找到了自己认为是最好的叙述方法，也就是现在这个小说的架构。从那一刻起，小说的故事就像一股溪流淙淙地流淌在我的脑海里，虽然有时会停滞不前，但用了两年时间最终还是比较顺利地完成了。

　　我创作这部小说是为了完成一个心愿，之前没有一位藏族作家全方位地反映过这段历史，反映巨大历史变迁中最普通藏族人经历的那些个体命运起伏，来表现整个民族思想观念是如何发生转变的，将一个世俗的西藏画卷呈现给读者。这样的叙写也是为了给读者一个交代，给自己一个交代。人们常说文学就是一个民族的心灵史，我希望《祭语风中》也能成为表现藏民族心灵史的作品之一。

　　徐琴：小说被认为是"民族的秘史"，您的这部作品涉及西藏和平解放、民主改革、"文革"时期及改革开放，在当前关于西藏题材的写作中，您是第一位如此宏阔而细致地呈现当代藏民族历史发展进程，然而这一切宏阔的变化您选择通过僧人的角度来刻画和描写，有何艺术构想？

　　次仁：很多年前我去过一次帕崩岗天葬台，当时一位老僧端坐在棚子下边诵经边摇动羰鼓和铃铛，他的形象和那种氛围一下子牢牢地镌刻在了我的头脑里，一直挥之不去。他的这一形象随之牵来了我曾熟识的八廓街措那巷子里生活的那些还俗僧人，在我童年、少年时他们一直在我眼睛里晃来荡去，其中有些成家，有些孑然一生中走向了生命的终点。他们的形象在我脑海里垒叠、丰

----

　　①　2010年8月笔者在拉萨与次仁罗布交流时，他谈论正在酝酿一部长篇，并给我朗诵了他写就的第一段。

满，最终有了晋美旺扎这一主人公。这是其一。

　　其二，僧人在整个藏区是一个特殊的群体，他们受人尊敬，有知识，又懂佛法，但他们的日常生活对于世俗的人来讲是一个不可知的领域。所以我选择僧人来充当小说的主人公，让读者走进他们的日常生活和精神世界里。您也知道我是个不善于写大场面的人，只能通过一个小的视角——晋美旺扎个体命运的沉浮来构织那个大的时代，以及人们错综复杂的情感，以此尽可能地给读者还原那个时代和那个时代的人们所思所想。

　　徐琴：上世纪 50 年代，西藏社会发生了翻天覆地的变化，神权统治土崩瓦解，每个生活在其中的个体都被裹挟其中，命运发生改变。这种巨大的时代转折所带来的变化虽然也曾在小说和电影中得以呈现，但大多是从意识形态的角度阐释新旧社会的对比，而潜藏在历史巨变中作为个体的人的最鲜活的肉身记忆却是残缺的。您的作品和这些宏大革命叙事作品有何不同？

　　次仁：关于这段历史的影视剧和其他体裁的作品很多，而且今后还会有。但一个作家不能重复别人曾经做过的事。作家是要寻找别人曾经没有探寻到的领域，在那里发现隐秘的真实，将它以文学的形式来记录下来。

　　《祭语风中》不是主旋律的作品，我想她跟文学的初衷可能贴得更近些，是讲小人物在重大的历史进程中个体命运的起伏和喜怒哀乐，是讲传统文化怎样抚慰人心、给予精神宁静的一部作品。我努力写的是人，通过重新叙写米拉日巴，让更多的读者读懂藏族人的心灵，那种隐忍、那种宽阔、那种救赎的精神。米拉日巴是藏族人心目中的一位精神导师，通过他的遭遇反省自身的境遇，从而让心远离仇恨、远离苦难，让心归于平静。所以《祭语风中》跟宏大的革命叙事是不一样的，她的精神更接近于一脉相承的藏族文学，那就是人世的不完美，一切皆无常，人在这样的世界里就是历练心智。

　　徐琴：您在创作这部作品时可能会涉及一些较为敏感的题材，请问您在创作时是否会有一些棘手问题和叙事瓶颈，在已完成的作品中是否有难以意尽之处？

　　次仁：小说里僧人晋美旺扎经历的很多时间段都是很敏感的，譬如拉萨发生的叛乱、民主改革、"文革"等，稍微处理不当都会引来很多棘手的问题。作品中依次出现了这些最敏感的时期，但这些不是我主要表现的东西，我主要着墨的是人，是他们的心路历程，要表现的是在一次次巨大的历史变迁中，那些主人公精神的升华和超然。

　　作品完成后，再反过头来看时，有很多想表达却没有写出来的地方，比如米拉日巴对上师坚贞不二的信仰，努白苏管家和瑟宕二少爷后来的日子……只能希望今后的创作中努力不留下这样的遗憾。

　　徐琴：您的作品有着浓厚的宗教情怀，特别是您这部作品，以僧人的经历来展开对历史和个体的回忆，贯穿着慈悲、隐忍、救赎的主题，从一定层次上来说，接通了藏族古典文学的传统。您曾说过宗教文化是您创作的文化底蕴，那么您如何看待藏族古典文学传统？您的作品和宗教文学有何不同呢？

　　次仁：我在大学学的是藏文专业，接触过很多经典的藏语作品。其中我最推崇的是朵卡夏中·次仁旺杰的《颇罗鼐传》，这部作品除了文字的美，还具有史诗性的气魄，把五世达赖至七世达赖喇嘛时期的世俗西藏风貌，雕琢得细致而生动。其他还有《米拉日巴传》《仓央嘉措道歌》《旬努达米》《青颈鸟的故事》，以及八大藏戏等，这些传统的文学作品对于我来讲是我坚实的厚土，没有这个厚土的滋养，我是写不出跟别人不一样的作品的。现在我的作品在国内国外都得到了认可，这些都归功于藏族文化，人们从我的作品里读懂了这个民族和这个民族的文化。

　　传统的藏族文学是在各种宗教教派盛行时期产生的，她也一定烙下了特定时期的烙印，很多作品结局就是劝导人们要产生厌离之心，从此皈依宗教。我们姑且不论最后这一结论，但藏族传统文学里始终贯穿着一种忧郁，那就是一种无常，世间的一切都在瞬息万变中，为此探寻人生的意义。这种气质与日本的文学很相近，都有一种悲天悯人的内核，有一种悲壮的美。我在作品里努力延续这种传统文学气质的同时，以现代的人的眼光来审视这世界，更多地表现的是人的坚韧、慈悲和宽容的心。这些构建了我的小说主题。

　　徐琴：《祭语风中》有两个线索，也就是由两个故事来完成，一个主线是通过晋美旺扎一生的悲欢展现西藏社会历史的变迁，另一个是辅线，讲述藏密大师米拉日巴的一生。请问这样的艺术架构目的是什么？您在写作时采用了不同的叙事视角，请问这样的艺术构思是出于什么方面的考虑？

　　次仁：这得从藏族宗教和传统文化说起。米拉日巴是一位杰出的宗教人士，他在藏族人的心目中有崇高的地位。他又是一位伟大的文学家，他的道歌在藏族文学史上也占有一席之地。我在《祭语风中》里重新叙写米拉日巴，是将他作为一个精神导师来叙写的。他的苦难来照应小说主人公和周围那些人的遭际，从而使他们能够坦然处之，用一颗平常的心接受这些一时的坎坷，让心智接受和战胜这些坎坷。用主线和辅线贯穿并行的手法来讲述故事，是为了观照、反思，从而使读者了解藏族人缘何能慈悲，能忍耐，能谦卑。

　　主线上我用的是第一人称"我"，辅线用"您"来叙述，一是我对米拉日巴大师心存敬意，另外一点是因为他是藏民族心目当中的一个精神引导者，理应享受这样的称呼。从文学的叙述手法上来讲，是为了让读者一目了然，所以选择了不同的称呼。

　　徐琴：您的作品对人物形象的刻画十分老到成熟，在作品中出现了几十个栩栩如生的人物形象。给人印象最深的首先是希惟仁波齐，他献身佛法，充满慈悲精神，但在时代巨变中，无法把持方向，在颠沛流离中饱受着时代的剧痛。对于这个人物，您是寄予着什么样的情感？

　　次仁：对于小说中的主人公和他周围认识希惟仁波齐的人来讲，希惟仁波齐的意义等同于米拉日巴大师。他是现世的活着的一位精神导师，他的存在不仅指引着他们的思想行动，也是他们的一个参照物。但希惟仁波齐并不是一个完美的形象，当他听到瑟宕二少爷讲述豁卡里农奴悲惨的状况时，认为这都是命中注定的。再后来，明知卦算很不吉利，却执意要逃亡，于是多吉坚参命归山崖下……也许这样的塑造，可能使人更容易接近小说里的希惟仁波齐吧。

　　徐琴：您的作品对历史的发展有沉思，有质诘，新与旧、愚昧与落后、革新与保守，都贯穿在西藏的现代化进程之中，激荡和洗涤着人心。难言的政治悲欢和时代转折之痛沉压在普通民众的身上，使人感受到难以承受之重。作品中许多人物如瑟宕二少爷、努白苏管家、努白苏老太太的命运让人唏嘘不已，然而，宽恕和悲悯，成为化解一切的出口。您是如何看待这一点的呢？

次仁：我想不同肤色的民族、不同制度的国家，人们只要生活在这个世界上，都希望生活安定富足，人与人之间和睦，那就得需要彼此间的包容与宽恕，战争和征讨、暴乱只能带来仇恨和对峙。现今的非洲、阿拉伯世界不就陷入在这种水深火热中吗！

虽然文学作品的力量很有限，但我努力在作品中表现这种人类固有的美好品质，也许读者可以当成是我绝望当中一声叹息。

徐琴：著名学者刘小枫曾说："信仰直接关涉到人的本真生存，它体现为人的灵魂的转向，摆脱历史、国家、社会的非本真之维，与神圣之言相遇。"您的作品有对宗教精神的深刻展现，米拉日巴大师一生受尽磨难，但是在通往佛的道路上，苦难是唯一的通行证，最后他证的真法。作为佛子的希惟仁波齐，他的悲悯克己，他的慈悲情怀，像暗夜的星光照亮了在黑暗中踟蹰的人。您的作品写出了灵魂的深度，在面对死亡、面对苦难时，灵魂是有担负的。正如曹雪芹在《红楼梦》小说一开头就点出来的"我之罪固不免"，这也是您作品最后晋美旺扎选择远离尘世来到天葬台的动因。您塑造的是有担荷精神的灵魂、有罪责意识的灵魂，由此，您的作品具有了深刻的美学韵味。

次仁：再次感谢您的这种认同。

藏传佛教里有这样一种说法：佛要是没有魔缠绕永远成不了佛，是魔成就了佛。我们作为凡人时刻会被物欲和贪念所把持，要是想成为一个纯粹的人，一个不随波逐流的人，就得有一颗坚强的心。这颗坚强的心是要服从灵魂深处的召唤，为使命去写作，而不是为了迎合和自身的利益。

我的绝大部分作品里，主人公都是些生活不太完美的人，但他在追求的过程中，最终选择的是精神的宁静，我想这种宁静使人拥有了人类最本初的神性的东西。也许读者读到的是凄美、残缺的图像，因而伤感，可是剥去谎言，真理就是这个尘世上生活的人没有一个是幸福的。

徐琴：在您的作品中，出现了许多藏族民间谚语和民歌，特别是作品中的一些民歌都恰如其分地渲染了人物的情怀，给人留下了很深的印象，这些都是您在创作中有意而为之的吧？

次仁：是的。这样做的目的是为了让读者知道藏民族有极其丰富的谚语和民歌，通过这些谚语、民歌了知当时这些民众的思想、希望；从另外一点来讲，选择这些谚语和民歌是为了衬托当时的气氛，起到渲染的作用。其中有些歌词是我自己翻译成汉语的，也有些是跟原文比对后，个别词语做了些调整。

徐琴：您的这部作品可以说是新世纪以来西藏文坛和当代藏族文坛上难得的厚重之作。作品对历史的宏阔呈现、悲悯宽容的情感内涵、深刻的灵魂书写、丰厚的文化内蕴，让这部作品有着独特的魅力。听说这部作品即将出版，相信会引起极大的关注和反响。

次仁：感谢徐琴老师，也感谢您的吉言！

（作者单位：徐琴，西藏民族大学文学院；次仁罗布，西藏作家协会）

作家的担当意识与文学的苦难救赎

——《祭语风中》访谈

胡沛萍　　次仁罗布

　　2015 年,《芳草》第 3 期刊载了著名作家次仁罗布的长篇小说《祭语风中》。之后,该小说由中国出版集团中译出版社于 2015 年 8 月发行单行本,随后在中国文学界引起了巨大反响。次仁罗布是一位对创作抱有严肃、神圣态度的作家,可以说,这部小说是他诚挚艺术情怀的集中展现。小说所表现出的超越个人生死、超越民族苦难、关注生命尊严、体恤世间艰辛的宏阔艺术视野和神圣的艺术情怀,把藏族传统文化中悲天悯人的救赎精神和追求善念的民族文化心理,在当代文化语境中进行了艺术化的展现与演绎。以民族历史的曲折发展为线索,在重述历史的起起伏伏中表现超越民族、超越历史、超越政治的生命关爱和人性尊严,使得这部小说具有了不同凡响的审美意蕴。以此来衡鉴,《祭语风中》是当代藏族文坛,乃至中国当代文坛上一部有着属于自己艺术个性的长篇佳作。毫无疑问,对于这样一部包含着丰赡意蕴的长篇巨作,人们的讨论将会是多层面、多角度的。作为一位一直关注次仁罗布创作的阅读者,我就个人的阅读感受和其中的一些问题与作者进行了交流。希望这种交流能够为读者认识、理解这部作品带来一些启发。

　　胡沛萍(以下简称胡):经过五年多的酝酿和艰辛劳作,您的第一部长篇小说终于问世了。能否谈谈这部小说最终定稿后的心情与感觉?

　　次仁罗布(以下简称次仁):小说的最后一句话标上句号时,压在我心头的一块石头终于落了下去,当时既感到轻松、喜悦,又有些隐约的担心和顾忌。轻松在这里无需赘述,喜悦是因为耗时这么长,终于把第一部长篇作品完成了,这对于我来讲是一个创作上的挑战,也是一次飞跃。担心和顾忌来自于这部作品一反以往关于西藏的书写,选择了一种新的视角。这样的叙事策略和主题内容,会不会被刊物和出版社接受,会不会被读者所认可? 一个作家辛苦创作,希望的就是能将文稿付梓成书,与读者产生一些共鸣。当我望着电脑上显现出来的最后页码,最终轻松还是占据了上风。随后,只想关掉电脑,好好地休息一段时间。

　　胡:《祭语风中》的题目很有意味,富有诗意。是经过长时间琢磨后拟定的,还是灵感突发得来的?"祭语风中"这个词语,首先给人一种飘散游离的感觉,同时似乎又包含着创作者凝重的人生思考与情感期待。用这样一个题目，想表达一种什么样的情思？

次仁： 这部小说刚开始起的名字叫"天葬"，后来觉得这名字已经被很多人使用过，跟故事的主题也不是很贴切，于是琢磨着起另外一个名字。随着小说主题、故事框架的确立和推进，最后选择"祭语风中"作为书名。小说第一章里，年迈的晋美旺扎见到了转世的希惟贡嘎尼玛，两人同坐在天葬台上，由晋美旺扎给他讲述半个多世纪以来的个人经历。五十多年已经滚滚流逝，熟识的众多人物已经化为尘土，心境经岁月的销蚀变得坚韧而宽阔，这样一个老者回望岁月的言述，岂不就是一段祭奠的文字呢！是一首对往昔岁月的挽歌，也是对人世沧桑的一声哀叹。在天葬台上晋美旺扎讲述的一切，被风吹散掉，想不留一丝的痕迹；可无奈的是，岁月的印痕却烙在了希惟贡嘎尼玛的记忆深处，也留存在了众多人的头脑里，成为了我们共同的一个记忆。这就是《祭语风中》的题旨。

胡： 放眼当代西藏文坛和藏族文坛，乃至中国当下文坛，这部小说的特别之处是显而易见的。就题材内容来说，这部作品几乎涉及西藏自和平解放以来到改革开放近五十年的历史进程，重大的历史事件，包括和平解放、民主改革、"文革"时期、改革开放等尽数纳入其中。在一部作品中包含这么多重要的历史内容，其容量之大，在有关西藏题材的小说创作中是前所未有的。这一历史进程中所涉及的历史事件，对西藏来说，极为重要且纷繁复杂。您选择这一时段作为作品的社会历史背景，是出于什么样的考虑？是不是想赋予小说某些史诗品格？

次仁： 从最初的小说构思，直到最后完稿，我脑子里从来没有过要写一部史诗性作品的想法，只想写个体命运的沉浮。或许是作为时代背景的这五十年本身的波澜壮阔、跌宕起伏，反而给作品赋予了您所说的这种史诗的品格吧。您也知道这部作品问世前，西藏还没有一位作家把这么漫长的社会历史变迁，作为小说的背景来呈现过。虽然之前有过益西单增的《幸存的人》、降边加措的《格桑梅朵》、班觉的《绿松石》、扎西班典的《一个普通家庭的岁月》等，但总体来讲，这些作品只表现了一个特定时段里的个体命运的沉浮。创作《祭语风中》这部作品，就是试图通过小人物的命运改变，来反映西藏风云变幻的历史轨迹，让其成为我们共同的一个记忆。这样的书写一是为了给自己一个交代，也是给后人留下一面可以映照的镜子。我们常说作家应该要有担当意识、责任意识，我创作这部小说就是为了弥补文学史上曾留下的这段空白。

胡： 小说以"藏军叛乱""达赖喇嘛出逃"为叙述的起点，后来又描写了"文革"时期西藏的社会状况和人情世故。坦率地说，这是一个极具挑战性的历史话题，需要巨大的创作勇气。是什么样的动机促使您大胆地选择了这段历史建构文本框架的？处理这样的题材肯定会面临相当大的难度，创作中遇到了哪些比较难以把握或处理的问题或环节？您在其他一些场合已经就这个问题做过一些说明，能否借这个机会做一些更为详细的介绍？

次仁： 要想在文学作品里表现这五十年来的西藏，您前面所举的那些历史大事是无法回避的，与其遮遮掩掩，还不如尽可能真实地呈现。虽然真实也会因人而异，但可以做到尽量客观、公正。在作品创作之前，我阅读了大量的西藏近代史，也采访了很多的老人，甚至看过国外人写的文章，这样从总体上对这五十年有了一个较清晰的脉络。可是小说不是历史书，不能只是个粗线条，你还要在骨架上弄上肉和筋，再架上血管，让其丰满。这就是创作过程中我遇到的难题。如，上世纪 50 年代的寺院生活、和平解放前拉萨城镇的规模和道路情况、发生叛乱后西藏山南地区的社会形势、中印自卫反击战的战场地理环境等，制约着创作的进程。这些细节如果掌握不准，出现失真的话，对作品是个很大的硬伤。为了有个感性的认识，我往山南跑了几次，观察一路的建筑、民风、自然环境，翻阅西藏政协出版的文史资料，请教西藏社科院的专家，收集支前民工的故事，观看中印自卫反击战的纪录片等。通过这些努力，骨架上的血肉日渐丰满了起来，细节的东西更加生动了。为了完成这部长篇小说，光收集、查阅资料，走访、调研，我花了三年的时间。通过创作《祭语风中》，我深切地感受到一个作家平时储备知识的重要性，创作中不能存有侥幸心理，一定要踏踏实实。

胡：在当代西藏文学中，反映和平解放、民主改革、"文革"等历史时期的作品也出现过一些，比如反映西藏和平解放和民主改革的代表性的作品有徐怀中的《我们播种爱情》、降边嘉措的《格桑梅朵》、秦文玉的《女活佛》，还有不少中短篇小说也在一定程度上反映了"文革"和改革开放。《祭语风中》在题材上与这些作品有相同之处，但其创新与突破之处也很明显。这体现在许多方面，比如人物塑造、主题表达，作品的时空跨度、叙事视角等。就我的阅读感受而言，这部小说在叙事视角上给人耳目一新的新颖感。作品自始至终用一个出家人身临其境的眼光，来观察这段特殊的历史发展进程和讲述人物的命运遭际（此前的同类作品主要人物大多是革命者）。很显然，您作品的主要题旨并不在于重现那段特殊的历史进程的种种细节，而是另有所图。创作时有过明确的创作意图吗？为什么会借助这样一个题材（或人物）来表达呢？

次仁：创作这部作品的本意，是要呈现这漫长的五十年里，西藏发生的巨大而深刻的社会变革，由此引发的个体命运的起起伏伏。其次，要呈现的是藏族传统文学和藏传佛教里传扬的那种人类的优秀品质，善良、宽容、悲悯、坚定、忠诚等。为了凸显这种精神，我在小说里重写了米拉日巴的故事，当作小说的一个辅线。通过两个故事的相互观照，让读者更清楚地看到藏族传统精神价值是如何传承下来的。我国的当代文学作品里，对精神价值的传扬还很不够，更多地充斥的是欲望和狡诈，这样负面的东西何以塑造健康的民族魂呢？文学作品应该给人美好的东西，让读者看到人活着的意义与尊严。

胡：阅读这部小说，有一种被洗礼的感觉，就像进入一座桑烟缭绕、庄严肃穆的庙宇殿堂，静静地倾听晨钟暮鼓和舒缓而富有穿透力的诵经声，整个身心都沉寂下来。这主要是因为作品自始至终都在浓郁的宗教氛围中宣扬宽容、隐忍、悲悯的人道情怀。从这一点来看，这部作品可以看作是人性向善的"天路历程"，其主题似乎就聚焦于此。这部作品很容易使人想到您的《放生羊》。能否说它是《放生羊》在某些方面的延续与丰富呢？您觉得它与《放生羊》在哪些方面有所不同？

次仁：您已经提到了这部作品跟《放生羊》之间的某种契合点。《祭语风中》里确实延续着那种悲悯的情感，以及修心向善的主题。要两个作品对比的话，我想《祭语风中》的格局更大，更宏阔，它是以整个藏民族的命运转折来叙写个体命运的。《放生羊》却不然，它格局较小，创作上可能更加细腻。传神吧。由于我在大学学的是藏文文学专业，接触的藏族传统文学作品很多，也深受它们的影响，以至于后来用汉语进行创作时，作品里总是弥漫一种淡淡的愁绪，是对人生无法完美的一种忧愁，是对未来不可知的一种恐惧。所以这些情愫始终贯穿在我的作品里，成为一种基调。但这并不是绝望的叹息，而是面对这种难以圆满，让自己的心日臻完善，再用一种善良的眼神去发现更多的美好，然后把它们呈献给读者！

胡：作为小说的主人公和故事的讲述者，晋美旺扎这一人物是一个有着独特审美意味的艺术形象。他的生活经历和心理意识包蕴着非常丰富的历史内涵和文化内涵。尤其是作品中他与历史人物米拉日巴形成的精神上的密切联系，更增加了他的民族个性与文化韵味。我认为这一人物是这部小说为中国当下文坛贡献的一个非常重要的艺术形象，因为他既有鲜明的地域民族性，又有丰富的超越性。从一个希望经过刻苦修炼而有所成就的虔诚佛教徒，到遭遇社会波动而被迫还俗，最后变为一个不被家人和周围人认可的天葬诵经师，晋美旺扎经历了血与火的肉体磨砺与精神洗礼。在您的艺术构思中，让晋美旺扎变为天葬台的守望者有何意味？

次仁：我从小生活的八廓街里，有很多还俗的僧人，有些到了一定年龄时抛下子女跑到山里去修行。对于他们的这种行为，在现代汉文化环境里成长起来的人很难理解，但作为藏族文化环境里成长的人却能够理解他们。因为，藏民族是一个重视精神世界的民族，他们对于物质文明表现得不是那么热衷。所以，小说里的晋美旺扎经历许多生活磨难，以及同时代的人一个个相继去世，对他的思想会带来很大的冲击。在现实生活里，一般上了岁数的藏族老人，他们考虑得更多的是来世，然后尽可能地去转经拜佛，以便给自己积聚福德。小说里的晋美旺扎也跟许多的藏族老人一样，在垂暮之年尽可能地要做善事，以便抵去今生造下的罪孽。所以我选择了天葬台，让他在那里为亡者诵经祈祷，救度这些亡魂。天葬台在藏族人的心目中是圣洁的地方，是生命再次启程的地方，是希望又一次冉冉升起的地方，也是活人反省内心世界的地方。

胡：苦难、死亡和灵魂救赎是这部小说密切相关的三个主题意向，也是最为沉重深厚的话题。我的感觉是三者形成了一个阶梯式的上升关系。苦难无处不在，是生活的常态，与生活处于同一水平上，或者说它是与生活融合为一的；它的极端表现是死亡，而承受苦难、超度死亡则是走向灵魂救赎的唯一途径，它由此而跃出了现实生活层面。这一过程体现出来的是对生命的关怀与尊重。这种关怀与尊重超越了政治、阶级、民族。小说核心人物晋美旺扎表现出来的生命气度与宗教情怀，真正达到了佛教所倡导的"我不入地狱，谁入地狱"的精神境界。我认为这是这部小说意蕴深厚的集中体现。在这一点上，它远远超出了那些同样是反映和表现宗教意识的同类小说。您认为在文学作品中表现宗教意识时应该采取何种方式和态度，才能比较理想地传达出藏传佛教文化的精髓？

次仁：我先说明一下，在西藏，宗教和世俗生活达到了一种水乳交融的地步，你不能强行拆开着说这是世俗，那是宗教。举个最简单的例子，在西藏差不多每个老人手里都攥着一把念珠，他们忙完家务，或走累了坐在路边，都会很自然地拿起念珠拨动，是一种潜意识中的行为。当襁褓中的婴儿睁着大眼发呆的时候，旁边的老奶奶会用低沉的声音诵读六字真言，在这种绵长的诵经声里婴儿逐渐长大。老奶奶诵经有祈福的意思，有时更多的是一种习惯使然。再有，如果到西藏的农区串门，主人边跟你交谈边手摇转经筒，中间还会念诵几句经文。这就是西藏人的日常生活。我写《祭语风中》并不是刻意要去传达这种宗教文化的，而是在表现藏族人的这种日常生活状态。至于谈到佛教文化的精髓，以我的学识只能算是懂点皮毛，无法言说它的深奥哲理和世界观。但我认同佛教提倡的和谐、慈悲、宽容、友爱、责任等这些人类固有的品质，在我的作品里也在不遗余力地书写这些可贵的品质。

胡：谈到宗教精神，我想到了目前有些论者的一些看法，说这部小说意在"挖掘民族灵魂"或展现了"民族灵魂的秘史"（您个人也希望这部作品能够达到表现民族心灵史的艺术效果）。毫无疑问，论及"民族灵魂"或"民族灵魂的秘史"，这是一个非常复杂的问题。关于这个问题，人们的关注点主要集中在历史人物米拉日巴身上，同时还比较关注晋美旺扎对米拉日巴的敬仰和对其精神的传承，都认为这两个人皆有"承受苦难"的受难精神，并以此获得了灵魂救赎。这似乎就是人们认为的"民族灵魂的秘史"。不可否认，这样的文化心理和认识逻辑中，可能包含着藏民族的某些思维意识和精神意念，但我觉得有简单化的嫌疑。况且在现代文化视野中，从文化发展重构的角度看，仅仅强调"承受苦难"的文化书写和分析判断，并不能提升民族文化的精神层次。不知道您对"民族灵魂的秘史"之类的论调是如何理解的？或者说，您心目中的"民族灵魂的秘史"有何具体含义？

次仁：《祭语风中》创作过程中，我更多关注的是藏民族的精神世界，在时代的风云变幻中如何坚守自己的内心，而不随波逐流，这是一种对生活的态度，也是人的尊严的一种体现。至于作品出来后，有评论家冠以"民族灵魂的秘史""民族魂""挖掘民族灵魂"等名，我看到后并不太当真。因为，文学作品是通过作家个体对现实世界的体验、感悟，在此基础之上虚构出的一个自己认为是真实的世界。这与现实的真实还是有差距的，是一种想象的真实。从文学的本质来讲，它的功能就是要呈现人类精神的可能性，也就是评论家所说的"立心"。《祭语风中》在这一点上做了一些有益的探索，至少到目前为止，得到了藏族藏语作家和汉语作家的共同认可，在民间反响也比较强烈，但离"民族灵魂的秘史"相距甚远。

胡：文学中的苦难主题，是一个历久弥新的话题。不同时代的不同作家、同一时代的不同作家对此的认识和表达往往会不尽相同，甚至差异很大。中国当代文坛上（包括藏族作家）描写反映苦难的作品不少，有几部很有代表性，如余华的《活着》、莫言的《丰乳肥臀》、益希单增的《幸存的人》等。这些作品对苦难的认识、态度和最后对苦难的化解方式，很不相同。为了便于讨论问题，在此我们以同样是西藏题材的《幸存的人》与《祭语风中》作点比较。《幸存的人》认为苦难的根源在于社会制度、阶级压迫和人性的丑恶，因此赋予了主人公"报仇雪恨"的人生使命，并借助她的悲惨遭遇对旧制度和人性丑恶进行了批判。小说也暗示了消除苦难的最终出路，那就是推翻旧制度，建立新的社会制度。毫无疑问，这篇小说受题材类型和主题选择的限制，在对苦难的反映和认识上，以及化解苦难的方式上，存在着自己的局限性，但也有其合理之处，那就是对不合理的社会现象的揭露，对人性丑恶的批判。这恰恰是《祭语风中》所没有表现的。《祭语风中》把承受苦难视为生命救赎的途径，也算是一种化解苦难的具体方式。就对待苦难的态度和化解苦难的方式看，《祭语风中》似乎比《幸存的人》更具超越性，但其缺憾也显而易见的。那就是：把承受苦难视为灵魂或精神救赎的唯一途径，却忽视了苦难产生的根源和性质。以我的认识来看，并不是所有苦难都应该理所当然地去承受。阿来也曾说，社会发展必然会付出代价，但人们应该尽可能地利用合理的方式让代价减到最低程度。我们可以这样理解，人类社会在向前发展的过程中，是无法避免苦难的，但应该尽可能减少苦难，而不是一味地承受苦难。那些因为政策失误和人性丑恶而制造的苦难，也许是可以原谅的，但反思也是必要的。毕竟如何阻止苦难发生和尽可能地减少苦难，才是人类社会的至高追求。晋美旺扎以先哲米拉日巴为精神导师，一味地承受苦难，虽然看上去是宗教意识强大影响的必然结果，但叙事者认识上的偏差也是不可忽视的因素。不知道您创作时是如何考虑有关苦难的问题的？

次仁：如果我们成长的环境和受到的教育是一样的的话，您就不会给我提这个问题了。这就是文化的差异产生的问题。藏文化的核心就是虚无，是一切不存在的，正因我们内心的欲望和贪念，使我们看到了一个存在的世界，于是乐此不疲地挣扎在这虚拟的世界里。要是需要解脱，你就得断掉这些贪嗔痴，通过今生的向善修行，让心智看破这一切，使灵魂永远不再轮回。藏族传统文学的主题也是这个，藏戏《朗萨雯波》《赤美滚丹》《顿月顿珠》等宣扬的也是这种思想。之前，我也说了我读的是藏文文学专业，浸染传统文学的甘露，用藏族人的世界观来叙写了这部长篇小说。可能从汉文化环境里长大的您觉得有些"认识上的偏差"，但从另外一点来讲，这种独特的消解苦难的方法，又何尝不是另一种途径呢？

苦难是无所不在，就像空气一样。苦难也是文学的一个永恒主题，使人类精神跃上更高层的台阶。记得前几天在一条微信上看到李建军先生的《文学的黄金和垃圾》这篇文章，其中有一句："文学是与不幸、苦难、罪孽和拯救密切相关的伟大事业。"

胡：小说中穿插讲述历史人物米拉日巴作恶与修行的曲折经历，很显然这样的叙事安排是为了强化"劝人向善"的主题，并借此增添作品的文化韵味，但这一部分内容似乎与小说的主体部分衔接融合得不太严密，意图表达也太过明显。我的感觉是，问题出在作品在讲述米拉日巴的故事时运用了第二人称"您"。您曾解释过这是出于对先哲的尊崇。这种尊崇是您个人的心理意识，还是民族文化习惯？

次仁：小说辅线叙写米拉日巴，并不是为了劝人向善，而是通过他的遭际，让人看到人的精神可以达到的一个高度。也许确实存在您所说的衔接不太严密的问题，但这并不是因为尊称"您"而带来的，可能是从当下进入 11 世纪末时编排不够精巧引发的。米拉日巴在藏族历史上不仅是一位成就者，而且还是个著名的诗人，宗教流派噶举派的创始人。藏族人一直把他当成一位精神世界的导师，在不同教派的寺庙里都供奉着他的神像，甚至他的出生地也成为了人们朝觐的圣地。不久前，一位藏语作家在公众微信上留言："《米拉日巴传》是一部使我最感动的书。三十年前我第一次读它时流过泪，三十年后再次读它时，不仅流泪，而且不得不反思自己的一生。"

胡：小说中有一位名叫希惟贡嘎尼玛的人物，他既是活佛转世，又是历史文化研究者，同时还是小说中故事的倾听者。对于这一人物，可以从不同的角度去做不同的探究解读。就创作的初始意图来说，您对这一人物的艺术期待是什么？

次仁：希惟贡嘎尼玛这一形象的设计，是缘于藏族佛教里的转世。希望通过这个形象，让读者在阅读过程当中可以听到后人对于历史公正的结论；也可以让现时与过去拉开距离，使人感到时空的间距；最后一层就是告诉人们，西藏平息叛乱以后，社会、历史都发生了巨大的变化，以往的活佛在当下的一种身份转变。

胡：大概每一位作家都希望自己的作品能够被不同文化背景中的读者阅读与接受。这就意味着作品在既定的题材范畴内，尽可能地表现出一些具有普遍性的东西来。阿来在谈到自己的作品时强调，希望它们不要仅仅被视为藏族作家创作的关于藏民族的地域性作品，而是寻求它们所蕴含的普遍性意义。因为，虽然他的创作题材始终没有离开藏民族的生活现实，但并没有在主题意向上刻意追求民族属性，而是想努力揭示一些更为普遍的东西。阿来的这种期待，对我们认识"民族地域文学"是一个很好的启示。您对此有何看法？您在创作时，包括中短篇小说和这部长篇，是不是也有这种期待？您对研究者们仅仅把您的作品局限在西藏或者藏族这一视野内有何看法？

次仁：文学无国界，所以作家不应计较于自己的族别。当我阅读肖洛霍夫的作品，或福克纳、本·奥克瑞、卡尔维诺、川端康成、库切的作品时，从来不想他们是哪个民族的，只知道他们是哪一国家的。但他们的作品给了我精神上许多的体验，昭示了人的生存的尴尬和挣扎，颂扬了人的坚韧、牺牲、勇气精神。就是这些东西，住进了我的心里，成为了我精神的倚靠。这就是文学的魅力吧！也许为了便于研究，有些研究者可能把我放在藏族文学视野里进行，我觉得这也很正常，因为作品里所涉猎的内容从没有离开过藏族的内容。但藏族文学也是整体中华文学组成的一个重要部分，没有所谓的孰轻孰重，最主要的还是要有好的作品，能传递出精神价值的作品。

胡：尽管这部作品存在着一些缺憾，但我依然肯定地说，这部作品既是当代西藏文坛和当代藏族文坛上难得的厚重之作，也是中国当下文坛的优秀之作。作品巨大的容量、宏阔的历史视野，以及充满悲悯宽容情怀的情感内蕴，都是值得关注的艺术要素。非常感谢您能抽空与我完成这次交流！

（作者单位：胡沛萍，西藏民族大学文学院；次仁罗布，西藏作家协会）

附：次仁罗布创作年表（1986—2015）

1986 年，21 岁，在《西藏文学》第 5 期上发表诗歌《颂夜》，这是次仁罗布的处女作。

1992 年，27 岁，在《西藏文学》第 4 期上发表小说《罗孜的船夫》，这是次仁罗布的第一篇小说。

1993 年，28 岁，在《西藏文学》第 2 期上发表小说《朝圣者》。

1994 年，29 岁，小说《笛手次塔》（又名《秋夜》）发表于《西藏文学》第 4 期；小说《情归何处》发表于《西藏文学》第 6 期，小说《炭笔素描》发表于《民族文学》第 4 期。

1995 年，30 岁，小说《传说在延续》发表于《西藏文学》第 4 期。

2000 年，35 岁，小说《焚》发表于《西藏文学》第 4 期。

2003 年，38 岁，小说《尘网》发表于《西藏文学》第 4 期；小说《泥淖》发表于《民族文学》第 9 期。

2004 年，39 岁，诗歌《拉萨河》（外一首）发表于《绿风》第 4 期；小说《前方有人等她》发表于《西藏文学》第 4 期。

2005 年，40 岁，小说《雨季》发表于《西藏文学》第 2 期。

2006 年，41 岁，小说《杀手》发表于《西藏文学》第 4 期，被 2006 年《小说选刊》第 11 期转载，获第五届西藏珠穆朗玛文学艺术金奖；译作《失去甘露的幼苗》（次仁央宗著，次仁罗布翻译）发表于《西藏文学》第 3 期；译作《鲁姆措》（次仁朗公著，次仁罗布翻译）发表于《西藏文学》第 4 期。

2007 年，42 岁，小说《界》发表于《西藏文学》第 2 期，该小说获西藏第五届"新世纪文学奖"。

2009 年，44 岁，小说《奔丧》发表于《西藏文学》第 3 期；小说《放生羊》发表于《芳草》第 4 期，被《小说月报》第 9 期转载；小说《阿米日嘎》发表于《芳草》第 4 期，被《小说选刊》转载，获"首届茅台杯中国小说排行榜"奖，入选多部年度作品集；随笔《来自茅盾文学奖的启示》发表于《民族文学》第 4 期；评论《藏文小说视角的转型》发表于《长篇小说选刊》第 3 期；小说《传说》发表于《民族文学》第 9 期。

2010 年，45 岁，小说《德刹》发表于《西藏文学》第 2 期；小说《放生羊》获第五届鲁迅文学奖，并在《北京文学（中篇小说月报）》第 12 期转载。

2011 年，46 岁，《新华文摘》第 1 期转载了小说《放生羊》，《西藏文学》

第 1 期亦转载；小说《神授》发表于《民族文学》第 1 期，获《民族文学》年度优秀小说奖；小说《曲郭山上的雪》发表于《中国作家》第 7 期；小说《叹息灵魂》发表于《青海湖》第 7 期；《绿度母》发表于《大家》第 5 期；与胡沛萍的对话《文学，令人驰骋》发表于《西藏文学》第 6 期；小说集《界》由西藏人民出版社出版，共收录《焚》《尘网》《前方有人等她》《杀手》《雨季》《界》《传说》《德刹》《放生羊》《阿米日嘎》《神授》《曲郭山上的雪》等 12 篇小说。

2012 年，47 岁，小说《言述之惑》发表于《边疆文学》第 2 期；小说《八廓街》发表于《黄河文学》第 2 期，并获"《黄河文学》双年奖"二等奖。

2013 年，48 岁，创作谈《记忆的书写》发表于《民族文学》第 8 期。

2014 年，49 岁，小说《兽医罗布》发表于《时代文学》第 9 期，获"《时代文学》年度中篇小说奖"。

2015 年，50 岁，长篇小说《祭语风中》刊于《芳草》第 3 期；6 月，繁体版的中短篇小说集《放生羊》，由台湾九歌出版社有限公司出版；8 月，中国出版集团中译出版社出版《祭语风中》、中短篇小说集《放生羊》，以及英文版小说集《界》；小说《沙棘林》发表于《草原》第 6 期；小说《威风凛凛》发表于《青海湖》第 11 期。

（胡沛萍　辑）

多维视野

《民族文学》（1981—2010）对当代藏族文学发展的促进[①]

罗宗宇　刘华苗

中国当代少数民族文学在新时期被认为"获得了历史的突破性的进展，而《民族文学》就是推动这一进展的敞亮明净的窗口"[②]。《民族文学》是一份专门为少数民族文学繁荣而创办的全国性文学月刊，于1981年正式发行。作为全国性少数民族文学杂志，《民族文学》"主要发表我国各少数民族作家和作者创作的各种题材、体裁、形式、风格的文学作品，也要介绍、发表各少数民族优秀民间文学与传统文学，刊登有关少数民族文学的评论文章"[③]，自1981年第1期到2010年第12期，三十年来，《民族文学》对各个少数民族文学的发展都起到了积极的推动作用，尤以促进藏族文学的发展为典型。

一

一定数量和较高质量的文学创作是民族文学发展的表现，而文学创作的发表需要文学杂志特别是纯文学杂志的平台。《民族文学》杂志是一个培养民族作家的独特平台，时任国务委员、国家民委主任司马义·艾买提就曾指出："发展少数民族文学艺术必须有相应的手段，文学刊物就是必不可少的手段，它是作家发表作品的园地，也是各民族文学相互交流、互相学习、取长补短的园地。在这方面，《民族文学》有自己独特的功能，有其他文学刊物不可替代的作用。"[④]《民族文学》创刊以来，各少数民族作家都有作品在上面发表，其中藏族文学作品的发表相对居多。据笔者统计，从创刊到2010年第12期，《民族文学》三十年间一共发表的创作作品总数为7759篇（含翻译作品1079

---

①　本文系国家社科基金项目"中国当代少数民族文学制度研究"（14BZW159）阶段性成果。
②　刑莉：《写给高擎火炬的人——祝〈民族文学〉创刊十周年》，《民族文学》1991年第1期。
③　民族文学编辑部：《创刊词》，《民族文学》1981年第1期。
④　民族文学编辑部：《欢乐的聚会——国务委员、国家民委主任司马义·艾买提在本刊座谈侧记》，《民族文学》1997年第6期。

篇)①。其中藏族文学作品发表总数量达到了 423 篇，占发表总数的 5.4％。在藏族文学的 423 篇作品中，小说 134 篇，散文 85 篇，诗歌 167 首（组），报告文学 3 篇，理论文章 23 篇，其他体裁的作品 11 篇，其年度发表情况如下表所示：

年度	小说	散文	诗歌	理论	报告文学	其他	总数
1981	3	1	6	1	0	1	12
1982	3	4	6	1	0	0	14
1983	3	2	1	0	0	0	6
1984	4	1	4	2	0	0	11
1985	8	3	10	0	0	0	21
1986	10	2	4	2	0	0	18
1987	5	3	5	1	0	0	14
1988	4	2	5	1	1	0	13
1989	5	1	7	0	1	0	14
1990	5	0	6	1	0	0	12
1991	4	3	7	1	0	1	16
1992	4	1	2	0	0	0	7
1993	5	1	3	0	0	0	9
1994	5	0	3	0	0	1	9
1995	8	8	7	3	0	0	26
1996	6	3	2	0	0	0	11
1997	2	6	3	0	0	1	12
1998	2	1	2	0	0	0	5
1999	3	3	3	1	0	0	10
2000	4	3	6	2	0	0	15
2001	2	3	6	2	0	0	13
2002	0	1	4	1	1	1	8
2003	4	7	7	1	0	0	19
2004	1	1	7	0	0	0	9
2005	2	4	7	0	0	0	13
2006	1	0	5	0	0	1	7
2007	3	3	9	0	0	0	15
2008	6	5	11	2	0	0	24
2009	7	2	9	0	0	3	21

①　本文数据皆由作者据杂志逐一统计，因涉及的内容较多，如有误差，请批评指正。

续表

年度	小说	散文	诗歌	理论	报告文学	其他	总数
2010	15	11	10	1	0	2	39
总数	134	85	167	23	3	11	423

由此可见，三十年来《民族文学》杂志为藏族文学作品的发表提供了一个重要平台，藏族文学由此得到向国内外文坛充分展示自身的机会，并产生广泛影响，藏族文学由此被认为进入"值得自豪、值得大书一笔的黄金时期"①。《民族文学》在促进藏族文学作品发表时呈现出以下几个特点。一是在发表的藏族文学各类体裁作品中，以小说和诗歌为主，二者分别占 32％和 40％。二是《民族文学》在发表藏族文学作品时有两个时期较为集中。其一是 1985 年到 1991 年间，共发表了 108 篇作品，占三十年间作品发表总数的 25.5％，平均每年发表大约 15.4 篇文章，高于三十年间的年平均发表数 14.1篇，大大高于 1981 年到 1984 年间的平均发表数 10.75；其二是 2008 年到 2010 年，由于《民族文学》在 2009 年创办了藏文版等原因，这 3 年共发表 84 篇藏族作家作品，占三十年间藏族文学作品发表总数的 19.8％，平均每年发表 28 篇文章，接近三十年间年平均发表数 14.1 篇的 2 倍；其三是某些特殊的年份，如西藏自治区成立的纪念年，藏族文学作品发表数明显较多。表中数据显示 1985 年刊物发表的藏族文学作品总数 21篇，1995 年更是达到了 26 篇。究其原因在于 1985 年 9 月是西藏自治区成立 20 周年，因此杂志社将第 9 期杂志定为庆祝西藏自治区成立 20 周年的纪念特刊，发表的文章大部分是藏族作家的作品。同样，1995 年第 9 期《民族文学》杂志为"庆祝西藏自治区成立三十周年特刊"，该期杂志发表的作品多为藏族文学作品。

二

《民族文学》发表了大量的藏族文学作品，有的藏族作家因此成长成名，如扎西达娃和阿来②。不只是个别作家，《民族文学》杂志还通过作家作品介绍专栏、刊登作家或作家群剪影和编辑青年作家专号等多种方式培养形成了一个以《民族文学》为阵地的较稳定的有影响力的藏族作家群。从《民族文学》创刊到 2010 年第 12 期杂志为止，许多藏族作家都在《民族文学》上发表文章，发表数量相对较多的有阿来、益希单增、益西泽仁、饶阶巴桑、伊丹才让、格桑多杰、班果、降边嘉措、完玛央金、才旦、野鹰、梅卓、白玛娜珍等，而最多的是丹珠昂奔，他发表了 19 篇文章，这些作家的作品发表数量达到了 148 篇，占 423 篇总数的 35％。

1981 年第 4 期《民族文学》杂志开始对在《民族文学》上第一次发表作品的作家

---

①　耿予方：《西藏文学 50 年》，民族出版社 2001 年版。

②　1981 年到 1986 年，扎西达娃在《民族文学》杂志发表了 6 篇小说，分别是《朝佛》（1981 年第 6 期）、《闲人》（1982 年第 7 期）、《没有星光的夜》（1983 年第 1 期）、《西藏，系在皮绳扣上的魂》（1985 年第 9 期）、《去拉萨的路上》（1986 年第 4 期）。阿来从 1985 年第 3 期第一次在《民族文学》杂志发表文章起到 2011 年第 1 期为止，在此发表包括小说、诗歌、评论文章等作品共 17 篇。

作品后面加注作家基本信息简介。1982 年第 1 期，杂志又开辟了新栏目"作家介绍"，推介已出名或正在成长中的少数民族作家，如 1982 年第 6 期就介绍了藏族诗人伊丹才让。到 1982 年第 11 期，杂志还在"作家介绍"的基础上开辟了"新作短评"栏目，推介作家新作。到 1990 年由于自主办刊取消了"作家介绍"栏目，但这一情况在进入新世纪以后又得到了改变，2006 年吉狄马加重新担任《民族文学》主编后，杂志社从 2006 年第 9 期开始出现"青年佳作"栏目，发表各个少数民族青年作家的优秀作品。以 2007 年的"青年佳作"栏目为例，第 4 期有藏族作家王小忠的散文《行走在高原》，第 6 期有藏族作家嘎代才让的诗歌《王尕滩碰见背木桶的少女》，第 8 期有藏族作家刚杰·索木东的诗歌《走进敦煌》，注重青年作家的推介并产生了重要影响。

　　在杂志封面上刊登作家剪影和作家群剪影也是一种培养藏族作家的方式。从 1984 年开始，杂志封面上开始出现少数民族作家的照片，起初为"少数民族青年作家剪影"，1988 年第 1 期开始改为"少数民族作家剪影"，一直到 1993 年第 3 期才停止。这期间介绍了多个不同民族的作家，藏族作家出现的频率相当高，包括扎西达娃、丹珠昂奔等许多藏族作家在这里亮相。如 1984 年第 8 期封面就介绍了藏族作家饶阶巴桑，1985 年第 5 期介绍了藏族作家降边嘉措，1985 年第 6 期为藏族作家益西泽仁。值得注意的是，杂志封底人物的剪影有时还与特刊相配合，如 1985 年第 9 期为"西藏特刊"，杂志封底人物就是藏族作家益希单增。2006 年第 10 期，《民族文学》封底又出现了"本期作家推介"的栏目，不只刊登各作家的照片，还配有简介和评论。如 2007 年第 1 期杂志的封底作家就是藏族青年作家觉乃·云才让，2009 年第 3 期为藏族著名女作家白玛娜珍。

　　再就是编辑青年作家专号。《民族文学》于 2010 年第 4、5、6 期连续三期办专号，其中第 5 期为"藏族青年作家专号"，尼玛潘多、赵有年、拉先加、德乾旺姆、扎西措、永基卓玛、觉乃·云才让、范玉蓉、格央、江洋才让等发表了小说作品，白玛玉珍、王更登加、次吉、王小忠、刚杰·索木东、扎西才让等发表了散文作品，嘎代才让、多加·索南多杰、才登、王志国、德乾恒美、高次让等发表了诗歌作品。该期杂志中心位置还出现了彩页，彩页上印有众多藏族青年作家的照片，使得这些青年作家为读者所熟悉。《民族文学》编辑青年作家专号，"人们从这三个专号的作品中看到了蒙古族、藏族和维吾尔族新生代作家的亮丽身影，听到了他们行走在生活也行走在文坛的铿锵足音"①，为藏族文学的青年作家群提供了重要平台和机遇。这从一些作家的创作经验谈中也可得到印证，如阿来曾在 1991 年第 1 期庆祝杂志成立 10 周年专栏里发表了《幸运与遗憾》一文，其中写道："除了在本地的刊物外，《民族文学》是我向外投寄小说稿的第一家刊物。我想这是一种特别的缘分。我的第二篇小说也投寄到了这个光名字就给我带来一种亲切感受的刊物。""在《民族文学》十年的风雨历程中，我是一个迟到的同行者，这是我的遗憾。同时，我也感到十分的幸运，因为创作伊始就受到她的关注与提携。没有她，我的命运中就不会有那样多的机会，我不能设想，一个人要是没有一点机

---

　　①　文新：《当代民族文学新的活力和希望——"蒙古族、藏族、维吾尔族青年作家研讨会暨朵日纳文学奖启动仪式"综述》，《民族文学》2011 年第 1 期。

会，不管他多么精明强干，他不会在任何方向上取得任何进展。"①

三

促进文学评论是促进文学发展的另一翼，《民族文学》对藏族文学发展的促进也体现在文学评论的刊发上。三十年来，《民族文学》杂志共发表了 20 多篇专门评介藏族文学的文章，刊发了对于降边嘉措、扎西达娃、益希单增、益西泽仁、饶阶巴桑、阿来、班果、尕藏才旦、伊丹才让、完玛央金、梅卓、丹珠昂奔等十多位藏族作家的专论。总体来看，主要有以下六类：一是对藏族文学发展和研究进行适时总结，如 1985 年第 9 期耿予方的《藏族当代文学的春天》，对当时藏族文学繁荣发展的情形做了介绍，认为"藏族当代文学的春天，来到了青藏高原"。1999 年第 8 期李佳俊的《写在世界屋脊的壮丽画卷——回眸当代藏族文学发展轨迹》，回顾了藏族文学从西藏和平解放以来的发展情形，认为改革开放 50 年是"当代藏族文学在青藏高原上发端、发展和走向繁荣兴旺的时期"。2010 年第 9 期李鸿然的《丹珠昂奔的藏族文学研究》，对丹珠昂奔对藏族文学的研究情况做了介绍。第二类是当代藏族诗歌的评论，如 1988 年第 7 期《优美动人的草原新牧歌——读伊丹才让的〈雪山集〉》对藏族诗人伊丹才让的诗集《雪山集》给予批评，认为："在描绘雪山草原藏族牧民生活的当代诗人中，他占有重要的地位，应当引起我们充分的重视。"② 1989 年第 5 期《绿色意象——谈班果的诗歌创作》探讨藏族作家班果的诗歌创作风格特征，认为他的诗歌中蕴藏有"强烈的藏民族感情"。1991 年第 12 期《闪烁异彩的青藏金莲花——漫谈格桑多杰创作的民族特色》对格桑多杰诗歌的民族特色给予肯定，认为其是"一株闪烁民族特色异彩的青藏金莲花"。1995 年第 2 期任玺青和王坷的《雪域诗情——论藏族新时期的诗歌抒情轨迹》，介绍了藏族文学抒情诗发展的情形，文章通过对前期、中期、后期三个不同时期藏族抒情诗人的创作情形，描绘了一条"自然——情感——生命"的抒情轨迹。2008 年第 9 期于宏的《当代藏族诗歌流变》，介绍了从西藏和平解放以来藏族诗歌发展的不同阶段，探寻了藏族诗歌从歌颂新生活、憧憬美好家乡的时期到改革开放时期的思潮变化，再到继承与发扬优秀本族文化的新时期的流变过程。第三类是探讨藏族女性文学的文章，如 1994 年第 5 期《心灵之歌——评藏族青年女诗人完玛央金的抒情诗》，对藏族青年女诗人完玛央金的抒情诗创作给予充分肯定，认为"她以自己的勤奋和才能打破了新时期女性诗坛无藏族女诗人的局面"。2003 年第 9 期亚嬉的《新时期藏族女性小说发展轨迹》，介绍了 20 世纪 80 年代以来益西卓玛、央珍、梅卓、白玛娜珍和格央等一大批新时期藏族女作家所创造的文学新景象，"她们与其他藏族作家们一道，构成了藏族当代文学的亮丽风景"。2008 年第 3 期刘大先的《高原的女儿：藏族当代女性小说述略》，介绍了藏族女性小说的当前发展情形，作者最后提出要关注边远地区少数民族文学发展，"我们所知、所感、所接触、所理解的少数民族当代文学创作还是太少了"。2010 年第 7 期朱霞

---

① 阿来：《幸运与遗憾》，《民族文学》1991 年第 1 期。
② 蒲惠民：《优美动人的草原新牧歌——读伊丹才让的〈雪山集〉》，《民族文学》1988 年第 7 期。

的《当代藏族女性汉语文学浅论》，文章对藏族新时期女性作家的写作情形进行了概括，认为："她们通过自己的写作实践，改写了藏族女性的历史，使得几千年来一直处于沉默失语状态的藏族女性，不仅发出了自己的声音，而且逐渐从藏民族历史深处走来，并以一种崭新的姿态书写自己的历史。"① 四是探讨藏族小说的成就，如 1983 年第 6 期徐明旭的评论文章《新时期西藏文坛的弄潮儿——关于藏族青年作家扎西达娃》、第 7 期白崇人的评论文章《一篇引人注目的短篇小说——读扎西达娃的〈没有星光的夜〉》、1986 年第 4 期王文平的《西去断想——读〈去拉萨的路上〉有感》，探讨了扎西达娃创作的风格特色。1991 年第 12 期《执着于改革现实的优秀之作——读尕藏才旦的小说集〈半阴半阳回旋曲〉》对藏族青年作家尕藏才旦的小说集《半阴半阳回旋曲》的风格特征进行评论。1998 年第 8 期何镇邦的《无限风光在险峰——试论三位藏族青年作家长篇新作的艺术成就》，分析了央珍、梅卓、阿来三位藏族作家的长篇小说创作成就，文章评论他们的创作有独特的艺术风采、独特的文化景观、独特的艺术思维，"三位藏族青年作家的长篇小说创作为我们的当代文坛创造了不凡的业绩"。1998 年第 6 期和 2006 年第 11 期的《〈尘埃落定〉——人与历史的命运》和《论〈尘埃落定〉的现代叙事特征》两篇文章，2005 年第 5 期《情感的炼狱——梅卓和她的〈魔咒〉》对作家作品进行了具体的分析与评价，这些评论既丰富了评论又促进了创作。五是总结评介藏族作家的文学创作历程和成长之路。例如 1982 年第 6 期《藏族诗人伊丹才让》，文章着重介绍了藏族作家伊丹才让的身份背景和诗歌写作历程，肯定了伊丹才让的时代背景下对诗坛的贡献。1983 年第 8 期《他骑上"野马"飞奔——记藏族作家益希单增》主要对藏族作家益希单增的生活背景和创作历程进行了简述，对他在文坛取得的成绩给予肯定。1984 年第 5 期《扬蹄的"马驹"——访藏族青年作家益西泽仁》介绍了益西泽仁这一位藏族青年作家的文学成长道路。1987 年第 4 期《藏族作家降边嘉措》着重介绍藏族作家降边嘉措在文学创作上所取得的成就，将其定位为"一个很有特色的学者型作家"。六是作家的自我评论或创作谈。如 2008 年第 2 期发表了阿来的文章《行走者阿来：阿来诗文的精神品质》，1990 年第 4 期和 2001 年第 9 期发表了阿来的《人是不朽的》和《文学表达的民间资源》，阿来的这些自我评论或创作谈丰富了当代藏族文学评论。

四

　　"中国 55 个少数民族中，除少数几个转用汉语外，其他大多数都还在日常交际中应用自己的语言。"② 我国少数民族中的几个较大的民族，如蒙古、藏、维吾尔、朝鲜、哈萨克等民族的一些作家用母语创作。母语创作的少数民族文学要与汉族等民族文学共同交流发展，就需要文学翻译，因为"文学翻译，是文化交流的桥梁和纽带，在加深各民族之间的相互了解、增进各民族之间的沟通、加强民族团结、促进发展进步、推动共

---

① 朱霞：《当代藏族女性汉语文学浅论》，《民族文学》2010 年第 7 期。
② 刘大先：《现代中国与少数民族文学》，中国社会科学出版社 2013 年版，第 155 页。

同繁荣方面有着不可替代的重要作用"①。《民族文学》对少数民族文学翻译做出了自身的努力，通过设置专门的栏目甚至出版翻译专号、参与相关文学翻译活动等方式来推动少数民族文学翻译。以藏族文学翻译作品的发表为例，据笔者统计，截止到 2010 年最后一期杂志为止，发表在《民族文学》杂志上的翻译作品数量为 56 篇（其中 8 篇为翻译家耿予方一人所译）。

三十年来，《民族文学》对翻译作品的发表重视程度，虽随着时间的推移、政策的变化、环境的改变有一个起伏变化的过程，但杂志社一直努力促进翻译文学作品的发表。其一，采取双重稿酬制度，鼓励翻译作品投稿，调动翻译家投稿积极性。杂志成立之初，并没有对翻译文学作品特别关注，1981 年第 1 期与第 2 期杂志上虽然发表了翻译作品，但是都没有在目录上标明翻译作者，文章标题下也没有注明，仅在文章最后写明翻译者。1981 年第 2 期杂志上刊登了一则启事：

> 为了大力鼓励和繁荣使用少数民族文字创作的文学作品，促进我国各民族之间的文学交流和加强民族团结，本刊欢迎翻译用少数民族文字创作的文学作品的稿件，希望各地翻译家踊跃投稿。稿件一经发表，按规定将发双重稿酬，即翻译者和原作者均有稿酬。我们热切地希望各省区用少数民族文字进行创作的作家们和用少数民族文字出版的文学刊物编辑部，向我们推荐和介绍用少数民族文字创作的优秀作品。②

1983 年 5 月与民委文化司在贵阳联合召开了少数民族文学作品翻译会议，从发稿制度上规定了每期保证发表一定数量的翻译作品，"为了进一步发展现已出现的少数民族文学创作的可喜形势，开创少数民族文学事业的新局面，还须采取具体措施，多做具体工作，进行长期艰苦的努力"③。正是这些制度保障，使得《民族文学》上翻译作品的刊登数量直线上升，1982 年第 3 期发表了 6 篇翻译作品，第 4 期也发表了 5 篇翻译作品。

其二，编辑"翻译专号"集中发表翻译作品。三十年以来，《民族文学》杂志为了支持翻译文学的发展，发表过 4 期"翻译专号"，1986 年第 6 期为第一期"翻译专号"，此后分别是 1992 年第 9 期、1996 年第 12 期、2000 年第 11 期。1986 年第 6 期《民族文学》发表了两篇藏族翻译小说和一篇翻译诗歌，即耿予方翻译的藏族作家次仁平措的小说《赛马场上》和诗歌《海外藏胞思乡曲》，阿耕翻译的藏族作家群宗的小说《孤儿的命运》。1992 年第 9 期的翻译专号上，发表了藏族作家尖扎·多杰仁青的小说《团圆》（耿予方译）。1996 年第 12 期的翻译专号上，发表了藏族作家达崩杰的小说《太阳落山的时候》（次多译）、藏族作家贡巴扎西的散文《喀瓦嘎波》（扎波译）。2000 年第 11 期，发表了藏族作家万玛才旦的小说《岗》（万玛才旦译）、藏族作家嘉布庆·德卓的小说《歌声苍白》（万玛才旦译）、藏族作家德本加的小说《像是一天的故事》（万玛才旦译）、藏族作家伍金多吉的诗歌《雪域故事》（久美多杰译）、藏族作家多吉才郎的散文

① 苏永成：《关于民族文学翻译的一点思考》，《民族文学》2003 年第 9 期。
② 民族文学编辑部：《本刊启事》，《民族文学》1981 年第 2 期。
③ 民族文学编辑部：《全国少数民族文学翻译、创作会议在贵阳召开》，《民族文学》1983 年第 6 期。

《法兰西之旅》（江灏译）以及藏族翻译家次多介绍了当代藏族文学翻译发展的文章《文学翻译促进了当代藏族文学创作——浅论藏族文学翻译》。

其三，设置"翻译作品"专栏。让翻译作品成为一个固定的栏目，可保障翻译作品的发表数量。在整个 20 世纪 80 年代，虽然《民族文学》每年都有翻译作品发表出来，但是翻译作品的发表却并未形成固定栏目。1991 年第 4 期，由金哲担任主编的第三届编委历史性地将"翻译作品"设为一个专门的栏目，每一期都有许多的翻译作品在这个栏目发表出来。据笔者统计，1991 年到 1998 年期间，藏族的翻译文学作品发表数量明显多于前十年，共有 15 篇翻译作品，较之 1981 年到 1990 年十年间的 8 篇增长了近 50％。1998 年第 4 期，第四届编委取消了"翻译作品"栏目，直到 2005 年第 8 期才重新将"翻译作品"栏目设为专栏。

其四，参与相关文学翻译活动。《民族文学》编辑部多次组织并主办翻译座谈会，1983 年第 4 期报道了由国家民委文化司和《民族文学》杂志社联合举办的全国少数民族文学翻译和创作会议在贵阳召开，时任《民族文学》副主编的玛拉沁夫发表了讲话。1996 年第 7 期杂志报道了全国第二次少数民族文学翻译会议在内蒙古赤峰召开，《民族文学》主编吉狄马加到会并发表了讲话。2010 年 8 月 25 日"西藏作家翻译家座谈会暨'全国多民族作家看西藏'启动仪式"在拉萨举行，《民族文学》第 10 期杂志进行了相应的报道并发表了司马义·铁力瓦尔地（维吾尔族）、李冰、何建明等人关于民族文学翻译的讲话。

总之，《民族文学》的这一系列举措，有效地促进了包括藏族在内的众多少数民族文学翻译的发展，《民族文学》也因此成为少数民族母语文学作品发表和交流的重要桥梁。

（作者单位：湖南大学文学院）

阿来与其他藏汉作家的西藏书写之比较

何志钧　曾长城

　　20 世纪 80 年代以来，在中国当代文学艺术创作中，"西藏形象"日益引人注目。各种流派、各种风格、各种视角的西藏书写缤纷陆离、异彩纷呈，为我们呈现了多姿多彩的"西藏形象"，带给我们多滋味的审美感受。这些多维度的西藏书写既得力于入藏汉族作家对西藏独特自然景观和风土人情的审美观照与感怀，也得力于生长在藏地的众多藏族作家对哺育自己的这片土地的现实观照和历史反思。众多藏汉作家的视点差异导致了他们西藏书写的巨大差异，他们的西藏书写可大致分为三类。一是入藏的汉族作家的西藏书写。其中包括马原的一系列西藏题材的现代主义意味十足的小说，如《冈底斯的诱惑》《虚构》等，马丽华的"走进西藏"系列游历散文和小说创作，皮皮（冯丽）以及众多援藏内地干部、入藏内地记者、旅居西藏的内地作家的西藏书写。二是土生土长的西藏作家们的西藏书写。朗顿·班觉的《绿松石》，次仁罗布的《放生羊》《雨季》《杀手》等和加央西热的《西藏最后的驮队》等很有代表性。三是阿来、罗布次仁、丹增等处于汉藏文化临界点的藏族作家们的西藏书写。

一、猎奇与惊异：汉族作家的陌生化书写

　　长久以来，藏地因其特异的地形地貌、悠久的宗教传统、独特的民情风俗与内地迥乎不同，交通不便、山川阻隔更造成了藏地与中原内地的文化隔阂，使西藏成了中原汉文化区人们心中的神奇之地。高天厚土，雪山圣湖，牦牛群、酥油茶、迎风飘扬的五色经幡、神秘庄严的天葬仪式、虔诚的朝圣者磕着长头、藏民信徒们转山绕湖……这一切无不引起内地人的极大好奇与无限遐想。亘古如斯、遥远神秘往往是人们想到西藏时最初步的感受。伴随着国内逐年升温的"西藏热"旅游潮，西藏已成为现代人心中贮存诗意与梦想的天堂，俨然成了都市人的朝圣地。每年，无数的内地都市人借助各种交通方式入藏，只为在这片纯净的高原上把被俗务尘封的灵魂唤醒。这似乎也为汉族入藏作家们的西藏书写设定了基调。

　　20 世纪 80 年代，马原的一系列现代主义意味十足的西藏题材小说独树一帜，多种富有西藏风味的元素充溢在他的小说中，但马原关注得更多的是"怎么写"，而不是"写什么"。故其作品中的"西藏"往往只是作为故事发生的背景和西藏风味的佐料而存在，马原似乎无意于对藏地文化进行潜细入深的体悟

和表现，也并不专注于藏民的日常生存状态和精神心理。无论是马原在《冈底斯的诱惑》中煞有介事提到的天葬、喜马拉雅雪怪、顿珠顿月兄弟的故事，还是《虚构》中诡异的麻风病女人、哑巴老人都具有一种神不可测的特异性，为作品笼上了一层神秘气息。和许多汉文化区的人们一样，"西藏"在此不过是一种神秘的象征符号，零碎的西藏元素除了会增加作品的神秘感，将西藏"陌生化"，引起读者解密的强烈欲望外并没有多少具体的社会内涵。藏地的景观或人事在马原的作品中更多是一种装点，完全可以用另一种异域元素替换。不同于马原的西藏书写，马丽华的"走进西藏"系列游历散文则聚焦于西藏独有的地理环境、自然景观、风土人情。马丽华除对西藏独特的地理环境和自然风光进行了淋漓尽致的铺绘外，也注重展现藏区百姓的日常生活景况。但马丽华和众多汉族知识分子与藏地文化毕竟有所隔膜，对藏族百姓的日常心理，藏族文化的内在逻辑、文化底蕴缺乏细致入微的真切体悟，因此对有着独特民族文化与宗教传统的西藏进行书写时难免会流于表面，成为一种奇观化书写。西藏的一切，都让马丽华感到惊异。在她笔下，雄伟的念青唐古拉山脉、瑰丽的纳木错圣湖、坚韧的驮盐队伍无不具有神秘气息和神圣色彩。牧民们世代相传的对神灵的敬畏、直觉主义般的心灵感应、天人合一的朴素生态观以及对歌舞的陶醉、奇瑰的民族衣饰都让马丽华赞叹不已。但马丽华无法抵达藏地百姓心灵的深处，无法切身领会每一顶帐篷下日常琐碎生活中的无数渴望梦想、悲欢爱恨。她的西藏书写更多地局限于"景观"层面的审美观照（包括自然景观与人文景观）。马丽华陶醉于西藏的奇异风景和独特习俗，在这种对于异质文化的美学感怀中，原本物质极度贫乏、生态脆弱的藏地开始散发出自由祥和的光芒，藏民们因生存的艰难而不得不祈求于神明在马丽华眼中也升华为了无与伦比的大美，藏北高原上疲惫的驮盐人被笼上了神圣的光环。马丽华也清醒地意识到了这一点："这是一部民间的形而上的西藏。经过有意无意的筛选、剥离、取舍、强调，大约地显现出一个精神世界，一种价值取向，一缕我当年所神往的相异文化的光辉"，但这种"诗化和美意构筑的感性世界，也使它的真实性多少被打了折扣"①。

其他众多援藏内地干部、入藏内地记者、旅居西藏的内地作家的西藏书写也同样如此。藏地严酷的自然环境催生的生存方式、民俗风情，雪山圣湖崇拜和对生态环境的神灵般的呵护，悠久的宗教传统和日常生活中无处不在的神明并没有参与构建入藏内地人的生活经验、知识背景和心理图式，他们是以一个外来者的眼光惊异地审视着藏地的一切。因此，入藏汉族作家的西藏书写多是外在化的书写，多限于对西藏物景风情的奇观书写。当汉族作家以一种外来者的身份闯入西藏时，他们笔下的西藏很容易变成被言说的异质文化的"他者"。由于对西藏民族文化与宗教传统的隔膜，他们的创作中普遍带有陌生化气息和有意无意渲染出的神秘感。文化的异质性和汉藏民情风俗的巨大差异使他们的西藏书写带有更多猎奇意味。作为局外人，他们的西藏书写更多凸显西天佛地、雪域高原的奇特地理、传奇生活、宗教风情。这种书写往往偏于西藏生活的外观，从而具有浓厚的"解密文学"意味。在"70后"女作家蔡若菁的小说《藏香》中，西藏同样也仅仅是故事展开的背景。作品中的主人公格格和王璐相遇在日光城拉萨，这个西藏

---

① 马丽华：《做西藏的歌者》，《民族团结》1997年第8期。

故事说到底依然是一个温婉清丽的都市青春情感的叙事。"80 后"作家廖宇靖的《藏香：只为途中与你相见》《川藏秘录》等向人们展示了"藏漂"们的身历心感和西藏的民情风俗，与藏香女孩的仓央嘉措式的情缘、奇妙的转世情节、绽放的格桑花、缥缈入云的雅拉雪山、香喷喷的酥油茶和豪爽粗犷的康巴汉子等藏地元素包装的依然是一个青春情感和人生奋斗故事。在入藏汉族作家的西藏书写中，江觉迟的《酥油》特别值得一提，这部自传体小说来源于她在昏黄的酥油灯下写下的 60 万字的日记，讲述的是她2005 年以来数次只身入藏，在原始深山草原藏区救助草原上的孩子的切身经历和感受。原始贫瘠的藏地上的天雷地火与泥石流，在细雨如丝的毛毡帐篷里打着伞睡觉，一夜不断被牧民的狗攻击，走死在神奇的玛尼墙外的女孩和流离失所的孤儿，藏民的原始宿命和信仰轮回，多农喇嘛的召唤和指点，对西藏原生态情歌的孜孜不倦的收集整理，这一切使她对藏地文化有着其他许多入藏作家无法比拟的深切体验和感悟。但即使如此，江觉迟依然感慨要了解这片土地，用身体一生也不够。用心灵皈依，才能抵达西藏文化的灵魂深处。

二、民族心性的本色描摹：土生土长的藏族作家的西藏书写

相比之下，土生土长的藏族作家更善于把握和表征藏族人的精神隐微，更切近藏族文化心理。无论是老一代藏族作家朗顿·班觉，还是当代非常活跃的作家扎西达娃、次仁罗布、加央西热等，这些生长在西藏腹地、深受藏族本土文化熏陶的作家在民族文化身份建构和精神信仰抒写上更为自觉，其西藏书写更具藏族传统风习。

朗顿·班觉的藏文长篇小说《绿松石》用一颗绿松石头饰作为贯穿小说的主线，向我们全景式地展现了 20 世纪二三十年代西藏社会上至噶伦下至乞丐的生活状态和藏族文化传统、风土人情，堪称是一幅旧时代西藏社会和拉萨城世俗生活的浮世绘。

相较于朗顿·班觉对民族血泪史的自觉记述和对社会生活面貌的努力再现，扎西达娃、次仁罗布等人则更侧重于对藏人的精神向度的开掘和表现。以活跃在当代西藏文坛上的次仁罗布为例，他在其《放生羊》《杀手》《阿米日嘎》《九眼石》《祭语风中》等作品中始终阐扬的是西藏宗教信仰和世俗生活中洋溢的寻求灵魂救赎、宽容博大、悲天悯人的人性光辉，灵魂叙事构成了次仁罗布创作的一贯主题。《泥淖》《界》《炭笔素描》《焚》与《放生羊》的故事迥然不同，但救赎与担当却是其一贯主题。

《放生羊》中的灵魂叙事不但带有精神体温，而且打有信奉果报轮回的藏地信仰的明显印记。年扎老人梦到离世多年的妻子桑姆在阴间受苦，无法转世，醒后他深感痛苦，决心为桑姆和自己救赎罪孽，因此他救下了一只待宰的绵羊作为放生羊，并带着它每日转经焚香、拜佛行善。转经和行善使年扎老人的精神日趋圆满，灵魂得到安顿。尤其值得关注的是在知晓自己时日无多时，年扎老人不是力图借助治疗延续生命，而是致力于灵魂的超越。他担忧的始终是"身体没有垮掉之前，心灵会先枯竭死掉"。他和所有藏民一样坚信死亡只是肉体的消失，灵魂却可以转世。对转世轮回的深信不疑使藏地百姓重视积德行善，追求灵魂纯洁，以善良、坚忍、承担苦难为最基本的生存法则。在《雨季》中，接连失去儿子、妻子、父亲的旺拉坚忍不拔地承受苦难，在接踵而至的苦

难中永葆生活的热忱，这种温和、忍耐、虔信充分显示了藏族百姓的宗教信仰和民族性格，这是悠久的藏民族文化和佛教文化共同熏陶出来的精神底气。次仁罗布最大限度地开掘了藏族百姓的精神信仰，使他的作品具有崇高之美。

　　《杀手》《阿米日嘎》《九眼石》共同探讨了藏族民族性格中的悲悯与宽容精神。《杀手》中的康巴汉子为了找到并杀死仇家为父雪恨，十三年如一日四处奔波，但当他见到身躯佝偻、满头白发、享受着天伦之乐的仇人玛扎时，悲悯与宽容开始占据他的身心。玛扎老人为当初的过失深自忏悔并日日诵经以消罪业，使康巴人最后放弃了复仇，尽管这个决定让他痛苦万分。小说赞扬了人性的复苏，灵魂救赎依然是其核心所在。《阿米日嘎》和《九眼石》都着眼于当代西藏农村中传统与现代两种力量、两种观念的矛盾冲突，并由此重新审视人性，在商品大潮汹涌的当下重申人性与良知。《阿米日嘎》中被人怀疑的嘎玛多吉不计前嫌，在最困难的时刻伸出援手，使美国种牛离奇死亡的贡布一家得以走出困境。长期固守农耕生活的贡布及其他村民小心眼、思想保守、斤斤计较、互相诋毁等，在城市里受过现代文明熏陶的嘎玛多吉则懒惰、头脑机灵、花花肠子和善耍奸猾，但在族人遭受不幸时，他们内心深处本真的善良与宽容却能化解仇怨，维系同村人间千百年来的和谐。在《九眼石》中内地老板和藏地青年在面对杀人犯时的不同态度同样显示了次仁罗布的价值取向，他相信在新旧两种文化观念遭遇时，古老的淳朴民风、善良宽容的藏族民族性格依然能够战胜现代文明驱使下的物质欲望。

　　同为西藏作家的加央西热的《西藏最后的驮队》则把目光聚焦于藏北高原上历代牧民曾经赖以为生的一种已经消失了的谋生方式——驮盐。作品展现了藏地今昔的生存状态，并透过驮盐人的旅程折射出了藏北牧民们坚韧的民族性格。严酷的生存环境与佛教文化的影响，造就了驮盐人对自然的敬畏，驮盐路上的艰险使驮盐人养成了乐天知命的达观人生态度。他们对自己艰涩的人生毫无怨言，默默地忍耐着生活的苦痛。特别值得注意的是，驮队头领格桑旺堆对用牦牛而不用汽车驮盐怀有他人难以理解的眷恋。头脑灵活的格桑旺堆看似愚昧落伍的固执显然不是由于对新事物反应迟钝，而是由于对世世代代牧民坚韧精神和执着信仰的坚守。他们的身上闪耀着神性与人性交融的光辉。《西藏最后的驮队》无意渲染或夸大驮盐人的痛苦，全书以镜头般的语言记录下了驮队驮盐的全过程。无论是牧民们对"盐湖母亲"的敬畏与崇拜、驮盐队出发前的祷告、采盐前朝拜般的繁琐仪式，还是只有男性才能驮盐的不成文规矩、驮盐途中必须讲粗俗的"盐语"，加央西热都娓娓道来，叙述时使用的是习以为常的语气。这与马丽华在《藏北游历》中对驮盐人的描写大异其趣。

　　通过对西藏本土作家的考察我们发现，藏地生活经验构建了他们的知识背景，藏传佛教中的业报、生死轮回观、供奉、转经、祈祷在他们的日常生活中就像空气和土壤一样司空见惯。他们的创作显示了典型的藏族思维、藏地信仰、藏民的精神旨趣，他们能够用文字还原藏族人的内心世界，把藏地人生原汁原味地呈现在读者面前。汉族作家西藏书写里缺失的西藏精神内核在本土作家的西藏书写里得到了充分展现。相对于汉族作家奇观化、陌生化的藏地书写，他们的西藏书写更为本色，更为自然，更为真切，是内在化的书写。

三、回望与反思：阿来等处于汉藏文化临界点的藏族作家的西藏书写

　　和汉族作家、西藏本土作家的藏地书写相比，阿来、罗布次仁、丹增等处于汉藏文化临界点的藏族作家的西藏书写有着独有的优势和特色，尤其值得关注。

　　阿来、罗布次仁、丹增等穿行在汉藏文化之间的作家有着显著的共同之处：他们都用汉语写作；他们的西藏书写具有文化的临界感、交叉性；汉藏文化在他们的作品中互渗汇通，异质性的文化旨趣碰撞、冲击、化合，视界叠合和保有现代意识是他们西藏书写的重要特点。在他们的作品中，汉文化、现代性文化已经成为他们西藏书写的基本参照系，西藏特有的人文地理、精神信仰、民俗风情则构成了作品的灵魂。

　　理解阿来作品的文化临界特性，"嘉绒"是一个无法绕开的话题。阿来出生在川藏交界处的嘉绒，这是藏区东北部阶梯一样的汉藏过渡地带，历史上吐蕃军人曾在此与当地人杂居通婚，汉、藏、回文化在此碰撞交融。36岁以前，阿来一直在嘉绒地区生活，这种临界性是使阿来成为用汉语写作的藏族作家的重要因素。

　　一方面，阿来有着明确的藏族身份；另一方面，他又始终在接受着汉文化与现代文明的影响。这使阿来的西藏书写具有独特的双重文化视角。首先，在精神气质与思维方式上，阿来与朗顿·班觉、次仁罗布、加央西热等藏族作家有着明显的一致性。阿来的作品中的人物不乏藏族人在恶劣的生存环境中形成的坚韧、粗粝的性格特点和藏传佛教的熏陶形成的淡定与宿命，他的作品洋溢着饱含原始生命力的藏地情怀，充斥着神明、鹰隼等象征意象。西藏文化构成了他们作品的灵魂。阿来对充满猎奇心理的奇观化的西藏书写不以为然。在《西藏是一个形容词》中他指出，长久以来，外来者眼中的西藏并不是真实存在的西藏，而是一个遥远、蛮荒和神秘的他者。"西藏是一个形容词"，"一个形容词可以附会许多主观的东西"。作为形容词的西藏，是人们在头脑中想象出来的，形而上的西藏。同时，阿来对带有文化优越感居高临下的西藏书写也颇为反感，他坚持藏族文化不应该拿来作为现代城市文明的反证。"我读西藏的书，第一就是从字里行间感受读者是在融入还是疏离，如果其中有太强大的另一种文化的优越感，那好，对不起，我只有放下。"①

　　其次，阿来的西藏书写和生长在西藏腹地、深受藏族本土文化熏陶的许多藏族作家纯然原生态的西藏书写还有所不同。后者的作品浸润于藏族文化，生发于藏族文化，浓郁的藏族传统风习渗透在他们作品的方方面面，原生化与土著化是他们创作思维的基本特征。在他们的作品中找不到阿来那种超越藏族文化并对其进行冷静观照的眼光与思维。

　　阿来的双重文化视角，使其不满足于仅仅表现藏族人原生化的生存状态，而试图展现"一种普遍的眼光、普遍的历史感、普遍的人性指向"②。阿来不认同"越是民族的就越是世界的"这种笼统的说法。他关注的是"除了独特的文化之外，关键在于背后有

---

　　①　阿来：《西藏是一个形容词》，《课堂内外》2002年第3期。

　　②　阿来：《落不定的尘埃》，《小说选刊·增刊》1997年第2期。

没有普适的价值观"①。从独特的民族文化、地域文化中挖掘普遍性的意义，这种理念促使阿来在《尘埃落定》和《空山》中侧重于表现西藏在历史的演进过程中发生的文明裂变，以现代眼光、现代意识对西藏传统文化习俗的失落进行回望与反思。他总是把西藏历史现实置放在汉文化、现代性文化的大视野中进行审视和表现。

阿来西藏书写的文化临界性也势必使他的作品具有视界叠合、意蕴多重、风格混杂的特点，使他的小说能够突破单一民族思维和语言思维的局限，显现出更为丰厚的内蕴。

罗布次仁曾在内地完成中学学业，和阿来一样能够用流利的汉语交流和写作，他们的作品一样具有文化的临界感，汉藏文化的视界叠合、民族传统与现代性文化意识的兼容在他们的西藏书写中非常醒目。但不同于阿来许多作品中悲怆的史诗格调和历史回望的叙事路径，乐观的人生态度与日常性是罗布次仁创作的显著特点。在《远村》中，西藏的宗教信仰和精神文化传统的赓续表现得更为平易亲和，西藏乡村面临的新旧冲突并没有让他焦虑不安。罗布次仁把今日西藏乡野人生铺叙得从容平和。如果说小女孩德吉是藏地轮回转世观念的具现，扎西大爷和达龙寺象征着传统信仰，那么罗顿则显示了现代化潮流的不可阻挡，但是现代性文化和藏族传统文化的碰撞在罗布次仁笔下表现得乐观、和谐、从容。在罗布次仁看来，它无可避免，也不必对此焦虑不安。罗顿为藏地带来了物质生活上的福祉，而悠久的宗教信仰和民族精神也并没有断流。小说结尾，格萨尔王的故事失传十年时，哑巴突然开口说话，格萨尔王翩然归来。

丹增的西藏书写也值得一提。丹增既出生于藏家，早年有寺院生活经历，后来又曾担任西藏自治区党委副书记，对西藏文化有着切身体验，又有着就读复旦大学、担任中国文联副主席的经历，长期用汉语写作。和阿来、罗布次仁一样，他的作品也总是散发出宗教气息，藏传佛教的典籍仪轨、藏地的民情风俗、民间说唱在他的作品中随处可见。其半自传体作品集《小沙弥》是中国第一部刻画西藏小沙弥成长史的传奇小说。和阿来、罗布次仁一样，丹增的作品也自觉地从现代文化的视角和高度重新审视藏地的传统风习。但丹增的散文和小说多由生活亲历生发开去，提炼出哲理意蕴，《生命的意义》《谈死亡》《也谈人生》等散文充满现代气息和世俗情趣，和传统的西藏文学大异其趣。

总之，三类作家不同的文化身份导致了视点的差异，多种文化视角的观照使西藏书写异彩纷呈，为审视藏地文化提供了多种维度。汉族作家的西藏书写更多地满足了藏外读者对西藏的好奇。藏族本土作家忠实展现了藏族百姓的生存状态、恒久的情感命运与精神信仰。处于汉藏文化临界点的藏族作家则以汉藏合璧的思维对藏族现代化进程进行了历史回望与反思。从文化身份不同导致的视点差异探讨三类作家西藏书写的异同显然有助于我们深化对当代西藏文学创作的理解。

（作者单位：鲁东大学文学院）

①　易文翔、阿来：《写作：忠实于内心的表达——阿来访谈录》，《小说评论》2004 年第 5 期。

阿来的文学理想与文化观念和立场

——兼论"文化认同"研究的误区

于 宏

阿来的文学理想

大凡能够在文学创作上取得显著成就的作家，往往都会培育出相对稳定的文学理想，或者说能够在持续不断的创作中形成自己稳定的文学理想。所谓文学理想，很大程度上也可以说是创作目的或目标。也就是创作者希望能够取得的文学成绩和达到的思想艺术水准。作为一种动态的文化精神活动，文学创作往往会受社会环境和作家人生境遇变化的深刻影响；如此一来，作家文学理想的指向往往会随着其创作经历的延长和人生阅历的丰富而发生或细微或巨大的调整。但是一些能够决定作家文学精神风貌的根本性因素会贯穿始终，不会发生方向性的改变。阿来是一位在创作伊始就有着相对明确的文学理想的作家。这样说并不表明阿来天才地预知自己具有天生的创作才华，断定日后定能成为成就显著的优秀作家；而是想强调指出，阿来在创作的起步阶段，就为自己的创作道路定下了相对高远的基调，即使那时他根本没有意识到自己是否拥有过人的创作才华。这种基调作为一种文学理想，决定了阿来日后创作的艺术方向，影响了他的文学世界所能达到的艺术水准和精神层次。

虽然阿来的文学创作经历并不曲折，所面对的创作环境也不特别复杂，但不断丰富的人生阅历和纷繁多变的现实境遇，还是促使他主动地调整和丰富自己的文学理想。因此，阿来的文学理想在其创作生涯中并不是单质的、单向的，而是在坚持其根本性的艺术方向的前提下，不断增添新的内容，不断调整关注的方向。就目前来看，以阿来的创作实践和他的一些关于文学创作的谈话为考察对象，可以归纳概括出阿来创作所追求的几个重要方向和艺术、文化目标。这些方向和目标可能无法涵盖阿来文学理想的全部内容，但却是他比较突出和具有代表性的艺术诉求，且表现得相当明确、坚定。

（一）对文学普适性的追求

优秀作家往往会拥有开阔的文学视野，即便这种开阔的文学视野在其创作起始阶段并没有展开，他也会在不断的创作实践中逐渐培养出开辟这种视野的自觉意识。开阔的文学视野的获得与展开，意味着一个作家艺术境界的不断提升。而艺术境界的提升，则会促使作家不断提高艺术创作的要求。换言之，拥有开阔文学视野和较高艺术境界的作家对创作的艺术要求是有着自己的最低标准的。阿来的创作实践就是以自己设立的最低标准为起跑线展开的。即使他的作品并没有完全达到自己设立的艺术标准，他也会自觉地向着这一艺术目标不断挺进。还在文学创作的尝试阶段，阿来就比较自觉地拥有了开阔的文学视野，由此也为自己设立了文学追求的艺术标高。这个艺术标高用阿来自己的话说就是，"不管是在文学之中，还是在文学之外，尽力使自己的生命与一个更雄伟的存在对接"①。让"生命与一个更雄伟的存在对接"，简单的理解其实就是要拥有一种开阔的人生视野，不要被身边周遭的琐碎之事所羁绊。落实到文学创作中，就是艺术视野要开阔宏远，也就是一种摆脱个人自怜自爱、怨天尤人式的狭隘逼仄的写作程式，尽力追求一种放眼天下、宏大雄伟的艺术实践与境界。

如果说阿来用"使自己生命与一个更雄伟的存在对接"这类比较含混抽象的说辞，还没有把其艺术追求与文学理想表达清楚（当然，我们也可以推测阿来在从事诗歌创作的早期阶段，对此问题还没有成熟清晰的认识，只是一种朦朦胧胧的模糊意识），那么，在创作进入相对成熟的阶段，阿来对此问题已经有了相对清晰明确的认识。这种认识是文学创作要具有超越性，尽可能地追求一种普遍性。这里的超越性包含超越民族、超越地域、超越政治等内涵。

在谈到《尘埃落定》的创作心得时，阿来曾表达过如下的艺术追求："这个时代的作家应该在处理特别的题材时，也有一种普遍的眼光，普遍的历史感，普遍的人性指向。特别的题材，特别的视角，特别的手法，都不是为了特别而特别。在这一点上，我绝不无条件地同意越是民族的便越是世界的这种笼统的说法。我会在写作过程中，努力追求一种普遍的意义，追求一点寓言般的效果。"② 这段话中，阿来已经比较清楚地表明了自己的艺术追求。其中"用普遍的眼光，普遍的历史感，普遍的人性指向"来处理"特别的题材"，是阿来遵循的艺术原则，而他的文学理想就体现在这个原则指导下进行的创作实践上。前面提及阿来的文学理想中始终存在着一些恒定的因素，指的就是这一方面。对此，阿来始终坚持贯彻，把其作为自己创作的一个指导方针。在具体的创作实践中，阿来也的确在这方面作出了重要而切实的努力，获得普遍好评的《尘埃落定》，就是一个很好的例证。有关《尘埃落定》的超越性和普遍性，研究界已有过多方论述，比如关于傻子形象的分析，关于权力与人性的纠缠问题、历史悲剧问题等，都是对其普遍性的发掘与阐释。当然，关于《尘埃落定》的研究，以独特的地域文化和宗教文化为视点切入也是一种流行模式，且声势不小，但这只是对其研究的一个方面，并不能掩饰《尘埃落定》这部具有地域民族文化特色的小说在揭示人类社会一些普遍性问题上所达到的艺术水准。

如果说早期阶段（诗歌创作阶段），阿来对文学普遍性价值的追求还处萌芽状态，那么创作《尘埃落定》时，以及《尘埃落定》之后的阿来，则已经完全把这种追求视为

①　阿来：《阿来文集·后记》（诗文卷），人民文学出版社 2001 年版，第 155 页。
②　阿来：《落不定的尘埃——〈尘埃落定〉后记》，载《看见》（散文随笔集），湖南文艺出版社 2011 年版，第 223 页。

自己旗帜鲜明的文学理想。正因为如此，我们才能看到阿来不厌其烦地对其文学创作进行夫子自道式的说明，唯恐读者不了解自己的良苦用心。

　　在我们国家，在这个用形象表意的方块文字统治的国度里，人们在阅读这种异族题材的作品时，会更多地对里面的一些奇特的风习感到一种特别的兴趣。作为这本书的作者，我并不反对大家这样做，但同时也希望大家注意到在我前面提到过的那种普遍性。因为这种普遍性才是我在作品中着力追寻的东西。这本书从构思到现在，我都尽了最大的力量，不把异族的生活写成一种牧歌式的东西。很长时间以来，一种流行的异族题材写法使严酷生活中张扬的生命力，在一种有意无意的粉饰中，被软化于无形之中。

　　异族人过的并不是另类人生。欢乐与悲伤，幸福与痛苦，获得与失落，所有这些需要，从它们让感情承载的重荷来看，生活在此处与别处，生活在此时与彼时，并没有什么太大的区别。所以，我为这部小说呼唤没有偏见的，或者说克服偏见的读者。因为故事里面的角色与我们大家有同样的名字：人。①

多年后，在谈到《空山》的创作时，他又说：

　　我想，当一个小说家尽其所能作了这样的表达（即萨义德所说的，知识分子从更宽广的人类范围来理解特定的种族或民族所蒙受的苦难，把个别经验连接上其他人的经验——笔者注），那么，也会希望读者有这样的视点，在阅读时把他者的命运当成自己的命运，因为相同或者相似的境遇与苦难，不同的人，不同的族群，不同的历史时期，或者曾经遭遇与经受，或者会在未来与之遭逢。从这个意义上说，任何一个文本都是一个人类境况的寓言。②

　　一般情况下，作家是比较忌讳对自己作品的题旨与形式特征发表指导性、阐发性言论的。阿来却不避非议，进行自我解读。看得出，他实在是太担心人们因为关注自己作品的地域文化色彩，而忽略作品所要追求的具有普遍意义的主题意旨和艺术品质。他的这种迫切之情从一个侧面说明他所要追求的文学理想，并不局限在所谓的地域民族文化的狭小范畴之内。

　　当然，阿来追求具有超越性的文学境界，并不意味着他在创作中完全忽视作家的地域文化背景。对与生俱来的地域文化背景与个人创作的关系，阿来也有着相当明确的认识。他说："因为我的族别，我的生活经历，这个看似独特的题材的选取是一种必然。""因为我长期生活其中的那个世界的地理特点与文化特性，使我对那些更完整地呈现地域文化特性的作家给予更多的关注。在这个方面，福克纳与美国南方文学中波特、威尔蒂和奥康纳这样的一些作家，就给了我很多启示。换句话说，我从他们那里，学到很多描绘独特地理中人文特性的方法。"③

①　阿来：《落不定的尘埃——〈尘埃落定〉后记》，载《看见》（散文随笔集），湖南文艺出版社 2011 年版，第 225 页。
②　阿来：《有关〈空山〉的三个问题》，《扬子江评论》2009 年第 2 期。
③　阿来：《穿行于多样的文化之间》，《中国民族》2001 年第 6 期。

　　阿来的这种说法，至少包含以下两层意思。

　　一是，一个作家的创作必然会受到族别、文化背景、生活环境和个人生活经历等这些无法选择的客观因素的影响与制约。这就意味着，作家的创作活动，比如选材、构思、主题表达、表现形式等，必然会受到这些"先天"的客观因素的影响与制约。创作中出现地域民族文化倾向在所难免，这是作家创作时无法"逃避"的"宿命"。二是，尽管如此，对于作家来说，创作并不是完全被动的，不是完全受上述客观因素限制的，而是具有很大的能动性、超越性的。这就意味着那些"先天"的制约因素所产生的影响并不是全面的、决定性的，而是局部的、有限度的。作家完全有能力，且应该自觉地去突破这些与生俱来的制约。真正伟大的作品应该追求一种开阔的艺术境界，表达一种更具普遍性的人生感悟，传达一种更为普遍的人生体验。真正伟大的作品描绘的是整个人类的心灵图景和存在状态。阿来视福克纳为榜样，很显然就是在强调作家突破客观制约因素的主观能动性，因为福克纳就是用自己的想象虚构了那个所谓的"约克纳帕塔法县"，从而取得了辉煌的艺术成就。

　　以上论述充分说明，阿来其实是非常重视文学创作的地域特色和文化背景的。他明白，没有一个作家能够选择自己的族别和出生环境。这决定了在创作实践中，无论作家写什么、怎么写，他所背负的地域文化背景都会不可避免地进入其文学世界。作家总会给予地域文化一定的关注，并借助这个与生俱来的因素建构艺术世界，追求理想的艺术境界。因此，处理利用好与生俱来的地域文化背景，写出它的独特性，在某种程度上是文学的普遍性得以表现的一个前提。阿来的这种"地域文化审美观念"，在他的创作中得到了比较彻底的贯彻。迄今为止，他的创作视点始终没有离开过自己的地域文化背景，而他也一直在努力追求文学表现的普遍性意义。当然，至于他的所有创作是否很好地超越了地域文化的制约，从而表现出他所追求的普遍性、寓言性，则是另外一个比较复杂的问题，还需要经受长时间的检验。我们所知道的事实是，阿来确实在地域文化与文学普遍性之间努力寻找着契合交融的汇集点。

（二）揭示人的存在困境，唤醒人的良知

　　阿来不断高调申明，他的创作目标是追求一种具有普遍性的文学意蕴，让作品具有寓言品性。这种文学理想在后来的言谈中得到了更为明确化、清晰化的表述。而大部头长篇小说《空山》就是对这种更为明确化、清晰化的文学理想的具体实践。依照阿来的说法，这种具体化、清晰化的审美追求可以归纳为："揭示人的生存困境，唤醒人的良知。"关于这一艺术目标，他在散文随笔式的创作谈《关于〈空山〉的三个问题》一文中有过零散的表述，诸如：我关注的其实不是文化的消失，而是时代剧变时那些无所适从的悲剧性的命运；悲悯由此而产生，这种悲悯是文学的良知。在另一篇随笔《善的简单与恶的复杂》中，在评述完英国作家多丽丝·莱辛的创作后，阿来表达了这样的看法：

　　　　我想，一个作家写下一部关于南部非洲某个国家的书，并不是为了给远在万里之外的我这样的读者提供一个关于远方的读本——客观上它当然有这样的作用。更进一步说，当作家表达了一种现实，即便其中充满了遗憾与抗议，也

是希望这种现状得到改善。但作者无法亲自去改善这些现实，只是诉诸人们的良知。唤醒人们昏睡中的正常感情，以期某些恶化的症候得到舒缓，病变的部分被关注，被清除。文学是让人正常，然后让正常的人去建设一个正常的社会。①

"诉诸人们的良知""唤醒人们昏睡中的正常感情"，这正是阿来对文学普遍性价值追求的具体化。

综观阿来的创作，他的绝大多数作品都致力于揭示人的存在困境。长篇小说《尘埃落定》《空山》，中短篇小说《旧年的血迹》《月光下的银匠》《宝刀》《行刑人尔依》《永远的嘎洛》《守灵夜》等，都以沉重、尖锐的笔触描写不同时期、不同阶层人们的生活情状，以毫不虚饰的现实主义笔法揭示严峻、荒谬且延绵不断的生存困境，展现各个阶层的人们肉体上的痛楚、情感上的哀伤和精神上的迷茫。阅读阿来的作品，几乎很难体味到简单廉价的乐观情调。即使描写那些看上去能够给人带来希望的生活场景与人生情状，他也很少使用轻松欢快的笔调。轻松欢快的笔调曾经在他的一些诗歌中出现过，但在小说世界中却基本隐去了。整体而言，阿来的小说世界是一个灰暗的世界，阴沉、压抑，充满了悲观情调，笼罩在令人窒息的无望气氛中。许多论者认为阿来的创作是一种诗意的写作。这种说法如果仅仅指涉他作品的语言风格和行文句式，也许有几分道理，用来描述阿来小说的一些局部情节，也能对号入座，因为阿来在个别作品的局部地方，确实会运用一些具有浪漫色彩的手法。但用浪漫主义或诗意化写作，来概括阿来小说世界的整体精神气质和情感基调，则有牵强附会的嫌疑。阿来的小说世界在柔软诗化的语言背后，潜隐的是生活的残酷、人性的扭曲、精神的枯萎、未来的迷茫。即便是阿古顿巴这样富有智慧、嫉恶如仇、深受民众喜爱的相对完美的人物，在他笔下都会变成一个幽怨哀伤、性情乖戾的形象，可见阿来看取外部世界和复杂人性的眼光是多么锐利。他更倾向于在沉重的叙述中，把社会人生的无奈、不幸、荒谬和人性的乖戾莫测、脆弱可悲裸露出来。这样的写作企图使阿来的作品不可避免地带有了悲剧色彩。当然，阿来的创作意图并不仅仅在于展示存在的悲剧性，而在于警示。按他的话说就是：唤醒人的良知。这就是为什么阿来的作品往往会在局部地方出现一些带有浪漫色彩的情节安排的内在原因。正是这些局部的具有浪漫色彩的情节安排，使人们在感到其作品悲剧性的同时，却不会产生绝望感，相反会对未来怀有一线希望。这种审美意蕴在长篇小说《空山》中表现得比较集中突出。

就内容而言，《空山》是一部山区乡村的"现代进化史"。整体而言，其基调是低沉的，情感是忧伤的，结局是悲剧性的。毫无疑问，阿来对山区乡村的现代变迁并不抱积极乐观的态度，对山区乡村历史进程中出现的种种荒谬景象持批判态度。尽管他并没有简单地否定历史前进的必然和人性欲望的合理性，但对于以破坏生存环境，摧毁良善道德规范，戕害扭曲人性的"暴力"行径却绝不认同。在此前提下，阿来没有对社会、人生失去美好的信念，他对美好生活还是怀有希望的。这大概就是他在《空山》里塑造一

---

① 阿来：《善的简单与恶的复杂》，载《看见》（散文随笔集），湖南文艺出版社 2011 年版，第 119 页。

个痴迷地爱惜书籍，在树上建造房屋，在大自然中寻找生命的真谛和乐趣的人物形象——达瑟的内在原因。

达瑟是个渴望读书的年轻人。他从山村来到县城，希望能够安心地读书学习。但斗资批修的混乱现实没有为他提供学习的安静环境，反而促使他也走上街头参加游斗活动。然而，由于他的叔叔是被批斗的"牛鬼蛇神"，受其牵连，他被无情地排挤出了游行队伍。无所事事的他偶然间在正在被大量销毁的书堆里捡到了几本书。从此，生活为达瑟开启了一扇神奇的大门，他走进了一个奇妙的世界。尽管他并不能够完全领会这个奇妙世界，但他却如痴如醉地沉迷于其中，不能自拔。书本成了他生活的全部。他不惜花费自己并不宽裕的生活费用，把搜集来的各种书本运回村子，并在一个大树上建构起简陋的房屋，旁若无人地沉浸在那些似懂非懂的奇妙文字中。他用自己独特的方式想象着人类社会，想象着宇宙世界。在那样一个混乱的时代，在那样偏僻的乡村世界，在那样艰难的生存环境下，达瑟的行为实在难以让人理解。与荒诞的现实相比，达瑟的行为似乎更为荒诞。阿来正是以看上去非常荒诞又颇浪漫的手法，塑造了这样一个"神奇"的人物。这一人物所蕴含的审美内涵除了强烈的历史批判意味和令人痛楚的人生境遇外，还包括阿来对未来生活的美好期待。他的艺术意图是借助这个人物，让人们在荒谬而艰难的现实生活中看到未来，即他所说的唤醒人的良知，去建设一个正常的社会。

（三）增加汉语创作的言说空间，探索新的文学可能

阿来之所以能够在中国当代文坛上独树一帜，并获得诸多论者的肯定与称颂，就在于他的创作为中国当代文学开辟了新的审美领域，提供了新的审美经验。为中国当代文学开辟新的审美领域，提供新的审美经验，这也正是阿来文学创作的重要目标，或者说是他的文学理想。这包含着作为文学家的阿来的艺术抱负和野心。阿来曾说："如果说做一个作家应该有一点野心，那么我的野心就是，不只是在时势的驱使下使用一种非母语的语言，同时还希望对这样语言的丰富与表达空间的扩展有一点自己的小贡献。"①

作为一位少数族裔作家，阿来使用的语言是中国的通用语——汉语。这对阿来来说，既是一种限制，也是一种优势。限制在于，母语文化中的一些重要文化信息和审美因素得不到全面有效的表达与传递。在这方面，阿来往往会受到一些"文化保守主义"和"文化本位主义"者们的质疑。他们会借此指责阿来的创作没有真实地反映族群文化和生活，或者认为像阿来这样用汉语创作的作家，根本就无法反映族群文化和生活，即便是反映了，也是皮毛化的，甚至是歪曲的。尽管这种指责很大程度上是站不住脚的，但这一问题的确也给阿来带来了一些困惑。因为用非母语创作，确实会造成一些表达上的不方便，尤其是在描述那些带有强烈民族特性的生活现象和文化心理时，更是如此。作家往往会找不到合适、恰当的词语将那些细微隐秘的感受表述完备。好在阿来是一位有着过人的艺术智慧的作家，他能够扬长避短，最大限度地发挥自己的优势。在运用汉语创作时，阿来考虑最多的是如何利用这一影响广泛的符号工具，创作出与众不同的艺

----

① 阿来：《华文，还是汉语——香港版小说集〈遥远的温泉〉序》，载《看见》（散文随笔集），湖南文艺出版社2011年版，第262～263页。

术作品，丰富汉语的表达形式，扩展汉语作品的审美空间。事实上，阿来已经取得了值得肯定的成绩。在这方面，有两点值得注意。

一是，阿来所开辟的遍地叙事，至少在题材上为中国当代文学拓展了表现领域。中国的当代少数民族文学地域特色非常鲜明。各个时期不同的作家都会利用他们的这种身份、地域优势，为当代文学提供新的艺术经验，为当代文学带来别样的审美刺激。虽然并不是所有的作家都能够在这方面取得骄人的成绩，从而为中国当代文学贡献新的文学能量，但每个时期都有一些出类拔萃的作家会依恃自己的艺术才华，在这方面作出巨大贡献。像扎西达娃、乌热尔图、张承志等当代知名作家，就是这方面的杰出代表。而阿来又是他们之中的佼佼者。阿来的作品，无论是侧重于历史叙事的《尘埃落定》《瞻对》，还是偏向于当代叙事的《空山》，抑或是民族神话史诗的重新讲述，如《格萨尔王》，在中国当代文学领域都是独一无二的。当然，仅仅有题材上的新颖并不值得完全肯定，更为重要的是阿来的这些具有题材扩容意义的作品，在艺术表现形式上均具有值得肯定和赞赏的地方。有关这方面的研究已经相当可观了。阿来在全国范围内引起专业研究者们的广泛关注，也从一个侧面说明他在当今文坛上的重要性。这种重要性与他的创作在题材内容上的拓展和艺术表达上的创新不无关系。

第二，阿来以非母语的汉语进行创作，在语言表达上可能会形成一种具有新质的审美景致。阿来认为，同一种语言在不同文化和意识形态背景下的表达是具有差异性的。言外之意就是，作为非母语创作的作家，他的汉语写作与那些母语为汉语的作家的写作，在拥有一些相同的审美倾向的同时，是存在着多种差异性的，因为他的族别文化背景和文化心理，以及由此形成的民族文化思维模式，在创作中会发生潜移默化的作用。这必然会使他的创作在语言表达上形成一些独特之处。关于这方面的相关话题，一些论者已经作了初步探讨。如康亮芳的《〈尘埃落定〉的语言特色探析》和杨琳的《阿来小说语言的多文化混合语境》。康文指出《尘埃落定》中的语言由于受母语文化的影响，蕴含了独特的审美风格，这些风格主要体现在以下几个方面。一是具有藏语思维逻辑特色的汉语表达方式，即符号工具是汉语，但表达方式却是藏语模式，或者说受到了藏语表达方式的影响，从而隐含着藏语的思维方式。二是民族精神气质影响下的诗化语言。文章认为："藏民族厚重的历史文化，藏区特别的地理环境与人文景观为阿来小说奠定了诗意叙事的基调。"[1] 具体而言，藏传佛教的生命轮回、因果业报等信念在无形中促成了藏族人达观的人生态度，以及对生命解脱与精神自由的追求，从而培植了他们从容达观的生活态度，而阿来的诗化叙述在一定程度上就是这种文化影响的结果。文章指出，《尘埃落定》语言的第三个特色是寓言化与象征性，第四个特征是比喻的大量运用。关于第四个特色，论者认为："藏族传统文化强调整体、统一。表现在方法论上，就是强调直觉性、形象性、重视直观经验对事物的认识，对问题的阐述多依靠比喻、象征等手法，在思维上表现出重整体、重形象、重知觉的偏好。"[2]《尘埃落定》的语言运用正体现了这种传统的审美属性，即对比喻的大量运用。文中除了关于"寓言化和象征性"

---

① 康亮芳：《〈尘埃落定〉的语言特色探析》，《康定民族师范高等专科学校学报》2007 年第 4 期。

② 康亮芳：《〈尘埃落定〉的语言特色探析》，《康定民族师范高等专科学校学报》2007 年第 4 期。

这一点论述略显不足外，其他三点都通过具体的实例作出了妥帖合理的分析，具有一定的可靠性，对认识阿来小说语言的审美特征具有启发意义。

杨琳的文章也以《尘埃落定》为案例，探讨阿来小说的语言特征，但其视角并没有仅仅局限于藏语思维方式这一领域，而是把阿来的小说语言放置在多元文化这一混合语境中加以考察。文章指出，阿来"族际边缘人"的身份决定了他不得不穿行于多样文化之间，由此决定了他的小说语言带有"混合"的特色。

> 阿来在两种文化表述的交错中，用自己个性化的写作以母语涵化汉语，将母语文化与汉语表述方式相结合，形成了自己独特的语言风格。这种语言游移在规范的汉语和非规范的汉语之间，并与母语之间形成"根"与"流浪"的关系，既与汉语的传统相连接，又能适用于表达嘉绒藏区的文化环境，有一种独特的韵味和节律。虽然是用汉语表述，但汉语却承载了嘉绒藏人的经历、情感、集体经验、共同兴趣或文化价值。……用完全的汉语表述的却是母语的思维方式，把藏族思维与现代汉语的表述结合起来，在语言的能指与所指之间建立起了自己的语义场，达到了独特的语言使用效果。①

在此基础上，文章分析、阐述了阿来小说语言所蕴含的几种审美特色，分别是：隐喻、第三语言空间、不确定性、哲理性。

上述两篇文章从阿来的地域民族文化背景出发，就阿来小说语言的审美特性作了初步的发掘阐释。尽管有关这方面的研究仅仅还只是个开始，但其启发性还是值得关注的，因为这种分析阐释与阿来作品的艺术特征有吻合的地方。

阿来的文化观念与立场

由于阿来稍显特殊的族别属性和地域文化背景，他对文学与文化的关系比较关注，对文化的属性特征和发展变化趋向也多有考虑。除了在作品中不断征用地域民族文化，从而展现其文化态度外，阿来还在多篇创作谈或随笔中发表自己对文化的看法。从这些谈论里可以大致看出阿来目前的文化观念与立场，也可以发现他的文化观念和立场与文学创作之间的精神联系。

就笔者个人的阅读感受而言，阿来的文化观念，或者说阿来对文学应该表达什么样的文化倾向的认识与理解，直到现在还处在动态之中。这与阿来强调作家要密切关注现实变化，强调作家身处其中的不断变化着的现实环境对个人生活体验产生影响的独特性有关；也与他坚决摒弃用脱离生活实际的书本知识对自身与周围环境作抽象归纳和概括的认识理念有关。当然，说阿来的文化观念和立场处于动态之中，并不意味着阿来在文化观念和立场上是一个相对主义者，没有形成自己比较稳定的文化观念和立场。事实上，阿来在某些方面还是形成了相对稳定的文化观念与立场。就现阶段来看，至少以下几个方面，是阿来所持有或肯定的一些观念和立场。

① 杨琳：《阿来小说语言的多文化混合语境》，《中央民族大学学报》2009 年第 4 期。

（一）文化的发展变迁

阿来始终认为，文化的变迁是人类社会发展的必然现象，从来就没有一成不变的文化。就这一点而言，阿来的这种认识并没有什么特别之处，不过是一种文化常识而已。但阿来对文化变迁必然性的认识，又没有简单地停留在进化论层次，也没有表现出廉价的乐观态度。其中包含的一些内涵还是有值得认真考察的价值的，尤其是在面对少数族裔文化传统时。让我们先看看阿来对这一问题的看法。

> 是的，消失的必然会消失。特别对文化来讲，更是如此。自从有人类社会以来，族的形成，国的形成，就是文化趋同的过程，结果当然是文化更大程度上的趋同。如果说这个过程与今天有什么不同，那就是因为信息与交通的落后，这个世界显得广阔无比，时间也很缓慢。所以，消失得缓慢。我至少可以猜想，消失得缓慢会有一个好处，那就是人们在不知不觉中习惯这个消失的过程，更可以看到新的东西慢慢地自然成长。新的东西的产生需要时间，从某种程度上说，进化都是缓慢的，同时也是自然的。但是，今天的变化是革命性的：迫切、急风暴雨、非此即彼、强加于人。理解要执行，不理解也要执行。不然，你就成为前进路上一颗罪恶的拦路石，必须无情地毫无怜悯地予以清除。特别是20世纪，特别是20世纪后50年，情况更是这样。而且，今天越来越多的人在形成共识：那个时代的许多事情至少是操之过急了。结果是消灭了旧的，而未能建立新的。①

> 这个世界上有着多种多样的文化是一个客观事实。这个世界上很多文化正在消失也是一个客观事实。这些文化所以消失，大多是因为停滞不前而导致其在现代社会中无法适应，也就是竞争力消失……文化不是一个独立的问题，而是与政治、经济紧紧纠结在一起。任何一个族群与国家，不像自然界中的花草，还可能在一些保护区中不受干扰地享有一个独立生存与演化的空间。基于这样的认识，我不哀悼文化的消亡。但我希望对这种消亡，就如人类对生命的死亡一样，有一定的尊重。尊重旧的，不是反对新的，而是对新的寄予了更高的希望，希望其更人道，更文明。②

文化的发展变迁是历史的必然。这在阿来的认识中是确定无疑的。在此基础上，阿来还认为既然一种文化不可避免地消失了，那就没有必要为其哀伤悲叹。对于阿来的这种态度与立场，文化保守主义者们可能难以接受。而考虑到阿来的族别属性，一些带有民族文化主义倾向和情绪的人可能也不会认可。然而，如果能够比较全面地理解阿来的文化观念与立场，就会发现阿来的这种说法是有其合理性的。这需要从三个方面来理解认识。

首先，需要认清阿来持有这种文化观念和立场的原因。前面已经提及，阿来在创作

---

① 阿来：《有关〈空山〉的三个问题》，《扬子江评论》2009年第2期。
② 阿来：《有关〈空山〉的三个问题》，《扬子江评论》2009年第2期。

上追求的是一种超越地域文化和族别身份的文学境界——普适性。阿来明确表示，他并不无条件地认同"越是民族的就越是世界的"这种笼统说法。虽然他明白每一个作家的创作都离不开特定的文化背景和族别身份，但他更清楚这不是问题的关键所在，也不是一个作家只能在被限定的狭隘的文化范畴内展开书写的理由。作家的视野应该尽可能开阔辽远，作家在关注自己所反映的对象的独特性的同时，更应该关注它与外部世界建立关系的方式，发现这种方式中所包含的新的生活因素和不断丰富起来的新的文化，去努力建设一种新的文化。鉴于此，某种旧的文化消失了也是符合历史要求的。由此看来，阿来更倾向于以前瞻的姿态审视文化，而不赞同以保守的心态和眼光看取文化。至于那些明显已经不符合现代社会发展趋势的陈旧文化，阿来的态度则更为明确，消亡才是合理的，文学创作没有必要为其消亡而哀悼。正是对文化现实的这种理解，才使得阿来抱有了上述文化观念与立场，并在创作中表现出了前瞻式的文化态度。很显然，阿来的这种认识是有相当的合理性的。

　　第二，阿来对文化变迁的不同方式持有不同的态度。阿来认为文化的发展变迁是历史的必然，但他对不同的文化发展变迁方式持有不同的态度。他认为社会发展变化最理想的方式是以最小的代价获得最理想的结果。他说："虽然历史的进步需要我们承担一些必需的代价，虽然历史的进步必定要让我们经受苦难的洗礼，但我还是强烈认为：不是所有痛苦我们都必须承担，如果我们承担了，那承担的代价至少不应该被忽略不计。"[1] 阿来对社会发展的这种观点可以移植到他对文化变迁的看法上。以此来看，阿来希望的文化变迁是一种总体上符合历史发展趋势的文化变迁。他不希望，当然也不认可那种付出巨大代价或得不偿失的文化变迁。换而言之，那种破坏性的文化变迁行为是应该受到检讨和批判的。这与他文学理想中追求"唤醒人的良知"的艺术目的在精神上是相一致的。

　　第三，阿来虽然明言能够坦然接受文化的变迁与消亡，但同时也强调指出，人们在迎接新生事物时，应该对于曾经存在过的事物，怀有足够的尊重。阿来的思想观念和情感纽带，对传统的东西并不是完全排斥的，尤其是那些曾经在历史上发挥过积极功用，在现阶段由于社会的急速发展而被遗弃在历史角落的文化。由此，尽管以历史的眼光审视文化现象，阿来认为它的发展变迁，甚至消亡是必然之道，但同时他还认为，对曾经存在的文化体系，对曾经有那么多人生活于其中的文化环境，应该怀有一种尊重与悲悯的庄重情愫。这就是他为什么要提倡"缓慢的进化，自然的发展"的文化变迁方式的根本缘由。在谈到《空山》的创作时，他有过如下的表述："今天的许多社会问题，大多数可以归结为文化传统被强行断裂。汉文化如此，少数民族文化更是如此……正是基于这样的认知和感受，我的小说中自然关注了文化（一些特别的生活和生产方式）的消失，记录了这种消失，并在描述这种消失的时候，用了一种悲悯的笔调。这是因为我并不认为一个生命可以在任何一种文化中存身。一种文化——更准确地说是生活方式的消失，对一些寄身其中的个体生命来说，一定是悲剧性的。"[2] 在阿来的认识中，从人类

---

① 阿来：《不同的现实，共同的将来》，载《看见》（散文随笔集），湖南文艺出版社 2011 年版，第 158 页。

② 阿来：《有关〈空山〉的三个问题》，《扬子江评论》2009 年第 2 期。

社会整体发展进步的角度看，一种文化的消失虽然是历史的必然，自然也就无需对其哀叹惋惜，但对于曾经赖以生存的众多个体生命来说，却是彻头彻尾的悲剧，因为他们失去了生命得以延续的环境。对于这些因旧环境改变但又无法适应新的环境而难以延续生命的个体，人们应该报以应有的同情与尊重。这是人类的良知，是人类正常情感的自然流露。阿来说在《空山》中描述文化消失时用了一种悲悯的笔调，原因正在于此。

综上所述可以发现，阿来所持有的关于文化变迁与消亡的观念和立场，是一种具有辩证意识的观念与立场。它所表现出的是圆通开阔的文化思维和视野，以及深厚的人道情怀。它不但在理论上具有相当的合理性，而且符合纷繁复杂的文化现实和生存境况。

（二）文化的多元交流、融合与趋同

身为中国少数民族族裔，阿来出生成长于中国边地多个民族交流融合的地区，从小穿梭于不同文化环境之中，用非母语的语言创作出引起世界性关注的优秀作品，声名鹊起后移居中国西南地区经济文化中心的大都市成都，随之而来的是走南行北，几乎踏遍整个中国，与此同时游走于世界各地……如此丰富多姿的人生经历，在丰富阿来写作素材，启迪其写作思维的同时，也使他有机会近距离观察当今世界各地文化发展变化的现实情形。在此基础上，阿来形成了自己对当今世界各地各民族文化发展趋势的基本认识。那就是：不同地区、民族间的文化交流、融合已经势不可挡，全球化浪潮中的文化趋同已经成为当今世界各地区各民族文化走向的大势。那些由于历史原因和地理因素而处于边缘地带的文化，正在或即将不可避免地在全球性的交流中融入强势文化体系内，主动或被动地加入到重构世界文化的新体系的活动中来。对此，阿来在不同场合，以不同的说辞，表达过上述观念。

> 当整个民族文化不能孕育出富有建设性的创造力的时候，弱势的民族就总是在通过模仿追赶先进的文化与民族，希望过上和外部世界那些人一样的生活。①

> 当全球化的进程日益深化时，这个世界就不允许有封闭的经济与文化体存在了。于是，那些曾经在封闭环境中独立的文化体在缓慢的自我演进就中止了。从此，外部世界给他们许多的教导与指点。他们真的就拼命加快脚步，竭力要跟上这个世界前进的步伐。正是这种追赶让他们失去了自己的方式与文化。②

> 前面说过，作为一个写作者与出版人，我的关注点始终是语言，是全球化背景下不同文化和不同语言间的相互影响。在这种相互影响下，一些语言获得生机，表达出新的思想与新的感受，而一些语言对日常生活的覆盖面日渐缩小，更有甚者，则走向衰微或消亡。那些衰微中的语言，消亡的语言，在自己的命运夕阳衔山般走向尽头的时候，却可能把这种语言中所包含的丰富的也是

---

① 阿来：《没有一种固定不变的民族文化》，《青年文学》2009 年第 2 期。
② 阿来：《没有一种固定不变的民族文化》，《青年文学》2009 年第 2 期。

别样的文化感受转移出一部分，被新扩张过来的强势语言所吸收。①

综观阿来在不同文章中所表达的关于文化（文学）交流、融合的言论，以及其他一些零星的相关陈述，至少可以作出以下判断。

第一，从世界各地区、各民族文化发展的整体趋势看，文化的交流、融合与不断趋同，是不可逆转的。而造成这一趋势的根本原因在于世界经济、政治发展的内在驱动。因为文化从来就不是孤立于经济、政治这两个强大存在之外的独立体。文化的发展变迁不可避免地要受到经济、政治的影响，这种影响甚至是决定性的。由于此，在全球化不断推进的当今时代，不能简单地提倡文化的多样性，不能盲目、固执地维护文化的民族性。阿来反对脱离现实的封闭心态和一厢情愿的认识逻辑：一方面热烈呼吁拥护全球化，希望各个地区的经济水平不断提升，另一方面又要求保护地域文化和民族文化。这实在是不切实际的空谈。

第二，对于文化的交流、融合与趋同，阿来在理性上是接受的，但却持有温和的批判态度。阿来明白，文化的交流、融合与趋同并不是一个平等的过程。其情形往往是，在经济、政治上占据强势地位的那个地域或国家的文化，在与其他地区或国家文化交流时，总会占据优势位置。它们依靠经济、政治上的强势，促使其他地区或国家的文化向自己靠拢，把处于弱势地位的文化化为自己的一部分，或取而代之。而处于弱势地位的文化则在追赶或模仿所谓的先进地区的新事物的过程中，甘愿放弃自己的特色，融为强势文化的一个组成要素，甚至甘愿改头换面，变成强势文化本身。对于这种不平等的交流与融合所带来的趋同，阿来怀有戒心，且颇感失望。"今天，全球性的经济危机，正是资本的无止境的贪婪所致，连普通老百姓的生计都抛之于脑后，还遑论什么文化的保护。所以，我对文化多样性的悲观其实是源于对人性的悲观。"② 阿来的这种言说语调和态度，既包含着他清醒的理性认识，也同时潜藏着他对文化交流过程中存在的种种不平等，以及这种不平等所带来的负面影响的无奈与不满。这种无奈与不满，在某种程度上也是一种批判。阿来认为理想的情形应该是，弱势地域和民族的文化应该采取积极的态度，在努力顺应全球化的过程中，把各自先进的文化因素植入正在趋同的文化系统之中（优秀作家的创作就属于此类活动）；不能指望那些热衷于推行经济、政治全球化的商人、政治家采取措施来改变这种不平等的现状。

第三，强势文化在交流融合中并不是绝对地同化弱势文化，而是在占据优势的情况下，也会逐渐改变自身的内容。这是因为当强势文化向不同地区或国家、民族的文化扩张的时候，同样不可避免地会受到这些弱势文化的冲击与改造。在谈到创作中的语言问题时，阿来指出："越是强势的语言越是内容芜杂，越是包含着相互补充或相互冲突的文化感受与不同的价值观。语言自然是通向某种文化的门径，同时也越来越是通向整个人类共同感受与经验的宽阔的门户。"③ 阿来的这种文学语言观，同样适于对其文化交

---

① 阿来：《汉语：多元文化共建的公共语言》，《当代文坛》2006 年第 1 期。

② 阿来：《没有一种固定不变的民族文化》，《青年文学》2009 年第 2 期。

③ 阿来：《华文，还是汉语——香港版小说集〈遥远的温泉〉序》，载《看见》（散文随笔集），湖南文艺出版社 2011 年版，第 262 页。

流与融合趋势的观念的判断上。以此推断，阿来认为文化交流的趋势是，强势文化在包容改变了弱势文化的同时，自身也会不可避免地吸纳弱势文化的有益成分。由此一来，它自身的成分结构也就会发生变化，从而形成一种新的文化体系。

上述关于阿来文化观念与立场的分析阐述，可能还无法全面展示阿来的整个文化思维逻辑。但仅从上述情形来看，毫无疑问，阿来的文化观念和立场，是一种历史唯物主义的文化观念和立场。它具有历史的眼光、发展的眼光、辩证的眼光，其中表现出的文化视野是极为开阔的，且具有宏伟的文化气魄和学识才力。

当然，阿来的文化观念和立场有时也是矛盾的、有偏差的。在谈到《空山》的创作时，阿来描述了中国农村发展的境况，并表达了自己忧虑，认为由于历史原因，中国乡村的变化没有纵深感。这种纵深包括两个方面，一个是"有回旋余地的生存空间"，另一个是心灵世界。之后，他作出了这样的判断与评述："另一个纵深当然是心灵，在那些地方，封建时代那些构筑了乡村基本伦理的耕读世家已经破败消失，文化已经出走。乡村剩下的只是简单的物质生产，精神上早已经荒芜不堪。精神的乡村，伦理的乡村早已破碎不堪，成为一片精神荒野。"①

阿来的这种说法显然是一种带有强烈主观色彩的美好臆测，缺乏广泛可靠的历史事实作依据，是一种浪漫主义的思维与笔法。所谓"封建时代那些构筑了乡村基本伦理的耕读世家"的景象，在中国历史上多大范围内存在过，实在是一个疑点很多的问题。因为在漫长封建时代，广大乡村农民是否拥有读书的资本与权利就是一个很大的问题。即使在广大藏区，话语权掌握在占少数人口的贵族和寺庙喇嘛手里，底层老百姓到底有多少读书习文的机会呢？如此一来，构建"耕读世家"的美好景象从何而来？如果有，也只是极少数人的美好景象，对于广大底层民众来说，只能是海市蜃楼般的美好景象。阿来为什么会有如此美好的感想呢？我个人认为，这是其思维意识中对"田园牧歌"式的精神家园的期盼所引发的艺术渴望。尽管阿来说并不愿描绘那种田园牧歌式的乡村图景，但这种艺术渴望在其作品中还是有所流露的。这也正是有些论者认为他的创作具有逃避现实和反现代性倾向的原因。阿来的这种具有浪漫色彩的乡村想象和美好的历史建构，与他对历史文化所怀有的反思意识是相抵牾的。这种矛盾的存在，其实是阿来文化观念和立场存在矛盾的一种曲折表现。

对"文化认同"研究的反思

文化研究是近二十多年来中国当代文学研究的一大潮流。而关于中国少数民族文学的文化研究，则是这一潮流中一个非常重要的支流。其中有关当代藏族文学的文化研究则占据着显赫位置。在各种有关当代藏族文学的文化研究的思维模式中，探讨、阐释当代藏族文学中蕴含的"文化认同"倾向的研究路数，又是其中的重要一翼。

"文化认同"研究在发掘、呈现当代藏族文学诸多审美内涵中的文化意蕴的同时，却也滑向了一个令人担忧的境地，那就是走进了"泛文化认同"的误区。所谓"泛文化

---

① 阿来：《有关〈空山〉的三个问题》，《扬子江评论》2009 年第 2 期。

认同"，是指不加区别地把文学作品中出现的相关的文化现象，草率笼统地看作是创作者对传统文化的认同与皈依。这种误区出现的根本原因有二：一是对"文化认同"的内涵缺乏全面的理解；二是对作品的认知仅仅停留在浅层结构方面，缺乏对文本深层含义的必要发掘。

不能简单轻率地把作家在作品中对所属族别的文化背景进行展示和描绘的所有创作现象均视为"文化认同"；更不能把作家对传统文化中那些明显已经陈旧、落后的文化事项的描写视为"文化认同"。从根本上说，"文化认同"是创作者将对民族传统文化在认知上的觉醒与情感上的投射相结合之后，产生的一种精神、情感现象。在"文化认同"中，情感的皈依是一个非常重要的因素，它决定了文化主体对自己所关注的文化对象的认识态度与价值判断，并由此决定创作主体的文化描述行为是否必然会为"文化认同"现象。一般而言，"文化认同"暗含着创作主体对传统文化的认可与迷恋，并含有正向的价值判断，隐藏着认同、弘扬传统文化的审美意图。由此来看，在创作中，"文化认同"并不仅仅只是对各种文化现象的艺术展示和描述，它还包含着情感上的皈依与智性上的认可。鉴于此，在探讨、发掘艺术文本中的"文化认同"内涵时，就有必要对文本的深层意蕴进行符合文本内在组织结构的挖掘与阐释，辨析、梳理出作者进行文化书写的真正意图，而不能采取"装进篮子里的都是菜"的模糊思维，盲目偏狭地认为，只要作者在创作中搜罗、展示了大量的文化现象，就必然意味着作家怀有强烈的"文化认同"倾向。如果这样，就难免会留下以偏概全的学术瑕疵。对此我们可以结合阿来的创作作些分析说明。

毫无疑问，从文化背景来看，阿来的创作至少在题材、内容上所依靠的是具有鲜明地域特色和民族特色的地理与人文资源。迄今为止，阿来的小说创作还没有偏离过其与生俱来的地域族群文化背景。因此，与研究其他藏族作家一样，研究阿来的创作也完全可以从地域文化和民族宗教文化的角度切入、展开，并依据相关文化理论推演出阿来创作中有"文化认同"倾向的结论来。毋庸置疑，这样的研究理路是具有一定的合理性的。在某些方面，阿来在文化归属感上的确有"文化认同"倾向，但这仅仅是问题的一个方面，而且是很小的一方面。问题的另一方面是，阿来的创作在很大程度上表现出来的是文化反思取向。这种反思取向在阿来的主观创作意念中，是一种相当鲜明而自觉的艺术追求。鉴于此，如果毫无限度地判定，只要书写了地域民族文化现象就是"文化认同"，显然是一种意图谬误式的臆测性推断。这必然会严重偏离作家文化书写的真实意图。

前面的相关论述已阐明，阿来更看重文学的普遍性意义。这决定了他的文化书写不会局限于一种狭隘的地域民族文化视野。由于此，阿来并不认可那种过分强调文化归属感的创作追求。相反，他非常赞赏能够超越地域民族文化局限的艺术眼光，并始终把它作为自己艺术追求的标高。正是以此目标为鹄的，阿来对印度裔英国籍作家奈保尔给予了很高的评价。他明言自己非常喜欢奈保尔。喜欢的原因不仅仅是这位作家的艺术才华有过人之处，还因为他"没有通常我们以为一个离开母国的作家笔下泛滥的乡愁，也没有作为一个弱势族群作家常常要表演给别人的特别的风习和文化元素"①。顺着这一思路，他指出，受既定文学理论思维意识的影响，国内对类似奈保尔这样的作家的认识不仅不深入，甚至有方向性的错误。"这种错误就在于，我们始终认为，一个人，一个个体，天然地而且不可更改地要属于偶然产生于（至少从生物学的意义上）期间的那个国家、种族、母语和文化，否则，终其一生，都将是一个悲苦的被逐放者，一个游魂，时刻等待被召唤。在这样一种思维定式下，无论命运使人到达世界的哪一个角落，如果要书写，乡愁就将是一个永恒的题目。"② 在谈到中国文学中的乡愁时，阿来的态度基本上是否定的。他认为，在中国的文化语境中，所谓的乡愁其实是由一种胆怯、乏力的想象所虚构的图景。之所以如此，其最根本缘由在于，因为故乡是一个人出生并赖以成长的生命之源，人们习惯于把审美问题转变成纯粹的伦理道德问题，在情感的支配下构建出虚饰的故乡，而真实的故乡却在人们的失忆中被忽略遗忘。对此，阿来的判断是，"失忆当然是因为缺少反省的习惯与反思的勇气"，"而失忆症也从一个小小的故乡，扩展到民族，扩展到国家历史，使我们的文化成为一种虚伪的文化，当我们放弃了对故乡真实存在的理性观照与反思，久而久之，我们也就整体性地失去了对文化和历史，对当下现实的反思的能力"③。从上述引文中不难看出，阿来从艺术作品对虚饰化的故乡进行道德伦理层面的想象性构建那里，发现的是创作者对现实存在的无视与遗忘，这种无视与遗忘最终导致的结果是反省意识的严重缺失。在这里，阿来并不是要完全否定作家对乡愁的书写，而是想强调问题的另一方面，即那些具有文化反思意识和现实批判眼光的作家，不应该被视为是文化的逃离者和背叛者。在他们身上表现出的其实是正视社会现实和反思传统文化的勇气与魄力。他们的创作追求的不是集体意识庇护下的道德安全，而是一种忠于客观事实的艺术表现，并在这种表现中希望打破各种封闭的壁垒而对现实境遇有所改变的文化情怀和现实诉求。

阿来不赞同道德伦理化的文化书写，同时也反对把文学视为展示和阐释地域民族文化的工具。"文学，从其产生的那一天起，就作用于我们的灵魂与情感，无论古今中外，都自有其独立价值。它是文化的一个重要的组成部分，它可以丰富一种文化，但绝对不是用于展示某种文化的一个工具。""文学所起的功用不是阐释一种文化，而是帮助建设与丰富一种文化。"④ 虽然阿来的这种文学观似乎有些理想化，也不完全符合文学产生发展的实际情况，但阿来此种表述的用意却非常明显，具有明确的针对性。那就是反对狭隘的文学文化观念。他强调文学创作对文化的真正功用在于建设和丰富文化，其中包含的认识逻辑是，要用反思的态度对待固有的文化传统，积极吸收各种文化的有益成分，从而使得地域民族文化更加丰富，更具生命力。很显然，要建设和丰富地域民族文化，不对其进行必要的反思是根本不可能的。因为没有必要的反思，地域民族文化中的

---

① 阿来：《不是解构，不是背离，是新可能》，载《看见》（散文随笔集），湖南文艺出版社 2011 年版，第 125 页。

② 阿来：《不是解构，不是背离，是新可能》，载《看见》（散文随笔集），湖南文艺出版社 2011 年版，第 123 ～124 页。

③ 阿来：《道德的，还是理想的》，载《看见》（散文随笔集），湖南文艺出版社 2011 年版，第 133 页。

④ 阿来：《我只感到世界扑面而来》，《当代作家评论》2009 年第 1 期。

消极负面因素就不可能被发现和剔除，所谓的建设和丰富自然也就是一句空话。与反思的文化态度可能催生"文化的建设与丰富"这一结果相比，"文化认同"更多的是一种情感上的追思与皈依。它往往把固有的文化情绪化地想象为一种合理无瑕的理想化的文化生态环境，而看不到其中的负面因素，甚至即使感受到了，发现了，也会在伦理道德和主观情感的作用下视而不见。对于这种文化态度，阿来是持保留意见的。

毫无疑问，在认识理念上，阿来提倡一种具有反思意识的文化态度和观念。而对于自己的创作实践和生活现实，阿来是这样评说的："想想我本人的写作，或者是就在实际的生活中间，一直以来就有意无意回避对故乡进行直接简单的表述，我也从来没有自欺地说过，有多么热爱自己的故乡。"① 看得出，在追求艺术普遍性价值的文学理想的指引下，阿来希望自己的创作有一种超越种族文化和地域文化的世界性眼光。尽管他认为作家在创作中不可能不去表达某种立场和倾向，但具有世界性眼光的作家的立场和倾向，不是简单的民族立场和国家立场，而是一种关于人类共同命运的立场和倾向，诸如民主、自由等理念。他还指出，不要以爱的名义、坚守立场的名义，使得人们对国族和文化的理解更僵死，更民粹，更保守，更肤浅，更少回旋，因此也更容易集体性地歇斯底里。这是他在引用奈保尔这位印度裔的英国作家表述"印度印象"时所说的一句话后的感触。奈保尔的原话是：一个衰败中的文明的危机，其唯一的希望就在于更为迅速的衰败。至此，关于地域文化、民族文化这些宏大的概念和命题，阿来的态度已经相当旗帜鲜明了。有一点需要说明，阿来的这种态度，并不意味着他对民族传统文化和地域文化的全盘否定与彻底抛弃。一个真正具有反思意识的作家，对民族传统文化的优点与缺陷的认识是一样清醒的。阿来就是这样的作家，否则他就不会不遗余力地征用地域民族文化去构建自己的艺术世界，并试图让其包蕴的普遍性价值显现出来，让其隐藏的落后因素暴露出来。在当代藏族文学领域，类似阿来这样具有文化反思意识的作家还有不少。对于这些作家的创作，在进行文化研究时，需要谨慎审视他们的文化态度和文化立场。对"文化认同"在此种情况下的使用限度需要做必要的缩减。

毫无疑问，阿来的创作为我们提供了一个全面考察"文化认同"研究理路的典型案例。受阿来创作的启示，考虑到当代藏族文学创作中文化现象呈现状况的复杂性，对于所谓的"文化认同"，有必要作细致的辨析与清晰的评判。在笔者看来，对待"文化认同"这一文化审美现象，至少应该注意以下几个问题。

一是辨析作品中文化书写的艺术功能。作家在作品中描写地域民族文化现象的艺术意图是多样的，有时可能仅仅只是出于解决题材、搭建结构的需要。在此意义上，作品中的文化现象就是单纯的审美因素，没有，或者很少有额外的文化内涵。所谓的"文化认同"自然也就无从谈起。即便是非要探究、发掘其中的"文化认同"内涵，也需要小心谨慎，不能强拉硬扯、牵强附会。事实上，在当代藏族文学创作中，有许多作家的不少作品尽管包含了千姿百态的民族传统文化现象，但如果从作品的主题旨意上判断的话，会不难发现，这些文化现象并不蕴含鲜明的"文化认同"意味。因为它们很大程度上只是作者用来组织架构文本叙述的艺术元素。在整个文本所营造的审美语境中，这些

---

① 阿来：《道德的，还是理想的》，载《看见》（散文随笔集），湖南文艺出版社 2011 年版，第 131 页。

文化元素承担的是艺术构建功能，作者利用它们只是为了达到自己所追求的单纯的审美建构目的。对于这些更多地承担着鲜明的形式方面的审美功能的文化因素，显然不能不加辨析地以"文化认同"进行牵强附会的阐释，否则就是对文本内涵的严重误解，甚至是曲解。

第二，辨析作者文化书写的真实动机。作品中出现的有些文化现象，往往蕴含着作家对其负面因素进行揭露、反思的审美动机。对于这类文化书写，显然不能不假思索地将其视为"文化认同"。当代藏族作家群中，有很大一部分作家具有鲜明的现代理性意识。他们已经相当充分地认识到了民族传统文化系统中积淀着诸多负面因素，因此他们在创作中会对这部分内容展开严厉的审视与必要的反思。此种反思意识和批判眼光在阿来、扎西达娃、次仁罗布等这些闻名全国，且具有世界性影响的作家的作品中表现得相当突出，在其他一些作家的创作中也时有表现。因此，对于他们笔下的文化书写，需要换个角度加以审视。对于这些带有文化反思意味，表达作者文化质疑态度的文化书写，需要研究者以清醒的文化意识和理智的文化态度来加以检视，从而发掘出其蕴含的真正的审美意图，把作家的对传统文化的反思精神揭示出来，而不是毫无甄别地迷失在"文化认同"的漩涡中赋予它莫须有的审美内涵，从而留下极为浅陋的学术遗憾。

第三，辨析"文化认同"的积极与消极作用。进行文化研究，有必要区别"文化认同"的性质与时代性，并对此作出合适的判断，因为并不是所有的"文化认同"倾向都是应该肯定的。如果"文化认同"是对地域民族文化中优秀内容的继承与发扬，毫无疑问它是值得肯定的。因为无论是旧文化的继承发展，还是新文化的重构建设，都需要传统文化提供资源和动力。传统文化中的优秀成分显然是文化新陈代谢过程中不可缺少的重要资源。作家在创作中以发展民族文化，弘扬优秀传统文化，建设符合时代与人性健康发展的新文化为目的而表现出强烈的"文化认同"倾向，是文化发展与时代进步的需求。但还有另外一种情形需要注意。有些作家出于对民族文化的偏爱，甚至是迷狂，往往会以一种偏执的方式和狭隘的心态来看待地域民族文化。在此种思维模式下，地域民族文化就成了一种至高无上的瑰宝和精华，没有任何需要反思、批判的缺陷。从伦理情感的角度看，这似乎是真正的"文化认同"。但对于此类"文化认同"，显然不能作简单的肯定，而是需要明确地指出其存在的偏狭与贻害。

（作者单位：西藏民族大学文学院）

权力规训的场所与人性展览的舞台

——论阿来小说中的"广场"

曾利君

在文学作品中，空间并不是纯粹物理学或地理学意义上的客体，而是具有社会性、历史性和文化性的场所。在中国文学中，有很多著名的空间意象，如祠堂、茶馆、后花园等，它们既是实体化的空间，又辐射出丰富复杂的政治、经济、文化内涵。阿来小说中的"广场"也不例外，在阿来笔下，广场并不仅仅是"特指城市中的广阔场地"，而是指面积广阔的场地。它不一定专属于城市，有时也分布于乡村，其基本特性是：它是一个可让人们聚会休息的场所，也是人们进行政治、经济、文化等社会活动的空间。阿来在《尘埃落定》《空山》（三部曲）和《行刑人尔依》等小说中，都曾浓墨重彩写到广场，如土司官寨前的广场，行刑人行刑的广场和机村人聚集的广场。在阿来的小说中，广场是权力规训的场所，也是人性展演的舞台。阿来通过广场的书写来表达多方面的主题，其中主要有二：一是反思权力与历史；一是拷问人性。

一

追溯古今中外"示众刑罚"文化的悠久历史，我们发现，"广场"常常和刑罚联系在一起。历代统治者为了立威，在广场示众惩戒犯人的例子比比皆是，这时的广场成了权力阶层对民众实施规训的场所。按照福柯的权力理论，掌权者通过广场的惩戒仪式表演震慑犯罪分子，也使民众在见证惩罚的过程中变得驯服而有所畏惧，以此树立自己的权威。阿来的《尘埃落定》《行刑人尔依》《月光里的银匠》等小说就曾写到，在嘉绒藏区的土司时代，土司、头人等权力阶层时常通过广场上的刑罚惩处活动来树立或巩固自己的权威。在这些小说中，广场既是一个实体化的空间，又是一个权力化的空间，阿来通过对"广场"这一特殊空间所发生的行刑规训活动的描绘，展现了刑罚与权力规训的关系实质，反映了特定历史时期土司制度下嘉绒藏区统治阶级的残酷和民众的不觉悟。

在《尘埃落定》中，让人印象深刻的空间意象除了高大坚固的麦其土司官寨，就是官寨前的广场了，小说首先点明了麦其土司官寨"广场"的功能作用："官寨前的广场是固定的行刑处"，"广场右边是几根拴马桩，广场左边就立着行刑柱。行刑柱立在那里，除了它的实际用途以外，更是土司权威的化身"。也就是说，麦其官寨前的广场并非是供人们娱乐休憩的场所，而是土司对辖地民众进行权力规训、展现权威的重要场所。土司在广场上施行酷刑，既是对犯罪的人的惩处规训，也是对观刑者的一种警示和规训。福柯在《规训与惩罚》中指出，规训就是那些"使肉体运作的微妙控制成为可能，使肉体的种种力量永久服从的，并施于这些力量一种温顺而有用关系的方法"①。麦其土司似乎深谙此道。他不仅和汉地的黄特派员联合，用先进的武器装备增强实力，打败其他土司，扩充地盘，在边境建立自由市场，而且随时惩戒那些威胁或损害他的权威的人。

《尘埃落定》三次写到广场的行刑，一次是麦其土司将杀害头人的罪行嫁祸给头人的管家多吉次仁后，对多吉次仁的惩罚——把多吉次仁的尸体吊在广场上的行刑柱上示众；一次是对汪波土司派来偷罂粟种子的人用刑，贼人被送到麦其官寨前的广场上受刑，行刑人先是对其进行鞭打，然后砍下他的脑袋；一次是对外来的僧人翁波意西用刑，僧人翁波意西因传教而触犯麦其土司，麦其土司把他投进了监狱，然后在广场施刑割去了他的舌头。一般说来，用刑的目的既在于对触犯权威/法律的人实施惩戒，同时也对其他人施行警告。麦其土司的三次刑罚都采用了公开惩戒的方式。福柯指出："公开处决的目的是以儆效尤，不仅要使民众意识到最轻微的犯罪都可能受到惩罚，而且要用权力向罪人发泄怒火的场面唤起恐怖感。"② 在人类历史中，人生来便不得不隶属于不同的等级，处于权力的不同阶层。在麦其土司的领地，麦其土司就是王，位于权力的中心，掌握着他人的生杀大权。为了维护自身至高无上的权力，他在官寨前的广场通过公开的刑罚仪式对触犯他权威的人实施报复，同时也对民众施行警告。阿来通过对广场上的刑罚场景的描写展示了权力规训的残酷性：行刑人面对偷罂粟花种子的贼人，"手起刀落，利利索索，那头就碌碌地滚到地上了"，对翁波意西的行刑场面更是触目惊心——"老尔依走到行刑柱背后，用一根带子勒住了受刑人的脖子。翁波意西一挺身子，鼓圆了双眼，舌头从嘴里吐出来。……刀光一闪，那舌头像一只受惊的老鼠从受刑人的嘴巴和行刑人的手之间跳出来。……那段舌头往下掉了，人们才听到翁波意西在叫唤。"麦其土司用土司的权威来清除来自他者和"异端"的翁波意西的威胁，在"虐杀"式的规训下，传教的自由被剥夺，与此同时，麦其土司通过这种对肉体残酷蹂躏的仪式，向人们宣示他至高无上不可撼动的权力。

《行刑人尔依》中的岗托土司也是以广场规训的方式来建立权威的："第一代土司兼并了好几个部落，并被中原的皇室颁布了封号。那时，反抗者甚多，官寨前广场左边的行刑柱上，经常都绑着犯了刚刚产生不久的律法的家伙。"当时，土司时代刚刚开始，为了稳固统治、建立权威，岗托土司就设定罪名对人进行惩处，并有了专门的行刑人，受刑的人除了小偷、抢劫、通奸者，还有因想要拥有更多寨子而挑战土司权威的头人，有私刻土司图章而获罪的铜匠，有试图在土司领地传播新教义的贡布仁钦喇嘛……惩处人的事通常在广场上进行，犯人们被押解到官寨前的广场，"首先就要绑在行刑柱上示

_____

① 转引自杨大春：《现代性与他者的命运——福柯对理性与非理性关系的批判分析》，《南京社会科学》2001年第6期。
② 〔法〕米歇尔·福柯：《规训与惩罚》，刘北成、杨远婴译，生活·读书·新知三联书店1999年版，第63页。

众"，然后再施行鞭打，或砍手断脚，或挖眼割舌，或者砍头。广场上的这些公开展示的肉体惩罚不仅强化了土司的权威，也激发了百姓关于肉体痛苦的想象，从而起到以儆效尤的作用，岗托土司就是通过广场上的这些残酷的刑罚惩处来让百姓"害怕""痛苦"并"懂规矩"的。

刑罚是当权者为了争夺权力、维护权力及彰显正义的重要手段。从某种意义上说，每一个人都处在权力的控制之下，有权之人为权力而相争，无权之人处处受权力的钳制。刑罚的功能，就是当权者对敢于触犯权力的人的报复。麦其土司、岗托土司对偷罂粟花种子的人的惩罚和对传教的僧人等人的惩处，就带有维护专制权威的意味。

但很多时候，就算受刑者并未触犯判刑者的权力，还是一不小心就可能成为权力的牺牲品。比如《月光里的银匠》中的银匠因技艺太过高超精湛，抢了土司的风头，而为土司所不容，土司说，"他成了老百姓心中的神仙，那就没有再活的道理了"，于是土司就以银匠偷银子为借口而对银匠兴师问罪。惩治银匠照样是在官寨前的广场上，"按照土司的法律，一个人犯了偷窃罪，就砍去那只偷了东西的手。如果偷东西的人不认罪，就要架起一口油锅，叫他从锅里打捞起一样东西。据说，清白的手是不会被沸油烫伤的。官寨前的广场上很快就架起了一口这样的油锅。银匠也给架到广场上来了。……银匠把那只耳环捞出来了。但他那只灵巧的手却变成了黑色，肉就丝丝缕缕地和骨头分开了"，被毁掉灵巧的手的骄傲的银匠在绝望中跳河自杀了。又如在《尘埃落定》中，麦其土司为了抢夺查查头人的妻子央宗，命令多吉次仁杀死了查查头人，但麦其土司却杀死了多吉次仁并篡改了事实。他把多吉次仁的尸体吊在了广场上的行刑柱上，并向人们宣告是多吉次仁欲取代头人的地位而杀死了忠诚的查查头人，在他的阴谋将要得逞而取得头人职位时被睿智的麦其土司识破阴谋并将其绳之以法。他还让不明真相的百姓们对着多吉次仁的死尸吐口水，目的是将其打入万劫不复的地狱。

广场上的刑罚规训究竟是否有效呢？这从广场上刑罚仪式中的看客们的表现可见一斑。在多数时候，民众都成为了驯服的看客。鲁迅曾说，"群众，——尤其是中国的，——永远是戏剧的看客。牺牲上场，如果显得慷慨，他们就看了悲壮剧；如果显得觳觫，他们就看了滑稽剧"[1]。鲁迅对看客的认识可谓深刻透彻，他的《药》《示众》《复仇》等作品对看客的书写更是鞭辟入里。阿来延续了鲁迅对看客现象的审美思考，也写到广场刑罚中的看客们的表现。当官寨上响起长长的牛角号声，百姓们就会从四面八方赶往官寨前的广场，观看刑罚，接受规训。百姓们的"看"一方面体现出广场刑罚的教育功能，另一方面也暴露出民众精神状态的百无聊赖和麻木冷漠，在他们充当看客的过程中其潜在的暴力嗜血的欲望也得到了满足。不管广场上被处以刑罚的人是否真的是叛徒，或者异教的传教者，一旦不与百姓的实际利益发生冲突，都不能触动他们的内心，他们只是满怀兴趣地观赏看戏，表现出人性的冷漠和灵魂的麻木。在《尘埃落定》中，土司要割掉传教士的舌头时，百姓们也兴趣盎然前去观看。"百姓们纷纷从沿着河谷散布的一个个寨子上赶来。他们的生活劳碌，而且平淡，看行刑可说是一项有趣的娱乐。对土司来说，也需要百姓对杀戮有一点了解，有一定的接受能力。所以，这也可以

① 鲁迅：《娜拉走后怎样》，《鲁迅全集》（一），人民文学出版社1956年版，第274页。

看成是一种教育。人们很快赶来了，黑压压地站满了广场。他们激动地交谈，咳嗽，把唾沫吐得到处都是。"有时民众也加入到施刑者的行列中去攻击侮辱犯人，《尘埃落定》中写道，罂粟为人们带来了丰厚的财富，所以当其他领地的人来偷罂粟种子时，人们表现出强烈的仇恨。这时的看客已不是一个纯粹的旁观者，而是复仇者了。广场上的刑罚在这一刻就具有了某种煽动性，它"邀请"民众围观，激发其潜在的敌意，"召唤"起民众的报复欲，于是人们喊叫着"杀！杀！杀死他！"对那个偷盗罂粟种子的人充满仇恨。当然，刑罚对民众的规训有时也会适得其反，也会引发观刑者对统治者的反抗、仇恨与报复，比如《月光里的银匠》中的银匠受刑跳河后，人们默默离开了广场，这种沉默显然带有对死者的同情和对土司的愤恨不满，百姓其后还采取了杀死土司并砍掉其双手的报复行动——"后来，少土司就给人干掉了。到举行葬礼时也没有找到双手。"这里，阿来对广场上的刑罚的书写无疑蕴含着对土司专制的残酷与人性病态的思考。

麦其土司深谙权力之道，他懂得如何利用广场来宣示权力、强化统治，相比之下，傻子二少爷则太过单纯，因为不懂得权力运作，也没有权力野心，傻子二少爷在一次广场狂欢中丧失了推翻老土司的统治，建立自己的权威的机会：傻子二少爷在北方边境获得成功回到官寨，在广场上受到了"百姓们的热烈欢呼"，连没有舌头的翁波意西也说出话来，这一奇迹使得广场上的百姓激动而疯狂，他们把傻子扛上肩头飞奔，可这时傻子看到的不是父亲的骄傲和母亲的欣慰，而是"父亲的惶恐，母亲的泪水和我妻子灿烂的笑容"，因为老土司感受到了傻子儿子对自己权力的威胁，土司太太则感到不安，傻子妻子则看到了傻子将掌握权力的辉煌前景。这个时候只要傻子一声号令，百姓们就会听从他而横扫一切，可惜傻子没明白这一点，也丧失了当土司的好机会。

权力的威势既可以通过广场上的惩处来展现，也可以通过广场上的施舍来体现。在《旧年的血迹》中，色尔古村的若巴头人就是通过宰牲节村中广场一年一度的活动——将广场上铜锅里的杂碎肉汤赏给下人——来品尝权力带来的甜蜜，"那时，头人都带着盛装的太太坐在远处，打着酒嗝，吩咐嘎洛掌勺站在锅边"，人们聚集在广场上等待头人吩咐开锅，"这种短暂而漫长的等待成为一种人人乐于承受的沉默。百姓对即将到口的美味发挥各式各样的想象。头人以此来品尝权力的诱人的甜蜜"。

二

文学是"人学"，文学关注人的生存和命运，也关注人的精神心理，人性因此成为文学的永恒命题之一。优秀的文学作品大多以揭示人性为其基本核心，梁实秋甚至把文学表现人性强调到永恒绝对的地步，他说，"文学发于人性，基于人性，亦止于人性"①。阿来也重视人性的深度开掘，在他的小说中，"广场"这一空间不仅是故事展开的地点，也是透视人性的窗口和人性展露的舞台，如果说《尘埃落定》《月光下的银匠》《旧年的血迹》等小说让我们看到"广场"何以成为权力规训的场所的话，在《空山》《遥远的温泉》等小说中，"广场"则成为人性癫狂表演的舞台，作者通过广场场景的描

---

① 梁实秋：《文学的纪律》，人民文学出版社 1988 年版，第 122 页。

写表达了对人情冷暖、人性善恶的思考。

在《空山》的首卷《随风飘散》中，"广场"是机村村民言行毫无顾忌展露的地方，是他们无论愤怒还是高兴等各种情绪得到充分发泄的地方，也是敞露其人性真相的地方。在这一卷中，作家把读者的目光引领到"广场"这一空间场域，去关注机村村民在广场上对一个名叫格拉的孩子进行集体施暴的事件：恩波家体弱多病的儿子兔子病了，迷信的村民们却归罪于格拉，认为是格拉带着兔子去野地玩耍时而让兔子被花妖魅住了，于是，"这个夜晚，一向平静的机村疯狂了"，全村的男女老少站满了广场，他们手拿火把或手电筒，"一群成年男人狂暴地推搡着格拉这个小小的、惊慌失措的娃娃往村外走"。格拉跌跌撞撞地走着，跌倒后又被人提着领口从地上拎起来："小杂种，快走！"那么多狂暴的声音和又狠又重的手，将格拉推向村外的野地里。格拉与他的母亲桑丹是机村的外来者，十多年来格拉一直因为是个没有父亲的野孩子而被机村人歧视排挤。广场上针对格拉的这场暴行实际上是机村人的恃强凌弱和对一个小孩的群体施暴，反映了机村人的冷漠凶狠与人性的迷失，甚至在暴行发生后格拉母子从机村消失，"却不曾被任何一个人注意到。也许有人注意到了，却假装没有注意到"。阿来以"随风飘散"作为这一卷的标题，实际上是在喻示，"文化大革命"开始以后，由于寺庙被毁，宗教缺失，藏族人的传统道德观念随之坍塌，在机村，美好的人性已随风飘散，人与人之间的冷漠与猜忌构成了生活的主调。在机村广场上演的这一幕集体施暴的悲剧，映现了特定历史时期藏族村落神性的消失与人性的灼伤，这时的机村已变成额席江老奶奶所说的不适合格拉那样的孩子生长的"烂泥沼"了。

阿来也通过"广场"来展现统治阶层的欲望心理与人性扭曲。在《尘埃落定》中，麦其土司和大少爷为领地、权力而扩张征战，试图将土司之位世代传承下去。而在土司家庭内部，权力欲望的争斗也使得人性扭曲。权力的诱惑使麦其土司不想失去既有之位，所以迟迟不肯传位给儿子，大少爷则害怕傻子二少爷与他争夺土司继承人之位，所以时时防备。在权力欲望的漩涡中，亲情不复存在。小说借助一场广场狂欢的场景，将老麦其土司与大少爷的权力欲望及其人性的幽暗暴露无遗：当傻子二少爷从北方边界回家时，麦其领地的百姓们发自内心地欢迎他归来，他们如同过节般欢聚在广场，在官寨前的广场上汇成了欢腾的海洋。而傻子二少爷的父亲和哥哥这时却躲在官寨里迟迟不肯露面与傻子相见，那是因为他们担心在北方取得巨大成功的傻子二少爷回官寨时会向官寨发动进攻，进而夺权成为新土司，所以他们提防着他，他们悄无声息地躲在官寨里静观事态的发展。这里，寂然无声的麦其官寨与欢腾的广场形成了鲜明的对照，而权力欲望对人性的扭曲及其造成的亲人间的猜忌与隔膜在此也可见一斑。

从某种意义上说，人的思想和行为都是他的本性和他所处的环境相互作用的结果，处在"文革"这一非常政治时期的人们可能由于政治因素的影响而本性迷失，其思想和行为则走向非理性的状态。阿来的《空山》《遥远的温泉》等作就通过广场场景，展现了人性的癫狂，引发人们对政治与人性的关系的思考。

在巴赫金看来，"文学作品中情节上一切可能出现的场所，只要能成为形形色色的人们相聚和交际的地方，诸如大街、酒店、船上甲板，都增添一种狂欢广场的意味"①。在广场上，来自集体的情感和力量可得到充分展现，这从《空山》所描绘的"文革"时期的广场式狂欢可见一斑。在"文革"时期，狂欢节的浪潮冲破了禁忌，它放任汹涌澎湃的欲望激情，当"文革"之风刮来时，机村外面的县城也俨然成了狂欢化的广场："一路的电线杆子上都挂着高音喇叭"，喇叭里喊着"无产阶级文化大革命万岁！"，多吉和其他犯人被押解县城示众批斗时，县城是一片"躁动的，喧腾的，愤怒中夹杂着狂喜，狂喜中又掺和了愤怒的红色海洋"，"广场上更是人山人海，翻飞的旗帜还加上了喧天的锣鼓，上面有人声音洪亮地振臂一呼，下面，刷一片戴着红色袖章的手臂举起来……他们又唱了非常激昂，非常愤怒的歌，然后宣判就开始了"。多吉被押解到县城，"看到不知为什么事情而激动喧嚣的人群在街道上涌动，天空中飘舞着那么多的红旗，墙上贴着那么多红色的标语，像失去控制的山火，纷乱而猛烈……车窗不时被巨大的旗帜蒙住，还不时有人对着车里挥舞着拳头"。在这个狂欢化的广场运动中，每个人都以滑稽而热情的举动参与其中，群众在一种集体性的狂热氛围中失去了理性。《空山》中的示众批斗场面和广场描写表明：在某种程度上，"文革"带给社会的冲击，它的广场化和全民化，它的颠覆性和膨胀化，都具有浓厚的狂欢化广场特征。

虽然"文化大革命"结束距今已有三十几年了，但人们对这一重大政治运动的反思从未停止过。阿来的短篇小说《遥远的温泉》让人看到，"文革"时期，"革命"革除了人与人之间的温情，广场上的斗争会把亲戚、邻里关系变成了革命与被革命、批斗与被批斗的关系：担任民兵排长的表姐向舅母喊话，叫其背来柴禾在广场上燃起火堆，夜晚人们在寨子中央的小广场上批斗成分不好的舅母，"人们聚集在寨子中央的小广场上，熊熊火光给众人的脸涂抹上那个时代崇尚的绯红颜色。舅母退到火光暗淡的一隅（接受训示）。火把最靠近火堆的人的影子放大了投射出去，遮蔽了别人应得的光线与温暖。我们族人中一些曾经很谦和很隐忍的人，突然嗓音洪亮，把舅母聚集家庭财富时的悭吝放大成不可饶恕的罪恶，把她偶尔的施舍变成蓄意的阴谋。"舅母由于阶级成分不好，加之曾施舍因得病而被村里人歧视的牧马人贡波斯甲，而成了广场斗争会的讨伐对象，遭到了族人和乡亲的控诉批判。作者通过广场斗争会告诉我们："文革"破坏了人与人之间的正常关系，也扭曲了人性，使亲人、族人变成了敌人，小说由此表达了对"文革"的反思。

在阿来的小说中，广场是一面镜子，它照见人性的邪恶和阴冷，也照见人性善的光亮。比如《空山》写道，对于残忍地对待格拉母子，机村人事后也曾有过反省与自责，众人在广场喝酒的那一天，机村人就曾良心发现，为桑丹母子抱屈，"在每月里那个喝酒的日子，打到酒的男人们一个个在广场上坐下来，很快就围成了一个大大的圈子"，当恩波趁着酒意责骂来自汉地的杨麻子"你为什么不滚回你的老家去"时，父亲也是汉人的张洛桑发话了，他质问机村的男人："是不是机村再也容不下走投无路的人了？"他谴责"有人把桑丹母子逼走了，现在又想把杨麻子逼走"，这时恰巧大风吹倒了桑丹家的木门，带来一声巨响，人们怀疑是桑丹母子的鬼魂回来了，这时人们才又"想起了离

---

① 〔苏〕巴赫金：《巴赫金全集》（第 5 卷），白春仁、顾亚铃译，河北教育出版社 1998 年版，第 142 页。

开机村已久的格拉母子"，并意识到机村人对他们并不"慈心仁爱"的事实。在良心发现后村民们才发觉对这对可怜的母子先前的做法太过分，机村人在反思自责中也在试图改变自己，当格拉母子后来回到机村时，机村人对他们表现出了极大的友善：当时，机村的人们又都聚集到广场上，"差不多整个机村的人都集中到广场上来了"，他们静静地站着，有的人甚至发出了低低的啜泣。每户人家都给格拉家带来了东西，如茶叶、盐、酥油、麦面等，也带来了愧疚的心情和温暖，整个村子都"沉浸在一种赎罪的氛围中"。他们静静地等待这对母子吃完重回机村后的第一顿饭，当桑丹和格拉吃完饭走出屋子时，恩波笑了，广场上的人们都笑了，生产队长这才放开嗓子大喊一声"上工了"！村民们带着愧疚和愉悦的心情离开了广场。这些说明，机村人虽然一度人性迷失，但良心尚未完全泯灭，此时此刻，他们就走向了善，也因此获得了人性的复归。

《空山》之"天火"卷则写到"文革"初期机村所遭遇的前所未有的大火，写到政治的迷狂、人性的迷狂及其在毁灭一切的大火后理性的恢复，展示了疯狂迷乱的"文革"时期的天灾与人祸。由于森林的砍伐和罕见的干旱，机村突然山火爆发，可是外来的工作组并未采取积极的救火策略，而是不断开斗争会或誓师大会或者学习会。人们忙于搞阶级斗争——忙于揪暗藏的阶级敌人，忙于批斗反革命分子，忙于喊口号、唱歌，忙于搭帐篷、放电影，机村人也身不由己卷入其中，大家都把救火的事搁置在一边，结果让火势蔓延到无法扑灭，演变成一场毁灭一切的大火。这场从天而降的火，不但烧毁了森林，更烧毁了机村人的人性中的美好，机村人开始无休止地偷外来救火者的东西，连救火女英雄的母亲也将医院的痰盂偷回家盛放酸奶……所幸的是，在这场毁灭性的天火之后，机村人逐渐从迷狂中清醒过来时，机村人在广场上表达了新生的欢愉之情：在那场烧毁森林的大火燃过之后，雨水一直下，把烧焦的世界清洗干净了，把蒙尘的心灵也洗净了，劫后的世界又露出了生机。机村人深感上苍对他们的眷顾，于是他们满怀感激之情和新生的欢欣，涌到了广场上，齐刷刷跪下，祈求上天保佑。这时，美嗓子色嫫唱起了关于机村部族起源的歌，"她明亮的歌声里，有老歌里对造物的感恩也有老歌里少有的新生的激情与欢欣"，广场上"所有人都跟着那明亮的歌声唱了起来"，那些天，太阳一出，"大家就自发地来到广场上唱歌"。这时的机村人才又恢复了对自然的感恩和敬畏，并记起了祖先的历史，记起了自己的来处。

结　语

在阿来的小说中，"广场"不仅仅是一个物理空间，也是社会空间和文化空间，人们在这里以个人或集体的身份进行活动，反映了日常社会生活和社会时代动向，也映现出人们的精神生态。不过，阿来很少描写广场的宏阔或各种装点广场的景观，阿来关注的是汇聚在广场的人的言行表现及其背后丰富复杂的社会历史内涵，因为"离开了人的活动人的故事和精神，广场空间就失去意义"①，在阿来的小说中，"广场"这一社会的

---

① 张鸿雁：《城市空间的社会与"城市资本论"——城市公共空间市民属性研究》，《城市问题》2005年第5期。

集体性的空间展现着特定历史时期人们的思想和行为，也透射出藏区的历史面影、文化气韵及其神性的消失、人性的灼伤。透过广场，可看到等级森严的土司社会里，权力如何左右着各阶层人的命运，看到近半个多世纪以来，嘉绒藏区的现实世界和人们的内心世界又发生了怎样的改变，看到作家对民族生活、文化、历史的展现，和对权力、人性的思考，而这些也许正是阿来作品具有"深刻内涵"的重要证明。

（作者单位：西南大学文学院）

变化的时代与表达的欲求

——从阿来《空山》中的文体试验论起

冯庆华

自《尘埃落定》以来，学界对阿来的作品关注越来越多，研究范围几乎涉及历史、社会、民族、宗教、人性等可能指涉的大部分领域。这种关注一直延续到《空山》。至今，对于《空山》的研究已涉及主题的各个层面，对于《空山》形式方面的研究已经有了不少成果，如祝成明的小说诗意化论述，徐坤的"诗一般的韵律和形式"，李敬泽对其"新鲜、单纯、透明"语言风格的概括；结构方面如张学昕对其"语言性结构"的概括，徐其超对其作品中"圆形结构"的概括，还有邱华栋提出的《空山》的"橘瓣式"向心结构，付艳霞提出的"道路小说"的结构模式，郜元宝"打碎的瓷器"的结构模式的概括，都从某一角度概括了阿来作品的结构特点。但对于阿来作品中另外一个试验性元素——《空山》中每卷后面类似于附录式的"事物笔记"和"人物素描"——却尚未有学者言及。这种文体的设置与刘震云《故乡天下黄花》中的附录以及王蒙的《这边风景》中每章后面的"小说家语"相似而又不同，各有其在作品中的结构性功能和意义。本文便试图对阿来这种文体设置的现象、功能及意义加以论述。

一、《空山》中的文体试验

《空山》是一部一百多万字的长篇巨著，尽管这部作品主题上是对《尘埃落定》的延续，但其结构安排上则呈现出颇多的新意。首先它没有像《尘埃落定》那样的常见章节安排，而是采用传统的"分卷"结构。但又与传统纯粹的分卷不一样，《空山》分为六卷，每卷的主体结束后，都安排两个"尾巴"，如第一卷后的《马车》《马车夫》，第二卷后的《报纸》《瘸子》，第三卷后的《水电站》《秤砣》，第四卷后面的《脱粒机》《丹巴喇嘛》，第五卷中的《喇叭》《番茄江村》，第六卷中的《电话》《自愿被拐卖的卓玛》等。

阿来把每卷后面的两个"尾巴"分别命名为"事物笔记"和"人物素描"。卷一后面的《马车》中，作者讲述了马车在机村的出现。机村人之前没见过马车，某一天社长格桑旺堆牵了几匹马，从乡上驮回一些神秘的"重物"，麻布挑开后，他们看到"几只橡胶轮子和支撑橡胶轮子的钢圈，再有就是能把两只大轮子连接起来的转轴，轴套里的滚珠轴承"。并且所有铁件东西都散发着刺鼻的厚厚油脂气味，直到木匠南卡按照格桑旺堆带回来的一张画满"横横竖竖的线条"的图纸做出了马车的木头架子，大家才知道了汉语词汇"马车"。随后的"人物素描"介绍了机村历史上第一位也是最后一位"马车夫"。作者描写了马车夫诞生的神圣时刻和麻子成为马车夫后的优越感。但这一切很快成为过眼云烟，"拖拉机手"不久便取代了"马车夫"。

并非每卷的"事物笔记"和"人物素描"都有如此逻辑关系。卷二中的事物笔记《报纸》记录了"报纸"刚出现在机村的头两年，在当时机村人的眼里，报纸和过去喇嘛们手中的经书一样神圣。每次开会读报纸，被指派去取报纸成为一种荣耀，甚至在年轻人中间造成了猜忌与竞争。扎西东珠因为用火药枪把当作靶位的报纸上的领袖头像打穿而被关进拘留所。等他从拘留所出来时，报纸已经成为再普通不过的废纸了。本卷的人物素描则记录了机村的两个瘫子；接下来的卷三后面回顾了水电站的建造过程，随着发电员合上电闸，机村人看到了有史以来从未有过的光亮。在卷四的"事物笔记"《脱粒机》中，我们看到了脱粒机初到机村的年代，人们由开始对于脱粒机带来的效率与速度的惊奇，到后来习以为常，在习以为常中又怅然若失；"人物素描"中丹巴喇嘛的遭际向读者展示了宗教世俗化的过程。卷五的"事物笔记"中叙述了《喇叭》在机村的出现、普及并成为村民生活的一部分，但最后退出历史舞台却浑然不觉的过程；本卷"人物素描"记述了"番茄江村"名字的由来，我们看到番茄在机村的出现。卷六的"事物笔记"讲述了电话出现在机村的历史。像喇叭一样开始在机村人的心目中神圣的电话，几年之后便被弃置不用了。在事物的更迭中，机村已经走进了商品经济时代。在这样一个时代，传统的观念遭受着冲击甚至颠覆，子报父仇的观念被对新时代、新事物的追求代替，虔诚的宗教信仰也都披上了商品经济的外衣。连机村的姑娘也向往着山外的现代文明，于是有了最后一个"人物素描"——《自愿被拐卖的卓玛》。收厥苔的贩子出现在机村，卓玛与机村的妇女一样在林子里采摘野菜，从小贩那里换回点钱。但卓玛从小贩的口中，尤其是从酒心糖中感悟到了什么，她主动让小贩把自己卖掉。当然不是图这点钱，此时机村人已经不缺这三五千块钱，她是向往山外那个未知的世界。外面的世界当然并不真的美好，如"电话"中夏佳绛措家的大儿子，回家的时候拿出手机，表弟觉得他很风光，后来表弟自己有了手机才知道那都是装出来的，村里根本没信号。好不容易爬到山顶才勉强打通电话，电话那头传来的却是疲惫不堪的声音。但走出去，或者走进现代的感觉就像酒心糖一样，可能会尝到酒的辛辣，但辛辣过后，"反倒使口中的甜蜜变得复杂起来"。

读完"事物笔记"和"人物素描"，会发现"后缀"所传达的内容与每卷正文的内容并没有人物和情节方面的直接联系，事实上这些"事物笔记"和"人物素描"大都曾经作为单篇收在阿来的其他文集中。如果一定要寻找主体和后缀之间的联系，大概只能从其深层内涵去挖掘了。从上下文对照来看，"事物笔记"与"人物素描"是一系列理解时代和作品主题的关键词。这些关键词与作品正文中出现的另外一些现代的词汇，如"再生能力""母机""机器""电"等都是"现代"表现出的某些"症候"，随着这些现代词汇的泛滥，诗意栖居的时代消失了。

这些词汇正是阿来思考的焦点。新事物的出现使阿来对于社会的剧烈变化感到惶惑不安并开始思考，因为思考开始写作，而这些词汇便构成了阿来的思考历程上的一个个路标。他努力捕捉变化中出现的新的事物和现象，希望通过这种梳理找出这些现象下个体无所适从、惶惑不安的深层根源。这些"事物笔记"与每卷正文中出现的新词汇一样，都与历史记忆相关，作者在此传达出一种对当下新旧交替，传统与现代消长过程中的矛盾态度，也是试图对正在变化的时代，尤其是对于刚刚过去的历史作一个梳理。阿来一方面意识到民族传统中的落后、偏狭（如没完没了的"子报父仇"传统），在新的时代下发生着变化，如更秋家老五与拉加泽里的一段对话：

> "求求你恨我吧。""为什么？""那样我就能找你报仇，我报不了，让儿子
> 来报！"拉加泽里说："你儿子就想唱歌，当歌星，不想替他老子报仇！"老五
> 一脸茫然："那就不报了？"

包括更秋家几兄弟，原来都是"打架亲兄弟，上阵父子兵"，当拉加泽里让他们替老五报仇时，他们面对新社会环境下的法律，都退缩了。社会环境的变化让传统"子报父仇"伦理情结消解了。

另一方面阿来又留恋传统文化中的温馨元素，这似乎是传统文化消除过程中的惰性元素。对待传统环境的改变我们难以作出单纯否定或肯定的判断。如剧变对于传统秩序的彻底性颠覆与破坏又让阿来感受到诸多不安，他这样讲道："过去，因为没有公路，没有公路上来来往往的汽车，这个世界比现在寂静，几里之外，人的耳朵就能听见河水交汇时隐隐的轰响。现在，这个世界早已没有那么安静，人的耳朵听了太多的声音，再也不能远远听见涛声激荡了。"

阿来对于与工业时代相关的新事物对传统文化——尤其是"诗意栖居"的生活状态的冲击感到不少遗憾，但也同时对这种新生的事物带着某些憧憬。阿来正是在这种对未来渴望和对于既往成长岁月留恋的双重矛盾中进行写作的。

对于这种对传统的留恋，阿来在一次访谈中作了否定："当我们没有办法更加清晰地看到未来时，这种回顾并不是在为旧时代唱一曲挽歌，而是反思。而反思的目的，还是为了面向未来。如果没有这种反思，历史本身就失去了价值，只不过文学的方法比历史学普遍采用的方法更关注具体的人罢了。"① 我想阿来的这种解释或许是他如此写作的初衷，但他否定自己对于传统的留恋本身就是思想矛盾的外现，大约他自己都没弄清楚自己面对当下，两种情感孰轻孰重。

作家不是因为已经清楚了一个对象才去写作，而是为了弄清楚这个对象才去写作，从这个层面讲，写作是梳理内心复杂情势的过程。正是二者的矛盾引发了阿来的困惑，正是这种困惑引导阿来的写作走向深入，也引发了读者的共鸣。因为在这样一个急剧转型的时代背景下，困惑的绝不只是阿来一个。那么阿来是如何通过写作达成这样一个目标的呢？

---

① 阿来：《空山》，人民文学出版社 2009 年版。以下引用《空山》内容，均出自该版本。

二、"文体试验"与小说主体的互文

阿来作品中，从《尘埃落定》到《空山》一直有一个贯穿其中的主线：变化。因为各种外来和内在的原因，时代在变，环境在变化，时代和环境逼迫着每个个体都在变化。《尘埃落定》中以傻子的视角这样叙述：

> 父亲正一天天变得苍老，经常把一句话挂在嘴边，说："世道真的变了。"
>
> 更多的时候，父亲不用这般肯定的口吻，而是一脸迷茫的神情，问："世道真的变了？"
>
> 我能感受到这种变化，而兄长却感受不到。（《尘埃落定》184 页）①

时移则事易，"傻子"凭着超出常人的第六感觉很好地捕捉到了这些变化，成为一个"先知"，他对那些看不到这一点的人感到惋惜。看到女土司自以为是，傻子想："她是一个能干的女人，但这个女人不够聪明，她该知道，世界正在变化。当这世界上出现了新的东西时，过去的一些规则就要改变了。可是大多数人都看不到这一点。我真替这些人惋惜。"（《尘埃落定》242 页）因为感受到这些变化，他做出一系列匪夷所思的反应和行为，如他待下人如朋友，他对于兄长的小聪明不屑，他在领地北方建起的第一个贸易市场。当"他们看着土司领地上第一个固定市场的缔造者骑马走过，谁也想不明白，一个傻子怎么可能同时是新生事物的缔造者"。

在这个变化的过程中，"时间"作为一个关键词，在作品中随处可见：

> 生活在这里的人，总爱把即将发生的事情看得十分遥远。我问他有没有感觉到时间过得越来越快了。店主笑了："瞧，时间，少爷关心起时间来了。"他说这话时，确实用了嘲笑的口吻。……最后，他把脸上的酒擦干净，说："是的，时间比以前快了，好像谁用鞭子在抽它。"

当然这里的时间不是客观的时间，客观的时间一直这样随着太阳的东升西落一天天过去，这里是指主观的时间。我们明显我们感受到生活和社会节奏快了，我们可以在很短的时间内见证一个事物的发生和消亡，如："我确实清清楚楚地看见了结局，互相争雄的土司们一下就不见了。土司官寨分崩离析，冒起了蘑菇状的烟尘。腾空而起的尘埃散尽之后，大地上便什么也没有了。"这是"傻子"对于新时代的预言，也是阿来对于那一段历史的当下性体验。叙述者试图通过"傻子"的心理活动梳理这种变化："有土司以前，这片土地上是很多酋长，有土司以后，他们就全部消失了。那么土司之后起来的又是什么呢，我没有看到。我看到土司官寨倾倒腾起了大片尘埃，尘埃落定后，什么都没有了。"

《空山》中延续了这种对于时代变化的探索。六卷内容讲述了机村 1949 年后的历史，时间上与《尘埃落定》相接，主题上也有很多联系，只是呈现主题的过程显得更加

---

① 阿来：《尘埃落定》，人民文学出版社 1998 年版。以下引用《尘埃落定》内容，均出自该版本。

成熟与稳健，对于主题方向的把握更加清晰与明确，更显示其对历史思考的深入和艺术探索的自觉。从这方面来看，《空山》可以说是《尘埃落定》的续编。《空山》中从卷一到卷六的《随风飘散》《天火》《达瑟与达戈》《荒芜》《轻雷》《空山》分别按照故事发生的先后顺序展示了机村 1949 年后的几个连续性时段，几个连续性时段又构成一个时代，如同一段电影胶片，这段时代向我们传达了一种感觉："变"。

　　时代的这些变化表现在社会、生活、思想以及与之伴生的价值观等方方面面。阿来追逐着记忆中变化的轨迹与标志。如价值观在发生变化："勒尔金措漂亮，但村里好多男人都不愿娶她。她细腰白脸的漂亮，不是机村占主流地位那种健壮的美。老人们叹息，说要是搁在解放前，这样纤弱柔媚的美丽，早引得不事生产的土司头人打马上门了。但在全体人民都下到庄稼地里，还担心填不饱肚子的年代，谁还能欣赏这样的美感呢？"这种变化与物质匮乏相关，也与政治的导向相关。这一切似乎从一个人的出现开始："他（杨麻子）也是机村来历不明的人物之一。机村人只记得，那年他前脚到这个村子，后脚，解放军也来了。从此，一个人可以随意浪游世界的时代结束了。"（《空山》28 页）从此统治着当地人精神的价值观开始改变，他们长期以来对世界的认知习惯都在面临着挑战，如："机村人至今也不太明白，他们祖祖辈辈依傍着的山野与森林怎么一夜之间就有了一个叫做国家的主人。当他们提出这个疑问时，上面回答，你们也是国家的主人，所以你们还是森林与山野的主人。但他们在自己的山野上放了一把火，为了牛羊们可以吃得膘肥体壮，国家却要把领头的人带走。"他们熟知的常识被新的"形势"所取代：

　　　　形势，形势。他现在最怕听到这个字眼了。让人想不明白的是，地里的庄稼还是那样播种，四季还是那样冬去春来，人还是那样生老病死，为什么会有一个看不见摸不着的形势像一个脾气急躁的人心急火燎地往前赶。你跟不上形势了，你跟不上形势了！这个总是急急赶路的形势把所有人都弄得疲惫不堪。形势让人的老经验都不管用了。

　　　　老经验说，一亩地长不出一万斤麦子，但形势说可以。

　　　　老经验说，牧场被杂生灌木荒芜了，就要放火烧掉，但形势说那是破坏。

　　　　老经验说，一辈辈人之间要尊卑有序，但形势鼓励年轻人无法无天，造反！造反！

于是，旧的规则被破坏，新的规则被定下，如当地人取柴禾时，"哪几家人砍哪一片青杠林作为薪柴，都有一定之规。这还不是规矩的全部。青杠树在当地算是速生树种，采伐薪柴时，都是依次成片砍伐。从东到西，从下到上，十来年一个轮回。最早砍伐的那一茬，围着伐后的桩子抽出新枝，又已经长到碗口粗细了"。可是，"当人们可以随意地对任意一片林子，在任何一个地方，不存任何珍爱与敬畏之心举起刀斧，愿意遵守这种古老乡规民约的人就越来越少了"。

　　当然更多的变化还是新生事物的出现引起的。如汽车到来在很多人内心激起的波澜："从此，一直蜗行于机村的时间也像给装上了飞快旋转的车轮，转眼之间就快得像是射出的箭矢一样。"这也是马车开进村那天人们的感受。社会前进的节奏越来越快，

"马车这个新生事物在机村还没运行十年，就已经是被淘汰的旧物了"。赶马车的麻子，那个旧时代的英雄，再也没有用武之地了。那匹传说中的马，也就慢慢地被人们忘记了。

时代在急剧地变化着，马车来了，拖拉机来了，汽车来了，千年大树被伐倒的速度越来越快，似乎人在大自然面前更加强势了，但人们并未因时代的变化而轻松起来："看来，有些悲观的论调所言不差，公路修通了，机村人还是用双脚走路，而且因为汽车的开通而担负起这从未有过的劳役。很多人的肩膀磨破了，流出些血水倒还没有什么，反正皮肉可以重新长出来的。但脚上穿的牛皮靴子，在这极端负重的情形下，比平常费了很多倍，这个损失可没有人来帮他们补偿。"于是对于这种变化所有人都显得惶惑不安，叙述者描绘了这样一个场景作隐喻："当年机村的大美人，坐在水泉边那丛老柏树下用昏花的眼睛向这边张望。当今的世事，大睁着一双好眼睛的人，识文断字的人都看不清，你又能看见什么呢？"

与每卷的主题表达相呼应，《空山》里每卷后面的"事物笔记"和"人物素描"所记录的某个事物和人物看似普通随意，实则都与小说的主体相关，如第一卷后的马车、马车夫，第二卷中的报纸、瘸子，第三卷中的水电站、秤砣，第四卷后面的脱粒机、丹巴喇嘛，第五卷中的喇叭、番茄江村以及第六卷中的电话、自愿被拐卖的卓玛，读者可以从这些事物和人物的交替出现中同样感受到时代各个层面的变化，感受到其与正文主题精神的暗合；并且这种词汇本身就是一个剧变时代的象征符号。"事物笔记""人物素描"所记录事物传达的所指与正文主题的相关性，及各篇"事物笔记""人物素描"中情节与每卷主体情节的疏离正好形成一种张力，这种张力吸引读者去关注和更深入思考小说的主题，从而使这种试验性文体与每卷小说的主体所指形成强烈的互文效果，让读者在检阅这些人与物的同时对世界的变化与个体难以适应的窘况产生共鸣与反思。

三、文体试验的编年意义

我从阿来对《空山》主题的叙述中看到那种对于变化的困惑。这种变化体现在生活的不同层面，有生存环境的变化，如树木被滥伐后光秃秃的山、通到村里的公路等；有生活设施的变化，如酒吧的出现、手机的出现；更有人观念的变化，这在上文已经论述得很充分。但所有的变化都围绕着时间之经延伸，这种对于时间之经的记录体现在阿来的历史叙事中。

《尘埃落定》和《空山》都是各自记录一段历史，并且两段历史是连贯的。也可以说从《尘埃落定》《空山》到《格萨尔王传》，阿来历史书写的意识越来越强，只是进行历史写作的阿来并没有很明确地记录时代，直到 2014 年新出版的《瞻对》才开始出现明确的历史纪年[①]。阿来在一次访谈中也提到有没有明确纪年与自己掌握的资料有关，但我认为是否明确道出事件发生的具体年月并不重要，关键在于作者能否客观地再现那个时代的画面。如《子夜》写作之前，茅盾曾讨论到小说的故事时间。相对于那种隐没

---

① 《瞻对》的开篇阿来便写道："乾隆九年，公元 1744 年。"出自阿来：《瞻对》，四川文艺出版社 2014 年版。

故事时间的作品，他特别指出："至于标明发生在何年何代的历史小说，那就有了确定的范围，<u>丝毫不能移动了</u>。在这里，作者应该实践他的宣言，把正确的时代情形写出来。"此处我能看出阿来的历史叙事追求，判断的主要依据就是其中出现的标志性事件和物件。

　　文体试验中的每一部分都是记录那个时期的一个事物，如马车、报纸、水电站、脱粒机、喇叭、电话等，这些事物的出现、盛行与常态化甚至消失都与20世纪特定的年代息息相关，如梭罗的《瓦尔登湖》中写道："很久以前我丢失了一头猎犬，一匹栗色马和一只斑鸠，至今我还在追踪它们。"至少在作者的记忆里，这些是他丢失的部分人生，刻画在作者成长的年轮中。如胶轮马车的出现，很容易让读者，尤其是经历了这个时代转型的读者，记起成长中的岁月。马车在中国历史上出现得比较早，但胶轮马车则是20世纪中期才在中国出现的。最早出现胶轮马车的文学作品在我的阅读经验中是丁玲的《太阳照在桑干河上》，小说写的是20世纪40年代末的事情，当时顾涌的"胶皮轱辘"马车在周围几个村庄是第一辆。史料方面据《山西交通志》记载，山西在20世纪50年代开始出现并用于运输货物。此时在西方曾经风行的公共马车已经随着第二次世界大战后公共汽车的普及退出历史舞台，而在中国胶轮马车还是一种新兴事物。这是一个时代转型开始的标志，一种农业和工业元素混合的产物，它具有了工业的某些元素，如轴承、胶轮，但它的动力却是靠马拉。这点上与后面的"事物笔记"越来越摆脱农业时代的特点进入工业时代形成一种呼应。阿来在"事物笔记"中写道："此前机村有马，也有马上英雄的传奇，但没有车，没有马车。"之后他叙述了机村里如何出现第一辆马车的过程。与"马车"出现的相关人物是马车夫麻子，曾经在村里风光过一阵。但很快拖拉机出现了，"村里人跟在拖拉机后面，发出了阵阵惊叹。只有麻子坐在村中空荡荡的广场上，点燃了他的烟斗"。面对麻子的落寞，作者感叹："这也是一种宿命，在机器成为了新生与强大的象征物时，马、马车成了注定退出历史舞台的那些力量的符号，而麻子自己，不知不觉间，就成功扮演了最后的骑手与马车夫、最后一个牧马人的形象。他还活着待在牧场上，就已经成为一个传说。"这里阿来是在记录着历史，同时也作为历史的见证者，对自己置身其中的时代发出感叹和作出评价。他为这个变化不居的时代而感叹，为其中人物的迷惑不解而思考惶惑的源头。报纸媒介的衰落如今已经是不争的事实，但报纸在中国尤其是偏远地区的重要性甚至神圣感确确实实地存在过，尤其是20世纪60、70年代，与瞬息万变的政治风向有关，基层每次的开会就是"学习"报纸和传达上级文件，如陈予在《我们走在大路上》记录他们学校一段时间发生的事情："毛老师读了两次报纸，学校开了一次大会。"这也成为那个时代的代表性一幕。《空山》卷二中的事物笔记"报纸"便记录了这样一幕历史，接下来的卷三中的"水电站"也是一个刻度。村庄普遍通电的时间，大致在20世纪80年代中后期，据一篇文章统计，河南省到1997年10月20日基本实现村村通电，这个过程在全国大部分地区应该是基本同步的。"秤砣"这篇也是，计量单位1斤16两改为10两，但生活在传统下的老人并不清楚，结果闹出了尴尬甚至事故。计量单位1斤在中国由16两改为10两的起始于1959年6月国务院的一份文件《关于统一计量制度的命令》，而这个规定到基层的普及大概需要一段时间。而阿来讲述的则是一个从传统时代走来不能适应急剧变化时代的老汉的轶事。

　　农村通了电后，在农村发生的很多新鲜事便和电相关了。在卷四的事物笔记"脱粒机"中，我们看到了脱粒机来到机村的时代，这个时间在我周围人的记忆中大概是20 世纪 90 年代前后。还有丹巴喇嘛的经历让我们看到宗教世俗化的过程，我们可以感受到机村已经与整个中国一道进入市场经济时代。接着的卷五事物笔记中记载了"喇叭"在机村的出现，也同样与电相关。但这些新出现的现象并没有维持很久，我们从喇叭里传出内容的变化中，感受到时代的迁徙。卷六的"事物笔记"回顾了电话在机村的出现。像喇叭一样一开始在机村人的心目中神圣的电话，到后来拿起话筒也听不到电流的嗡嗡声了，电话很快便被手机代替了。此时，"地分给你了，你就好好种地过活吧。不想种地现在弄点什么去卖，也是可以的，那你就弄点东西到镇上去换钱吧。还要什么广播跟电话"。在事物的变幻中，机村已经全面进入了商品经济时代。在这样一个时代，传统的观念遭受着冲击甚至颠覆，子报父仇的观念被新时代的追求代替，虔诚的宗教信仰也都披上了商品经济的外衣，机村的姑娘卓玛因为受山外现代文明诱惑坚决地跟随野菜贩子走出大山。

　　之前有人论述过阿来的小说结构，认为《空山》是一种"花瓣式结构"，这是一种很形象的比方。那么在这个比方的基础上，我认为阿来的这种每卷后面"事物笔记"和"人物素描"的结构安排也可以说又进一步丰满了所谓"花瓣式结构"。如果几部分主体内容是花瓣的话，每部分后面跟着的"事物笔记"和"人物素描"就是花萼。《空山》中，阿来正是通过这样的叙事试验，表达了一种对历史和当下的超越性，如阿来在一次访谈中提到，写《空山》是受到一张从天上看下来的图像的启发。这个图景里没有人，也没有村子，只有连绵不绝的山。阿来说："我从此知道，不只是神才能从高处俯瞰人间。再者，从这张照片看来，太高的地方也看不清人间。构成我全部童年世界和大部分少年世界的那个以一个村庄为中心的广大世界竟然从高处一点都不能看见。"

　　"空山"之名由是而来。阿来分明是在这种视角的启示下开始试图站在一种更高的层面来俯瞰历史和当下，获得一种超越世俗的视角。这种情形犹如《三国演义》开篇的《临江仙》中"滚滚长江东逝水，浪花淘尽英雄""青山依旧在，几度夕阳红。白发渔樵江渚上，惯看秋月春风"等词句所传达的作者对于历史和当下的超越感。当我们纠缠迷恋于细节和褶皱而迷茫的时候，他跳出世界之外，在尽量客观地展示他看到的全貌。当我们拿这种全貌与我们内心的经验相对比时，从其中的差异与相似性中我们找到了共鸣。这也是张力所起到的作用。

结　语

　　阿来因为有感于近年来时代的风云激荡，有感于故乡的沧桑巨变，有感于人们心理追求转向，甚至传统价值体系、审美标准的颠覆，有感于新的认知世界在重新建构的过程中，很多人，包括阿来自己都处于一种转型期的眩晕状态，认为作家的职责之一便是记录历史，也记录人们对于这样一段历史的心理反应。阿来所有的努力就是为了这个目标。当然他记录历史的过程也便是他梳理这个芜杂缤纷时代的过程，他试图找到这个时代让自己惶惑同时又充满魅力的原因，也对比反思传统故乡文化心理那种有些愚昧、血腥却又让人眷恋不舍的根由。《空山》便是阿来上下求索的结果。这里，在文学创作时已经驾轻就熟的阿来，已经不满足于仅仅凭借常规的叙事来向读者讲述那段历史。他试图在写作的形式上有所创新，用"事物笔记"和"人物素描"的缀置来与正文拉开距离，从而形成一种张力，把读者更深地带入对于历史和当下的思考中去。

阿来反思了历史，他有意对历史进行解构和重新建构，但在解构历史的同时也在解构当下，所以我们不能从阿来的思考中找到解除惶惑的答案。这也意味着阿来此时还没有抵达真理的彼岸，或者说他只是时间和空间上超越了这段历史，但情感上仍然在纠缠其中。或者这种要求太高了，时代的惶惑不是一个个体所能解答的。如果读者能够在阿来讲述历史的启发下关注到时代发生剧变的核心问题，随着读者思考的深入，也必然会更加靠近历史的真实内核，阿来的写作目的也就达到了。

（作者单位：周口师范学院文学院）

港台视野

传统的再现与边缘化

　—论阿来创作中的民间文学（下）

任　容

三、传统的消逝：边缘化的藏地书写

　　阿来身为受过高等汉族教育的知识分子，在数次行走故乡大地时，他所目睹的是今非昔比的故乡面貌。由于开发公路而被砍伐的植被，由于大量砍伐森林造成的土石流，以及在现代化脚步逼近之下，人心日渐贪婪，传统被逐渐遗忘，嘉绒大地与阿来的想象越来越远。因此阿来在《大地的阶梯》中也坦承了："不是离开，是逃避，对于我亲爱的嘉绒，对于生我养我的嘉绒，我惟一能做的就是保存更多美好的记忆"①，以及 "故乡在我已经是一个害怕提起的字眼"②。然而，阿来的创作中却有意识地呈现了这一切与美好记忆相反的藏地现实。如果说阿来在写作时援引故乡民族经年累月淀积的传说、神话与诗歌，是为了重新建构心目中美好的嘉绒大地与藏族形象，归返民族之 "根" 的话，那么其笔下种种传统遭破坏蹂躏与消逝的书写，则寄托了知识分子在自然破坏、信仰缺失、道德沦丧的现代所隐含的伤痛与思考。因此笔者将阿来小说中传统消逝的主题分为消逝的地景，及消逝的精神两种类型进行讨论，并将《格萨尔王》中关于阿赛罗刹的消失一段情节独立分析，论证阿来在描写传说材料时所融入的一贯关怀。

（一）消逝的地景

　　随着机械化生产模式、工业文明与政府的观光规划开始入侵藏地，显著改变的是藏区的土地环境。伐木队、公路开发队与观光建设，在藏地这张羊皮纸上呈现的是变迁的现实，而随着时间嬗变，地表上会复叠连续几层人文与自然相互角力、涂抹破坏的痕迹。如奎恩所言，"地景是随着时间而抹除、增添、

---

① 阿来：《大地的阶梯》，云南人民出版 2008 年版，第 152 页。
② 阿来：《大地的阶梯》，云南人民出版 2008 年版，第 53 页。

变异与残余的集合体"①，这些糅合了经验与记忆、涂抹与破坏的地景在地图上所不能穷尽之处，由阿来在文学世界里将之记录下来。在现代文明入侵所带来的过度开发中，对藏地冲击最为巨大的便是森林的消失。无论是开发所需或是为了赚取利益，首当其冲的便是原始苍郁的森林。阿来在《大地的阶梯》中曾经记载自己幼时所见，伐木队在家乡卡尔古村砍取红桦，挑选质精者，在木头切口写上一葵花与"忠"字，运往城市建造万岁展览馆；并在战时以国家光荣为号召，砍取大量白桦应付军需②。这样的情节在《已经消失的森林》与《空山》系列之《随风飘散》中皆有相同情节的记载，可谓阿来本人的所见所感。而阿来在《大地的阶梯》中也提及，嘉绒大地由于林木过度砍伐，水土保持崩溃，有些地方一旦塌方，须得步行才能前往，否则便是在公路上堵上数天：

> 　　泥石流从毫无植被遮掩的陡峭山坡上流泻下来，黏稠的泥浆还在从上面破碎的山体上源源不绝地向下流淌，淹没了上百米的一段公路。泥浆还从山上带下来一个个巨大的石头，这些石头把公路路面全部挤占住了。
> 　　要是有人，有炸药，有推土机，清理这些障碍也不是什么大不了的事情。
> 　　但没有人知道修路的人和炸药和推土机什么时候会来，也许在一分钟以后，也许要等上一天两天。我不是第一次遇到这样的情况了。于是，从车上取下背包，脱了鞋，挽起裤腿，蹚过齐膝深的泥水上路了。③

这样的遭遇也在创作中形成一个背景式的主题。在《芙美，通向城市的道路》中，某一年泥石流冲垮了通往省城公路的路基，几百辆汽车被阻在山坡上。旅客们在泥浆中跋涉，四处流浪的主人公则趁这个机会帮助旅客搬运行李与孩子，漫天要价，三天就赚了一个月的吃喝④。《空山》系列之五《轻雷》中大量描绘伐木队来到机村，在当地人口中名为"轻雷"的双江口镇上设立了伐木场与原料加工厂，机村人民亦为了赚钱暗自接合内线，投入"黑料"的盗伐事业，导致大片森林消失，上游河流水量年年减少，空气变得干燥，庄稼无水灌溉，只得倚靠政府派来的降雨人施行人工降雨，为下游提供杯水车薪的雨水。中篇小说《鱼》也同样提起了另一个"柯村"中森林因为伐木队的到来而骤然消失的景况。为了便利输送，伐下来的木头都要随着河流向下游漂流，因此森林的消失不但污染了河流，也破坏森林原始的生态体系：

> 　　这年春天，等人们注意到森林开始消失时，有好几面山坡已经变得一片光秃了。而周围山坡上的原始森林正以更快的速度消失，犹如山峰顶巅那些在夏天太阳照射下迅速消融的残雪。由于森林的毁灭，豹子和黑熊在食物丰富的夏天就发出饥饿的吼声，招引来猎人的刀刃、枪弹，以及弓弩。⑤

《最新的和森林有关的复仇故事》中，也描绘了森林遭到砍伐后引起的灾难。两千

---

① 奎恩将地景喻为一章刮除重写的羊皮纸，羊皮纸上的文字即使刮除重写，却无法完全擦拭清除。参见 Mike Crang 著：《文化地理学》，王志弘、余佳玲、方淑惠译，台北巨流图书公司 2003 年版，第 27~28 页。
② 阿来：《大地的阶梯》，云南人民出版社 2008 年版，第 50~53 页。
③ 阿来：《大地的阶梯》，云南人民出版社 2008 年版，第 43~44 页。
④ 阿来：《芙美，通向城市的道路》，《民族文学》1989 年第 7 期。
⑤ 阿来：《鱼》，《阿来文集·中短篇小说卷》，人民文学出版社 2001 年版，第 453 页。

来个伐木工人在山上砍伐一年，夏天里第一场雨就在山坡上酿成山洪，一夜间就毁了几十亩良田①。如果说上述文本中，消失的森林仅是作为背景般被记叙下来，那么《已经消失的森林》则是以森林的破坏为主题，除了叙述村庄的变迁及森林破坏所带来的灾难外，还有后来成为记者的"我"亲眼所见繁华美丽的都市与遥远荒凉的故乡之间的巨大落差。阿来也透过主人公"我"的目光，呈现了政府形式上的可有可无的弥补，以及被乱砍滥伐后故乡惨痛的真实：

> 山洪冲毁了近百亩的梯田和配套的灌溉管道。兴建中的水电站的引水管道也几乎给完全冲毁。一夜之间，那些原先有土层和灌木覆盖的山坡现在大片大片地露出了纵横交叠的岩层。天放晴了。空气中充满强烈的土腥味。阳光使那些刚刚裸露的岩石放射出银子般华贵的光芒。②

　　除了因为政府生产队的砍伐与欲发财致富的村民所进行的盗伐，公路的开发也是森林遭到破坏的一个原因。《奥达的马队》中，已经式微的末代马队眼见公路开发导致白桦被腰斩，中心被削制为划定公路的数字标桩，因而发出了愤怒的呐喊："你们这些人会把这里变成枯树的颜色！"③ 随着政府开发号令与日渐贪婪的人心双管齐下，被变成了枯树颜色的不仅是从苍郁转为荒芜的森林。藏地一切具有商业价值的地景物产，在大量涌入的外来客中，都变成了皆可出售的商品。《蘑菇》叙述嘉绒大地上某个偏远的村庄，自从被发现其盛产的蘑菇为值钱的松茸后，盖起了镇子，日本人与代理商开始一批批地收购，原先居于此处的藏人为了滚滚而来的利益，蜂拥入山挖取原先仅是平常食材的蘑菇，而祖先传承下来的，对于家乡大地与自然的热爱已消失殆尽。《遥远的温泉》描述在醉心于过去的藏人梦想中，位于神秘遥远的雪山、能治百病、汇集不分年龄的男女进行露天舞会与混浴的理想乡被野蛮的水泥块与腐朽的木头破坏成了一个失败没落的观光景点：

> 这些房子盖起来最多五六年时间，但是，墙上的灰皮大块脱落，门前的台阶中长出了荒草，开裂的木门歪歪斜斜，破败得好像荒废了数十年的老房子。随便走进一间屋子，里面的空间都很窄小，靠墙的木头长椅开始腐烂，占去大半个房间的是陷在地下的水泥池子，那些粗糙的池壁也开始脱皮。腐烂，腐烂，一切都在这里腐烂，连空气都带着正在腐烂的味道。水流出破房子，使外面那些揭去了草皮的地方变成了一片陷脚的泥潭。④

　　如果说森林的破坏造成了山体崩坏，泥石流堵塞使公路形同虚设，而《遥远的温泉》中昔日的牧羊童贤巴任职县长后所破坏的，不仅是自然的美景，而是深植于藏人传说与梦境里的精神象征。而与传统/现代剧烈交锋的不仅是天然温泉/观光饭店物质上的落差，藏人永远失落的精神原乡被贴上的是原始、野蛮的标签。这组落后/文明的对应

---

① 阿来：《最新的和森林有关的复仇故事》，《奥达的马队》，四川民族出版社 2005 年版，第 100 页。
② 阿来：《已经消失的森林》，《遥远的温泉》，四川民族出版社 2005 年版，第 170 页。
③ 阿来：《奥达的马队》，《奥达的马队》，四川民族出版社 2005 年版，第 80 页。
④ 阿来：《遥远的温泉》，《遥远的温泉》，香港明报月刊出版社 2010 年版，第 354 页。

除了温泉建设失败没落，县长贤巴的脱罪之辞"虽然经济回报没有达到预期，但是，这种男女分隔的办法，改变了落后的习惯，所以，我们应该看到移风易俗的巨大作用"①显示了藏族男女混浴的风俗在汉人眼中属于需要改变的"陋习"之外，还有主角奉命至隔壁县采访其新开发的温泉山庄开幕仪式时，见到在光鲜亮丽的温泉山庄上游，一个不起眼的山涧中，温泉的源头附近聚集着许多没有钱住温泉山庄疗养，却又信仰着温泉治病传说的贫穷藏民，以最原始的方式治疗着各种病痛。这类事件所形成的强烈对比也象征了即使文明入侵、商业活动兴盛，受到好处的也永远不是这片大地最原始的住民。即使摘采蘑菇能够换取暴利，即便盗伐木头能够转眼致富，失落的祖先曾经对大地的信仰与热爱却一去不复返，遗留的只有被泥石流堵塞的公路、长长的车阵和仅余枯树颜色的地景。

（二）消逝的精神

现代文明入侵、藏区地景遭到开发破坏、沦为观光或加工商品的同时，藏人的生活方式也随之改变。此段落欲探讨的是阿来在藏人生活形态急遽转变的过程中所观察到的精神象征的消失。这其中又可以分为被时代与科技所淘汰的具体对象，以及抽象的生活方式及传统习俗的改变两种类型。

在阿来作品中能够强烈体现藏族原始浪漫血性精神，却又常被视为野蛮落后习俗的是狩猎与复仇。藏人自有一套狩猎原则，然而文明入侵之后，山林野兽一夕之间均成了国家的财产，狩猎成为法律禁止的活动。《狩猎》中提到所有猎人们渴望到手的猎物如黑熊、獐子、马鹿、苏门羚、环颈雉等都受到法律保护了。《红狐》中因为"动物保护法"的颁行与森林的破坏，猎人的枪再也不能发挥作用，只能束之高阁：

> 读到森林法规时，人们笑了。同时，大家都抬头去看光秃秃的山坡，和那些稀落的灌丛，只有梨树越来越多，环护村庄。念到动物保护的有关条文，人群中又一次爆出笑声。金生的笑声最为响亮。他捅捅村长的腰，说："你这是什么意思，逼我跟你作对？当了村长就不要朋友了。"
>
> 芒加说："我不逼你，可我看你不看政府的号令。"接着，村长又把猎杀什么动物判刑多少年，罚款多少元念了。②

《红狐》描述枪法高明的英雄猎手金生与梦中美丽狡诈的红狐宿命般的一场对决，金生瘫痪多年，又因狩猎遭禁，原本欲安度晚年，却因尚未与梦中仅存的猎物红狐进行对决而再度奇迹般地下床行走。当金生最后来到湖畔，看见和自己互相追逐、挑战自己尊严多年的狐狸本相，竟不如梦中美丽，而与自己一般衰老、弱小、叫人失望时，末路的英雄竟与狐狸起了一种同病相怜之情。同样，猎人与猎物认定彼此为竞争对手，互相追逐又惺惺相惜的情节也出现在《空山》的《达瑟与达戈》一部中。年迈的格桑旺堆与森林中的巨熊之间亦有着宿命对决的约定，格桑旺堆曾打过熊两枪，却未能取了它的性命，

---

① 阿来：《遥远的温泉》，《遥远的温泉》，香港明报月刊出版社 2010 年版，第 360 页。
② 阿来：《红狐》，《阿坝阿来》，中国工人出版社 2004 年版，第 20 页。

导致猎物与猎手形成了一种被称为"冤家"的奇特关系，猎手则将这猎物看成自己永远背负的宿命象征。机村其余村民都晓得"格桑旺堆的熊"不会伤害他们，而最后熊与达戈同归于尽，达戈成了森林中最后一个与猎物同归于尽的猎人，也象征了猎人与猎物这份带有宿命感及血性精神的消亡。除了老猎手格桑旺堆以外，主角之一的达戈的一生也呈现了一位优秀猎人在时代夹缝中的悲哀。《达瑟与达戈》叙述每年庄稼收获后，猴群都会下山来捡拾收成后散落的麦穗，对机村村民而言，猴子是伟大的邻居，因而猴群与村民之间，在《空山》中也有着长达千年的默契。然而汉人的伐木队来到机村后，不仅有人拿炸药包炸伤猴子，一向乐善好施的后勤王科长甚至开出高价要求藏人开枪屠杀猴子，以便吃猴肉、穿猴皮，骨头拿来泡酒。以达戈为首的机村村民屠杀了猴子，打破千年的不成文的人猴契约，最后的猎人也失去了猎人的精神与资格：

> 所有人都沉默下来了，慢慢走向躺在地里的那些猴子。风吹动的时候，死猴子身上金黄的毛翻动起来，好像那些猴子已经活了过来。风一停，浓烈的血腥味就弥漫开来了。很多人转身离开了。那些开枪的人却不能离开，有一个强大的力量使他们站立在原地，一动也不动。王科长闻到空气中紧张的气味，早就躲开了。索波拿着枪，但他并没有开枪。不知道他是不愿意向猴子开枪，还是因为觉悟高，不贪图小利，反正他没有开枪。但这时，他却开了一枪，对一只还在眨巴着眼睛的猴子。猴子脑袋一歪死去了。然后，他开始把那些四散在田野中的死猴子拖到一起。拖了两三只之后，他骂了起来："他妈的你们这些家伙，真以为自己有多了不起，干了什么捅破天的大事了？他妈的，给老子把这些死东西拖回去，剥皮剔骨，该干么干么，老子就看不惯敢做不敢当的人！"
>
> 不就是杀了几只过去不杀的猴子吗？猴子跟过去杀掉的鹿、熊、狐狸和獐子又有什么两样呢？过去杀猎物是为了吃肉，是为了穿上保暖的皮毛，现在是为了换钱，这有什么两样呢？
>
> 索波轻而易举地就把大家的想法扭转过来了。①

如果说《达瑟与达戈》与《红狐》描写了末代猎人在文明冲击下最后的浪漫、无奈与悲壮，那么《槐花》中的老猎人谢拉班则是时代的亡灵一般的存在。谢拉班曾是一名优秀的猎手，在儿子的安排下成了城里停车场的守夜人，闲来无事则在自己的房间里对着舍不得卖的火枪，曾经的战利品如鹿角、熊皮和野猪獠牙来细数往事，怀念死去的亲人与猎犬。只有说着故乡话的游手好闲的青年犯，以及夜里盛开的槐花才能使谢拉班在孤独的城市生活中感到一股与过去近似的安慰。

与狩猎同样遭到文明与法律束缚的是藏人有仇必报、仇恨绵延子孙的复仇精神。描述末代土司家族消亡史的《尘埃落定》中，傻子二少爷与其兄最终都遭到了土司父亲昔日处死的头人儿子的复仇，各自死在了床上。然而时至现代，复仇已经不是两个家族间的宿命，也失去了血性的英雄气魄与尚勇精神，而为冷酷的法律所禁锢。《旧年的血迹》中，三代之前与主人公若巴家族结仇的对手，在篇末找现任若巴头人父亲寻仇时，使用

---

① 阿来：《达瑟与达戈》，《空山》（上），台北麦田出版社 2011 年版，第 400～401 页。

当年若巴头人的先祖留下的刀子以示复仇之意，然而对方并未攻击父亲，仅是取了父亲身边猎犬追风的命，而父亲也疲倦消极地放弃了对命运的抗拒，以一句"命定的"接受了这样的结果。①

欲向若巴家族寻仇的敌人以狗命取代了先祖的仇恨，象征了血性尚勇时代的没落，而短篇《最新的和森林有关的复仇故事》与机村传说末篇《空山》也同样呈现了在时代脚步下藏人意图循先祖方式复仇的欲振乏力。《最新的和森林有关的复仇故事》叙述曾是一个村落，分裂后在历史上因鸦片与猎场而不断交战的隆村与交则村之间的故事。时代背景在两个村子新生代男女已互相通婚并发展出友谊的解放后，来自两个村子的青年小伙子金生、洛松旺堆与呷嘎三人欲一同上山"黑料"盗伐木材，遭金生父亲告密破坏了三人友谊，无地自容的金生因而举枪打死了呷嘎夫妇与洛松旺堆的妻子。在故事中两村绵延多年的仇恨一直鬼影幢幢地住在两村人心中，然而在新时代所发生的一切恩怨纠结，却都被一再提醒与旧仇无关。即使是内心满怀多年前因为两村解放得突然而未竟的仇恨，在现代法律钳制下也无济于事。

对藏人而言，复仇是为了自己以及家族甚至部落的尊严与光荣，然而在传统理所当然的行为与现代文明交锋时，英雄在与法律的冲突中，终究是败下阵来：

> 洛松旺堆忍住痛说："那阵人才是英雄。现今，医生不打麻药你也不叫就算英雄。"疼痛扭歪了他的脸，他仍坚持把话说完，"有了法律，就再也没有英雄了。"②

同样被法律与文明强制斩断的仇恨锁链亦可见于《空山》。接续《轻雷》中拉加泽里打死了更秋家六兄弟老三的事件，《空山》描述了在十五年后与更秋家老五先后刑满出狱的仇人之间变得艰难的仇恨。在两人重逢时，乡派出所的警察从中阻拦，不断以法律与文明社会禁止野蛮复仇等道理说服老五放弃复仇，最后以拉加泽里对着全酒吧村民发誓，愿意等待三年令老五或其子来索自己的命，三年内若是复仇成功，村民不必报官，三年之后便会要求法律保护的折衷之案，暂时了结此事。而文中亦借拉加泽里的口说，在新时代更秋家老五的儿子比起替父报仇，更想成为歌星，对复仇兴致缺缺，出狱后的老五在警察每半个月一次的思想重建工作耳提面命之下，也渐渐放弃复仇的念头。

如果说复仇与狩猎是在现代法律审判下被强制驱散的"陋习"，那么阿来在《奥达的马队》中所描绘的，便是在现代发达技术入侵藏地时，被自然淘汰的传统生活方式。《奥达的马队》叙述以奥达为首，四名男子所组成的马帮最后一次一起踏上驿路的旅程。奥达的马队原本从事的是替驿路上的各据点及公路探勘队送信、驮水或运货等工作，然而在卡车与公路到来之后逐渐式微，行经路线由富饶的河川地区转入贫瘠的山沟，最终成员各自或衰老或死去，壮年的主人公则被留在了心爱的女子身边，结束了马队男人注定漂泊的生活。文中透过马队的行程，看见了正在修筑中的公路对环境的破坏，也随着这样的徒劳批判强调了马队日薄西山的无能为力。③

---

① 阿来：《旧年的血迹》，《阿来文集·中短篇小说卷》，人民文学出版社 2001 年版，第 52 页。
② 阿来：《最新的和森林有关的复仇故事》，《奥达的马队》，四川民族出版社 2005 年版，第 124~125 页。
③ 阿来：《奥达的马队》，《奥达的马队》，四川民族出版社，2005 年版，第 67 页。

此外，阿来亦描述了许多不再被需要的传统对象。比如《马车夫》中叙述马车刚引进时，使藏人联想到转经筒的车轮，如战神般的驭车手曾蔚为风潮，然而不久后拖拉机再度引进藏地，惊叹于机械神威的人们又将马车与马车夫迅速遗忘。被遗忘的马车夫与马群便在山腰度过余生。马车夫火化了老死的马，然而却犯了生产队的大忌，因为："马是集体财产，你凭什么随便处置？"① 《脱粒机》叙述的则是在新型机器引进后，藏人过去惯于边脱粒边齐声歌唱的仪式被机器运转声取代，沉浸于过去步调的工人边干活边哼起民谣来，便不小心在机器嘴里赔上了自己的一双手。而最能体现失落的英雄象征的则是中篇小说《宝刀》。在这篇小说中，宝刀不仅是在刀具管制法中被禁止携带的过去物件，也象征着曾经蛮勇过人、浪漫血性的年代里持刀人所应具备的一切英雄条件。

《宝刀》描写主人公与妻子的旧情人刘晋藏一同在喇嘛舅舅所镇守的寺庙附近，降服了一块传说由黑龙变成的生铁，进而拜托铁匠打成一把藏刀。出世的宝刀尚未过劫，刘晋藏挟着宝刀不知所终，主人公也与妻子离了婚，带着刘晋藏留下的其余刀在大城市里茫茫追索着刘晋藏的踪迹。《宝刀》中阿来除了传达出宝刀的价值已随着时代改变了衡量基准，"想杀人，这屋里有柴刀。城里砍人是西瓜刀，乡下砍人用柴刀就可以了。用好刀杀人是浪漫的古代。现在，好刀就是收藏，就是一笔好价钱"②，此外，并借由宝刀与持有者的强烈差异凸显了衡量人类价值的基准亦随着时代改变了：

> 一把不平凡的刀，出现在一个极其平凡无聊的世界上，落在我们这样一些极其平凡，而又充满各种欲念的人手里，不会有什么好结果。而过去的宝刀都握在英雄们手里。英雄和宝刀互相造就。我的心头又一次掠过了一道被锋利刀锋所伤的清晰的痛楚。
>
> 我问刘晋藏有没有觉得过自己是个英雄。
>
> 刘晋藏脸色苍白，为了手上的伤口嘶嘶地从齿缝里倒吸着冷气，没有说话。
>
> 这就等于承认自己是个凡夫俗子。
>
> ……
>
> 刘晋藏受了鼓舞："是这个世界配不上宝刀了，而不是我！"
>
> 这话也对，我想，这个世界上，即使真有可能成为英雄的男人，也沦入滚滚红尘而显得平庸琐屑了。③

宝刀属于藏族工艺品，虽然受到法律管制，然而在收藏家之间有着固定的价值，与马、马队或是抽象的复仇及狩猎等传统不一样，似乎幸运地能够在新时代继续存在。然而，所有在阿来笔下所呈现的被时代超越的残余之物，所链接到的对象可谓同一种藏人的精神价值——关于英雄的见解。持宝刀谱下传说的男人、为祖先复仇的勇士、弹无虚发的猎人，或是与骏马共同奔赴远方的骑手，无一不是被时代抛到背后，在法律与现代技术的夹缝中曾经被藏人定义为英雄的生命个体。因此阿来所再现的，不单是野蛮与文明的

---

① 阿来：《阿来文集·中短篇小说卷》，人民文学出版社 2001 年版，第 407 页。
② 阿来：《宝刀》，《尘埃飞扬》，四川文艺出版社 2005 年版，第 300 页。
③ 阿来：《宝刀》，《尘埃飞扬》，四川文艺出版社 2005 年版，第 309 页。

对照，也不能仅视为对其中一方的批判或反省，消逝的一切所统合起来的，便是已经没落的英雄时代，有如《奥达的马队》中主人公夺朵为马队及所有藏人所下的命运的脚注：

> 不知不觉，在想象中我已跨进了那辆只存在于纸上的卡车驾驶台，连我自己也吓了一跳。那是和奥达以及我们大家的马队不能并存的东西。你难以想象成队的卡车飞驰于这道山峡时，你们的命运将会如何，我不愿想象。我们不能像电影里那个英勇的骑兵上校，尊严而平静地迅速走近死亡。在自己与坐骑一起涌流血液的汩汩声中眼望着天空，双手交叉，放在心跳渐渐微弱的胸口，这是一个和平年代。事情本身悄悄显现，带着一种毫不容情的力量。我们不能找到那样的公式把自己变成英雄。我们只能为自由生活的丧失而哀悼而痛苦。[①]

英雄死去或光辉不再的主题，在《格萨尔王》中亦有其踪影。《格萨尔王》虽以重述史诗为主题，然而在文本的细微之处，仍呈现阿来一贯的关怀，对地貌的改变与传统产业的凋零做出了记录。说唱艺人晋美初成名时，曾前往康巴草原的赛马大会，在那里受到一名戴着墨镜的男子与年轻骑手的请托，为受到诅咒而失去精神的骏马演唱英雄曲，使骏马恢复精神。后晋美才从演唱赞词的老人口中得知，在赛马大会上拔得头筹的骏马都会遭到被高价卖到城里的命运，老人对马匹下咒，是由于希望真正的骏马能留在草原上，而政府借由格萨尔的名义举行赛马大会，草原上却只留下盛行的赌马风气与高价竞标的贩卖交易，因马匹生病而哭泣的骑手不知是为了骏马还是即将失去的一笔巨款，藏人与马曾经密切的联系从此为利益所取代，不复存在。

说唱人晋美行至盐海时，曾遇见一批运盐商队。采盐人中的老人告诉晋美，这是他们最后一次运盐。因为在那些南方的农耕区，国家用飞机、汽车从更远的地方运来更精细的盐，越来越不需要牧人用羊所驮去的粗盐了。一路上采盐人们所经过的村庄的商店，都买得到更好的盐，因此村人们怀着歉意，都拿出一些没用的东西去换取他们已经不需要的不纯净的湖盐，例如面粉、啤酒、油灯（因为村子里有了水电站）、麻线等。采盐人们如今也能轻易得到，从商人所雇的小卡车上源源不绝地供应的日用品。而老人也告诉晋美，这是最后一次告别之旅，因此他们没有带上那么多盐，也无法运走所有换来的、现今已唾手可得的日用品，因此采盐人们把换来的物品整整齐齐地摆放在村口的核桃树下，一路向南离开了村庄。这幅景象无声地象征了运盐贸易的失败与终止。现代生活中盐与日用品的供应无虞使得互换"没用的东西"的贸易成为徒具形式的交易，而羊群无法驮走这么多过时的物品，则使得建立在人情之上，互换过时物品的架空贸易形式也告终止。

除了运盐商队这项传统贸易方式的休止，长年被开采的盐湖亦遭到了冲击。晋美在遇上运盐人前，先抵达一个干涸的湖泊，牧人们告诉他那是十多年来逐渐萎缩干涸的结果。这座湖泊的干涸是由于土地与草原的严重沙化。此后采盐人准备离开，去寻找新的生息之地时，晋美听见怪罪采盐人的村民说，格萨尔深爱岭国，但他不知道会有今天的

---

① 阿来：《奥达的马队》，四川民族出版社 2005 年版，第 34 页。

结果，否则不会让姜国王子派人在岭国的盐湖采盐，导致今天湖泊干涸、资源枯竭。而这些宣称是姜国后裔的采盐人们，也不打算回到"原本的姜国"讨生活，因为在现代的国境划分下，一千年前故事中的姜国并不存在。阿来在描写盐湖的沙化干涸时，并未追究整块大地沙漠化的因果关系，而是将故事中的疆域与现实地景结合为一，当带有故事光环的现实地景枯竭之时，故事也随之破灭。此处走向衰微的不仅是围采湖盐的贸易方式，故事中格萨尔怜悯姜国王子，使姜国降卒在此采盐的悲悯与仁爱也随之消亡。随着故事与地景的消失，沙化干涸的湖泊与衰微的产业从此无人过问，消失于历史之中。

（三）消逝的传说：阿赛罗刹的隐喻

阿来在历来创作中，常使用转化民间传说，并加入新的要素而赋予传说深刻意涵，使剧情产生象征性寓意之技巧。如《尘埃落定》中借罗刹岩女与猕猴生下人类后代的起源神话，象征被割去舌头的僧人翁波意西话语权的被剥夺；又《最新的和森林有关的复仇故事》中，重复运用一枚蓝色飞卵诞下两个村落的共同祖先之意象，联系着两村村人对远古情怀的追寻，象征在两村反复互相杀戮之后，回归往日价值观至旧日村落共同生活已成为遥远的想望；《空山》《宝刀》中失落的保护神传说，借由守护神湖的金野鸭飞走象征此后降临于机村的一连串改变与灾难，及守护山脉的金羊消失，象征现代文明入侵、古老民族血性精神不再等。《格萨尔王》亦是重述史诗中格萨尔英雄事迹为主轴的文本，然阿来并未在主要情节上有所更动，而是保留了大部分的事迹，仅在细节处加以点染，塑造人物性格及深刻寓意。如格萨尔等人欲赴伽地灭妖前，在边境寻找阿赛罗刹取其发辫制成法器的过程，于史诗中篇幅颇长之斗法过程与最终格萨尔智取阿赛罗刹之结果，在小说里仅由寓言式的象征带过，却与阿来创作中运用民间传说的手法相当接近。

阿赛罗刹为居住在木雅与岭国边境红色山峰中的一名罗刹，其发辫上扎有各色松耳石，法力高强，能用以镇压伽地妖尸，然阿赛罗刹行踪成谜，连声称与阿赛罗刹交情匪浅的叔叔晁通亦仅知道阿赛罗刹居处的大致范围。史诗中格萨尔等人折磨卓郭丹增套出下落，与罗刹的诸多变化周旋许久，先与阿赛比箭，夺取城堡，最终格萨尔化身为美女珠牡，迷得阿赛罗刹神魂颠倒，又引诸路神仙团团包围方才取胜，岭国诸将一拥而上将松耳石以草串起，据为己有。后在捆绑镇压妖尸前，先于伽国的接风宴上，伽岭二国诸将依序进行了跑马、比力气、挤奶、射箭与比美等竞试，比美一项由佩戴着各色松耳石辫的岭国人马出场，令伽地男女眼花缭乱、倾倒不已[①]。格萨尔以智慧征服法力高强、神出鬼没的阿赛罗刹所夺来的松耳石辫，于史诗中，除了在比美的竞争中征服伽国男女之外，似乎并没有无可替代的必要性。换言之，格萨尔等人赴伽国收妖，进行拯救伽地众生之宏大使命之前，特地先往边境征服一名无害罗刹，夺取其身上的宝物，仅是由于来自天母的谕示，将用于与伽国大臣比美这等与降妖几乎不具相关性的行为。并且这份用以比美的宝物，是以战利品的形式来掠夺、相互炫耀。故吴伟分析晁通性格时，曾认为贪婪的晁通先被阿赛罗刹所击昏，醒来后松耳石已被诸将掠夺一空时竟无话可说的

---

① 降边嘉措、吴伟：《格萨尔王全传》，五洲传播出版社 2006 年版，第 348～363 页。

反常，是源于部落时代，获得大量战利品的途径便是充当先锋、赢取战功的权力分配①，连心计深沉的晁通也无法破坏这不成文的规矩。

如果说史诗中关于阿赛罗刹的情节反映了史诗时代的部族文化，那么阿来在小说里则将故事转化为寓言式的篇章，以"誓言"为主题纵贯之，将格萨尔等人从阿赛罗刹身上夺取发辫成为不得不取的必要之恶。小说中格萨尔等人亦是前往边境，施法威吓卓郭丹增供出阿赛罗刹的地盘，卓郭丹增道出秘密时，阿赛罗刹现身，哭泣着道出自己的法力依赖着所有知道自己行踪的人，许下保守秘密的诺言，故每一个发辫上的结都来自一个人为其保守秘密的愿力。因为周遭百姓、木雅国王与土地神保守了秘密，阿赛罗刹得以在此处修行千百年未曾危害人间，甚至反使其余妖魔不敢在此作祟。而卓郭丹增一开口，辫子将要松开，阿赛罗刹由气所凝聚的身体亦将消散。

> 土地神说："他们只是想借你的宝贝，不是来取你的性命，要你的地盘。"
>
> 阿赛罗刹愤怒了："不遵守誓言的人，当你说出了秘密，我的力量就不再凝聚，包括我的身体就要消散了！是人们遵守誓言的意志让我存在！"这时，他的身影、他的面孔真的开始变得模糊与虚幻，他最后的声音也越来越稀薄："格萨尔，以后这个世界不会再有只是因为喜欢法术而修持法术的人了，以后也不会再有人遵守誓言……"
>
> 丹玛拿出了专用来取松耳石辫子的如意三节爪。
>
> 阿赛罗刹哭了："愚蠢的家伙，当誓言都失去了力量，那法物就没有什么用处了。"（323）

即便格萨尔与土地神一再保证，他们借了法物便离开，不会伤害阿赛罗刹，然阿赛罗刹从卓郭丹增说出自己的秘密起便注定烟消云散。在取走法物后，土地神要求将剩下不能穿孔的松耳石埋回地下，让宝石重新生长、滋养地脉，而格萨尔感念这片干涸的大地，故召来雨神，为红色山脉降下了雨水。此时，连手下大将丹玛都担心格萨尔会因灭掉一个无害的罗刹陷入伤感怀疑，格萨尔却并未对阿赛罗刹消失前的愤怒有太多感触。离去前格萨尔给予卓郭丹增和红色大地的赏赐是出于对山水美好的祝愿，并非对阿赛罗刹的补偿，可以认为格萨尔已经超越了处置晁通时的感伤，而成为一个他所自认的"残酷的国王"，并且能够在心中对于"处置妖尸，能拯救整个伽地人民"与"消灭一名无害的罗刹"之间的轻重缓急作出最适当的判断。

值得注意的是，小说里置换了从阿赛罗刹身上夺取的松耳石发辫之用途，改为于格萨尔消灭妖尸的过程中，缚住装着妖尸的铁盒，使妖尸无法从中逃出。相较于史诗将阿赛罗刹视为与所有敌国宝库同等，需要征服并掠夺之的猎物，而夺来的法物却并未具有与其生命相应的价值，阿来把格萨尔消灭无害的阿赛罗刹，视为拯救伽地人民的必要之恶，并加强渲染了关于土地神誓言保守阿赛罗刹秘密的部分，使得消灭阿赛罗刹这件事不仅为格萨尔的英雄光辉蒙上一层阴影，更象征了人民守护誓言的信义之消亡，以及对喜爱法术、不带邪恶野心而修持法术的人的灭绝——神通与法术的消失，可以认为是蒙

---

① 参见吴伟：《晁通论》，《〈格萨尔〉人物研究》，群言出版社1992年版，第189页。

昧时代的终结，亦可以视为远古浪漫情怀的消逝。斩妖除魔建立功业之余，格萨尔所背负的罪业与矛盾更趋深重，而随着守誓、喜好法术的罗刹能与人民相安无事共存等远古情怀逐一在传说之中被消灭，如阿来创作中反复描述的，传统文化与精神消失的藏地即在纸上再次被建构成形。

（作者单位：台湾清华大学中国文学研究所）

藏区文学研究

"藏地三区"文学空间的多样性

丹珍草

　　传统意义上将藏族地区分为卫藏地区、安多藏区和康巴藏区。"藏地三区"不同的地域空间和历史文化赋予了藏族文学不同的地域文化特质。不同地域的藏族作家的文学创作都深深地打上了他们各自的生命印记，显示出同一族群不同地域的个性与特色。同一族群彼此间的"生态共性"，往往冲淡了传统的"族群个性"。在长期的你中有我、我中有你的交往互渗中，人们往往忽视了差别的依然存在，这种少数民族文学创作内部的多样性特征在以往的藏族文学研究中较少受到关注。本文认为，每个文化圈内因地理历史等诸多因素的差异又形成不同的子系统，"藏地三区"文学空间的多样性也是因为藏地不同地域空间的多样性在一定程度上影响了该地域内文化的形成和发展，从而使其文学创作异彩纷呈，各具特色。讨论"藏地三区"文学空间的多样性，有助于我们对藏族传统文化内部结构的丰富性、复杂性做更进一步的研究。

一、卫藏地区及其文学特色

　　"卫"（dbus）在藏语里有"中心"的意思。《敦煌本吐蕃历史文书》（赞普系列部分）中记载说，拉萨河谷是"天之中央，大地之中心，世界之心脏，雪山围绕一切河流之源头"。

　　卫藏地区是指以西藏自治区的拉萨、日喀则为中心的藏区。历史上，元朝在西藏设置十三万户府，将卫藏称"乌斯藏"，明朝沿袭元朝旧称，而称甘肃、青海、四川藏地为"朵甘"。清朝时将"乌斯藏"改称西藏，但仍然不包括甘、青、川藏区。

　　据史书《玛尼全集》《柱间遗嘱》记载，拉萨原名为"吉雪卧塘"，是大片沼泽地，中央有一湖泊，人烟稀少，野物很多。"卧塘措"意即乳湖，后来填此"乳湖"，上筑大昭寺，人们称为"吉雪"（即幸福的河谷）。公元7世纪初，西藏历史上最伟大的藏王、第三十三代赞普松赞干布统一吐蕃大地，毅然将首都由雅砻河谷迁到"吉雪卧塘"，并在布达拉山巅建宫筑殿，西藏历史上盛极一时的吐蕃王朝由此诞生。

五世达赖喇嘛曾经这样描绘过这个美丽的地方：

> 位于中央区的"吉雪"谷，
> 群星落地般的神圣城，
> 所有人和神的聚宝地，
> 三十三天威风已扫尽。
> 净饭王子恩德无边际，
> 珍宝油灯交相辉映佛，
> 如此奇异胜似自在天，
> 静候远方来的上等宾。
> 无数佛身之智慧资粮，
> 精心塑于无量殿宇中，
> 此殿可谓拉丹幻化寺（即拉萨大昭寺），
> 美如太空里的彩色虹。

正如五世达赖喇嘛所说的那样，此地犹如仙境移至人间，天之八辐轮和地之八瓣莲，具足了情器世间（即大地和动物）的利益，缀饰这里所有的景物，具足吉祥之兆，故普遍称之为拉萨或拉丹。拉萨也是所有藏人心目中的圣地。世世代代，无数藏人的最高心愿就是一生中能到拉萨朝圣。

19 世纪，一位来自西方的探险者说："西藏除了是一种地理现实外，还是一种思想造物。"人们通过想象、语言、神话及象征符号将地理上的高原解释为"人类学的高原"，"一种神圣化的精神家园"。

在我国各民族中，藏族是受佛教影响最为深远的民族。藏传佛教是藏民族传统文化的重要组成部分，藏族当代文学创作在思考民族历史和关注民族现实境遇时不可能绕过宗教文化。

千百年来，藏传佛教不仅仅是一种宗教，也是藏族社会的教育体系和文明传承系统，是藏人的基本文化资源。在其漫长的发展过程中，藏传佛教对藏民族的深层心理建构和群体性格的形成起了决定性的影响。在历史已经步入高科技信息化时代的今天，形成于千年之前的藏传佛教却仍然被大部分藏族人所崇信。作为一种共同的信仰体系，除了已有的信仰对象、信仰者、信仰仪式、信仰场所等几个基本特征外，还有更为深刻的心理根由。宗教作为一种独特的精神活动，就其基本含义而言，主要表现为一种心态的存在或过程，而宗教的心态要素在整个宗教系统中处于核心的地位，对宗教行为和社会组织等其他要素有决定性的影响和制约作用。宗教的心态要素是由所有精神要素构成的类，包括信仰、教义、理论、情感、意志等。这些要素直接作用于信仰者的心灵，并内化为一种根深蒂固的心理体系，即人格心理。人格心理一经形成，便成为一个民族人格精神不可分割的一部分。藏传佛教已经发展成为一个独特的与青藏高原自然地理和藏民族的社会生活息息相关的文化系统。藏传佛教关于人生、社会、人与自然关系的自成体系的价值观念已经内化为民族传统文化，对它们的认同，已经成为藏族人皈依民族传统、认同民族历史的情感寄托方式。

　　佛教文化对藏族文化和藏族文学都有极其深远的影响。浓郁的宗教文化精神孕育了具有鲜明地域文化特色的西藏文学和作家群体。无论是出自西藏僧侣之手或直接来源于佛教经籍的文学作品，还是那些出自普通世俗作家之手或表现世俗社会生活的文学作品，在作品主题、人物、情节、结构等方面，几乎都有浓郁的佛教色彩。

　　藏文《大藏经》中讲述佛陀本生故事和因缘故事的作品对藏族文学的格言诗、藏戏与历史文学，都有着各种不同的影响。在影响过程中，又发生了本土化与民族化的演变，即在印度佛经故事的基础上，更换人物、处所、语言与细节，使之符合藏族的特点。

　　藏文《大藏经》中包含的佛经文学作品，就其体裁而言，有寓言、故事、叙事诗、格言诗、戏剧、历史传说等，这类作品大都是民间文学作品的结集，而叙事诗、格言诗、戏剧、历史传记等则是佛教徒的创作。佛经中的"本生经"故事（是释迦牟尼生前行善、积德、修行的故事）大致分为两种：一种是为了宣传因果报应观点而编写的，这类故事一般较短，内容格式也大致雷同；一种是将民间故事和神话按照宗教观点改编而成的，大都保留了民间故事的完整情节。如故事集《贤愚经》、《本生论》《狮子本生》《百喻经》《百缘经》《撰集百缘经》等。也有讲一个人故事的单篇，如《圣者义成太子经》《佛说月光菩萨经》《金色童子因缘经》《鸠那罗因缘经》《善摩揭陀譬喻》等。在《丹珠尔》的本生部里，还有一类是长篇叙事诗。这些叙事诗措辞修饰讲究，形式完整，包括的内容极其广泛，且寓意深刻，趣味隽永，想象力极其丰富，富于浪漫主义色彩和传奇色彩。如马鸣的《佛所行赞》、格卫旺布的《菩萨本生如意藤》，都是用诗的形式来写释迦牟尼的一生事迹和本生的故事，成为藏族作家们创作素材的丰富来源。有的把佛经故事作为典故直接引入作品，有的将佛经故事改编成戏剧、小说等其他形式的作品，有的则仿照佛经故事的情节来创作，或将其中的某些情节移植到自己的作品中。

　　萨班·贡嘎坚赞的《萨迦格言》以及《格丹格言》、格言诗集《国王修身论》等格言诗作品的譬喻很多都是来自佛经故事，用譬喻的手法使其哲理诗形象化、具体化，增加了格言诗的艺术性。

　　《颇罗鼐传》是一部以真人真事为题材的世俗人物传记，详细记述了颇罗鼐从降生一直到去世的全部人生，通过对颇罗鼐外抗准噶尔部族的侵扰，内平隆布鼐和阿尔布巴之乱等业绩的记述，形象生动地反映出 18 世纪前后西藏地区动荡不安的政治局面，作品的字里行间弥漫着浓郁的宗教气息。

　　产生于 14 世纪，在藏族神话传说、巫苯祭祀、民间说唱和歌舞杂技等文化艺术土壤里生长成熟起来的"藏戏"，不仅蕴含着藏民族的审美理想和道德准则，也是解读研究藏族历史及独特艺术的文化密码。经常演出的八大藏戏《文成公主》《朗萨雯波》《顿月顿珠》《诺桑王子》《赤美更登》《卓娃桑姆》《苏吉尼玛》和《白玛文巴》，内容广泛，多取材于历史传说、民间故事、佛经故事和重大社会事件。除了《文成公主》主要是赞美汉藏友谊，歌颂民族团结外，其他剧目几乎都是宣传佛教故事和描写宗教人物的。如《朗萨雯波》讲述的是后藏娘堆地方的一位平民姑娘，叫朗萨雯波，被当地的贵族统治者扎钦巴强娶为儿媳。朗萨嫁到扎钦巴家后，虽终日辛勤操劳，但却受尽欺凌虐待，最后活活被扎钦巴父子打死。死后魂游地府，又因生前善业之力得以还阳。复活后深感世事无常，人生如苦海，遂遁入空门。最后扎钦巴父子也受佛法教化，皈依正法。作者的真正创作意图实际是通过朗萨雯波的悲惨遭遇和故事结局，来宣传人生无常、轮回苦海的佛教"四圣谛"思想，规劝人们信佛修法，并以扎钦巴父子也受到佛法感化、改恶从善的结局来充分显示佛法的威力。还有佛经故事《圣者义成太子经》与著名藏戏《赤美更登》，《马王具云力本生》和《佛说大乘庄严宝王经》中的马王菩萨救五百商人出罗刹城的故事与藏戏《白玛文巴》，佛经故事《诺桑本生》《紧捺罗女和诺桑本生》与藏戏《诺桑王子》等等都是具有代表性的藏戏。

藏族文学发展到 16、17 世纪的时候，已经具备了民间诗歌、民间故事、英雄史诗、话本小说、戏剧作品等文学品类，并获得比较全面、高度的发展。在如此肥沃的文学土壤上，终于孕育出长篇小说《勋努达美》和《郑宛达瓦》。《勋努达美》是藏族文学史上的第一部长篇小说，作者多喀次仁旺杰（1697—1764）曾担任过宗本、孜本、噶伦等官职。作者以热情洋溢的笔调描写了作品的主人公——文武全才、伟岸英俊的某国王子勋努达美和性情温柔、贤淑明慧、有倾国之貌的某国公主意翁玛之间的爱情故事，赞美他们志趣之清高，情感之真挚，外貌之俊美，描写他们为追求幸福付出的艰辛。但在小说的最后，勋努达美却放弃王位，离开父母，甚至抛弃自己运用各种方法（甚至战争），冒着生命危险所得到的爱妻意翁玛，视人间荣华富贵如虚无缥缈的烟雾，走入山林，潜心修炼，最终大彻大悟，功行圆满，练出神通。在他的感召下，大将斯巴勋努和爱妻意翁玛都悟出佛法真谛，与他一起专心修道。

19 世纪以来，西藏文学还出现了一批以动物形象为喻体的寓言体短篇小说。如《猴鸟的故事》《白公鸡》《茶酒夸功》《牦牛、绵羊、山羊和猪的故事》《莲苑歌舞》等等。篇幅虽短小，语言却简练形象，故事生动有趣。通过寓言故事阐述世事无常、人生如梦的道理，劝诫人们，唯有及时修法，才得解脱苦难。

传统藏族作家文学的实践者大多是藏传佛教文化的承继者——僧侣，他们既是佛教僧徒，又是医学家、美术家、历史学家、语言学家、天文学家和文学家，他们的文学创作大多是立足于佛教哲学思想的。在这些叙事性文学作品中，描写人物性格，塑造艺术典型，主要是为了传达作者宣传佛教思想的创作意图。佛陀释迦牟尼的一生是认识和探寻佛教"四圣谛"，宣传和实践"四圣谛"的一生。以佛教"四圣谛"为基本主题而创作的藏族传统文学，其人物形象也是认识苦谛，了悟集谛，根据灭谛和道谛的修炼即宗教实践登上涅槃极位的形象。这些人物虽然过于模式化、类型化，但他们仍然不失为典型化的艺术形象，因为他们代表着一大批藏族历史上的佛教高僧大德及政界和文化界的知名人士和智者学人。

西藏民间流传着大量的脍炙人口的民歌、谚语和歌谣，这些具有丰厚土壤的民族民间文化资源，对西藏作家创作的影响是广泛而深远的。

试读下面这首短诗：

> 东方高高的山上，
> 升起洁白的月亮。
> 未嫁少女的脸庞，
> 浮现在我的心上。
>
> ——《仓央嘉措情歌》

这首写自三百年前，在藏区家喻户晓的情歌的作者就是著名的第六世达赖喇嘛——仓央嘉措。

据史料记载，仓央嘉措于藏历第十一绕回水猪年（公元 1683 年）出生于西藏南部的门达旺，父名扎西丹增，母名才旺拉姆，全家信奉宁玛教派。据传说，仓央嘉措诞生时曾出现过许多异兆。从 3 岁起仓央嘉措便表现出与一般孩子不同的行为，例如，在树叶上写字、诵读，在沙盘上写字、做食子、给神佛上供品、弹奏乐器等。铁马年（8 岁时）开始在纸上写字。水鸡年（11 岁时）突然开始写作，曾写过五首赞颂马头明王的诗。第五世达赖喇嘛圆寂后，仓央嘉措被选定为转世灵童。藏历第十二绕回火牛年（公元 1697 年）燃灯节，六世达赖喇嘛在布达拉宫的司喜平措大殿举行了坐床典礼，参加典礼的藏蒙僧俗官员有丹增达赖汗和第巴·桑结嘉措等。藏历土虎年（1698 年），仓央嘉措至哲蚌寺，开始接受经文传承，听取法相经典，学习佛法，其主要大经师为五世班禅洛桑益西。桑结嘉措教授其梵文声韵知识。桑结嘉措本人精通多种学问，而且出类拔萃，他的教授对仓央嘉措的学习十分有益。仓央嘉措"在所学的各类知识中，藏文文法、正字法及写作等方面……学习成果十分精妙，令人感到惊异，更对其产生崇拜之意"。仓央嘉措还师从绕绛巴扎巴群培等人学习法相、诗学、算学等，成绩优异。

仓央嘉措成长的时代，正是西藏政局动荡不安的多事之秋，内外矛盾不断，形势纷繁复杂。摄政藏王桑结嘉措出于政治需要，对五世达赖喇嘛的圆寂，秘不发表。因此，仓央嘉措在进入布达拉宫举行坐床典礼正式成为第六世达赖喇嘛时，已经是 15 年以后。进宫之后，有达赖喇嘛之名，无达赖喇嘛之实，大权仍归第巴·桑结嘉措。仓央嘉措成为西藏上层统治者与蒙古和硕特部落上层统治者争权夺利的牺牲品。各种矛盾错综复杂，如同一团乱丝，面对这种情况，仓央嘉措感到失望，学习也变得懒散起来。

由于政治上的不得志，加上对世俗人生自由生活的向往，促成了仓央嘉措一些惊世骇俗的举动。传说他经常"变装易名"，在拉萨民间"寻芳猎艳，沉湎酒色"。因此，与桑结嘉措之间也产生隔阂，行为"更加放荡不羁"。他成为一个所谓"两面人"：

> 住在布达拉宫时，
> 是活佛仓央嘉措，
> 进入拉萨民间时，
> 叫浪子宕桑旺波。
> ——《仓央嘉措情歌》

> 夜里去会情人，
> 早晨落了雪了；
> 保不保密都一样，
> 脚印已留在雪上。
> ——《仓央嘉措情歌》

藏历水马年（公元 1702 年），20 岁的仓央嘉措至后藏扎什伦布寺与五世班禅大师洛桑益西相见。关于会见时的情况，五世班禅在传记里说，无论怎样祈求劝导，仓央嘉措"皆不首肯，决然站起身来出去，从日光殿（班禅寝室）外向我三叩首，说'违背上师之命，实在感愧'，把两句话交替说着而去。当时弄得我束手无策。以后又多次呈书恳切陈词，但仍无效验，反而说'若是不能交回以前所受出家戒及沙弥戒，我将面向扎什伦布寺自杀。二者当中，请择其一，清楚示知'。休说受比丘戒，就连原先受的出家戒也无法阻挡地抛弃了……"①

拉藏汗掌握大权后，特派人员赴京师向康熙皇帝进言，说桑结嘉措勾结准噶尔人准备反叛朝廷，又说桑结嘉措所立仓央嘉措不是五世达赖喇嘛真正的转世灵童，说仓央嘉措终日沉湎于酒色，不守清规，请予废立。康熙即派侍郎赫寿等人赴藏，敕封拉藏汗为"翊法恭顺汗"。命将仓央嘉措废黜，"执献京师"，"解送"北京。藏历火猪年（1706年）仓央嘉措在押解进京途中于青海湖边圆寂，时年25岁。关于仓央嘉措的圆寂，有多种说法：有"患水肿病死去"之说；有"清帝将他软禁五台山"之说；据民间传说，大师带刑具，行至青海扎什期地方，忽然失踪，乃是用大法力从刑具中脱身，决然遁去，后周游印度、尼泊尔、康、藏、甘、青、蒙古等处弘法利生，事业无边。

《仓央嘉措情歌》，按藏文原书名应译为《仓央嘉措诗歌》。因其整理者认为内容多写"爱情"，所以一般都译成"情歌"了。也有更多藏族学者认为是宗教诗，也有人认为是政治诗。《情歌》驰名中外，引起世界文坛的研究兴趣。《情歌》的藏文原著以手抄本、木刻版和口头形式流传。公开出版的汉文译本有十几种，或用生动活泼的自由诗，或用整齐的五言或七言，受到国内外读者的喜欢。汉文译本于1930年出版，于道泉教授于藏文原诗下注以汉意，又译为汉文和英文。汉译文字斟句酌，精心推敲，忠实保持原诗风姿，再加上著名语言学家赵元任的国际音标注音，树立了当时科学记录整理和翻译藏族文学作品的典范，在藏族文学史上具有重要的地位。据目前所知，集录成册的《仓央嘉措情歌》，拉萨梵文木刻本有57首，于道泉教授藏、汉、英对照本62首，西藏自治区文化局本66首，青海民族出版社本74首，还有一种440多首的藏文手抄本。

仓央嘉措的情歌乃是西藏最流行的歌谣之一。我所遇见的西藏人民大半能将歌词成诵。大概第一因为歌中的词句，几乎全系俗语，妇孺都能了解；第二因为歌词多半是讲爱情的，又写得十分佳丽，人人都感兴趣，所以能传得普遍。②

歌曲流传至广，环拉萨数千里，家弦而户诵之，世称为六世达赖情歌。所言多男女之私，而颂扬佛法者时亦间出，流水落花，美人香草，情辞悱丽，余韵欲流，于大雪中高吟一曲，将使万里寒光，融为暖气，芳菲灵异，诚有令人动魄惊心者也。故仓央嘉措者佛教之罪人，词坛之功臣，卫道者之所疾首，而言情者之所归命也。西极苦寒，人歌寂灭，千佛出世，不如一诗圣诞生。③

《仓央嘉措情歌》的很多篇幅都表现了爱情和宗教在仓央嘉措心中的深刻矛盾：

① 转引自恰白·次旦平措：《西藏通史——松石宝串》，西藏古籍出版社1996年版，第706页。
② 于道泉：《〈第六代达赖喇嘛仓央嘉措情歌〉译者小引》，载黄颢、吴碧云编：《仓央嘉措及其情歌研究（资料汇编）》，西藏人民出版社1982年版。
③ 曾缄：《六世达赖仓央嘉措略传》，《康导月刊》，1939年第1卷第8期。

默想的喇嘛的面孔，
没有显现在心上；
没想的情人容颜，
却映在心中明明朗朗。
　　　　——《仓央嘉措情歌》

若随顺美女的心愿，
今生就和佛法绝缘；
若到深山幽谷修行，
又违背姑娘的心愿。
　　　　——《仓央嘉措情歌》

《情歌》大多每首四句，言简意深，通俗中透着哲理。每句六个音节，句法整齐，每两个音节一"顿"，一句分为三个"顿"，即"四句六音三顿"。运用了藏族民歌"谐体"的特点，韵律极强，形成优美的音乐效果。《情歌》采用了白描的手法，寓情于喻，多取比兴，直抒胸怀，自成一派。于质朴中见委婉细腻，通俗易懂而又自然流畅，具有鲜明浓郁的西藏藏南地方民歌色彩：

天空洁白的仙鹤，
请把双翅借我，
不到远处去飞，
只到理塘就回！
　　　　——《仓央嘉措情歌》

诗人渴望摆脱清规戒律的种种束缚，寄语仙鹤，欲借双翅，飞往自由的他乡。意境优美，有飘然高举之意，真挚自然，令人心旷神怡。这首诗一直为藏族百姓所喜爱传唱。

《情歌》语言朴实无华，活泼生动，平易通俗。当时的上层文人多受"年阿"诗体影响，崇尚典雅深奥，讲求词藻，鄙视"俗词俚语"，仓央嘉措以达赖喇嘛至高的身份，摆脱僧侣格律诗体的浮华习气，运用西藏民歌中的"谐体"进行创作，坚持将民间话语写入诗篇，是独树一帜和令人耳目一新的，在藏族诗歌史上开创了新的诗风。

《仓央嘉措情歌》的民歌风味、地域色彩，来源于他童年和少年时代生活成长的藏南门隅民间。那里的山川钟灵毓秀，醇厚多情的谐体民歌在当地非常丰富，尤其是民间情歌小调，因为形象鲜明、贴切逼真，很容易引起听者的共鸣，被广泛地吟唱流传。

仓央嘉措的童年和少年时期，都生长于民间，深受这种"谐体"民歌的熏陶和家乡地域文化的滋养。脱胎于民歌土壤的《仓央嘉措情歌》，自由活泼，轻快明朗，节奏鲜明，朗朗上口，听起来十分悦耳。

仓央嘉措的一生短暂而又坎坷，如一抹云烟，只在人间停驻片刻，便飘然而去。人们对他的传奇经历和诗才充满了好奇和向往，对他的悲情人生寄予了深切的同情。《仓央嘉措情歌》蕴藏了一种炽烈深厚的历史文化情感，经三百年而历久弥新，久唱不衰。仓央嘉措及其作品早已被载入世界文学史册。

新时期的西藏文学创作虽然面临着传统与现代、过去与将来、现实生存与终极关怀等各种矛盾和选择，但藏传佛教文化依然影响着人们的思维方式和人格心理。人格心理作为一种深层次的文化心理结构，对一个民族的物质生活和精神生活有着潜在的质的规定性。随着社会历史的不断发展，一个民族的传统除了被保留在各种典籍史册和宗教、道德等生活中，更多的是以潜流的形式存在于人们的心理习惯之中。人格心理在现世秩序和心灵生活中构成的相对稳定的系统，是一个民族区别于其他民族的根本特征。

西藏地区的当代作家，无论是使用母语进行创作还是使用汉语进行创作，他们的作品几乎都与"圣地拉萨"，与藏传佛教等宗教文化资源息息相关，与民族人格心理遗传无法分离。前者如察珠·阿旺洛桑、松热加措、拉巴平措、扎西班典、加央西热的创作；后者如益希单增的《幸存的人》（最早在全国产生影响），扎西达娃的《西藏，隐秘岁月》《西藏，系在皮绳扣上的魂》《骚动的香巴拉》色波的《圆形日子》《竹笛、啜泣和梦》《在这里上船》，德吉措姆的《漫漫转经路》，央珍的《无性别的神》，以及近几年次仁罗布的《放生羊》《神授》，格央的《小镇故事》《一个老尼的自述》《西藏的女儿》，通嘎的《天葬师生涯》，白玛娜珍的《拉萨红尘》《复活的度母》，等等。

扎西达娃被称为"中国的魔幻现实主义"作家，其作品《西藏，系在皮绳扣上的魂》《西藏，隐秘岁月》《骚动的香巴拉》，亦真亦幻，通过真幻交织的人物和故事，表现了一个古老民族在传统宗教文化笼罩下的曲折、丰富的心路历程。如果没有了藏传佛教文化，扎西达娃笔下的塔贝和琼千里跋涉寻觅莲花生掌纹地带的故事就无所依附，保护神贝吉曲珍也不可能屡次出来给佣人达瓦次仁口吐钱币，指点迷津。扎西达娃正视宗教渗透到藏族人物质生活和精神生活方面的客观存在，对藏族人来说，这是一种思维方式，也是一种生活方式。《西藏，系在皮绳扣上的魂》所描绘的掌纹地带虽然远非现实生活中的人间乐园，却是"一条通往人间净土的生存之路"，作为千百年来众多信徒"幻想的太阳"，具有深刻的象征意义。作家黄宗英多年在西藏游历，她在《小木屋》中有这样一段感慨："我们——一个一个，一群一群，一批一批知识的苦力，智慧的信徒，科学与文化的'朝圣者'啊，我们也是一步一长跪地在险路上走着走着。任是怎样的遭遇，我们甘心情愿，情愿甘心。"黄宗英和塔贝，一个面向现实，一个面向虚无，虽然信仰不同，但坚忍不拔的精神却在人们心中产生强烈的共振。

已经淡出人们视野的作家色波，他的中短篇小说《圆形日子》《竹笛、啜泣和梦》、《在这里上船》，以鲜明的个性、怪诞夸张的形式、虚实相生的创作手法建构了又一个独特的艺术世界，其中潜藏着藏民族集体无意识的记忆，带有藏民族文化独特的历史积淀。弗莱认为，集体无意识的内容就是所谓的"原型"。"原型"最大的特点就是反复出现和程式化，那些朴素的、原始的、通俗的具有民间宗教象征和魔幻色彩的文学作品往往是"原型"最集中的地方。

藏传佛教逐渐成为藏族宗教和文化的主体，并构成藏族的集体无意识心理定式。色波笔下的故事和人物，在一定层面揭示了一个共同的母体——即对藏传佛教哲学思想的阐释。藏传佛教的神灵观念对藏民族的集体无意识的形成产生了深刻的影响，色波的作品中可以追溯到很多这样的"原型"。《星期三的故事》中"星期三""在睡眠中接受了一个头上罩着紫色光晕的圣贤关于宇宙奥秘的启蒙教育"，醒来后就不畏艰险地在成佛的道路上跋涉。

在藏族苯教的传说中，羊具有召回灵魂、祛除邪恶的作用，人一旦灵魂走失，就用羊举行招魂仪式。小说中的"星期三"原是个宰羊的屠夫，而屠夫在藏族传统社会中被视为是卑贱、低等的职业之一。一头母羊用它的眼泪和生命激情激醒了潜藏在"星期三"心中的人性和佛性，在经历了种种考验之后，他终于成为苦行僧眼中的大师。可以说，《星期三的故事》是一篇神话"原型"和意象"原型"兼而有之的作品。"原型"的根源既是社会心理的，又是历史文化的，它把文学同生活沟通起来，成为二者相互作用的媒介。"原型"的存在会影响叙事作品的结构模式和角色模式。荣格认为，文学艺术的创作过程，就是"原型"被翻译成现代语言重新显现的过程。

色波《圆形日子》的创作灵感就来自藏传佛教生死轮回观的理念。小说开头"'妈妈，'女孩喊道"和结尾"'朗萨！'母亲喊道"呈一种首尾对应状态。而小说的中间部分写到"女孩走着走着，就要回过头来寻找一下母亲"，后面又有"母亲走着走着，就要回过头来寻找一下女孩"，这不仅仅是一种结构上的对应，还具有象征意味地反映了"母亲"和"女儿"情感上的血肉相连。另外，这篇小说中还出现了大量的圆形事物，如圆形广场、太阳、环形水泥通道、圆舞曲等等。从如此众多的圆中，我们可以清晰地看到色波的圆形意识。这种"圆形"在藏传佛教文化中绝不只是一个几何形状，而是一种精神描述，它较为集中地体现在轮回的观念中。按照藏传佛教生死轮回观的理念，所有的生命都在降生——死亡——再生（转世）、过去——现在——未来的圆圈中永恒流动。人的出生死亡是必然的生命轮回，人生活的具体形态也会不可避免地发生无数次回环往复，因为生命的本质就是在做某种圆周性的运动——轮回运动。

《在这里上船》中，"回来时你们在这里上船"与"明天你们在这里上船"，也是一种首尾对应的结构模式，与《圆形日子》在结构上异曲同工。小说中"我"和冈钦、央娜、旦平几个人一起乘船寻找回家的路，这个过程体现出作者对人生无常、路在何方、家在哪里的喟叹。几个人在途中听到一声六字真言"唵——嘛——呢——叭——咪——吽"的呼喊，这经久不息、荡气回肠的真言仿佛是佛在给他们指引回家的路，明天上船要去的地方也许就是他们的家——他们出发的地方和最终要回去的地方。这又是一次佛法指引下的轮回。

色波小说的人物总在一个生命和时间的"圆形怪圈"中流动，生就是死，现在就是未来，显得格外荒诞。不少读者感到色波的小说难懂，欠缺生活逻辑，其实，只要抓住了色波小说的藏传佛教哲学内涵，我们就能豁然开朗。爱默生说："圆，是世界密码中最高级的符号。"

人们说西藏是一块神秘的土地，一个又一个有着浓郁传奇色彩的民间传说吸引、满足着内地人的想象。对一个土生土长的西藏作家次仁罗布，西藏本土的传统文化始终是他宝贵的创作资源，小说《传说》《神授》均选自家喻户晓的藏族民间传说。2011年，次仁罗布的短篇小说《放生羊》获得第五届"鲁迅文学奖"。《放生羊》情节简单，是一个关于祈祷和救赎的故事，但内含多重意蕴。这部作品，让读者感受到宗教情绪的悲悯、信仰、达观、慈爱，也体味到人与动物在心灵深处的相通。放生羊在整篇小说中既是情节核心又是情感核心，在放生羊的身上，我们能看到作者对人类共通情感的关注与思索，小说中流淌着的悲悯和温情，充盈着卫藏地区作家独特的精神气质。

李泽厚在他的《中国古代思想史论》中称民族的人格心理为"文化－心理结构"，认为，这种"文化－心理结构"无孔不入地渗透到人们的观念、行为、习俗、信仰、思维方式、情感状态……之中，自觉不自觉地成为人们处理各种事物、关系和生活的指导原则和基本方针，亦即构成了这个民族的某种共同的心理状态和性格特征。人格心理"有其不完全直接服从、依赖于经济、政治变革的相对独立性和自身规律"。

卫藏地区藏族作家诗人的诗歌、小说几乎都涉及宗教文化意象，表达了对传统文化和民族历史的思考，以及对源自传统的精神生活方式的尊重。尽管藏传佛教已经不再是藏族唯一的精神文化资源，但作为一种民间习俗和民族文化传统，藏传佛教对藏族文学、藏族作家的心理世界和思维方式的影响无疑是深远的。

二、安多藏区及其文学特色

安多藏区，见之于史料的主要名称有藏语音译"安多""阿木多""安木多""多麦""朵麦""阿朵""阿多""脱思麻""朵思麻""番"等，自明清以来称"安多"。

"安多"首先是一个地理名称。"安"在藏语里实发"阿"音，《多麦佛法源流》（又译作《安多政教史》）中说，取阿卿岗嘉雪山（a-cheh-gangs-rgyab）和多拉山（mdo-la）的第一个字，构成了安多。安多地区的藏族自我认同为"安多哇"，所操语言为藏语安多方言，安多地区亦称"东藏方言区"。著名学者李安宅先生在他的《安多社会调查系列报告》中认为，自己的这篇调查"若按照应有的性质完成的话，应该叫做川、甘、青边界地区边民分布概况，因为这一名称才算准确地表明这样一个自然区域——即藏语中称为'安多'（或作'阿木多'）的藏民区"[①]。

早在汉朝时代，羌人就生活在这一地区。其后，匈奴、月氏、鲜卑、吐谷浑、吐蕃、党项、女真、蒙古等民族都曾在这里纵横驰骋，角逐争雄，曾有过波澜壮阔的历史。由于地理等多种因素的作用，吐蕃从青藏高原崛起后，就开始改变西部部落散处、不相辖属的混乱状态，并一直坚持不懈地"东向发展"[②]。由于藏文明重心的逐渐东移而形成的安多藏区，对于整个青藏高原的作用也日益凸显。从吐蕃王朝崛起后的"空前东扩"，经中唐时期的"安史之乱"，到元代的"脱思麻宣慰司"辖区，至明代的"西番诸卫"和近代以来的"甘肃南部、四川西北部、青海大部"，安多藏区在不同时间和不同空间范围内发生着流转和变迁。元明清时期是安多文化系统的巩固和发展时期。

吐蕃文献中一般称安多为多麦（元代译为脱思麻，意为多康的下部）。安多藏区就是今天包括青海省除玉树以外的全部藏族居住区，甘肃省的甘南藏族自治州、天祝藏族自治县，四川省西北部的阿坝藏族羌族自治州。

安多藏区地理位置特殊，民族成分复杂。历史上，以河西走廊为主的"丝绸之路"和以青海河湟为主的"唐蕃古道"，都与安多藏区的经济文化发展密切相关。从目前我国藏学界对藏区的地域研究看，重西藏、轻安多的现象较为突出，无论是选题的取向或

---

① 李安宅：《安多社会调查系列报告》，《新西北》4 卷、5 卷。
② 石硕：《西藏文明东向发展史》，四川人民出版社 1994 年版。

研究的深度、广度上,对安多藏区文化艺术的研究都相对滞后。就人文环境而言,安多藏区、康区、西藏共同构成藏族文明的生存空间,是"文化生态共同体"。在藏族历史文化发展中,不同区域发挥着各自不同的作用,如果没有对安多和康区的全面、深入的研究,就不可能深刻理解藏文化自身的多元性及其丰富的内涵,也看不清藏族文学发展的全貌。因此,了解和研究安多藏区的文化是藏文化理论系统中不可或缺的一个重要组成部分。

　　在佛教传入之前,跟卫藏一样,安多藏区的广大百姓信仰的是古老的苯教。苯教尚咒术,重鬼神,崇拜大自然。苯教徒几乎遍及整个安多藏区。公元 9 世纪中叶,吐蕃赞普朗达玛禁佛,佛教在西藏遭受很大摧残,势力大衰,为避此难,许多佛教僧人辗转携经逃到安多藏区。到 10 世纪中叶,以丹斗寺(在今青海省循化县境内)和喇钦·贡巴饶赛(892—975)为代表的佛教文化中心建立起来了。这是对后期藏族社会影响至为深远的历史事件。首先,佛教以藏传佛教的形式在卫藏地区复兴和发展起来,来自安多地区的佛教成为一支重要的力量,史称"下路弘传",使沉寂百年的藏传佛教圣火再度从安多地区点燃。后来,又出现了不同的教派,如宁玛派、噶举派、噶当派等等。由于元朝推崇藏传佛教,加强了安多地区的宗教势力,特别是萨迦派势力,宗教便成为安多地区与卫藏地区保持联系的主要纽带。萨迦派当时是广大藏区的统治教派,其寺院和属区遍及安多地方。后来帕竹巴当权,也在安多发展势力,西藏各个教派在此地都有他们的寺院与属民。明代以后,安多出现了多教派竞争的局面。清初,格鲁派脱颖而出,占据优势。宗教关系使安多与拉萨或其他教派中心保持着密切的联系,使得安多藏区政教合一制度延续下来。直到今天,安多地区被公认是藏族文化高度发达且独具特色的一个地区,这和历史上形成的这一佛教文化中心不无关系。

　　根据甘肃敦煌遗书可知,在吐蕃统治敦煌之初,这里有寺院 13 座(其中尼姑庵 4 处),僧尼 130 人。吐蕃统治敦煌时期,新开石窟 55 个,此外还继续完成了前代开凿的 9 个窟,重修 28 个窟。今天,莫高窟中 92 个窟保留有吐蕃时期画塑遗存。吐蕃在耗费巨资开窟的同时,也尽力扶持敦煌的译经活动,增加藏文经籍的数量。"这些经卷的抄写,是得到了吐蕃赞普支持与赞助的……由沙洲的两个僧团和俗人 2700 人进行的大规模的活动。"[1] 可见,藏传佛教在安多藏区传播之广泛。从唐朝中期到元代,藏传佛教文化在敦煌文明中占据了极其重要的位置。藏传佛教成为吐蕃文化的精髓和支点,藏族的传统文化几乎都能在藏传佛教中得以体现。

　　清末,安多藏区有藏传佛教寺院 400 座左右,到 1949 年发展至 1091 座(青海有 722 座,甘肃有 369 座),格鲁派发展成为统治教派。藏族文化随着藏传佛教的传播而传播也是安多藏区形成的重要标志之一,最终形成了以藏传佛教文化为核心的持久稳定的安多藏文化系统模式。对藏传佛教的真诚信仰,使安多藏族人懂得爱护和敬畏自然界的一切生灵,不杀生的观念使他们爱护生命,崇拜神山、神水。他们将马、狗视为自己的家庭成员,爱马、识马、善骑、骁勇,充满了剽悍的尚武精神。

---

　　① 〔日〕西岗祖秀:《沙洲的写经事业——以藏文〈无量寿宗要经〉的写经为中心》,李德龙译,载《敦煌胡语文献》,大东出版社,1985 年第 114 页。

　　安多藏区大多是广阔的草原，黄河上游草原、环青海湖草原等都是优良的天然牧场，藏族地区最丰美的草原均在安多。草原为安多藏区提供了生存空间，也相应产生了高原游牧部落文化。在众多的藏、汉文史料中，对于藏族历史的记载从远古直到近代，都有大量的关于部落的记载。对不同时代的不同地区的藏族部落进行科学的考察分析，如对吐蕃王朝统一青藏高原以前的部落，吐蕃王朝时期的部落，宋代甘青河湟地区唃厮啰政权的部落，元明以至近代甘青、川西、藏北的藏族部落进行分析研究，将有助于我们对藏族文学作品中许多问题进行阐释。

　　在部落时代，草场是游牧民族最重要的财富，牧户在自己所分到的草场上从事生产，同时也有对草场的管理权和所有权。如果有人私自侵入，就有可能采取非常措施，以致发生草场纠纷。部落迁徙、更换草场必须由部落议事大会决定，草场也是平均分配，人人有份。部落成员人人都有从部落分得草场，从事畜牧业生产的权利，同时更有妥善经营草场，保证草场不受他族侵犯的义务。

　　史诗《格萨尔》反映的正是藏族古代部落社会发展的历史。《格萨尔》又是部落战争的历史。格萨尔通过赛马，成为岭国国王，开始了"降妖伏魔""抑强扶弱"的英雄事业，实际上也是开始了一系列的部落战争。按照《格萨尔》史诗的叙事，岭国本身就是一个典型的部落社会。《格萨尔》中所描写的许多部落战争，几乎都与草场有直接或间接的关系。进攻、入侵是为了征服其他部落，扩张领地，防御是为了保卫疆土，保护本部落成员生命财产安全。每次战争，下至十三四岁的孩子上至八九十高龄的老人都披挂上阵，成年男性无条件地服兵役，出征作战，甚至流血牺牲。部落和部落成员都认为人人都与草场有关，人人都有义务保卫本土或扩展领土。在这里，部落的土地公有制发挥着强大的凝聚力。

　　在这种以漂泊不定的游牧生活为主的传统牧业文化中，人们视部落为国家、土地和生命，而且任何人都没有对土地的特权。由于藏族部落成员的强悍、尚武以及较重的本位观念，部落间极易结成冤仇。人类社会的初级阶段盛行部落复仇，而部落之间的复仇就是部落战争。《格萨尔》中有谚语说："有仇不报是狐狸，问话不答是哑巴。"这是部落复仇观念的真实反映。生活在部落时代的藏族先民崇尚力量和勇敢，以勇敢拼搏为荣，贪生怕死为耻；以战死疆场为荣，终老在家为耻。《旧唐书·吐蕃传》里说，吐蕃先民"重兵死，恶病终。累代战役以为甲门。临阵败北者，悬狐尾于其首，表其似狐之怯，稠人广众，必以徇焉，其俗耻之，以为次死"。

　　在宗教氛围浓郁，传统文化根深蒂固的安多藏区，人们醉心于对神山圣湖的膜拜，醉心于口头传承的大量民间故事和英雄史诗的传唱。对《格萨尔》和英雄的崇拜使人们在草原上，在帐篷里，可以整天整天地盘坐在那里，倾听"仲肯"艺人汩汩如山泉般不间歇的说唱。光怪陆离的古战场，浩浩荡荡的英雄群体，雍容华贵的古代装饰，斩杀妖魔的痛快淋漓，还有格萨尔王春风得意的战史、情史，等等，在艺人华美、幽默的说唱里，人们得到了无比的愉悦和享受。《格萨尔》英雄史诗在藏族民间世俗层面而非宗教层面广为流传，其文化价值正是对藏族宗教性社会所导致的缺失了英雄、勇敢、积极进取、英武和对人性的发扬等这样一些成分和内容的重要补充。

　　素有"安多地区藏族政治、经济、宗教以及文化中心"之称的拉卜楞寺，集古代安多地区藏族文化之大成，是藏族文学艺术的宝库。藏族文学史上大量的被称为"史传文学"的传记文学在安多地区尤为繁多，这些传记不仅是藏族优秀的文学作品，也被认为是藏族文化史上"文史不分"的宝贵文献和历史资料。拉卜楞寺也是历史资料和文物的博物馆。这里保存的藏文经典、历史档案和名著经版卷帙浩繁，为世界所瞩目。据《拉卜楞寺总书目》统计，该寺现存经籍 6500 余部，其中传记类就有 380 种之多。

安多藏区历来被认为是出大德高僧和学者的地方。

吐蕃时期，藏族就有了编年史、赞普传略、赞普世系等历史著述。后来，传记著作大量涌现，凡是各派有地位的"大德高僧"几乎皆有传记。这些传记中，除了西藏、康巴以及安多藏区各大寺院高僧的传记外，还有拉卜楞寺活佛高僧的传记，主要记述了从公元 6 世纪到 9 世纪的数百年间的赞普和王臣的事迹。其中影响较大的有《止贡赞普传略》、《朗日伦赞传略》、《松赞干布传略》、克珠·格勒贝桑（1385—1438）所著《宗喀巴传》、桑吉坚赞所著《玛尔巴传》和《米拉日巴传》等等。《米拉日巴传》不但在藏族地区广为流传，影响深远，而且很早就有了汉文节译本和蒙文译本，获得读者喜爱，同时，在国际上为众多研究藏族历史文化宗教的学者们所重视，早已有了英、法、日等文字的译本，成为有世界意义的作品。《米拉日巴传》是散文体，中间插入了一些歌词，语言通俗，文笔朴实，叙事生动流畅。"无论在思想性方面，还是在艺术性方面，都有着高度的成就，显示了作者的语言和文学才华，在藏族传记文学中，承前启后，出类拔萃，成为藏族文学发展史中的一颗明珠。"① 安多地区传记文学的发展，对以后藏族文学、语言的发展产生了深远的影响。

安多藏区最早的古典诗歌当推 20 世纪初发现的《敦煌本吐蕃历史文书》中的古歌卜辞，其艺术想象力已达到很高的境界。

藏族的古典诗歌，数量众多，题材广泛，内容丰富，形式多样，一般分为道歌、格言、年阿以及四六体诗四种。藏学家王尧先生说，从表面上看，似乎吐蕃人是笃信宗教（苯教）而沉溺于崇拜仪轨的民族，实际上，他们又是热衷于咏歌吟唱而近于迷恋诗情的民族。令人感兴趣的正是吐蕃人在那古老的年代里把"诗"和"哲学"高度结合起来，将深邃的哲理写成完美的诗篇。头顶上悠悠奥秘的苍穹，四周浩渺广袤的宇宙，都能与自身心底下升起的玄理和道德追求共同融合在一起，从中可以看出古代藏民族的幽默、达观和乐天知命的性格。有些诗歌虽然文辞浅显，但富有诗意，虽然单纯，却意味隽永。诗歌成为哲理的舟楫，哲理成为诗歌的灵性。②

如敦煌写卷中占卜文书中的诗句：

> 野鸭如金似玉，
> 蓝蓝清波美饰；
> 坷拉鲜花开放，
> 青青草原美饰；
> 邦金光彩炽服，

---

① 马学良主编：《藏族文学史》（下），四川民族出版社 1994 年版，第 534 页。

② 王尧：《藏族古歌与神话》，《青海社会科学》1986 年第 5 期，第 92 页。

　　　　甘美能健人体；

　　　　瑰丽艳美照人，

　　　　芬芳香气鼻喜。

　　安多藏族作家的诗著诗论也很多，如素有"百部论主"之称的宗喀巴·罗桑扎巴（1357—1419）的《宗喀巴全集》（含佛学专著、哲学论述、传记、文学诗作等）中的《诗文搜集》（有诗 94 首），安多学者索南扎巴（1478—1554）的《甘丹格言》（有诗 125 首）等。

　　安多甘南人贡唐·丹白准美（1762—1823），22 岁取得格西学位，学贯三藏，精于中观，著述颇丰，他的著作被辑为《贡唐·丹白准美全集》。他的《水树格言》（chu-shing-rstan-bcos），又译作《水木论》，有诗 425 首，全部是四句七言的格律。一般是两句比兴，两句本意，比喻都采用水和树的各种特征和形态，在藏区普遍流传。比如：

　　　　学多识的学者们，

　　　　为人谦逊平易可亲，

　　　　树上长满硕果累累，

　　　　树枝总是弯弯低垂。

　　　　　　　　　　　——《水树格言》

　　格言诗在藏文中叫"勒协"（Lags-bshad），意为优美的语言，又名哲理诗，是寓哲理于文学，富有教育意义的文学作品，在藏族文学史上占有一定的地位。写作格言诗还是衡量藏族学者才学的标志。为了把原本枯燥乏味的哲理，说得引人入胜，需要熟悉各种神话、传说和重要典故，要善于采用各种比喻，用心观察周遭环境与日常事物，如日月星辰、山河大地、花草树木、飞禽走兽以及人与人之间的关系等等，使叙事析理生动活泼、通俗易懂。因此，格言诗既可以当作雅俗共赏的警世箴言，也可以作为诗歌欣赏，也可以作为资料来研究哲学、宗教、道德和社会现象。

　　安多藏区的民间故事叫"纳达"，意为古时候的传说，在卫藏地区叫"仲"，即故事。藏族的民间故事数量之多，流传之广，影响之大，是难以估量的。安多藏人由于特殊的地理位置和漂泊不定的游牧生活的影响，性格开朗豪爽。这里到处都是口头传播的民间故事，最广为流传的是《尸语的故事》《猴鸟的故事》《猫喇嘛讲经》《阿古敦巴的故事》等，篇幅一般短小精悍。善于讲故事的民间艺人，都有很好的口才，讲起故事来绘声绘色，风趣幽默，非常传神和吸引人，人人喜爱听，这些故事几乎是家喻户晓。

　　安多草原养育了安多藏人的坚韧，也养育了安多藏族诗人作家豪放的激情。被称为"雪域雄狮"的当代著名诗人伊丹才让被认为是"最具代表性的最有民族特色的藏族优秀诗人"。"他的诗气势磅礴，雄浑奇崛，充满阳刚之气；他的诗豪放而达观，进入了深邃的哲理层次；他的诗透视出某种情节的信息和流动的情绪，似彩虹与雷电有声有色的和弦，溢泻着雪狮吟啸般的神韵。真诚、正义与和谐，是伊丹才让的诗歌锲而不舍的主题。"① 伊丹才让自称为"雪域歌者""雪山狮子"，喜欢用"雪域""雪山""雪狮""雪

---

　　① 伊丹才让：《雪狮集》编者按，青海人民出版社 1991 年版。

韵"等词来命名自己的作品集。他的诗以赤诚的情怀、深重的历史责任感和使命感，热情讴歌这片或许对别人来说完全陌生的土地，其情至真，其意至诚。

伊丹才让、丹真贡布、格桑多杰等安多前辈诗人，他们的诗歌以历史的厚重感和现实的沧桑感，展现着藏民族的历史、现在和未来，他们偏爱歌唱高大纯洁的雪山、湖泊，他们擅长运用民间神话和故事赋予诗歌以新意，他们带有一种宗教神性般的热忱，是藏民族精神在当代的凝聚和雕镂。在艺术方面，他们的诗体现出藏族民间文化的厚重和瑰丽，唤起了当代藏人的共鸣，也使其他各民族读者通过他们富有糌粑酥油味的诗歌，体味到了藏民族丰富的心灵世界，领略了藏文化深厚的底蕴。

中青年作家和诗人如才旺瑙乳、旺秀才丹、梅卓、德吉卓玛、完玛央金、扎西才让等将个人的命运体验和现代意识与对民族的思考结合起来，在民族历史文化土壤中蒸腾出浓郁的现代性。相对于前辈诗人，年轻的藏族诗人似乎越来越呈现出淡化母语和远离传统的倾向，实际上他们是以另一种特别的、隐秘的方式更加贴近了传统。他们的汉语诗歌中表现出日益强烈的民族文化本体意识，表现出对种族文化的回归意识和对民族精神信仰的体认。在第二代藏族新诗人那里，美与神性较普遍地体现为一种对宗教感的体验和对佛理的融入愿望。他们普遍具有强烈的现代意识，他们将藏传佛教与个人命运、宗教体验与内在情思紧密联系起来，以隐喻性方式沟通和实现个体同民间文化和民族宗教的对话并作用于生存现实。隐喻隐伏着现实与梦幻、凡庸与神圣、苦难与救赎的情感纠葛和冲突。唯有隐喻、不断的隐喻，才能化解他们内心潜藏的焦灼和不安，表述他们心灵的自在、灵魂的隐痛和精神的游历，在雪山、湖泊、庙宇、宫殿和青青桑烟中完成与民族文化的深层对接，追寻生命的终极意义。

藏族当代著名母语作家、诗人和学者端智嘉，在他 32 年短暂人生中取得了杰出的成就，创作了大量的诗歌、小说、散文及藏族历史文学研究著作。主要作品如诗歌小说集《晨曦集》、古典文学研究专著《道歌源流论》、翻译专著《吐蕃传》等。他的诗词、小说、散文、论文、译作，在 20 世纪 80 年代的藏族文坛曾风靡一时，对藏族当代文学和藏族文化的发展做出了重要贡献。端智嘉的文学成就和学术研究获得了藏族当代文坛和藏学界的高度认同，受到了国内外藏学研究者的关注，他的部分作品被翻译成英文、法文等多国文字在国外出版，印度出版了评论端智嘉文学作品的藏文专著。端智嘉使用母语藏文进行创作和研究，因此，许多人对他的作品和学术贡献并不十分了解。这位英年早逝的藏族作家和学者，为人处世特立独行、激情洋溢，他天资聪颖，思维敏捷，出口成章，下笔成文。至今传唱于整个藏区的《青海湖》歌词，就是他即兴写成的。他的文学成就和学术造诣，受到著名藏学家东嘎·洛桑赤列的高度评价，称其为"本民族的文学艺术家、藏学家"。诗人伊丹才让写了《路的信念，在于超越自身慨叹的警语》一诗，对端智嘉的英年早逝，感慨万千。青年诗人伍金多吉也写了《我责问你》一诗，痛惜感叹文坛奇人、书苑奇葩端智嘉的溘然长逝。

独特的个性和勇于开创、勇于探索的诗人气质，使端智嘉在藏族诗歌的多元化创作方式和艺术表现形式方面取得了令人瞩目的成就，他创造的"新诗体""新小说"给人们以全新的感受，展露了有别于传统诗人的诗情和才华，并深刻地影响了新一代使用母语进行创作的藏族诗人群。端智嘉的作品大多关注的是在宗教情感和现实生活之间、道德价值和自我本能之间徘徊着的新时期藏人的情感世界，为读者讲述了青藏高原东南部、黄河上游安多藏区的一个个普通藏人在独特的生活环境和整个社会现实面前所经历的心路历程。他痛心疾首地批评固步自封的民族惰性，追问那些普度众生的救世主究竟在哪里？端智嘉用母语原汁原味地把本民族语言文字与本民族观念思维情感行为之间具有的一种秘而难宣的天然联系表达得真实而难以替代。

青海作家梅卓的诗歌散文小说因其独特的民族立场和民族想象而卓尔不群。梅卓的《太阳部落》《月亮营地》《藏地秘史》《吐蕃特香花》均是在反映和表达"安多马区"遥远的部落文化。

梅卓的小说对安多藏区独具的古老风韵和动人魂魄的草原牧区部落文化有浓墨重彩的渲染。"她用浪漫的爱情幻想推动民族寓言，把生命的激情欲望融入抵抗霸权的政治批判，从而使文化反抗的沉重主体变得充满人性的活力与弹性。同时她极力渲染女性爱情的强大力量，以之唤醒麻木混沌的民族勇士，让他们在民族解放斗争中升华生死爱欲的生命本能，从而使生命在民族历史的洪流中找到意义，最终实现人生价值。生死爱欲与民族历史的相互阐释、相互升华，赋予梅卓小说热气蒸腾的生命感，厚朴混沌的历史意识。"①

藏族作家王小忠的中篇小说《羊皮围裙》，以完全不同于中土作家的异质叙事，完成了他对当代安多藏区城市化进程的忧伤呈现，语言清澈、凝练，气息温暖、悲悯。

安多地区藏族作家、诗人擅长使用格言、谚语、抒情诗体和叙事小说相结合的方式描写草原独特的风光，讲述草原藏人生老病死爱恨情仇的动人故事。

三、康巴藏区及其文学特色

藏族著名学者更敦群培在他的《白史》中说："包括'康'及'安多'在内的东部地区统称'康'。所谓'康'是指'边地'，是针对'卫藏'的'中心'而言，才产生了意为'边地'的'康'区。"②

康巴位于青藏高原东南部，地处横断山系，自古有"四水六岗"之谓：金沙江、澜沧江、雅砻江、怒江自北而南奔腾而过，色莫岗、擦瓦岗、玛康岗、玛杂岗、米孜藏娘岗、绷博岗六岗巍峨耸立，境内主要山脉和河流均为南北走向，海拔 7556 米而被誉为"蜀山之王"的主峰贡嘎雪山雄伟壮观。冰川、湖泊、草原、河谷、森林，构成了康巴藏区，她不同于安多藏区那样广袤无垠的草原牧区，也不同于卫藏地区那种宽阔、富庶的河谷农地，高山纵横，河流密布，地势险峻，交通阻隔。正是这险峻的高山峡谷地域和相对恶劣的生存条件使得康巴人具有了强健的体格和坚韧、强悍、善于开拓进取的性格。在藏族民间流传着这样的说法："卫藏人是热心宗教，康巴人是好斗士，安多人会做马生意。"③

---

① 张懿红：《梅卓小说的民族想象》，《民族文学研究》2007 年第 2 期。
② 格桑曲批译、周季文校：《更敦群培文集精要》，中国藏学出版社 1996 年版，第 130 页。
③ 夏格巴：《西藏政治史》，李有义译，油印本。

在藏族传统的地理概念中，"康"的语意为"边地"。在地理位置上，康区历来具有特殊的地理环境，在我国的民族史研究中，康巴地区被称之为"藏彝民族走廊"。我国著名社会学家、民族学家费孝通先生曾经指出："这个走廊正是汉藏、彝藏接触的边界，在不同的历史时期，出现过政治上拉锯的局面。正是这个走廊在历史上是被称之为羌、氐、戎等名称的民族活动的地区，并且呈现过大小不等、久暂不同的地方政权。现在，这个走廊的东部已经是汉族聚居区，西部是藏族聚居区……"①

康区藏族的多元性首先表现在康巴藏人的族源构成上：康区处在藏汉文化交接处，民族活动和迁徙十分频繁，康区藏人中不同程度地融入了其他民族成分。即使到了20世纪以后，也仍然有其他的民族成分以各种方式加入到康区藏人中。这些民族成分包括了汉、彝、回、蒙古、纳西族等等。康区藏人内部也存在众多支系，而且所使用的藏语言种类繁多。今天的康区藏人中，有讲白马语的白马藏人，讲嘉绒语的嘉绒藏人，讲木雅语的木雅藏人，讲道孚（尔龚）语的自称"布巴"的藏人……这些不同支系的藏人，彼此在文化和风俗上均存在一定的差异。

康区藏族的多元性还突出表现在宗教信仰和宗教文化方面。

康区原来是苯教最盛行的地区。康区有苯教文化中的年、鲁、赞神灵崇拜和原祇崇拜、猕猴崇拜、雍仲图符崇拜，有建于3000年前的丁青孜珠苯教大寺、早期修建的阿坝"雍仲拉顶寺"、兴建于公元203年前的阿坝苯教苟象寺和修建于4世纪初的阿坝阿西象藏寺等最早的苯教大寺，有苯教信奉的丹巴墨尔多神山、昌都日乌孜珠神山、果洛阿尼玛卿神山、中甸卡瓦格博神山等。这些远古的自然崇拜和神灵信仰文化是藏民族传统文化的共同根基和源头。

公元8世纪，佛教由西藏传入甘孜藏区。公元9世纪，吐蕃赞普朗达玛"灭佛"，西藏的少数佛教徒逃到康区，在金沙江流域的邓柯、白玉一带，继续从事佛教活动，因得到当地的部落首领的支持而逐渐兴盛起来。

从公元10世纪开始，德格地区就成为康巴地区"后弘期"藏传佛教的发祥地。不少康区的僧人成为藏传佛教"后弘期"各教派的开山祖师。康区有建于1147年并开创了活佛转世制度的噶玛噶举派祖寺昌都类乌齐寺（又称噶玛丹萨寺）、建于1159年的宁玛派白玉噶托寺、建于1444年的格鲁派昌都强巴林寺、建于1448年的德格更庆寺、建于1679年的格鲁派的中甸松赞甘丹林寺、建于1727年的噶举派德格八帮寺等一大批藏传佛教寺院。目前，仅甘孜藏区对外开放的藏传佛教寺庙就达500多座，几乎每一座山头都飘扬着经幡，每条道旁都矗立着"嘛呢"，每个城镇都有金碧辉煌的寺院。康区是现今保留藏传佛教各教派最多、最集中的地区，且兼容并存。这里不仅有格鲁派、萨迦派、宁玛派、噶举派等各派，甚至在西藏已消失的觉朗派在今天的康区（壤塘、阿坝等县）仍得以保存并有较大影响。历史上，甘孜藏区转世了四位达赖，即七世达赖喇嘛格桑嘉措（理塘人）、九世达赖喇嘛隆多嘉措（邓柯人）、十世达赖喇嘛楚臣嘉措（理塘人）和十一世达赖喇嘛可珠嘉措（乾宁人），黑帽系噶玛巴第一至十二世、十四世、十六世转世活佛均诞生于这片土地。历史上，康区还存在过噶当、希解等教派，涌现过一

---

① 费孝通：《关于我国民族的识别问题》，《中国社会科学》1980年第1期，第128页。

批著名的高僧和大学者。

除藏传佛教各教派外，中亚古波斯文化、南亚古印度文化、西亚及欧洲文化、东亚汉地文化，都通过茶马古道和南丝绸之路在这里相交融汇。自古以来，康巴地区就是藏、彝、羌、纳西、回、汉等多种民族文化频繁交往之地。康区除藏地本土的原始宗教、苯教、藏传佛教之外，还有中原汉地的儒教、道教、民间巫教，外域的伊朗祆教、印度佛教、西伯利亚和蒙古的萨满教、阿拉伯的伊斯兰教、西方的基督教和天主教等相互并存。

康区人这样定义"康巴文化"："康巴文化就是以藏文化为主体，兼容其他民族文化，具有多元性、复合性特色的地域文化。康巴文化的精粹是岭·格萨尔人文精神。"他们认为，康巴地区历史上之所以学者、高僧、名人辈出，"康巴汉子"的豪迈形象之所以形成，以及康巴人的开放意识、"康商"的精明，都与格萨尔人文精神的浸润有直接关系。康巴文化与卫藏文化、安多文化的区别主要凸显在康巴具有更鲜明的格萨尔人文精神。在康区，"格萨尔"已然是一个在相对完整的文化社群中发挥实际作用的文化事象。《格萨尔》能满足人们深切的"宗教欲望"和道德企求，"是信仰和道德智慧的实用的特许证书"，对格萨尔的信仰来自每个人内心的需求，在藏族民众中，他们更乐意遵从稳固的既定的宗教传统来滋养和提升他们灵魂的境界。

不同民族文化（汉、藏、彝、纳西、回）之间的互动与杂交是康区文化的基本特色。每个"交界地带"和"过渡地带"的社会习俗、文化信仰、思维方式都带有文化接合部的复杂性、丰富性和流动性，因而接合部的每个民族和个体也都会面临文化认同的危机。于是，寻找民族和个体的文化身份，重建文化认同，成为一个无法避开的话题。格萨尔史诗在康区的流传，正是"带有民族印记的文化本质特征"的体现。

川西北"嘉绒藏人"[①] 阿来的文学创作正是反映"过渡地带"和"文化杂交"地带具有文化人类学和文学人类学意义的典型个案。

阿来就是汉藏接壤杂居之地的一名嘉绒藏人。他出生于大渡河主要支流之一的梭磨河畔汉藏接合部的一个藏族寨子里。他的母亲是藏族，父亲是回族，按他自己的说法，从童年时代起，他就在"两种语言之间流浪"。在就读的学校，从小学到高中再到更高等的学校，他"学习汉语，使用汉语。回到日常生活中又用藏语交流，表达我们看到的一切东西。在我成长的年代，一个有藏语乡村背景的年轻人，最后一次走出学校的大门时，已经能够纯熟地运用汉语会话和书写，但母语藏语，却像童年时代一样，依然是一种口头语言。汉语是统领着广大乡野的城镇语言。藏语的乡野就汇聚在这些讲着官方语言的城镇的四周。每当我走出狭小的城镇，进入广大的乡野，就会感到在两种语言之间流浪。看到两种语言笼罩下呈现出的不同心灵景观。我想，这肯定是一种奇异的经验"，"正是在两种语言间的不断穿行，培养了我最初的文学敏感。使我成为一个用汉语写作的藏族作家"[②]。

---

① "嘉绒"指川西高原以丹巴墨尔多神山为中心的大小金川、马尔康、黑水、汶川、理县一带及岷江以西地区。

② 阿来：《就这样日益丰盈》，解放军文艺出版社 2002 年版，第 127 页。

从文化人类学的角度看，阿来是一个文化族际共享的代表，"跨族别边缘人"的身份认同危机与困惑迷惘一直是阿来前期小说关注的重心。有研究认为，"用汉语写作的藏族人"阿来的《尘埃落定》小说文本可视为"当代文学人类学视域中的典型文本"。阿来"有三十六年生活在我称其为肉体与精神原乡的山水之间"的嘉绒，是血脉把一个生命牢牢地固定在这个位置上，让阿来一生都无法摆脱。他在文化的夹缝中一面提醒世人不要忘怀"嘉绒部族"这"边缘的边缘"的特殊存在，一面强调"人"的普世意义。

在阿来早期的代表作品《旧年的血迹》和《永远的嘎洛》《鱼》《血脉》中，几个中心人物就被塑造成藏族汉化的"父亲""我"和汉族藏化的"爷爷"、嘎洛，作品中虚构的处于汉藏接壤处的色尔古村，被阿来一再拿来作为自己的文化之根。

阿来是一位特殊的汉语叙事者，他从民族身份、文化身份、价值信念等诸多的矛盾体验中，表达着独特地域文化环境中藏汉、中西等多民族文化混杂融合的生存体验。阿来小说的大部分人物，都生活在容易接触域外文化的交界地带和新旧文化交融的历史变革时期，都是矛盾的统一体和混杂文化的象征。在《尘埃落定》中，必然灭亡的土司制度和依附于这种制度之上的民族文化是汇聚了他种文化因子的一种具有独特秩序的独特文化机制，制度本身就是文化杂交，你中有我，我中有你，就像汉藏混血的傻子少爷。傻子是麦其土司在一次醉酒后与汉族太太生的，这种身份加上其既傻又不傻的特征，使他成了这段历史的见证者和参与者。历史是由智者和愚者共同承担的，二少爷的一些似傻非傻的举动又往往被证明是智者之举，这就使他具备了智者和愚者的双重历史文化身份。这种杂化的身份使他能洞见社会历史的未来，比只有单一身份的人物形象如土司、大少爷、汉族太太或其他人更能看到事物的发生与发展。或许在作者的意念里，杂化是多元文化语境的必然结果，在不知不觉中把不同的文化精神有机地融合在一起，如盐入水，既有味可尝，又无迹可寻。动人的故事总是容易发生在文化交汇的地带。

从地域文化的角度看，康巴文化处在汉族文化和藏族文化交流碰撞的接壤地带，这实际也是两种文化的一个"中间状态"，它既不完全在新系统一边，也没有完全摆脱旧的系统，它处于与旧的系统半牵连半脱离的位置，二者之间形成一种互动关系，是作为介于两种文化间的文化主体，处于两种文化的相互作用相互影响的中间地带。在这个中间地带，文化主体能发出自己真实的声音，以摆脱"自我"文化的困境，又抵制"他者"文化的压抑，自我与他者的共同作用和影响最终形成混合文化身份。文化混血和生理混血的阿来同时也具备了汉藏两大"族群"的特点。一方面他具有确定的藏民族身份符号，另一方面又不断地接受来自现实生活中汉文化和当代西方作家成功作品的巨大吸引。阿来身处不同文化的夹缝之中，他反而能借鉴多种传统，又不完全属于任何一个传统。他具有双重的内在性和外在性，栖身于两个文化系统之中，以独特的双栖姿态获得了一种特殊的边缘和跨界混合文化身份，并用自己特别的写作开拓着他所处的这个"中间地带"。阿来执着于一种精神臆想和生存悖论的较为单纯而有深度的探询，使他的作品具备了深入藏族某个生存层面的锐利性，即在超越中把握到了"藏族文化生存"与"人类生存"的某种共鸣。藏族作家开始表现出自己的文化视野，他们不再简单地以西方人的"眼"，或者以东边汉家人的"眼"，外在地展现和描绘雪域高原的神奇瑰丽。

"中国各个少数民族的文学正处于加速流变之中，有所失亦有所得。失去的，是文化与文学的某些外在表征及由这些表征带来的隔离保护机制；得到的，则是少数民族文学在更广阔的时空间更自由地发展。……当传统文化的外在特色开始模糊之际，其内核的种种固有因子却加倍地活跃起来，偿付外在特色的缺损。"①

结　语

人类学家本尼迪克特在其名著《文化模式》中说："我们必须把个体理解为生活在他的文化中的个体，把文化理解为由个体赋予其生命的文化。"

在人类活动的地域中，文化是人地关系的具体形态，"人—文化—环境"共同构成了地域文化系统。地域文化系统的结构就是人类活动、文化系统和地理环境相互作用的结构体系。文化系统是人类与环境联系的纽带，人通过文化系统对环境产生作用，环境又通过文化系统对人产生作用，其相互机制表现在文化与环境、文化与文化的互动关系中。

　　人类从来不曾是
　　大地的儿子以外的东西
　　大地说明了他们
　　环境决定了他们
　　　　——引自勒内·格鲁塞《草原帝国》

禀赋着独特地貌和悠久历史文化传承的青藏高原广大地区，在长期的发展中，形成了具有丰富内涵的多元一体的藏文化格局。以青藏高原地域命名的青藏高原文化圈，早已被国内外学术界公认为是一种个性独特、内涵丰富的文化形态。千百年来自然形成的社会人文地理方面的差异恰与自然地理环境的差异相吻合，并差不多均匀地分布于青藏高原的东西南北中，充分显示出生存环境对生存风格的决定性影响。如果将藏族文学创作的"地域研究"和"族群个性研究"置于各自传统的地域文化系统背景上，置于更广阔的社会历史文化背景之下进行观照，从多民族历史文化发生发展乃至多民族文化关系发展的角度加以考察，联系各自的特殊性加以考辨、比较和论证，或许会有另外的收获。

"藏地三区"的文学创作都深植于青藏高原独特的地理环境中。青藏高原自然地理所赋予的先天禀赋以及由此而产生形成的独特悠久的经济、社会、历史、文化、生活方式和思维方式等文化根性，是藏族文学创作的基础土壤，这些带有藏族文化"生态共性"的独特的地域文化印记也是藏族文学有别于其他民族文学的根本区别。我们从"藏地三区"所有的文学作品中都能触摸到青藏高原的雄奇瑰丽及其所特有的人文精神。具体来说，"藏地三区"的文学作品都蕴含了藏族原始文化、苯教文化、藏传佛教文化、草原游牧部落文化、民族民间文化等多种文化元素，"藏地三区"的藏族作家和诗人也都以各自独有的方式阐释着这片土地，表达着对这片土地的赤子情怀。

①　关纪新：《老舍与满族文化》，辽宁民族出版社 2008 年版，第 316 页。

但是，由于地理、历史、政治、经济、文化等多种因素的影响，"藏地三区"的文化发展和文学创作都呈现出各自不同的"族群个性"。在诸多的影响因素中，地理位置的差异显然构成基础性原因。藏区地域广阔，各个聚集区之间距离遥远，加上人口稀少，从而加剧了地域化和个性化。"每个山谷都有自己的喇嘛，谷后的每个山口都有一种不同的教派。"

卫藏地区处在宽阔富庶的河谷农地，在地域上与印度接壤。千百座雪山连绵耸峙、无数条江河源远流长、雄伟壮丽的布达拉宫、不胜枚举的藏传佛教寺院共同构成卫藏的地理与人文景观。西藏、拉萨不仅是佛法圣地，还是每个藏族人心向往之的精神家园。西藏的一切，都与藏传佛教文化有着不可分割的联系。西藏独特的地理人文景观无不从民族的、文化的、宗教的角度吸引着本民族和域外民族对她的关注与想象。因此，卫藏地区的文学创作主要表现为对藏传佛教文化精神的追寻和阐释，表现为对"圣地拉萨"——"一种神圣化的精神家园"的朝圣之旅。卫藏的文学创作也带有浓郁的印度佛经文学的色彩。人们也试图通过想象、语言、神话及象征符号将地理上的青藏高原解释为"人类学的高原"。卫藏文学表现出藏传佛教文化关于人本哲学、生命哲学的理性情怀，文本含蓄、婉约、知性，透出"佛文化"的淡远意境和哲理韵味。

安多藏区地理位置特殊，民族成分复杂。历史上，安多藏区一直处在西北各民族争夺冲突的交叉地带，以河西走廊为主的"丝绸之路"和以青海河湟为主的"唐蕃古道"，都与安多藏区的经济文化发展密切相关。安多藏区大多是广阔的草原，黄河上游草原、环青海湖草原等，都是优良的天然牧场，藏族地区最丰美的草原均在安多。草原为安多藏区提供了生存空间，也相应产生了高原游牧部落文化。安多藏区的文学创作除了深受藏传佛教文化影响外，更多地表现出对原始游牧部落文化、原始苯教文化的一脉相承，以及对藏族民间文化资源的广泛吸收。安多文学具有高原游牧部落文化的原始壮美和古朴风韵。广袤苍远的草原上古老的尚武文化虽已消逝，但具有英雄情结的理想主义精神和富有"酒神精神"的浪漫主义情怀依然是安多文学创作的文化基因。

康巴藏区的地貌大多是崇山峻岭和高山峡谷。康巴藏区历来是汉藏接合部，并处于"藏彝民族文化走廊"的集合点上，是"内地的边疆"，又是"边疆的内地"，藏汉文化在此交汇、融合。在经济方式上，康巴藏区处于"农耕文化"与"游牧文化"的交接地带。康区藏族的族源构成、宗教派别、语言使用、文化传承体系等各方面，都充分体现了"过渡地带"的杂糅特点。不同民族文化（汉、藏、彝、纳西、回）之间的互动与杂交是康区文化的基本特色。从地域文化的角度看，康巴文化处在汉族文化和藏族文化交流碰撞的接壤地带，这实际也是两种文化的一个"中间状态"。康巴地区的文学创作总体上呈现出多种文化元素杂糅的特点，但是，我们也能明显地感受到来自"游牧文化"与"农耕文化"交接地带的精神文化特质，如来自藏族远古的原始宗教精神、苯教文化因素、藏传佛教文化精神、格萨尔的人文精神等等。宗教情感和英雄崇拜情结相互交织，相互转化。因为"现代化"和"异质文化"的冲击与影响，康巴人的民族文化意识、本土文化意识被进一步凸显，文化"过渡地带"上的"杂语喧哗"，显示出更丰富的文化内涵。

因此我们说，文学从来都不是一种孤立的存在，任何优秀的文学作品总是深植于特定的地域空间和民族传统文化的土壤，而且与周边地区的文化发生着各种各样的联系。因此，讨论"藏地三区"文学空间的多样性一方面需要对青藏高原文化圈的内涵及其内部各子系统之间的关系做一些必要的梳理，同时也要关注青藏高原文化圈与周边各地域文化的关系，特别是藏文化与周边多样文化元素的相互接纳和反馈的因果关系，这有助于我们从整体上在更为宏大的文化视野中把握和研究藏族作家文学创作及其文化意义。考察"藏地三区"文学空间的多样性特色，我们还可以清晰地看到地理上的"过渡地带"与文化接壤的相互关联。千百年来，因为地貌独特而相对封闭的青藏高原文化圈，实际上一直与周边的民族及相关地区发生着各种各样的文化碰撞和融合。如康巴地区与中原汉文化及西南各少数民族文化的关系、安多藏区与西北各少数民族文化的关系、卫藏地区与印度文化的关系等。我们从"藏地三区"的地域文化中都可以看到这种文化过渡和文化碰撞交流融合的深刻印记。随着全球化趋势的加剧，文化的交流将更加激烈和频繁，地域文化的内涵也将更加丰富。

（作者单位：中国社会科学院民族文学研究所）

后民族主义时期的藏族文学：新的历史主体与其叙事转型①

李长中　　刘巧荣

　　作为一种福柯意义上的被表述话语，"藏族文学"甫一纳入当代中国文学生产机制就以其具有的"原生态的""地球第三极文化"的巨大魅力且与"全球本土化"的想象优势相叠加而与其他民族文学保持着持久性张力，这种张力在一定程度上彰显出藏族文学的本土现代性特征，也呈现出中国多民族文学现代性的"多幅面孔"或多元性形态。"这些不同的经验，影响到现代性的不断互动、对任何单一的社会和文明的冲突、不断构成的共同参照点以变化不定的多种方式得以成形"②，也间接证实了詹姆逊所谓"单一的现代性"的虚妄与紧张。新时期以来，藏族文学更是作为展示中国文学边缘活力且有资格参与西方对话的本土话语的一面旗帜，充当着本土文学对西方话语的抵制或在地化重任，也间接强化了中国少数民族文学的文学自信与文化自觉及其言说底气。单就本文而言，"后民族主义时期的藏族文学"只是"当代藏族文学"的最新发展或最新形态，在"当代"这一特定现代性想象的意识形态话语规约之内，藏族文学在"当代"这一历史现场发生嬗变的内在逻辑是什么？对其自身而言，形构了什么样的书写形态与叙事范式？对主流文学而言，带来了什么样的美学启示与话语想象，对西方文学思潮而言，又具有什么样的纠偏机制与校正功能？对上述问题的回答，事关藏族文学的发展与走向，更是事关中国文学经验建构的问题。

一、藏族作家的主体确立与其写作的"朝圣之旅"

　　总体而论，社会主义现代性意义上"藏族文学"概念确立与内涵设定，与新中国成立后国家意识形态话语的显在规约有关，与藏族作家对新中国社会主义愿景的主动向往有关，也与藏族民间文化的钩沉打捞以及一系列民族传统象征物的发明有关。一系列文化象征物的挖掘与创造其目的是为了唤醒藏民族群体的身份意识和主体在场，界定和明晰藏民族群体的心理空间与地理边界。费孝通曾说："解放后，在中国共产党领导下，中华人民共和国国内实现了民族

　　① 本文系安徽省教育厅重点项目（SK2013A137）的阶段性成果，是安徽省质量工程项目"西方文论"精品视频公开课程（2014gkk009）的系列成果。
　　② 〔以色列〕S. N. 艾森斯塔特：《反思现代性》，生活·读书·新知三联书店2006年版，第438页。

平等。长期被压迫的许多少数民族纷纷要求承认他们的民族成分，提出自己的族名。这是党的民族政策的胜利，是少数民族自觉的表现。"① 问题是，作为藏民族文化代言人的藏族作家的身份意识与民族立场并没有在上述话语规约与身份建构过程中得以确立，反而在国家话语的强制规训以及其他多重力量的合力下成为民族国家话语的论证者、维护者，成为"国家话语代言人"，他们的文学书写成为阐释或解读国家话语，甚至成为配合政治宣传或鼓动的边缘活力而得到国家话语的倡导与重视，在创作的本体层面归属于国家属性的政治化文学，在艺术风格层面彰显出"颂歌"特征，在思想内容层面表述着对社会主义新生活、新社会的期许。伊丹才让的《金色的骏马》《为人民，我愿做这样的牦牛》，饶阶巴桑的《牧人的幻想》，格桑多杰的《你是太阳的婴儿》《牧笛悠悠》《黎明分娩的新城》，丹珠昂奔的《草原，绿色的记忆》《牧人的胸膛》，阿旺·期丹珍的《花和歌》，恰白·次旦平措的《欢乐的拉萨之歌》等等在修辞策略上几乎都有着相对固定的模式，"将'新''旧'西藏社会进行效果强烈的并置"，并在"对比中凸现阶级斗争话语和对新时代的颂扬"②。

作为一种新启蒙叙事，"新时期"其实是具有现代性话语与民族国家想象的双重语义场。"现代化"在实质上成为"新时期"的另类阐释，"一心一意奔小康"成为新时期最令人向往的宏大叙事。这种激进的新启蒙叙事在话语本质上是以遮蔽中国多民族空间的复杂性与多元性为现代性想象的。与主流话语的暧昧与抵牾之处是，藏族作家并没有在新启蒙思潮推动下走向国族意识的自觉与深化，而是以一种与新启蒙意识相背离的方式颠覆或解构了此前时期"国家话语代言人"的身份意识，以一种民族意识觉醒后的"民族话语代言人"的主体身份开始从事自我民族文化窥探与身份建构的民族性书写。藏族作家的民族意识觉醒，加诸藏族作家与其神圣化生存空间的"邻近性"而使他们的文学创作实质上成为一种"朝圣之旅"，渗透着一种强烈的"神创论"意识。"转型期藏族汉语诗歌，在丰富多彩中表现出了相当共同的品质，呈现出一种浩荡的'朝圣之旅'的态势。"③ 伊丹才让在《通向大自在境界的津渡》中高呼："难道我江河源头甘甜的奶茶，还要/从北溟汲取苦肠涩腹的海水调煮?! 母亲双手举过头顶的儿子，/为什么要趴在他人的脚下匍匐?!"④ 格桑多杰更是宣称："故乡的牛粪火比异乡的炉灶更暖，/巴塘的苹果比异国的奇花更香——"⑤ ……这一时期的藏族文学几成自我民族身份书写的修辞，雪域高原、神山圣水、宗教寺院、信男善女、神话传说、民族起源等成为创作的基本资源，上述创作资源又因与藏族作家的身份意识相勾连而具有建构族群认同的集体文化记忆功能。如克里斯威尔所说："建构记忆的主要方式之一，就是透过地方的生产。博物馆、特定的建筑和纪念物等将整个城市或整个地区指定成为了'历史遗迹'，这些

---

① 费孝通：《关于我国民族的识别问题》，《中国社会科学》1980 年第 1 期。

② 蒋述卓、李凤亮：《批评的文化之路》，中国社会科学出版社 2003 年版，第 413 页。

③ 姚新勇：《朝圣之旅：诗歌，民族与文化冲突——转型期藏族汉语诗歌论》，《民族文学研究》2008 年第 5 期。

④ 伊丹才让：《通向大自在境界的津渡》，转引自姚新勇：《朝圣之旅：诗歌，民族与文化冲突——转型期藏族汉语诗歌论》，《民族文学研究》2008 年第 5 期。

⑤ 格桑多杰：《这便是你的家乡——致旅印藏胞》，张承志等编：《中国新文艺大系（1976—1982）。少数民族文学集》，中国文联出版公司 1985 年版，第 722 页。

都是将记忆置于地方的例子。地方的客观实在性也意味着记忆不是仅仅决定于心理的反复过程，而是通过将记忆刻画在地理景观之中来形成公共记忆。"① 也就是说，一旦民族共同体生存空间内的地理景观能够作为族群的象征物而出现，这些族群象征物也被认为是民族文化价值观的符号体系并以这些符号体系来维持、修正共同体边界，从而在共同体成员内心深处召唤出强烈的共同经历感和历史归属感。

由于前现代社会没能给当代藏族作家提供应对新启蒙现代性的日常经验，在世界的空间想象突然扩大的当下，作为非主流民族的藏族文化的脆弱性在社会文化与历史的现代性变迁中渐趋严峻，他们难以返乡重拾原有的生活经验与情感记忆，他们的所有困惑、迷惘与焦虑在其创作中便很自然地转化为对民族传统的坚守，对民族身份的维系，对民族历史的信赖，表现出强烈的民族文化本位意识。"当代藏族汉语诗人在诗歌中表现出日益强烈的民族文化本体意识，具体表现在对本民族历史文化的抒写、对种族文化中心的回归、对民族精神信仰的体认等方面……他们是骨子里流淌着藏民族文化血浆的民族个体，共同文化传统和心理素质必然促使他们的作品表现出较为一致的审美属性。"② 当代藏族文学的这一"朝圣之旅"又因其在表面上具有的与现代性或"文化西方化"所带来的文化同质化或趋同化相抗衡的后殖民话语功能而更拥有了书写的合法性，并以其具有"抵抗性"的美学风格而维系着他们的集体自尊，进而将那些能够强化族群认同、唤醒族群文化记忆的地方性知识加以空间化、景观化，布达拉宫、大昭寺、转经筒、青稞酒、天葬台、跪拜礼、热巴舞、牦牛等等都成为民族文化认同的象征物而被予以神圣化。在眼球经济与大众文化至上的新启蒙语境下，藏族文学的这一"朝圣之旅"同时契合着读者，特别是他族群读者的异域想象而更具魅惑功能，从而得到读者或市场的认可而愈加强化了藏族文学对自我族群文化象征物的神圣化书写努力。在这种情况下，藏族文学的"朝圣之旅"写作往往将现代性问题普遍理解为汉族的现代性，是对边缘非主流文化的收编或同化，藏文化也被看作是固定的、非历史的、与汉族文化很难共存于共同的发展逻辑。这种既定的惯性写作范式使得藏族文学逃匿或潜隐了事关藏族现代性及其与其他民族共享价值体系的建构问题，这一"朝圣之旅"写作也因难以嵌入人类共同问题的探索，难以将自我族群命运内化为现代性语境下人类共同价值规约的守护，而难以建构起各民族群体共同分享与理解的公共性语境，难以使读者从中探索出创伤/救赎的契机，最终也就难以有效抵制他民族读者对藏文学的猎奇或奇观化的消费性诱惑。在这种情况下，非理性的情绪化的"抒情"就成了萦绕在藏族文学周遭的特有气质或特质，甚至群体化的"抒情"一再取代抒情者对历史与传统、现实与未来的理性审视而成为"现实"本身。尽管从发生学上讲，"抒情"是个体性且具主观性的，但藏族文学的抒情主体却是以群体身份取代个体或国族身份的在场，甚至还不时受到民族主义意识形态话语裹挟。这样，藏族文学对"抒情"的自觉选取与书写策略因其被纳入到了族群身份认同与建构范畴，表现出一种强烈的文化原乡意识。

---

① 〔英〕克里斯威尔：《地方：记忆、想象与认同》，王志弘、徐苔玲译，群学出版社 2006 年版，第 138 页。
② 姚新勇：《朝圣之旅：诗歌，民族与文化冲突——转型期藏族汉语诗歌论》，《民族文学研究》2008 年第 5 期。

　　当代藏族文学的这种"朝圣之旅"，也是藏族作家对部分汉族作家对藏文化的误读或误传的一种反驳、一种再叙述。新时期以来，特别是"寻根文学"思潮兴起以来，一些汉族作家出于"礼失求诸野"的文化寻根或题材创新的需要纷纷走进少数民族或边缘区域，特别是藏族文化更是作为神性化、圣地化的"第三极文化"而使得汉族作家趋之若鹜。他们期望在这种神山圣水的文化传统中寻求解决现代化危机的精神资源，甚至在很大程度上将藏族文化理想化为人类生存的最佳方式。这样，他们对汉/藏关系就表述为"文明/愚昧"、"世俗/神圣"、"富庶/贫瘠"、"现代/传统"、"保守/创新"等等一系列二元式写作思维。从马建的《亮出你的舌苔或空空荡荡》至今，"西藏"一直作为藏族作家阿来所谓的"形容词"而任人塑造。阿来就曾说："西藏是一个名词，但在人们心中，西藏似乎变成了一个形容词。"因为，"人们在心里会希望存在一个与现在这个世界相反的另一个世界，而西藏就是我们想象中的那个世界。……我们也并不想看到西藏本地人真实的生活情境，我们只是去看我们想看到的东西"①。他之所以重述《格萨尔王》，就是想通过对藏族历史、时代、政治、文化等巨变中藏文化的遭际与人性嬗变的审美书写，打破人们对西藏的神秘化想象，还原一个真实的西藏，为人们提供"一部让你读懂西藏人眼神的小说"②。在阿来看来，藏族题材的自觉选择是为人们提供一种观照"中国问题"的边缘化视角。他的写作，"就是想打破所谓西藏的神秘感，让人们从更平实的生活和更严肃的历史入手来了解藏族人，而不是过于依赖如今流行的那些过于符号化的内容"③。藏族作家尼玛潘多亦在《紫青稞》的自述中说："我希望能还原一个充满烟火气息的西藏。"④　益希单增、梅卓、白玛娜珍、央珍、次仁罗布等也都以不同方式来强调自己的写作是为还原一个"真实的西藏"，以纠正汉族作家对藏文化的误读，进而强化自我族群的阐释权。20 世纪 90 年代后在学界日渐炽热的后殖民理论、文化多元论、文化身份认同等一系列"家族相似概念"又强化了藏族文学对藏民族风俗、生活场景、风土人情、雪山江河等地方性知识的神圣化建构与描述。

二、后民族主义时期的历史主体与其叙述转型

　　尽管 20 世纪 80—90 年代藏族作家激进的文化民族主义意识形态有效维系了自我族群身份的合法性诉求，有效维系了藏族文化传统在现代性语境中的意义完整性，也有效促进了藏族群体民族意识的觉醒与深化，但是，藏族作家的这种文化民族主义并没有随着现代性的日趋紧张而发生更具激进的展开，也没有在日益激进的现代性发展方案中借助于国家意识形态话语的强制力量而发生更具对立性或对抗性的民族主义话语，而是以一种务实、平和、理性与开放的心态和视角来观照现代性语境在本民族内部展开的复杂性与多元性，新世纪以来更是渐趋生成一种后民族主义意识形态话语。在此，"后民族

---

① 阿来、张文静：《西藏成了一个形容词》，《中国科学报》2014 年 3 月 24 日。
② 卜昌伟：《阿来重述〈格萨尔王〉》，《京华报》2009 年 8 月 28 日。
③ 金涛、阿来：《让你读懂西藏人的眼神》，《中国艺术报》2009 年 9 月 23 日。
④ 尼玛潘多：《〈紫青稞〉还原一个充满生活气息的真西藏》，中国西藏网，http://www.mzb.com.cn，2010 年 9 月 1 日。

主义"是借用于哈贝马斯的概念。对当代藏民族群体而言，"后民族主义"是以民族国家共同体为体认对象，不再强调民族身份与国族身份的对抗性，在不放弃民族身份的同时积极介入民族国家话语身份多元性建构。或者说，后民族主义时期的民族认同是一种基于国家认同基础上的新型的且与个体认同及民族认同相融合的集体认同，这种集体认同"并不要求现代政治共同体的公民们与其他民族文化和传统价值一刀两断，而是努力要在特殊主义与普遍主义之间达成某种良性平衡"，是对"共处于同一个多元文化社会中的不同生活方式的独特性和完整性保持足够的敏感度"①。也就是说，后民族主义时期的藏族群体认同同时承载着藏民族文化传承者与国家话语倡导者的双重职能。后民族主义时期的藏族作家也开始以一种新的历史主体——"新型国家话语代言人"身份从事文学书写活动。"新型国家话语代言人"不同于以张扬族群认同，致力于民族文化身份建构为目标的"民族话语代言人"，更不同于上世纪50—70年代以国家意识形态话语为规约，以舍弃个体认同与民族认同为代价，自觉地将自己的创作服务于民族国家话语的"国家话语代言人"，而是指藏族作家在充分融入个体认同及民族认同基础上，以一种更为理性而自觉的国家话语代言人意识深入思考国家共同体的认同与建构问题的身份选择。尽管这一历史主体也会遭遇多元文化冲击的困惑、文化心理调适的艰难、身份归属的迷惘等问题："我困惑于故乡这个概念，如同困惑于我的血统。有些东西，比如血缘，它一旦混杂就不伦不类，难以挽回，使得人的真实处境如置身于一块狭长的边缘地带，沟壑深深，道路弯弯，且被驱散不尽的重重迷雾笼罩，难辨方向。"② 这几乎是后民族主义时期藏族作家的集体性焦虑。只不过，他们却能够将这种情感焦虑投射到中华多民族共存的现实空间之内加以理性审视，能够以一种开放、对话性心态将族群身份困惑置放入全球现代性场域之内予以考量，能够意识到"坚守传统，不是非得在一棵树上吊死。有选择地融汇先进的科技文明，在自我怀疑中完成超越，而不是两种文明在撞击中同归于尽。由此一来，根源文化得以存续和发展就有了更多可能，也是不同文明得以守身如玉的必然出路"③。正是这种开放而理性的写作立场，后民族主义时期的藏族文学颠覆了此前阶段那种略显躁动、激进、偏执，乃至以情感宣泄取代对现实问题理性审视的"抒情"化书写范式，而是将族群身份认同问题、传统记忆存续问题、神/俗世界建构问题等通过一种理性而冷静的叙事与整个现代性语境相勾连，并通过这种现代性叙事使族群身份问题置放入厚重而深邃的历史与现实，并以此重建一种情感与现实、族群与他者、传统与现代的关联方式，彰显出一种诗性正义与人文关怀，这样，"去族别化叙事"也就成了后民族主义时期藏族文学的基本特征。

阿来的《空山》（包括《随风飘散》《天火》《达瑟与达戈》《荒芜》《轻雷》和《空山》等三部六卷）不再是建构族群意识或想象藏族共同体的书写行为，不再是仅仅通过藏文化特征的民族志书写以标示出与他者区别的民族身份意识的书写行为，而是通过"机村"这一特定地域空间的历史叙事来触摸或构建当代中国的"村落史"，为读者提供

① 马柯：《后民族主义的认同建构及其启示》，上海人民出版社2010年版，第53页。
② 唯色：《西藏笔记》，花城出版社2003年版，第431页。
③ 嘎玛丹增：《加达村：最后的从前》，《民族文学》2015年第5期。

一副观照现代性语境中边缘地区与边缘民族现代性进程的另类视角，以呈现当代中国现代性进程中边缘群体在现代性语境中人与自然、人与他人、政治与文化、现代文明与宗教信仰之间的困境问题。阿来说，他"要表现的是一部中国当代的村落史。写藏族村庄，它不是单一民族的，也不是牧歌式的、传奇的，而是表现更广大的场景，表现对人与自然、政治与文化、宗教社会和谐与进步的整体思考"①。白玛娜珍的《拉萨红尘》《复活的度母》，格央的《让爱慢慢永恒》《梦在天空流浪》，尼玛潘多的《紫青稞》，次仁罗布的《放生羊》《阿米日嘎》《界》等作品都不再局限于对特定族群文化象征物的民族志展示，不再以一种抒情方式表述对现代性的质疑或恐惧，作者以"新型国家话语代言人"这一新历史主体身份将边缘族群的现代性焦虑融入当下中国整个社会、历史、文化等剧烈转型的广阔语境中加以叙述，从中触摸藏民族群体现代性体验与其他民族群体现代性体验的通约性或普遍性。如尼玛潘多所说："我只是想讲一个故事，一个普通藏族人家的故事，一个和其他地方一样面临生活、生存问题的故事。在很多媒介中，西藏已经符号化了，或是神秘的，或是艰险的。我想做的就是剥去西藏的神秘与玄奥的外衣，以普通藏族人的真实生活展现跨越民族界限的、人类共通的真实情感。"② 在后民族主义时期的"去族别化叙事"中，曾经极具"神创性"特征的藏传佛教及其象征物如活佛、经幡、转经筒、磕长头等在一种理性化叙事中不断褪去其神圣性的同时，也消解了神秘性抑或虚幻性，甚至"活佛"本身也被还原为一种烟火化与肉身化的"常人"。万玛才旦的《乌金的牙齿》是这一书写转型的经典表征。

《乌金的牙齿》中的活佛乌金是"我""小学时候"的同学，作为转世活佛的他其实从"小学一年级开始上学到小学五年级毕业"，"数学一次也没及格过"。乌金圆寂之后（"我"一直把乌金的"圆寂"称为"死"，其实是极富阐释意味的），村里到处流传乌金的神异事情，"我"却除了"他每次数学考试不及格之外，其他确实想不到他与别人有什么不一样"。更具有讽刺意味的是，寺院在为乌金建造佛塔时要装上乌金的 58 颗牙齿，"我"通过一系列科学调查，证实正常人不可能有 58 颗牙齿，最后僧侣居然无意间把"我"小时候掉在乌金家的两颗乳牙也当作乌金的牙齿供奉在佛塔，"现在就在这座庄严的佛塔里面和乌金那些尊贵的牙齿一起享受着万千信众的顶礼膜拜"③。在泽让闯的《远去的摩托车》中，身为活佛的夕让甚至要让自己成为"正常人"。针对有人对他学习汉语和汉文，喜欢摩托车，喜欢听国内外各种新闻等的指责，他辩解说："我们出家人也是正常人（"正常人"在这里成为超越族群认同的象征——笔者注），为什么不能喜欢这些呢?"为了"正常人"的身份认同，夕让最后以"按照自己喜欢的方式去生活"④ 而悄然离开寺院还俗了。宁克多杰的《神灵保佑》、端智嘉的《"活佛"》、丹增的《我的高僧表哥》、央今拉姆的《风之末端》、南泽仁的《我会为你转经》等作品，都是通过对先前神圣事物的日常化、世俗化、理性化书写而呈现出一种典型的"去族别化叙

---

① 唐俭：《表现中国当代村落史——阿来谈新作〈空山〉》，《人民日报（海外版）》2005 年 5 月 31 日。

② 尼玛潘多：《紫青稞》，作家出版社 2010 年版，第 198 页。

③ 中国作协编：《新时期中国少数民族文学作品选集·藏族卷》（下），作家出版社 2013 年版，第 505～513 页。

④ 中国作协编：《新时期中国少数民族文学作品选集·藏族卷》（下），作家出版社 2013 年版，第 486 页。

事"特征。更为重要的是，当代藏族文学的这一"去族别化叙事"在建构一种健康、良性的民族－国家关系的同时，曾经被二元式思维所裹挟的汉－藏关系发生了根本性转向：汉人不再被看作是藏民族群体传统空间的闯入者或征服者，不再被看作是藏文化的入侵者或破坏者。宁克多杰《神灵保佑》中的藏族儿童甲央的"后父"是到藏区做木匠活的汉族手艺人，因为聪明、能干、勤快而"成了这个寨子上珍贵的客人，也成了寨子上年轻人羡慕和学习的榜样"，"给这个地方带来了新的气象，新的活力，让这个寨子上的人们感到有一种向往在心头慢慢升起"①。甚至在寨子里村支书病亡后，这个汉人还帮助寨子完成了新农村房子修建工程，最后因救助甲央而身亡。严英秀《雨一直在下》中一个对藏区江城高度认同的汉人黎帆（北京人）早"已和江城春意融融"，叙述者为了强化汉藏一家的价值归属，最后甚至让黎帆死于江城从而与江城融于一体；《雪候鸟》中岳绒的老公范信（上海人）"去江城的次数比岳绒多好多，他已完全适应那里的一切"，甚至因为在上海吃不到江城独特风味的"酸汤面"而"心里怅怅的"，"他觉得那千里之外的西北小山城，也成了自己的故乡"②。益希单增的《南林女王》通过对藏族历史的重新阐释表述着藏族作家对如何建构多民族国家族群关系的再思考；嘎玛丹增的《加达村：最后的从前》通过对"加达村"这一特定区域在历史与现实交替参照的民族志书写中强化着族群间交融共通问题的再审视；王志国甚至以"宽容"为题来隐喻多民族/文化共融问题："要允许道路/在拐弯处/带给你不一样的风景/要允许陌生人/一次又一次敲开你的柴门/向你打听/春天的消息……"③ 在这种情况下，藏族作家笔下的现代性不再是狰狞、凶恶、丑陋的且只能带来破坏与威胁的现代性，他们开始以一种理性而审慎的心态去重新发现与阐释现代性在本族群内部展开的多元性与复杂性，如嘎玛丹增所说："现代文明的进入，虽然事实上并没有我们期待的那样美好，但可以发展一方经济，带动民众致富，让偏远地区的同胞和我们一样，享受安逸先进的现代生活。"④

藏族作家的这种新的历史主体意识使他们在题材选取方面不再仅仅执着于传统空间内的景观再现，不再仅仅沉溺于神山圣水的讴歌赞叹，而是更多地将叙事主题置换为现代性的象征物，这些现代性的象征物不再成为民族文化传统的对立物，不再成为阻碍或解构民族身份认同的"罪魁祸首"，而是作为一种历史的必然得到藏族作家的接纳与包容。江洋才让的《在风中闪烁的事情（二题）》中失去骏马的却华多杰现在爱上了"不吃草的铁牲口——摩托车"，每当他骑上摩托车，"感觉自己的意识尚处在多梦的少年时代"，"摩托车轮子后激起灰尘象征着一段时光的逝去——灰尘总有被风吹散的时刻"。他听着汉语歌唱，"他梦见自己的坐骑飞鸟，他在梦里想到骑上白马飞鸟的灵魂是附在了这个铁家伙身上了"⑤。尽管白玛娜珍的《拉萨红尘》也表现出叙述者对现代性发展中拉萨的不满，但叙述者的叙述主题却是：任何人、任何民族在现代性语境下都难以再

---

① 中国作协编：《新时期中国少数民族文学作品选集·藏族卷》（下），作家出版社 2013 年版，第 414 页。
② 严英秀：《严英秀的小说》，甘肃文化出版社 2014 年版，第 127 页。
③ 王志国：《慢慢地等一封信来》（组诗），《民族文学》2015 年第 5 期。
④ 嘎玛丹增：《加达村：最后的从前》，《民族文学》2015 年第 5 期。
⑤ 中国作协编：《新时期中国少数民族文学作品选集·藏族卷》（下），作家出版社 2013 年版，第 476～478页。

回到先前的世界，先前的世界也并非如想象中的那么美好，只有真正融入现代的传统才是富有生命力的传统。尼玛潘多《紫青稞》中的阿妈曲宗尽管受藏文化习俗及传统宗教的影响而拒绝接受新事物，并且日益陷入现代文明与传统文化冲撞所带来的痛苦中，但叙述主体恰是通过对阿妈曲宗在传统与现代冲击中的痛苦的"深描"表征着：在整个社会都已进入"现代性"这一宏大叙事逻辑之中的情况下，任何民族若一味坚守传统、拒绝现代性都将可能引发难以规避的风险。阿妈的三个女儿先后自觉或被迫离开"普村"进入现代性的象征物——城市，并以普村人的韧性在"城市"中寻找到自己的位置，已经隐喻着藏族年轻一代对现代性的接纳以及接纳的必然性。

三、藏族文学叙事转型的基本症候及其问题

"去族别化叙事"显示出藏族文学试图超越单一的身份认同而重建新语境下开放性民族主体的可能与努力，显示出藏族文学已从本土化、民族化的叙事立场或固守姿态转入到更为开阔、更能适应现代性发展的生命试炼，预示着"新的运动也在旧的神话和以革命性的态度寻求新的生活和新的社会之间犹豫，甚至分化。在这两个极端之间，还有一种可能性，那就是演变和改革的可能性"①。作为当下藏族作家新历史主体生成后的标志性文学形态，"去族别化叙事"在促进藏族文学不断拓展叙事主题与叙事深度的同时，日益显示出持久的生命力与持续发展的潜能，成为当代中国文学的重要收获。阿来、扎西达娃、梅卓等为代表的藏族作家群已具有了国际性影响，"去族别化叙事"者所倡导的"超越族别叙事""叩问人性深度""寻求开放性认同"等创作主张也不断得到中国多民族作家重视。在遭遇"普遍性意义"危机的当代中国，藏族文学的"去族别化叙事"再次证明了如下问题：如果文学失去了对公共性问题或人类共有价值观的审视与阐释，单以文学的民族性风景展示或地方性知识的民族志呈现为宗旨，在当下文学日益边缘化的语境下无疑是一种自我放逐与自我矮化。因为，相较于价值宣示或场景展示功能而言，文学远不如图像更为清晰、逼真，尤其在当今图像化时代。

作为"新型国家话语代言人"这一新的历史主体生成的最终实践，藏族文学的"去族别化叙事"在文本表面上已很难彰显出典型的地方性知识特征，也很难从文本的题材或内容层面看到这种写作的民族性特征②，只不过藏文化基因作为一种结构性因素却潜隐在藏文学的文本深处，影响着藏族文学的价值观、道德观、世界观与精神底蕴表述，也使得"去族别化叙事"文本不至于跌入奇观化、时尚化的文化浮尘而具有自身根性。严英秀曾说，表面上看，"我的创作离藏族题材很近，但这么多年，只是很近，却未进入"，但是，"我自认为我的创作是有根的，这个根就是我所有的作品所反映的基本价值观，就是母族文化给予我的慈悲善良、纯净美好，就是用手中之笔表达心中的爱和信

---

① 〔法〕埃德加·莫兰：《社会学思考》，阎素伟译，上海人民出版社 2001 年版，第 343 页。

② 当前，一些批评者在习惯性操持着他者话语诸如散居族裔理论、后殖民理论、文化认同理论等去观照藏族文学的这种"去族别化叙事"时，因为很难轻易地从中发现他们按照上述理论设置所看到的民族性景观或民族性特质而"王顾左右而言他"，或者对此莫衷一是，或者因其缺乏民族性特色而刁难之，彰显出当代藏族文学，乃至整个少数民族文学批评的滞后或乏力。

仰，追求一种有清洁精神的美好人生"①。就此意义而言，"去族别化叙事"主体对本族文化认同其实是一种建基于理性且审视意义上的"远离式"认同。这种写作的文本犹如一棵棵枝繁叶茂的树，尽管地面之上的部分已很难分清吸收了哪些外来的滋养，但地面之下的部分却深深扎根于其自身的文化土壤。一如次仁罗布所说，西藏文化是他们的创作的根基与源泉，但作为新的历史主体，他们的创作在立足于藏文化土壤的同时要时刻感应着整个时代与社会的碰撞，人类共通的情感才是他们创作的主题。他说："西藏独有的文化是我们成功的基础，也是走向国内和世界的资源，但……我们在利用这种资源的时候，要从人类共通的情感出发，这样我们创作出的作品与其他民族能产生共鸣，能相互理解。"② 他的《阿米日嘎》《杀手》《界》《放生羊》等甚至被认为"成为人类的精神象征被作者赋予了人与自然的社会内涵和生存哲学的阐释"。对诗人才旺瑙乳等来说，文化意识的深层自觉突破了民族身份局限而体现为对整个人类生存和生命的关注，他的诗歌如《婚典》等成为具有普遍意义的生存寓言。正是在世界精神与普遍性意义的自觉追求中，"去族别化叙事"以自审、内省和超越姿态重塑民族精神，重构身份叙事，如班果的《继承》一诗所说，"作为石头，我必须获得土/作为土，我必须由水养育/作为水，我必须依靠天空/作为天空，我必须得到四周的世界"③。

　　尽管藏族文学的"去族别化叙事"续接了此前阶段被"朝圣之旅"的"抒情"化书写所虚拟化、悬置化的现实，并深化了新的身份意识，开启了新的语义场，也为他族读者提供了一个理解藏族文学（文化）发展与未来前景的契机，但是，由于担心对民族文化的书写被认为有奇观化或"自我殖民"之嫌，当代藏族文学却形成一种刻意舍弃自我民族文化书写，或回避自民族文化心理的再现，日益走向"非藏族化写作"，潜隐着可能失去藏文学知识的地方性、思维的民族性与写作的地域性的风险。这种"非藏族化写作"在抗衡先前"单一主体崇拜"与书写的"朝圣之旅"的同时因很难将文学书写的知识谱系置放入藏文化的历史真相而使之成为自我民族文化的遗忘者。尽管从表面上来看，"非藏族化写作"的文本也时常带有民俗色彩的文化传统描述，甚至这种对民俗事象与文化传统的描摹所弥漫着的温馨场景或熨帖情感有时也能激活藏民族群体的共同记忆与文化想象，但是，他们对民俗事象与文化传统的描摹往往是叙述者将自己的个人想象"代入"到文本中去的结果，在陶醉于藏民族群体生存空间内的景观叙事时，难以触及藏文化的"深层结构"而使其缺乏历史的纵深性观察，本应具有的诗性正义与宏大关怀最终不能不退缩于碎片化的场景制造，历史与现实经验的双重匮乏又让历史与现实本身被抽象为平面化的场景展示而落入简单的情绪化宣泄逻辑之中，这种宣泄也因得不到读者的真实感在场而无法调动其共同经验的参与，成为伊格尔顿指出的"麻醉性想象"，甚至沦为一种后现代怀旧性的能指狂欢或空无的臆想，叙述者自己成了族群话语的"霸权阐释者"——这是葛兰西一直担心的问题。

　　另外，藏文化传统与现代性的对话与融合是"去族别化叙事"的潜在价值规约，在

---

　　① 严英秀、刚杰·索木东：《藏族传统文化感召下的洁净创作——藏族女作家严英秀访谈》，刚杰的博客，http://blog.sina.com.cn/s/blog _ 5063ab2101017xxb.html。

　　② 陈麟安：《次仁罗布论》，陈麟安的博客，http://blog.sina.com.cn/s/blog _ 4be2469e01012muo.html。

　　③ 班果：《继承》，博赛绿洲的博客，http://blog.sina.com.cn/boshailvzhou。

这个意义上说，所谓的对话与融合不能仅仅限于书写主体的一厢情愿，抑或畅想与愿景，而是需要书写主体为此给出具体而切实可操作的路径或方法，否则，所谓的对话与融合就如同鲁迅批评的"像人拔着自己的头发想离开地球一样的不可能"，是对现实问题悬置后的自我欺骗。一个难以回避的问题是：当整个社会已然进入全方位、深层次的现代性裹挟之中且文化同质化进程渐趋凸显之时，藏族群体的生产（生活）方式已经/正在发生剧烈转型以及由此而生成的文化传统在整体结构上已陷入迷失或解体，甚至作为人生与世界终极价值的宗教信仰也在此冲击与物质财富的炫耀中走下"神坛"，在这种情况下，藏族文化参与现代性多元文化对话的资本有哪些？藏族文化新生的契机是什么？新生的路径与方法在哪里？这些才是需要"去族别化叙事"主体认真思考的问题。从根本上说，"对话"是对话双方资本输入与输出双向互动过程，只有输入没有输出是一种内部殖民，只有输出没有输入是一种自我僵化。如阿来所说：

> 当整个民族文化不能孕育出富于建设性的创造力的时候，弱势的民族就总是在通过模仿追赶先进的文化和民族，希望过上和外部世界那些人一样的生活。当全球化的进程日益深化时，这个世界就不允许有封闭的经济与文化体系存在了。于是，那些曾经在封闭环境中独立的文化体系的缓慢自我演进就中止了。从此，外部世界给他们许多的教导与指点，他们真的就拼命加快脚步，竭力要跟上这个世界前进的步伐。正是这种追赶让他们失去自己的方式与文化。①

阿来的"空山"即是这一状态的隐喻。在政治、经济、文化、传统均已失落或崩溃的地区，其结果无疑是一座空山，这样的"空山"如何参与他者对话，又如何在与他者对话中复兴传统？所以说，如何勘探与窥视自我民族的文化密码并使之敞开新生的契机，不仅仅是藏族作家，也是当代中国多民族作家面临的诸多难题之一。

（作者单位：阜阳师范学院文学院）

---

① 阿来：《没有一种固定不变的民族文化》，《看见》，湖南文艺出版社 2011 年版，第 171 页。

现代语境中的藏人民性

——论杨显惠的短篇小说集《甘南纪事》

孙德喜

所谓民性，指的是一个区域内民众或族群所具有的性格特征。民性是在一定的地理环境中形成的，同时与这个区域的人们生产生活方式、宗教信仰、思维方式和物质条件密切相关。在传统社会里，由于社会环境的封闭性和生产力的落后，民性具有较强的稳定性。但是，到了现代，由于现代国家的建立、交通条件的改善、文化交流的频繁以及现代教育体制的建立，传统社会所形成的民性在现代语境下不可避免地与现代文明发生交汇与碰撞，甚至冲突。以创作纪实小说而著称的著名作家杨显惠的短篇小说集《甘南纪事》（花城出版社，2011年）书写的是甘南地区的藏人生活，叙述了现代语境中的藏人民性，是不可多得的传统文明在现代社会遭遇的典型文本，不仅可以帮助我们了解和认识藏人民性，而且可以为我们思考传统文明与现代社会的关系问题提供极其宝贵的实例。

甘南，即甘肃省的南部地区，以甘南州为主，包括合作、迭部、玛曲和卓尼等地区，处于青藏高原的东北部，与黄土高原相邻。这里虽然居住着一些汉人，但是以藏民为主。从地理区位来看，甘南地区位于青藏高原的边缘地带，距离藏文化的中心区域拉萨比较遥远，但是这里仍然洋溢着浓郁的藏文化气息，这里的藏人仍然以他们自己的方式生活，他们的身上仍然体现着浓浓的藏人民性。杨显惠的《甘南纪事》没有叙述当地发生的重大事件，也没有展开宏阔的历史背景描述，它所描写的只是这里的藏人及其日常生活。就是这些日常生活中的人际交往、矛盾和纠葛最能体现这里藏人的民性。

《甘南纪事》所叙述的都是20世纪下半叶发生在甘南地区的藏人故事。对于藏人来说，20世纪具有非凡的意义，特别是1949年至改革开放的几十年，意义更是巨大。从整个中国来说，上个世纪之交，中国在贫困与落后中受到西方文化的激荡进而踏上了现代化的路程。而现代化在很大程度上就是建立现代国家，其过程中传统的文化与体制显然受到了巨大的冲击。而藏人聚居区虽然位于偏远的高原地区，而且相对来说比较封闭，但在现代国家建立的过程中同样受到一定的影响。一方面，随着西藏地区的民主改革，藏区原有的社会结构与制度都发生了根本性的变化，代表着现代国家的组织结构和制度建立起来了；另一方面，随着藏区与国内外其他地区的交往增加，藏文化与藏人的生产生活方式也在悄悄地发生某些变化。特别是到了改革开放时期，商品经济与市场经济出现，原有的封闭和半封闭的藏区也在渐渐地走向开放。因而，藏人的民性在现代语境中不可避免地与现代文化、思想意识与现代制度发生交汇、碰撞乃至冲突，其情形微妙而复杂。

《甘南纪事》中最能体现藏人民性的是"赔命价"。所谓"赔命价"，就是杀人赔钱抵命。在我们汉族传统文化中，如果一个人杀了人是需要以命偿命的。在现代法律中，杀人犯罪是要受到法律严惩的，恶劣的杀人犯罪可能被判处死刑。而在甘南地区藏人这里，人命纠纷主要通过"赔命价"来解决，就是由杀人者及其家人向受害人家属赔偿一定数额的金钱（通常是以牛或者羊来折算）。《恩贝》讲的是桑杰与他的联手闹柔偷牛被抓而发生的杀人事件。偷牛之后桑杰被警察抓住，尽管桑杰没有供出联手闹柔，但是警察略施小计离间了他们二人。桑杰被放出后找到闹柔，向其索要所偷的牛卖出的钱，没想到闹柔居然翻脸不认人。而闹柔因警察跟踪桑杰而被抓，并且听信了警察的话，认为是桑杰不够义气出卖了自己。闹柔赔了偷牛钱被放后找到桑杰并且责骂桑杰，于是两人发生冲突，结果闹柔将桑杰打死了，犯了杀人罪，再次被抓。眼看闹柔就要被法院判死刑，于是闹柔家人找到了桑杰的妻子恩贝协商要求"赔命价"。"赔命价"主要是由杀人者与被杀者的家人协商，然后请双方村的村民调解委员会出面向当地法院说情。法院当然不会按照当事双方家人和村民调解委员会的要求去判决，而是依照国家的法律审判案件。不过，在藏人看来，用"赔命价"处理杀人案件来说具有一定的道理。就《恩贝》与《白玛》等小说所叙述的杀人案件来看，藏人杀人并不是严重危害社会的恶性案件，而是个人之间的矛盾和冲突（包括某些误会）。所以，这样的杀人行为固然不可纵容，但是事件既然发生，就要尽可能减轻对双方家庭的影响。因而，"赔命价对两个家庭都有好处"，对于被杀者家庭来说，人死不能复生，获得一笔可观的经济赔偿，虽然在感情上难以承受，但是可以解决某些困难；对于杀人者来说，不用为杀人而被处死，通过赔偿受到一定的经济处罚，保留一条性命，刑满释放后家庭依然完整。"赔命价"固然不是解决命案的最好办法，但是在藏人这里首先体现了对生命的尊重，尽量避免另一个生命的消亡。此外，"赔命价"还消解了以命偿命和血债血还的循环报仇，避免了仇恨的扩散和延续。在《白玛》中，村调解委员会在"赔命价"商定时对杀人者附加了一个苛刻的条件——不许杀人者在当地露面。杀人者一旦违反，受害者家人有权将其杀死。这个附件加件既是为了警示杀人者，也是为了避免因杀人者露面而激发矛盾，引起新的冲突。不过，"赔命价"在"旧社会"存在着严重的等级问题，"把一户人的当家人杀下了，命价是八十头牛，杀下个娃娃或是妇女赔一半。要是杀下阿卡（指和尚、僧人——引者）和头人，赔的还要多"（《一条牛鼻绳子》）。至于阿卡或者头人杀下了人是否也按照这样的规矩来办，小说没有叙述，看来很难确定。

"赔命价"显然是藏人在长期的社会生活实践中形成的一种解决实际问题的方法，在传统而封闭或半封闭的社会里确实具有其合理性，这是化解人与人之间矛盾的有效方法，应该得到肯定。但是，到了现代社会则显得比较尴尬。现代社会是法治社会，杀人致死属于严重的刑事案件，应该由警察侦破案情，由检察机关提起公诉，再由法院根据案件的具体情况依据相关法律条款作出判决。从理论上讲，刑事案件应由法律来裁决，不可私下商量解决。《恩贝》中的闹柔杀死桑杰之后，双方家人通过商量达成"赔命价"

的协议，并且委托村民调解委员会向法院提出请求。显然，无论是闹柔和桑杰的家人，还是村民调解委员会，向法院求情的方式都是不妥的，在现代社会属于干预司法，有碍司法公正。不过，其做法却是合乎情理的。这就形成了情与法的矛盾，民性与法律的冲突。作家杨显惠在小说中提出的这个问题值得我们深思。

从《恩贝》中，人们可以看到村民调解委员会在解决村民纠纷和冲突事件中发挥的巨大作用。对于这一机构及其运作方式，杨显惠在《尕干果村》中作了比较细致而具体的叙述。《尕干果村》叙述的是杨嘉措伙同一面包车司机偷了才让旺杰家的羊的事。他向所在村村长班代次力汇报，于是村长出面侦询了解到杨嘉措与司机作案的事实。在现代社会里，一般人遇到被盗的事，往往向公安机关报案，由警察破案，再由法院来处理。但是，村长班次代力侦破了案情，然后直接找盗窃者商量解决的办法，由于盗窃者抵赖，不予配合，又将这事提交给村民调解委员会来解决。在尕干果村，担任村民调解委员会主任的是桑珠寺的活佛，也是寺管会的主任，由他打电话给有关村村长、支书与村民调解委员会委员，通知他们前来开会讨论才让旺杰的羊被盗的事。活佛在召集参会人员并举行临时会议之后就离开，正式会议由他指定的人员主持。活佛不干预世俗具体事务，他主持临时会议其实也是仪式性的，表示该调解委员会的庄重。在这里，村民调解委员会基本上是民间组织，具有自治的性质。但是，它的调解还需得到村级党政领导的同意和支持，因而，村民调解委员会所代表的民间权力与村级党政领导所代表的现代国家权力实现了联合。村民调解委员会召开处理问题大会的开支由当事人交付押金垫付。开会期间，"委员们的吃的喝的一天的费用要从这钱里支出"。押金数量是根据涉案金额计算的。最后，费用的结算由被认定作案的人承担，这类似于民事纠纷由败诉方承担诉讼费一样。"有些委员是行政村支书、村长和自然村村长，如有公务要办，要经调解会议同意才能离开，一旦离开，便不得再参加会议，以防营私舞弊。"在审问和调解过程中，调解委员会具有法庭一般的威严，当事人必须尊重，就像法院在审理案件时，任何人不得扰乱法庭秩序，不得藐视法庭一样，"当事人在会议上只有回答问题的权利，不得反问和狡辩，不得犟嘴和说谎，违犯一次罚款一百"。为了保证调解的公正，调解委员实行回避制。按照规定，那些"与原告被告有近疏不同的关系"的委员，不能参加调解会议，而且相关村长和副村长只能列席会议，"没有发言和表决的权利"，但需要他们将来执行调解委员会作出的裁决。调解委员会通知开会，原告与被告双方（主要是被告）都不得缺席，否则调解委员会就得等着，而等待的期限是 5 天。如果 5 天还不到会，那么到了第 6 天，调解委员会就会到缺席者家里搬走财产，只留下住人的房子，表示处罚。调解委员会经过讯问和调查，在明确事情的原委和真相后便作出裁决。而这一裁决具有强制性，偷盗者必须服从和执行这一裁决，给予被盗者以规定的经济赔偿。从《尕干果村》来看，裁决基本上是公正的，调解委员会因而赢得了普通藏民的信任和支持，在藏民中享有崇高的威望。

藏民的调解委员会这种处理民事纠纷的方法，显然是在长期的民事调解中形成了有效的解决问题的途径，体现了藏人朴实的善恶观念：对于偷盗行为必须严惩。但问题是，在现代社会里，超过一定数额的偷盗行为构成犯罪，应该向公安机关报案，并由司法机关根据法律条款作出判决。而调解委员会所作出的罚以数倍的判决以及对顶嘴和拖延的处罚都没有法律依据，但是这是传统的规矩，任何人不得违抗。按照村长班次代力的说法，这"不是我们的啥规矩，是祖祖辈辈的规矩"。班次代力的话说出藏人处理问题的依据，更体现出藏人对于先祖的敬畏，先祖虽然早已去世，但是他们去世以后就具有了神的色彩。在甘南的尼欠沟，大部分藏人所信奉的是苯教。"苯教是青藏高原最古老的宗教，是一种泛神教，认为世界上万物皆有神灵，山有山神，地有地神，天有天神，树有树神……好的神灵护佑民众，而坏的神灵——那些恶魔会带来灾难。信仰苯教的人供奉好的神灵，又念经诅咒驱赶危害人间的恶魔……"这种原始宗教对于藏人民性的影响是非常深远的。他们信奉苯教，相信万物皆有神灵，而这神灵又有善有恶，其实与人性一样，需要惩恶扬善，需要对于神灵的敬畏，对于先祖留下的规矩的认同和敬畏，因此，遭到村调解委员会的处罚，他们只能无条件地接受。而村调解委员会的处罚其实也起到了惩处恶和警示恶的作用。

与村调解委员会相联系的，是藏人在处理纠纷时所根据的乡规民约。乡规民约相当于法律，这是由民间制定而且世代相传的。乡规民约基本上是由当地德高望重的老人和活佛等地方精英共同制定的，一般民众由于文化素质与社会地位低下可能无权参与制定。乡规民约一旦制定出来就具有法律一般的强制力。

藏人之间交往密切朋友，彼此之间绝对信任和相互支持，他们将这种亲密的朋友称为"联手"（有时也写成"连手"）。"联手"相当于我们汉人传统中的"结拜兄弟"。《恩贝》中的桑杰和闹柔本来就是"联手"。他们合伙偷牛，并且转手卖了。不料，桑杰不久被抓，人家"把他抓去审讯，叫他交待他的联手是谁。他不交待，人家打他，打个半死撒在装煤的房子里冻他，他还是不交待"。在桑杰这里，"联手"的秘密高于一切，不能向任何人吐露。即使自己受到严厉审讯也不供出。《尕干果村》中的面包车司机是杨嘉措的"联手"，他们一道偷了才让旺杰家的羊。尕干果村的村长班次代力在调查中找到了那位面包车司机，要求他说出与他联手偷羊的人。班次代力先是保证替他保密，随后摘下手上的 50 克的戒指表示只要讲出"联手"就送给他，但是这位面包车司机不为所动，怎么都不肯说，非常干脆地拒绝。藏人这种对于"联手"的袒护可以说是讲义气。尽管这两篇小说中的故事后来都出现了逆转，"联手"露出了水面，但是这种情义重于物质利益，他们甚至甘愿为此付出沉重的代价而在所不惜，着实令人感动。这无疑表现出藏人重视友谊、勇于担当的精神。在现代社会里，这样的精神确实弥足珍贵。但是，藏人的这种替"联手"保守秘密的行为遇到了法律问题，这就是与"联手"共同犯罪或者庇护犯罪行为，依照法律是要受到制裁的。

朋友之间的情谊一般人都比较重视，但是像藏人这样特别重视的还是比较少见的。《连手》中的吉西道杰稀里糊涂中被当作杀人犯，他不得不逃亡。在逃亡中他遇到了朋友扎西。扎西虽然是一个走南闯北的商人，但是他仍然保持藏人的本色。他见到逃亡中的吉西道杰，也了解到朋友被怀疑成杀人犯，就毫不犹豫地收留了吉西道杰。扎西不仅给吉西道杰提供了吃住，还亲自跑了数十公里的路，到吉西道杰家所在地，将他的情况转告给他的家人，帮他探听家人的消息。在吉西道杰躲藏在自己家的这段时间内，"扎西收购蘑菇的工作停止了，成了吉西道杰的通讯员，两天一趟地往返于尼次沟和当多沟之间，有时候还当天连夜返回，探听消息，向吉西道杰和他的父母汇报情况"。扎西这样热心地不惜停下自己的工作为朋友奔走忙碌，不辞辛苦，非常罕见，也十分感人。当然，最受感动的还是吉西道杰，他在扎西家住了好些日子，尽管事情没有得到解决，他还是要离开，根本原因就是觉得自己影响到朋友做生意，觉得非常歉疚。吉西道杰要走了，扎西牵来了马，还抱出两件皮袄，送吉西道杰上路，因为他对吉西道杰当时的状况不放心。吉西道杰一上马就睡觉，扎西就替他牵着马，而且还一次次将摔下马的吉西道杰扶上马背。扎西对于朋友情谊建立在充分信任的基础上，显示了人与人之间的真诚。这与汉人传统文化中的江湖义气——"为朋友两肋插刀"十分相似，但是与现代法律相悖，同样可能被人利用。

《甘南纪事》写到了牧民的牛与羊被盗的事，而小说叙述的重点当然不是牛羊如何被盗，而是被盗以后牧民们如何寻找丢失的牛羊。在寻找被盗的牛羊过程中，藏人的团结协作精神和坚持不懈的执着精神令人赞叹。《"狼狗"》写的是阿桑家的牛被人偷走了，村里人联合起来帮他追踪偷牛贼的事。村里人追踪偷牛贼是由村长组织的，而村长之所以有这么大的能量，显然并不完全在于他的号召力巨大，也因为他是根据村规民约组织众人的。参加追贼的共有 79 人，有老有少，阵容可观。这些藏人自带干粮、器具和马，集体上阵，而且他们追踪盗贼还不是一时半刻、一天两天，而是十来天。在这些天里，这些藏人含辛茹苦，而且心无二致，专心寻找盗牛贼和被盗的牛，一路跟踪，非常细致认真。村规民约虽是"旧时代"的产物，而且曾经受到过一定的现代政治的冲击，但是在实行牛羊承包制后得到恢复。当然，这不是哪个人的决定，而是村民们共同认同和遵守的。村规民约的规定："凡有人家盖房子、家中老人过世、念嘛呢或是牛羊被盗需要追贼的时候，每户人家要出一个人参加。尤其是牛羊被盗全村出动找牛的时候，每家要出一个六十岁以下十六岁以上的男子参与。"如果一个家庭的男人在外打工或者放牧而无法参与追贼和找牛，那么这一家就得一天出 50 元钱。村规民约的这些规定实际上是一种互助合作的形式。在偏僻而封闭的甘南地区，藏民的经济收入以放牧为主，牛羊是他们的命根子。某一家牛羊被盗，单靠自家的力量是无法追贼并找回牛羊的；如果被盗的牛羊不找回来，损失巨大，很可能使这个家庭陷入困境。如果报警，警察是否能及时破案并追回被盗的牛羊都很难说。因此，必须通过互助的形式来解决这个问题。从《"狼狗"》的叙述来看，藏人的这种合作由乡规民约来约束，参与追贼和被盗牛的每个人都很用心，决不敷衍，而且很有耐性和毅力。当他们追到了扎路村遇到阻拦不许进村时，他们就在村外安营扎寨，等待时机。最终他们还是捉到了盗牛贼。另一方面，阿桑的同村人兴师动众，由 79 人花了十多天时间追踪盗牛贼，追回三头牛，显然有些得不偿失，但是藏人却不这么看，他们"找牛已降为其次，捉贼成了目的"，"他们要的是这次行动的意义，显示益哇村人打击偷牛贼的决心和威慑力"。藏人以捉贼为目的追踪，虽然投入巨大，但是目光长远，不仅能够追回被盗的牛羊（包括对偷盗行为的加倍索赔，但不一定能够抵偿追贼的成本），而且能够对其他盗贼起到警示作用，减少偷盗案的发生，净化民风，因此总体来算还是值得的。

从《"狼狗"》中的追击偷牛贼可以看出藏人的执着和坚定。追贼过程是很曲折的，具有戏剧性，而藏人那种不放弃的坚持不懈精神是令人敬佩的。其实，藏人的执着不只是表现在追踪偷牛贼这件事上。在《恩贝》中，恩贝坚持鼓动儿子为死去父亲复仇的事也如此。恩贝肯定知道儿子要复仇去杀多年前打死阿爸桑杰的闹柔可能同样付出生命的代价，但是她仍然坚持这么做。恩贝的这个决定比较复杂，从法律上来说，这是不允许的；从前情来看，闹柔因为杀死桑杰被判了刑，坐了牢，受到了法律的惩处；从后果来看，儿子必然要为此被判刑；从藏人对于生命的态度来看，复仇也是不合适的。但是，恩贝所要的是她心目中的公道。因为闹柔杀死了桑杰，既没有赔命价，又没有被判死刑（判的是死缓），这是恩贝无法接受的。藏人的执着表现出的是一种信念，是他们所认定的真理，为其付出的代价再大也在所不惜，只要达到目的。这可能与藏人的宗教信仰密切相关。藏人基本上信仰佛教，而且藏传佛教培植了人的坚强意志。信仰佛教的藏人可以克服重重困难从数百公里乃至一两千公里外的地方一路磕长头到拉萨，去大昭寺朝拜。因而，藏人往往具有坚强的意志，这在民性中得到充分的体现。

　　然而，执着的另一面则是缺乏变通，在某些事情上显得十分固执，甚至顽固。《一条牛鼻绳子》讲的是班玛旺杰为一条牛鼻绳子而送掉性命的故事。班玛旺杰家丢了一头牛，在东珠扎西家找到了。东珠扎西见班玛旺杰找来并且说对了牛的特征，也就非常爽快地将牛还给了对方，不过对方在牵走牛的时候，向其要了 10 元钱作为这些天里牛饲料的补偿。班玛旺杰虽然感到不爽，但是还是付了 10 元钱。但是在牵牛的时候，他发现牛鼻上的绳子没有了，就向东珠扎西索要，但是东珠扎西说没见到。班玛旺杰没办法，也就回去了。本来，这事也就了结了，但是班玛旺杰的老婆认定是东珠扎西昧下了那根绳子，非常固执，一再催促班玛旺杰到东珠扎西家索回。班玛旺杰只好硬着头皮再次前往去要，再次遭到东珠扎西的拒绝。最终双方发生冲突，导致班玛旺杰被杀。在《给奶奶的礼物》中，达娃老奶奶年纪大了，孙子更堆群佩从城里回来给她带来了礼物保暖内衣，以便让老人冬天御寒。但是奶奶达娃就是不肯穿。一家人都在劝说，给老人讲穿保暖内衣的好处，但是老人就是听不进去。她还反问道："几辈子的人不穿内衣不是也过来了，不是也没冻下吗？"后来，达娃奶奶虽然穿上了内衣，但是等到孙子过了半个月回来时，她还是"把保暖内衣脱了"。她说："穿上保暖内衣不舒坦，也不窝也。"从达娃奶奶拒穿保暖内衣这件事可以看到传统文明与现代文明的冲突，现代文明可以给人带来某些益处（如保暖），但是不符合人们过去的习惯。其实，这种固执的背后显示的是人的守旧和遵循习惯的惰性。传统文明让人习惯和舒服，但是存在明显的弊端，而现代文明需要人改变习惯以适应新的环境。

　　藏人的民性还体现在当地的民俗上。《白玛》中写到了甘南存在这样的民俗："丫头们没出嫁前可以交男朋友，不结婚就有娃娃，人们也不说啥。藏民当和尚的人多，男人少女人多，总有嫁不出去的丫头，所以到了哪里，看见一个婆娘带着两个三个娃娃过日子，也不要奇怪。有的男人跟她在一搭过了几年，又走掉了。这样的事也允许。可是不管是男人女人，一旦成家了，就要守规矩，不能再和外头的人来往，男人知道了往死里打，说不要就不要了，送回娘家去，娘家也没啥说的。男人要是搞人家的婆娘叫人抓住了，由部落的头人当众处罚，要赔钱，还要在鼻子上割一刀，留下个刀印子，叫你一辈子走到哪里都抬不起头来。"从这里可以看出，藏人在爱情上是比较自由的，女孩可以"交男朋友"，不受干涉。但是，无论男女，在成家以后就不能搞婚外情，虽然在男女出轨问题上处罚方式不同，而且还允许暴力惩罚，显得十分严厉，但是表现出的是对家庭责任的强调，维护的是家庭的稳定和社会的安定。小说中的郎嘎与白玛结婚后发现白玛与过去的情人括地仍然来往，于是捉了奸。随后，郎嘎就按照当地的习俗在括地的脸上划了一刀，而括地挨了一刀，"自认倒霉"。后来白玛唆使括地杀伤郎嘎，而郎嘎也因刀伤感染而死。成了寡妇的白玛虽然后来改嫁，但是过了不到一年，就被男人抛弃了，原因是白玛"太漂亮，到她家门口绕刮（转悠、窥探——引者）的男人太多"，于是不要白玛了，他"害怕白玛再和哪个男人好上，把他杀了"。后来，白玛就一直过着寡居的生活。从《白玛》的叙述来看，藏人的这种习俗规矩还存在明显的漏洞，即对未婚男女插足别人家庭的没有规定处罚措施，所以，白玛改嫁以后仍然有"太多的"男人到她家"绕刮"。这个习俗的另一漏洞就是没有对白玛唆使刮地杀了丈夫的行为作出处罚规定。无论是按照情理，还是法律，白玛都必须承担责任，受到惩罚。

　　藏人民性是在特定的地理环境与宗教信仰等因素的影响和作用下形成的，其中既有可贵的值得继承和发扬的东西，又存在着一定的局限和缺陷，需要改善。不过，我们应该看到，藏人的这些传统民性在现代社会正面临着侵蚀而消失。一方面，现代社会的国家机构和法律制度必将覆盖包括甘南在内的整个藏民生活区域，进而取代藏人的民间调解组织与议事规则，从而在处理民事纠纷和刑事案件时更有充分的依据，更显得公平与公正；另一方面，市场经济、现代教育制度的建立，日益增长的文化交流以及社会的全面开放也将在很大程度上改变藏人的民性，这就可能使藏人民性中某些宝贵的东西日渐散失。这倒是应该引起我们的注意和重视。

（作者单位：扬州大学文学院）

青年论坛

语言·意象·维度

——次仁罗布小说集《放生羊》的叙事策略

卫　晨

　　以现实主义的手法将西藏民众的生活图景铺展开来，以直面现实与人生欲望的情态书写当地普通人的日常生活与世俗心理，以虔诚的信仰讲述当代藏民的内心渴望与救赎故事，还原一个真实的西藏并思考藏人在现代文明发展的现状中，如何重塑信仰、摆脱精神困境、迈向未来，这就是藏族作家次仁罗布的小说集《放生羊》带给我的深切感受。而根植于藏文化的土壤中，以藏式语言营造出极具民族韵味的叙事环境，通过特定的文化意象，寄托隐喻的深意并搭建内外、虚实等多重维度，探寻藏人内心世界的叙事策略，更令我过目难忘。

一、象声与音译：藏域风情的环境营造

　　语言学中"语义场"指的是把相互关联的词汇组织起来的系统，根据这一理论，任何民族的语言词汇系统及其构成成分都会受到其民族文化的制约和影响。次仁罗布通过对词汇的选择，努力构建藏语的语义场，营造具有藏域风情的叙事环境，使得叙事语言更贴近藏民生活，表达更原汁原味。

　　次仁罗布的小说，擅长使用象声词描绘景物，这样的词汇选择符合藏语表达习惯，使书写接近于藏族人的口头表达方式，也将写作变成了娓娓讲述，使叙述充满韵律与美感。短篇小说《放生羊》中的象声词一共有二十余个之多，远超同等篇幅汉语小说的一般表达，并且将象声词与藏地特有意象相结合，如工匠"叮叮咣咣"地刻玛尼石，老人"嗡嗡"地念经声，朝圣者"嚓啦嚓啦"地匍匐，羊把油炸果子"嚓嚓"地嚼碎等，营造出鲜活、浓重的生活气息，以及藏地特有的神圣与静谧感。《尘网》通篇使用象声词 21 处，譬如开篇描写夏季的雷雨，雨点"噼里啪啦"地砸来，从屋顶"哗哗"地滚落、雨停后笕槽里滴下"滴沥滴沥"的水珠。作者借助象声词还原了一场大雨的经过，反衬出环境以及人物心理的寂静。《传说》使用象声词共有 18 处，其中有一段描写传奇侏儒与铁塔般的康巴酒客打斗的场景，康巴人抽刀的"呲铃"声、石块落地的"啪嗒"声、看客"哈哈"大笑声、刀子断裂的"咯嗒"声、侏儒"噔噔噔"

地上前进攻。一场精彩激烈的打斗通过象声词呈现出来，使读者产生身临其境的紧张感。通过大量使用象声词，作者建构出的西藏不再是景物的符号化堆砌，而是富有声音的、真实可感的生活图景。当然，一些象声词的使用也区别于一般的叙事习惯。如《放生羊》结尾处，朝圣的放生羊走在朝阳中，"金光哗啦啦地撒落下来，前面的道路霎时一片金灿灿"。在我们惯常的认识中，一般不会以"哗啦啦"来描写晨光；作者另类的表达强调了阳光的强烈，以高原特有的耀眼光芒烘托了佛国圣地的环境，愈发凸显了"似一朵盛开的白莲"的放生羊的圣洁与灵性。《尘网》中以"嘀铃铃"铃声一般美妙的声音形容女人解手，表现鳏居多年的主人公对年轻面庞的渴望，暗含反讽。《绿度母》中写好赌的祖辈在麻将桌上听家产被"乒乒乓乓"地分割，既描述打麻将的声音，又能使人联想到债主粗暴地上门搬东西的场景，颇为形象。

次仁罗布也习惯于使用藏语词汇的音译词，力图在汉语写作中营造出藏语语义场，给读者带来藏文化的语境和氛围。对西藏本土词汇，作者通常将其直接音译为汉语，如多篇小说中所写到的虔诚信徒烧"斯乙"、转"林廓"的宗教仪式等就是如此。《德刺》的开篇，作者特意援引《藏汉大辞典》中的词条"德刺：浪荡僧"加以解释说明，从而保留德刺这一称呼；《界》中将主人公生活的地点直接按照藏语读音写作"龙扎谿卡"，并没有按照汉语习惯意译为"龙扎庄园"。对外来词语，作者则按照藏语发音来书写，如《阿米日嘎》中以"阿米日嘎"来指代美国，贡布为自家种牛来自"阿米日嘎"而自矜不已，村民认为"阿米日嘎"人结实、牛也壮实等描写，体现了藏民对外来科技文明的艳羡乃至敬畏。作者在叙述中加入这些"非正常"词汇，使读者看到了外来文化涌入、陌生词汇冲击下，藏语的杂糅处境和更新的现象，这也是藏民淳朴、封闭的原生状况最真实的反映。

符合藏语习惯的口语化、生活化的表达遵循了西藏民间口头文学的传统，为所叙事件增添了口耳相授的传承感，也使作者的叙事更加灵动、真实，使作品更呈现出民族特色和质感。

二、映射与隐喻：意旨遥深的意象内涵

次仁罗布的小说常借用特定意象来表达创作主题。这其中，既有"网""界""绿度母"这些佛教意象，也不乏甜茶、藏面等鲜明的藏区生活意象。这些富有特定内涵的意象是民族文化的符号，也寄寓着作者的深层蕴意。

《放生羊》中隐喻的使用，不仅仅停留在修辞的表层，而是延伸到文化心理层面，在现实社会的体验中融入了生命的寓言。《尘网》中跛子郑堆的一生便如坠入一张大网，与豁嘴女儿相爱，却受到其寡妇母亲的诱惑，从而开始一段极度厌恶又无法摆脱的婚姻。老妻去世后，偶然的机缘使他遇到了年轻的外乡女人，这段爱情使他焕发青春，但又迫于舆论压力而夭折。跛子沉寂十几载，直到年迈衰老，才与酒馆里的女人结婚，并在留下遗腹子后安然离世。小说一方面呼唤以世间之爱对抗苦难与孤独，"有了爱什么都不惧怕了"；另一方面却以悲凉的笔触写尽尘世的作弄牵强之爱、求而不得之爱、绝望放肆之爱。跛子前半生在作茧自缚，偿还酒后乱性的沉重代价；后半生也没能逃出世

俗情感的网，两次以年轻的容颜滋润自己干涸的生活，一如寡妇当年。跛子最后一段爱情看似超越世俗，不惧他人目光，但在很大程度上依然是为了世俗观念中的香火延续，避免像老画匠一般孑然离世。小说以跛子的去世结尾，他的一生结束了，故事却依旧留白，或许酒馆女人会成为另一个"寡妇"，遗腹子成为另一个"豁嘴女儿"，另一辈人继续挣扎在"尘网"中，命运的轮回谁也逃不脱。尘世这张网，牢牢网住了跛子，也折射出世人劳苦无奈的宿命。

茶馆与酒馆是次仁罗布小说中经常出现的两处与藏民生活息息相关的场所，茶馆通常是藏民每日转经的歇脚处（《放生羊》），而酒馆则是他们谈天说地的社交场所（《传说》）。茶馆与酒馆正代表了西藏现存的新旧两种思想理念，或者说文化状态。茶馆中的客人大多保持了老辈人的谦和、善良，也保持着固有的生活习惯，在茶馆倒茶揉糌粑；而酒馆中多是接触过新事物，思想眼界更为开阔的年轻人，他们甚至抛弃了青稞酒，愿意选择外来的啤酒。正如作品所写："现在的乡下人全都改喝啤酒、打麻将呢。"（《传说》）酒馆的隐喻，反映出不同文化的传入、新思想的渗透对西藏社会造成的冲击。作者含蓄地表达了藏族人在面对现代文明侵入时，内心所产生的焦虑和隐忧。小说中多次写到传统的西藏人在现代文明侵袭下内心质变，走向物质、浮躁的一面。《界》中庄园主的少爷沉溺于拉萨的酒馆，变成一事无成的败家子。《秋夜》中沉默寡言的次塔用外出打工挣来的钱开了酒馆，镇里人每日聚集于此闲谈。镇子经济发展，藏民物质生活丰富，结果却是次塔丧失了淳朴的本心，令人哀叹"次塔变了，村里的年轻人也变了，他们着了魔地要去赚钱"。

再者就是"拉萨"这一意象。作为西藏首府，现代文明的接受前沿，拉萨在作者笔下固然繁华，但却显得冰冷无情。《神授》中说唱艺人受邀到拉萨录音，遭遇了"面无表情"不耐烦的工作人员，问路被骗钱。《罗孜的船夫》里船夫初到拉萨，喧嚣的城市令他迷失，城里人趾高气扬、毫不友善。在他看来，荒僻落后的罗孜"没有骚扰，没有歧视，没有冷眼"，才是心灵的归宿地。作者并不是一味地排斥外来文明和现代生活，而是旨在思考面对外部世界的一系列变化，如何守住精神世界，传承文化传统的精华，保持内心的纯净。这个问题也是《罗孜的船夫》中父女两代人的争执的焦点。女儿去拉萨追求繁华舒适的生活固然没错，但罗孜荒凉的渡口依然需要甘守寂寞的船夫。

次仁罗布对现代文明涌入西藏的思考，既立足于藏民族的现实境遇，也观照了当前人类的精神困境。《焚》中女主人公维色靠啤酒、香槟打发离婚后寂寞的日子，但当她处于发廊、酒吧、舞厅林立的灯火通明的现代化街道，"嘈杂的音乐声，或人群的喧嚣，或汽车的轰鸣，都无法驱逐她内心深处的孤独"。最后，"她站在路口不知道要往哪里去"。维色的出路，亦是现代社会中的人的出路。作者不断追寻和反思，处于物质条件过剩下的精神荒漠中，人类怎样完成信仰的重塑与精神的回归。

三、独白与梦境：亦真亦幻的叙事空间

次仁罗布惯常通过外在—内在、现实—梦境等不同维度的转换，来完成叙事、刻画人物。这种书写方式带有口头文学和神灵崇拜的西藏本色，有助于展现藏民真实的心理

活动和精神世界。场景的虚实交错，营造出亦真亦幻的叙事空间，使作者笔下的西藏往事蒙上了神秘色彩。

　　作者的叙事不断从叙述者视角转换为主人公自语式的独白，叙事者的讲述客观全面，内心独白则热烈真实。小说《德刹》描写僧人与藏兵的械斗，叙事视角不断在"嘉央"与"我"之间转换，"嘉央"以宏观的角度交代事件背景和经过，"我"负责事件中的慢镜头和特写。"风，卷着腥味潜入我的鼻孔，让我心里很受用。踩在黏稠的血上，我的脚底阵阵热乎"，"我"对切身经历的独白使得叙事更为真实、富有画面感。"嘉央"失去知觉后再次以"我"的口吻插入回忆，反映农奴生活的苦难，以及主人公对自由无拘生活的向往。在整个事件中，以主人公为代表的僧众并不了解内情，他们依然漫无目的地嗜血杀戮；作为混战中的一枚棋子，主人公也有梦想，即希望成为一个"不要命""了不起"的德刹。双重的叙事视角拼凑出一个完整的故事，并将小人物塑造得丰满感人。《神授》中放牧娃"亚尔杰"得到神的启示，成为格萨尔王故事的说唱者。神秘力量的获得过程由"我"亲自讲述，"我"的脱胎换骨、受想行识都通过独白来呈现，舒缓的呢喃像是与自然的对话、向上天的祷告。"一切太神奇了，我能听懂花草的声音"，"那种快乐和冲动，我无法用语言来表述"，"神授"过程的超自然、神性以独白的方式表达，凸显了藏民的宗教信仰和独特心理。《界》中的"我"分别代表了管家、女佣查斯、查斯出家的儿子多佩，他们分别在适当的时候出现，以独白的方式反映人物心理活动，补全叙事中省略的成分。查斯和多佩这对母子，表面看来母亲自私，希望儿子放弃前程、还俗回到她身边，甚至愚昧地毒害亲子；儿子冷漠，无视母亲的需求，一心皈依三宝。然而通过独白对人物心理的刻画，可以看出母亲对儿子的依恋不舍，儿子对母亲的苦心引导、以身说法。人物复杂的心路历程、泣血的呼唤都在独白中呈现，作者的叙事镜头直击内心，进行放大的观照。

　　除了内心意识的流动，作者还通过对梦境的引入和运用，实现叙事空间的亦真亦幻。《神授》中亚尔杰的"神授"过程在梦中完成，《放生羊》中年扎老人以"放生羊"救赎梦中苦难的妻子。次仁罗布通过对梦境的细致描绘，反映西藏人对于灵魂的观念和虔诚信仰，也与小说精神回归的主题十分契合。《前方有人等她》中夏辜老太婆堪称道德楷模，拥有善良、诚实、仁慈等一切美好品德。然而，她当上国家干部的子女却贪得无厌，甚至因挪用公款而锒铛入狱。她无法理解世道改变、人心不古，"我们的生活虽然有些艰难，但永远都不缺爱。现在的时日，想吃什么穿什么都有，人却不知道怎么去爱人，去宽容人了"，"仅仅隔一代人就差别这么大吗"。她在迷茫中时常回忆往事，缅怀她早逝的丈夫，那个勤劳正直的裁缝。回忆和梦境穿插在叙事中，时空不停转换。在夏辜老太婆的梦境里，丈夫顿丹换鞋、喝茶，如日常生活一般真切，更理解她的苦闷，体谅她的难处。温馨的梦境抚慰她饱受折磨的灵魂，给予她久违的平静。现实的苦闷与梦中的温情形成鲜明对比，梦中对于过去生活的叙述也反衬出现社会出现的种种问题。她最终选择追随梦中的顿丹，"用干瘪的手拔掉了插在鼻孔里的氧气管，再把输液的针管从手上拆掉，闭上了眼睛"。对于社会现状，她不能接受更无力改变，只能走向梦中的精神家园，与复杂的现代社会彻底断绝关系。面对现代化进程中，人类社会道德沦丧、精神缺失的现状，作者编织梦境进行灵魂救赎，最后通过断离实现精神回归。不论是独白还是梦境，都是人物心灵深处的剖析，是作家对心理层面的关注。

　　总之，西藏化了的语言营造了极具民族风情的叙事环境，富有隐喻意义的意象和多维度的叙事空间拓展了作品的广度和深度，而我们也在次仁罗布的小说中真切感受到他对当今藏人精神现实的细致勾勒，对美好人性的热切赞扬与心灵的洗礼。

　　　　　　　　　　　　　　　　　　　　（作者单位：四川大学文学与新闻学院）